嬰兒整形

◉秀赫／著

聯合文叢
598

目錄

真美與偽美的雙重文本
——秀赫《嬰兒整形》推薦文

何致和

第一次讀到秀赫的小說，是在擔任二〇一四年「全球華文星雲獎」歷史小說組的評審時。在那屆所有參賽稿件中，我最喜歡的是一篇名為《五柳待訪錄》的作品。作者翻轉歷史，改寫了〈桃花源記〉的由來，非常有創意，文筆也相當靈巧鮮活，幾乎找不到任何會折損說服力的破綻。不出所料，這篇作品通過決審獲得評審獎，在前三名皆從缺的情況下，其實與首獎無異了。

後來，當聯合文學出版社總編輯李進文先生問我能否看一下秀赫即將出版的新書時，我不但一口答應，甚至還有點期待。果然，我的期待沒有落空。《嬰兒整形》雖是秀赫處女之作，卻看不出許多年輕作者在出版第一本書時的「用力」——那種想盡辦法端出一切技巧、嘗試各種前衛實驗展現在世人面前、彷彿此生僅有一次機會，錯過便不會再有的用力。這樣的用力，也可以說是一種緊繃，往往首先作用在文字的精雕細琢上，也往往一開始就拉開了與多數讀者之間的距離。在秀赫的《嬰兒整形》中，我看不到這樣的緊繃，只看到輕鬆與自信。可以感覺到秀赫是個喜歡寫小說、愛說故事的人，就像《烘焙王》的東和馬，一心想的只是做麵包的快樂，該用什麼技巧打敗對手倒是其次。

態度雖然輕鬆，但秀赫可不是隨便塗鴉亂寫一通，他在這本小說探討了一個相當嚴肅的主題——整形。這種用外科手術改變面貌或身體外觀的行為，有個好聽的名字叫「醫美」（醫學美容），據說在日韓兩國已蔚為風氣，而台灣近年也有越來越普遍的趨勢，台北忠孝東路四段到處林立的醫美診所即為明證。醫美行業的興起衍生諸多問題，譬如醫事人員紛紛投向賺錢多風險少的這個行業，引起醫護人力上的失衡。大量良莠不齊的醫美診所，讓主管單位鞭長莫及難以管理，也經常引起醫療紛爭甚至死亡案例。不過大多數人對整形的觀感不佳，倒與醫療資源傾斜或技術品質無關，而是在於「人工」兩字。美必須是自然的，這是根深蒂固的想法，後天以人為方式造出的美，即使再怎麼做到天衣無縫，也只能說是一種「偽美」，無法與自然美相提並論。或因此點，許多整形過的人才會遮遮掩掩，很少人敢大方公開自己整容過的事實。

整形之所以讓人詬病在於假，此為世人普遍看法，但秀赫在《嬰兒整形》中大膽挑戰了這個觀念，就像他在《五柳待訪錄》所做的那樣。如果整形技術發展到極致，完全不留下人工贋造痕跡而與天然無異時，那麼這樣的美是否為真呢？當然，這樣的假設仍有漏洞，因為光憑一個人整形前後容貌的改變，就是非自然的明確證據。於是，為了完成這樣的假設，秀赫就必須把整形的時間提前到嬰兒時期，讓整形醫師像上帝一樣，在一個人誕生之初就決定了他的容貌，如此一來就不會有在成長途中改變外貌的問題。就這樣，我們便看到了這部震撼力十足的小說。

很明顯，這是一本「意念先行」的小說。意念先行不一定是負面的評語，基本上每部小說都是先有意念的，只是作者把意念隱藏起來的程度各有不同。秀赫挑選了這個議題，非但沒有隱藏的打算，甚至動用了四個人物、四個第一人稱的觀點，從各個角度討論上述假設發生後可能會遭遇到的狀況，有點像辯論會的交叉質詢。情節的發展固然重要，但議題的討論才是重點。於是在小說中，我們看見人物大量以對白討論事理，某些段落甚至已具「對話體」小說的樣貌。

在幾位主要人物中，位居核心地位者應為藝術經紀人徐絜，是他主張要把自己剛誕生的女兒送去整形。表面理由是對「美」的追求嚮往，當然他還有次要的、潛意識的、說不出口的原因，但主要辯論是環繞著「美」的定義與價值開展。就這點來說，秀赫把主角的職業設定為與藝術密切相關的行業，是非常漂亮的安排。徐絜雖然是個眼光卓越的畫商，對現代美術瞭若指掌，但他似乎無法容忍西方自波特萊爾以降的「審醜」美學，就像他無法忍受浪漫主義的繪畫一樣，因而儼然成為一個美的潔癖者。對美的追尋是符合人性的，但不擇手段過度堅持表面形式之美，反映出的卻是一顆醜陋的、失去人性的心。所以極端的美有時候是反人性的，這或許就是被整形而不自知的少女主角徐摩珈想要擺脫的，想藉由整形變回平凡人，以尋回自然和人性。

關於整形爭議，除了「偽美」與「真美」的辯論，秀赫在小說中也寫到了亂倫的恐懼。親屬之間因有容貌上的相似，自然會形成亂倫的障礙，然而一旦面貌因整形而完全改觀，變成另一個陌生的、毫無血緣關係的、甚至是曾經愛過的女人時，亂倫的可能是否會大大增加？就這部分來說，整形也涉及到了道德的問題，不只是醫德，也涉及倫常，秀赫在這部分的挖掘探索亦相當深入。

為了配合嚴肅議題的探討，秀赫還調動了大量知識體系，包括美術、音樂、文學、攝影、醫學與哲學。尤其是和繪畫有關的部分，在《嬰兒整形》中，秀赫總共提到上百位畫家，以及超過八十件以上的名畫和藝術作品。如此龐大的數量，讓這本小說成為一種「雙文本」：第一個文本是顯性的，是我們見到的以文字構成的小說本體；另一個文本是隱性的，是由上述這些大量的美術品構成，是一本看不見的精選畫冊。因此這本小說的理想閱讀方式，應該是要手眼並用，邊看小說邊上網搜尋小說中提到的名畫和藝術品，如此才能有雙重的閱讀樂趣與雙倍的收獲。

《嬰兒整形》可觀可談之處不只如此，在表面故事之下有巨大如冰山底部的豐富意涵。一部新人的作品能有如此表現，只能說後生可畏，也讓人更加期待秀赫未來的成就。

若作為科學而被認為是美的話，它將是一個怪物。

——康德《判斷力批判》

前情提要

二十一世紀初，臺北曾流行過嬰兒整形的風潮。由於考量到成年整形，過去的臉孔早已留下太多案底，「晴哲整形外科診所」率先從一款熱門的兒童線上遊戲獲得突破性的靈感。該遊戲只要將兒童的照片上傳，網站就能虛擬長大後的臉孔，甚至身高、體重，讓兒童在線上以大人的樣貌進行角色扮演。於是戴晴哲醫師將嬰兒的頭部進行高層次掃瞄，並參考父母的臉型和基因，透過自行研發的軟體精確繪製出嬰兒的未來臉孔，以此作為動刀的基準。由於嬰兒可塑性極強，創傷癒合快速，自體移植接受度高，移植的部位將隨著成長融合為臉的一部份。手術不留疤，不須填入永久性人造物，成年後完全沒有整形的痕跡，彷彿自然天生。顯然這種技術已經不能稱為整形，戴醫師也因此被醫界譽為「人臉的上帝」。然而基於法律對人權的保障，醫生和父母擅自為嬰兒整形已涉及違法，但該項技術仍被視為重大突破，被醫界想盡辦法保留下來，加上龐大的市場商機，嬰兒整形的風潮仍在低調蔓延。二〇〇九年十月，畫商徐絜和妻子王敏娜，抱著尚未滿月的女兒摩珈，到安和路一間整形診所進行嬰兒整形手術。一個禮拜後，他們抱著臉上蓋滿紗布的嬰兒走出診所大門。

第一章 Father

太陽凌駕在我們之上

我對繪畫有敵意。年輕時常跑圓明園畫家村，當時已感覺到這點。在那兒我第一次看到自己的畫被標上價格，那一刻才真正領悟到，這其實跟上麥當勞點餐沒有多大的分別。作為一件藝術品，就是要發表、要販售，不管理念再怎麼叛逆，思想再怎麼前衛，達達也好，普普也好，終究還是得待價而沽。

不少朋友曾慫恿我為家人留些肖像畫，不然認識那麼多知名畫家不就白搭了？可是請大家就自己看畫的經驗想想：雷諾瓦的《勒岡小姐》、《康達維斯小姐》，這些富家千金的肖像畫為何今天會流落在外？薩金特的代表作《愛德華．達里．博伊特的女兒》，畫中的四名小女孩，長大後不僅都單身未婚，後方身穿黑上衣白圍裙，像是雙胞胎般站在巨大花瓶旁的長女和次女，日後更出現了精神問題。坦白說就是瘋了。

這就是我不希望家人有什麼肖像畫的緣故。對我來說，一幅畫必然存在相對應的價格，在消費市場中沉浮，脫離原本溫馨的家庭，進到博物館，或是淪落私人收藏家手中，被外人把玩、意淫、蹂躪，甚至永遠封存在冰冷無光的密室裡。

然而攝影可不是這樣。除了專業的攝影師外，照片普遍作為私人用途，不必開發表會，也不是想表達什麼理念。只要買臺相機，任何人都可以攝影。拍照就好比隨手拿走什麼那麼簡單。像我從敏娜懷孕那天開始，就用相機記錄她與她懷裡的珈珈，單純只是按下快門，連什麼「創作」的念頭也沒有。

自從攝影誕生之後，繪畫就整個變了樣，像精神分裂般不斷分裂出各式各樣大大小小的主義來解釋自己為何作畫、怎樣作畫。一開始出於對攝影的嫉妒，印象派走向戶外，在不斷變換的光影當中寫生，帶領繪畫遠離黑白卻又相對真實的照片，更加追求於色彩。只是這種捕捉光影的概念，同樣啟發自攝影——寫實主義大師庫爾貝有一天拜訪莫內，只見莫內把畫具都擺好了，卻遲遲沒有動筆，就問他說：「嘿，年輕人，你怎麼還不開始？」莫內回答：「太陽又還沒出來。」

顯然莫內把自己當成了一臺彩色相機，讓光線通過他的身體，以握筆的姿勢對焦，將眼前的風景於畫布上展開成像。這便是印象派以心傳心的不二法門。也難怪一百年後，當彩色照片普及了，繪畫又回過頭來一面倒向攝影，要求畫得完全像張超高解析度的照片，誕生了超級寫實主義。

另一條路線是像杜尚或法蘭西斯．培根，他們充滿速度感的畫作一點也不真實，但那晃動的表情和動作，同樣是在模仿攝影。一般相機的曝光時間約在 1/100 秒以內，當快門跟不上物體的速度時，曝光時間過長，就會在底片上留下連續殘像。在發明相機之前，人類是不會知道有這樣子的畫面，更不用說在繪畫上表現了。

總之繪畫的像與不像，或多或少都蘊含了某種攝影情結。

我也喜歡用相機拍我賣的畫。所有的照片在我看來，如同一張張試圖照穿繪畫虛無的X-ray。科學家也用X-ray研究畫中被掩蓋的秘密。蒙娜麗莎就不知道照過幾次了，令人懷疑那個微笑已經能檢測出比常人還高出數倍的輻射劑量。

戴醫師說，即使珈珈照X-ray也不會發現任何整形過的痕跡。因為那張臉就是珈珈天生的臉，只是稍微調整了成長的方向，而不是塞了什麼或割了什麼。他對我所舉例的「照片取代繪畫」的擔憂相當不以為然。

可是，珈珈顯然已經被一種類似攝影的東西所取代了。

攝影迫使繪畫質疑自身存在的價值，整形也是如此地逼迫著人類。藝術不如一場手術，理論已落後於實踐，我想戴醫師自己應該也有意識到這點。在他動刀之下，一切固有的秩序全部崩解了，包括後現代主義在內，這些曾流行過的思考模式，都像超商密封的過期麵包，早已發霉、腐爛、過度膨脹，噁心到不能食用。

我那時候為什麼會衝動到把剛出生不到一個月的女兒帶去整形？詳細的原因倒忘了，只記得那家整形外科的門口，種了一排藍色的火鶴。

偶爾我開車經過安和路，就會看到那一排顏色詭異的植物。更不能理解的是，為何當初我說要帶女兒去整形，敏娜毫不猶豫就答應了？她不心疼女兒一生下來就得接受這等酷刑？也不問有沒有後遺症？她單純就是交出女兒，然後再靜默地站在一旁觀察女兒會有什麼遭遇。彷彿這樣的比對過程，充滿了樂趣。

我討厭為了表示禮貌而委屈自己的人，就因為委屈，所以肯定會在別處宣洩這份情緒。我太太就是這樣的人，什麼話都不說，卻什麼事都敢做。

尼采說過不管好的壞的，所有被壓抑的真相都將變得有毒。

女兒就是一個活生生的被壓抑的真相，看著她美麗的臉龐常讓我感到痛苦。一廂情願抱女兒去整形，卻因此使得女兒永遠失去了自己的臉。

手術前我問戴醫師，之後能否讓孩子的臉復原，「解除」整形？

戴醫師說不可能，一旦動刀，就永遠會朝動刀的方向去成長，現在為你女兒動第二次刀，說要幫她復原，結果只是離最初的臉更加遙遠。接著他向我重申嬰兒整形和一般整形手術有什麼不同、優點在哪、為什麼能夠無痕、又是如何在多年以後達到可觀的效果。當然這些專業的醫學知識我都不懂，我甚至覺得就算我懂這些，對這整件事的發展一點幫助也沒有。他說這些話的時候，我腦中浮現的是另一個畫面。

在宇宙黑色的背景下，一艘太空船執行任務時不小心掉落的一塊陶瓷碎片，往那所有人都沒注意到、沒想到過的一個方向移動。那塊白色有著光滑表面的碎片，就是珈珈失去的臉。這張經得起一切考驗的臉，上頭寄居了珈珈的靈魂，正在那沒有氧氣也沒有糧食的空間當中，往那無窮無盡的虛無不斷地前進，探索人類未知的領域。不管願不願意，她都已經被賦予了這樣的使命。

有時候我會突然很想知道掩蓋在珈珈這張臉下的另一張臉，是什麼樣的一張臉？當她照鏡子的時候、套上衣服的時候、轉頭接電話的時候、低頭看書的時候，在一瞬間臉被遮住又一瞬間重新出現的時候，我總會不由自主地盯著她看。現在這個作為基準的她，是否會帶出另一個，不太一樣的她出現？

妻子也是這般注意女兒。

從以前她就喜歡為珈珈買衣服，然後再買份相同色系的面膜。我注意她這個的舉動已經很久了。當珈珈還小的時候，面膜當然都是敏娜自己用，但是珈珈長大以後，卻也跟她母親一樣，每次總是挑些和自己衣服顏色相襯的面膜來敷臉，就像是在學怎麼穿搭。母女倆一塊，就在我的面前，貼著一層柔軟的濕答答的面皮。讓女兒養成這種習性，不管敏娜是不是故意的，我都知道她在暗示我什麼。

我們對珈珈有共同的好奇，也有共同的恐懼。從小珈珈就有一種神秘的微笑，我保證那種微笑只在她的臉上還有蒙娜麗莎，應該說，是在更年輕貌美、筆觸更為細膩的艾爾沃斯．蒙娜麗莎的臉上見過。即使是我在圓明園畫家村認識的那個女人也沒有！

我一直不明白珈珈的微笑從何而來，又往何處而去，究竟是哪不對勁了？看著她微笑的臉，都讓我覺得所謂的禮節，比生命來得更巨大、更重要、更飽滿，也更純潔。自己的存在彷彿是一件非常失禮且糟糕的事。這種自卑感有過多少次了，永遠也不知道。因為還在持續，生存的自信不斷在下降當中。

後來我想到，珈珈那個微笑算不算皮笑肉不笑？當然實際情況肯定沒我想的那麼嚴重。每次看珈珈笑的時候，我都故意捏她臉蛋，皮膚緊實得很，就只是我心理作用罷了。

另外一種對女兒的恐懼是，我怕她這張不真實的臉——或者說「頭」，突然，喀喳！

我的畫廊從不展出浪漫主義的作品。幾次難得有機會拿到戈雅、德拉克洛瓦、佛列德利赫的畫作，但我毫不猶豫就在拍賣目錄的上頭大大打個叉。只要哪位當代藝術家一流露出浪漫主義的傾向，我便終止與對方的合作。因為這類畫的精神源頭是法國大革命，也就是斷頭臺！

恐怖是自由的後果。

我是位無神論者，但敏娜常拉我去伊通公園旁的長老教會禮拜，和大家一起坐在長椅上禱告、唱聖歌、敬拜主讚美主，專心頌讀《聖經》。有次當牧師說到〈撒母耳記〉大衛迎戰歌利亞的那一段：

「今日耶和華必將你交在我手裡；我必殺你，取下你的頭。」大衛說完，從囊中掏出一塊石子來，用投石繩甩去，打中歌利亞的額。石子打進額內，歌利亞仆倒，面伏於地。這樣，大衛用投石繩，戰勝了巨人歌利亞，打死了他。大衛手中沒有刀。於是大衛跑過去，站在歌利亞身旁，將他的刀從鞘中拔出來，再次殺死他，割了他的頭。

珈珈不僅聚精會神地聽完牧師所講的故事，一張小臉兒更難過地流下眼淚。哭著說：

「歌利亞不會死的，他會一直活在大衛的心裡。」

那時候我和敏娜，都不懂她為什麼會喜歡巨人歌利亞。可是後來我就懂了，或者說我非明白不可。果然迷糊就是種罪惡，真是一刻也不能鬆懈。

當珈珈長到我肩膀高的時候，如果是我開車載她，當她開門正要上車，我都不敢從駕駛座轉頭看她。我知道她只是脖子以上被車頂遮住而已，頭和身體並沒有分開。然而我只能低著頭，顫抖地握著方向盤，深陷在機械堆裡，努力逼自己鎮定。同樣下車的時候，當我關上車門，也不敢看向我的女兒。我不知道為什麼就是害怕她那顆單獨露出車頂對我微笑的頭顱。

我無法只見到女兒的臉，也無法只見到女兒的身體，必須是全身上下完整看到了才能安心。小時候她在家和我們玩捉迷藏，以為遮住臉，就當作躲好了，其他部位往往都露在外面。敏娜見狀總是呵呵大笑，但我卻覺得不寒而慄——女兒那樣子，怎麼看都像具屍體。

從我畏懼珈珈開始，戴醫師在我心中，就從人臉的上帝，轉變為人臉的魔鬼。

他是我見過最藐視藝術的人，矛盾的是，卻又沒有一位藝術家比戴醫師的所作所為還要前衛。他將藝術與醫學，兩者玩弄於股掌之間。不得不承認，大部分的藝術都是死的藝術，唯有他的藝術是活的藝術。珈珈就是戴醫師所造就的，一具活生生的偉大的藝術品。

人為什麼會有逆境？我想那是因為有自己從沒碰過也沒學過的事，導致一時之間沒有辦法解決。可是我們卻因此逃避它，很少試著去跨越它、擊敗它，久而久之成了習慣。使得「逆境」就這麼積習地延續下去，而不斷地腐蝕我們的生命。

珈珈人生中的逆境會是什麼？現在她的心智已經成長到足以克服所謂的逆境了嗎？

任何優秀的藝術品都是其他藝術品的負擔，美麗的事物必然成為尋求美麗的阻礙。珈珈這張好看的臉，是否反而讓她失去追求美的衝動？

繪畫上，黃種女人的膚色最難調配，太白就像白人，實際上又確實有很白的黃種女人。珈珈像她母親，就有這種標準的讓畫家頭疼的皮膚。而教珈珈油畫的黃美心也是。

美心是我的經紀藝術家之一，能力自然在水準之上。當初我在誠品畫廊看到她油畫角落的簽名，就肯定她會受到歐美收藏家的喜愛。於是我要求她，把簽名寫得更大、更喧賓奪主，隨後介紹她到巴黎蒙馬特的畫家村待上一年，果然就受到各界矚目。原本她可以一直待在巴黎發展，沒想到兩年後卻因為一場異國情傷，黯然地回到臺北開工作室。

培養一位藝術家要花上許多年，但毀掉一位藝術家卻只要一兩場莫名其妙的戀愛。梵谷就不必說了，羅塞蒂、莫迪里亞尼、芙烈達．卡蘿，每個都是這樣搞砸事情。藝術家其實跟搖滾歌手很像。擁有過多的波希米亞氣質並不是一件好事，過度叛逆，太有想法，像冰塊咔啦咔啦任意凍傷別人的那種酷勁，只是為好不容易稍微推進了的藝術史，草率地劃下一個句點。這讓我思考以後是否要在合同上，像演藝圈的經紀公司那樣，從簽約開始幾年內禁止談戀愛，之後戀愛的對象也必須先經過公司的核可才行。

我和美心，後來便重新簽了這樣的合同。她聽我絮絮叨叨說完理由，倒是笑傻了就接受了。

那是她回國後我們第一次見面。如果沒什麼事，我不會主動去打擾藝術家的生活。地點就在我的畫廊，以前這兒是間咖啡廳，距離我家不到五十公尺的距離。畫廊坐東朝西，面對伊通公園，保留了原本咖啡廳白色的牆壁，以及天花板裸露的管線。傍晚從公園那頭照射進來的光影，就像黑色的電流，在牆上、藝術品上、我們的臉上，肆虐流竄。就在我們差不多談妥之後，珈珈從家裡走來畫廊找我。

她穿著在家常穿的紅白條紋連身裙，加一件上頭有著藍色星星的羽絨背心。每年敏娜都會買件新的背心給她，直到現在都還習慣這麼穿。髮型則是國小女生喜歡的那種款式，也不知道怎麼形容。噢，我想到了，就是克林姆為姪女畫的《海倫·克林姆肖像》中的那款短髮，大概是剪成那樣子。

珈珈一見到我就說。「媽今晚七點，在附近的長榮桂冠用餐。她說你一定要到，因為是她的大學同學會，他們想看看你。還有媽要你等一下去全家買一瓶家庭號牛奶。」然後她從口袋，拿出一本存摺給我。「回家前記得先去合作金庫幫媽刷簿子。」

我望了外面公園旁的全家，店員正低頭打著收銀機。這麼方便的距離，沒有一定要麻煩我才對。

「我知道了。現在才五點多，牛奶妳去買，簿子我待會拿去刷。」我交代完，轉頭繼續和美心討論兩個月後的台北藝術博覽會。畢竟這幾年她不在臺灣，對歐美藝博還比較熟悉。她也是臺灣少數曾被威尼斯雙年展邀請，以個人主題館參展的女藝術家。

「不行，媽說要你去買牛奶的。」珈珈又靠過來插話。

「牛奶誰買的不是一樣嗎？」我說。

她滑了手機，之後回覆我說。「不行，媽說一定要你買。」是敏娜的意思？她只要傳訊和我交代這些事情就好了，有必要特地叫珈珈過來傳話嗎？

「珈珈，爸正在談生意。斜對面就是全家，往前走幾步還有7-11。牛奶妳幫我買好嗎？」我示意她畫廊還有其他人在，美心也笑著對她點頭。但珈珈並沒有和美心打招呼，以為只是一般的客人。

「那爸要答應我一件事。」

「什麼事？」

「我那天和同學經過寵物店，店裡有隻黑色貴賓很可愛。我隔著玻璃看牠，牠也一直看我。牠的頭蓬蓬的。我保證牠很乖，不會亂叫也不會亂咬人。那我可以養牠嗎？」說完就拿手機給我看她拍的那隻黑色貴賓，的確是隻連我看了都會喜歡的小狗。

「有先問過妳媽了嗎？」我接過她的手機說。

「媽說不要。她說不想讓鄰居在公園看到她清狗大便。」

珈珈每隔幾年就會跟我們提議要養寵物，看來這次又要讓她失望了。

「小狗的毛髮，容易沾黏在油畫上。爸這邊也沒辦法答應。」

就在我開口，一如往常拒絕珈珈的時候。美心走過來，看著我手上珈珈的手機說：

「哇，好可愛的黑貴賓。」

「妳也喜歡黑色貴賓嗎？」珈珈終於把目光轉向美心。

「當然啦，貴賓最可愛的就是黑色貴賓了。」

美心的身高不到一六〇，但因為穿著高跟鞋，所以站起來還比那時候的珈珈高了不少。

然後她貼近我，蘋果色的口紅像一層塑膠薄膜服貼在她的嘴唇上，小聲地告訴我說：

「徐先生，可以再簽條合約嗎？」

「哦？」我不太懂。

「幫你養寵物啊。」她說。她轉頭問珈珈。「妳叫珈珈嗎？徐珈珈？我也喜歡這隻小狗喔。既然你們家不能養牠，那我養好嗎？妳在哪家店看到牠的呢？我養狗狗很有經驗喔，在國外養過鬥牛犬、約克夏，而且我跟妳爸爸很熟。如果是我養的狗狗，妳隨時可以來我家找狗狗玩。這樣好不好呀？」

珈珈瞧了瞧天花板，又看一看地板，正在斟酌美心提出的交易。她沒料到有人會來和她搶著要這隻小狗。不過我大概知道珈珈正在想什麼。美心回臺灣後，這些狗去哪兒了？是留在法國？還是帶回臺灣？寵物只能搭飛機貨艙，但貨艙很冷，太小的狗挺不住的。

「小狗也可以讓妳取名字喔。」美心繼續加碼說。

我們都等著珈珈回答。時間停頓了好一陣子，應該有三分鐘吧，太陽已經比四周的建築物還低了。也許有些人覺得賣關子很有趣，很幽默，或者很可愛，但我只覺得反感而已。珈珈是我的女兒，她知道我習慣讓她決定。雖然她思考了很久，但肯定會給出一個直接的答覆。

「還是不要好了。狗狗是很忠心的朋友，這樣妳跟我，還有狗狗，都不會開心。」她同樣不肯說出是在哪家店看到這隻小狗，就像覺得沒自己的事了，轉身跑開畫廊。

我問美心。「妳覺得我女兒，長得像我嗎？」我習慣問初次見到珈珈的人這個問題。

美心轉頭過來，很仔細地看著我。她像在想著什麼，那表情已經不像是為了感情而難過的女子。「徐先生，妳女兒像你也不像你喔。你懂我的意思嗎？她雖然有點像你，但感覺更像是另一個人。」

「所以比較像我太太？」通常這是緊接著第一個問題的第二個問題。

「也不像徐太太。雖然我只見過徐太太一次面。」她有點不耐煩地說。「為什麼有小孩的人，都喜歡問這個問題啊。真要說的話，妳女兒誰也不像啊。搞不好她喜歡聽到我這樣子的回答呢。」我提的問題確實沒有一個真正的答案，但說來說去也只有三種組合而已：像我、像敏娜、誰也不像。我也覺得每個答案都有點兒像是廢話。能肯定的是，美心的回答並不是我想要的那一個。

說完她戴起一直拿在手上的藍色帽子。有著花瓣弧度的帽沿，讓我想起那間診所門口的火鶴。散發蠟筆色澤的藍色苞片，包覆著藍色的燭蕊，如果不計較葉子的形狀，遠看還真有點像梵谷所畫的鳶尾花。

「在巴黎的時候就常常想回來了。」她說。「反正在國外也有點膩。」

美心離開前在畫廊門口，像又想到什麼，回頭對我說。「以後可以常見面吧。我住在安和遠企附近，有空過來喝個下午茶，那邊的三十八樓有間馬可波羅餐廳，視野很不錯的。手機再約吧。」

「手機？喔，對。手機。」我也想到了一件事。「我幫妳拍張照，美心。」

「好呀。」她說完，我就按下快門。

最後我跟珈珈都忘了買牛奶，敏娜好像也忘了這件事。

幾年後珈珈國小畢業，她沒考上金華國中的美術班，只好就近讀大同高中的國中部。我就把珈珈交給美心來指導。不管眼界、資歷還是技巧，確實是不錯的人選。

記得第一次帶珈珈到美心的工作室，我就醉心於她牆上所掛的畢卡索《米諾陶洛斯之戰》。她以刺繡加入油畫的方式，重新呈現這幅知名的版畫。我不得不強調這點：在一幅巨大、雄性、多毛、古老而野蠻的牛頭人身面前，我聯想到的卻是我的寶貝女兒，她就是一頭米諾陶洛斯！

我的生活處於一個以女兒為中心的迷宮！這幅畫完全說出我的恐懼：牛支解馬、馬背上懷孕的女鬥牛士、逃到木梯上的男人、拿蠟燭的小女孩、閣樓上的雙胞胎。所有的暴力、衝動、迷惘，包括抽象畫中的那種相鄰空間的不幸，像一座裝滿髒水的游泳池，都混雜在這幅圖畫裡。

那一刻我完全覺悟了，我要逃離，逃離這個理念先決的藝術圈子。因為理念隨時會透過創作成為事實。我想要女兒整形，結果這件事就真的成真了。我不敢再想任何事情，只有攝影能讓我平靜，進入什麼也不想的「大空」之中。

二〇二〇年四月的第一天，我到東京接洽一筆生意。由於從來沒去過日本，出發之前，隨手抓了幾本旅遊導覽，另外也將羅蘭．巴特那本小書《符號帝國》放進提包。從大學開始，我就喜歡閱讀巴特的論述，有助於我增進藝術鑑賞的分析能力。

巴特也寫過另一本小書《艾菲爾鐵塔》。敏娜曾問我，那本書說巴黎的塞納河上有二十四座橋，是真的嗎？我告訴她，或許在巴特的年代確實是那個數字，但現在肯定不止。於是我們很認真的，從巴黎鐵塔上往下數，每次數的數目都不一樣，有幾次還不經意的碰到彼此的手指。那是我們第一次接觸。在那樣完美的鋼骨結構當中，我們的相遇，肯定是帶有某種結構主義上的意義。

不過這次是要去看東京晴空塔，所以改帶巴特的另一本書。同時聽說日本有一位很不錯的年輕藝術家，打算順便去拜訪她，看是否有簽約的可能。她名叫幸原麗子，出版過幾本著色書，經常在東京日比谷公園的噴水池一帶幫人作畫。中午十二點前，我就到了現場。樹蔭下只見一整排的公園椅，她人則還未出現。

我索性將公園繞了一圈，經過舊日比谷公園事務所，一棟有著白色窗櫺的美麗小木屋。在那逗留了一陣子，踩著落葉，拍了幾張照片傳給敏娜。之後再回到噴水池前，幸原已經擺好畫具，坐在樹蔭底下。見到人之後，我覺得幸原麗子應該就是本名。

由於街頭作畫必須在短時間內完成，下筆要快，更常需要塗改，因此素描是最好的選擇。她的作品即以素描為主，然而她卻能夠用最簡單的工具，把「對象」畫得極為傳神。我之所以強調「對象」，是因為不管人物、動物、植物，還是器物，她都有辦法只透過鉛筆和軟橡皮，把對象精準地畫到一比一的比例。這也是我一直想見到的，超越照片的繪畫。

我遞出名片，她驚訝地看向我，拉了個長音，發出日本人慣有的感嘆句。我想名片上的漢字，應該已足夠傳達我的身份和目的。看來日本比較高階的藝廊，很可能都還沒和她接洽過。為了取得她的信任，我更破例，主動請她幫我畫張肖像。可能是常接觸外國遊客的緣故，幸原說著一口美式英語，詞彙簡單，卻很流暢，更有一邊作畫一邊和顧客聊天的習慣。

「JR丸之內線，就在我們的底下。有感覺到嗎？列車快速通過隧道時，會有一種細微的晃動，從很深層的地層當中，像被小心守護著般往上蔓延過來。我都在這個位子作畫，比較有安全感和靈感。」她笑著說，請我坐到她對面，並要我按耐著性子不要動。

「有，似乎有呢。椅子下面。」我心想怎麼可能感覺得到。

「開始作畫之前。怎麼說，算是特別的服務。」她賣個關子，先低頭選擇畫具。一道過份細膩的彩虹，在眼前攤開，是FELISSIMO的500色彩色鉛筆。或許她正在構思了吧。之後她抬起頭看著我的臉說，「我可以畫出另一個性別的你喔。和一般的肖像畫比起來，你也許會更想畫這一類的肖像。」

我想了一下。在互聯網上有看過她的介紹，她似乎是看心情，可能是見到比較有把握的對象，才這麼說。並不會對每位顧客都提出這項建議。

「不用了，只要畫出一模一樣的我就可以了。」

「真的不用？徐先生有女兒嗎？有女兒更好比對呢。」她說，並往後俐落撥了一下如同黑色蠶絲般亮麗的長髮。「如果我畫的女性，你覺得不像自己的女兒，那麼我可以不收徐先生任何費用。這樣好嗎？」

眼前的幸原麗子二十六歲，穿一件中間印著數字8的白色T恤，搭配非常硬挺的軍藍色窄裙。她上圍雖然平坦，但作畫時雙腿內八併攏著膝蓋，是頗引人遐想的坐姿。

「意思是說，我可以看到我女兒原來的臉嗎？」我翹起腿，雙手抱在膝前問。

「原來的臉？算是吧，也許這樣畫出來的，才是你女兒原來的臉喔。」雖然她覺得奇怪，但還是順著我的話回覆。或許她覺得，那是因為彼此用英文交談，大概是文法、詞彙，或是語調上不夠標準的緣故，才會出現這類意思不太明確的對話吧。

「那麼麻煩妳了。」

「太好了。可以和我說更多，關於你女兒的事嗎？她幾歲呢？」她邊說邊開始動筆。

「十一歲，還在讀小學。」我笑著說。「早上出門前，她還拉我到門口對面的公園，聊了點心事。不過我說的這些，妳可以幫忙保守秘密嗎？要是我女兒知道的話，肯定會很生氣的。」很自然的，我和她分享了一些珈珈的事。當然內容不是那麼正確，並非故意要瞞她，只是方便我用英文表達罷了。而珈珈那張早已被世人遺忘的臉，也正在她的筆下，以繪畫的力量，逐漸接近那個答案。

噴水池正對著日比谷禮堂以及市政會館後方，有大片的廣場和草地。由於鄰近霞關，往來行走不少公務員。他們不分男女，提著公事包，穿著開襟的風衣，為了國家體系的正常運作，每天重複走在這段路上。臺北比東京慢一個小時的時差，不過這時候兩地都算是午餐時間吧。幸原說在東京，其他公園都開滿櫻花了，比如新宿御苑、上野恩賜公園，就只有日比谷公園，依然是翠綠色為主。

「綠色是作畫最好的背景。動不動就掉下花瓣，也會妨礙作畫。」

「我以為所有的日本人都喜歡櫻花。」

「算是吧。我也很喜歡櫻花，只是工作上不得不挑剔，沒辦法。」她換了一支更為尖銳的鉛筆。「徐先生喜歡綠色嗎？或者你女兒喜歡嗎？」

「我的確喜歡綠色。像以綠色為主的畫作，比如塞尚，給我平穩踏實的感覺。高更的畫風雖然類似塞尚，但用色偏黃褐色，就不是那麼喜歡了。我女兒應該也喜歡綠色吧。」我想到了皮埃爾·博納爾，那是珈珈最喜歡的畫家，他的作品似乎是綠色底居多，但藍色底的作品似乎也不少。

陽光意圖使人赤裸，穿透幸原的白色T恤，底下是件淡綠色的內衣，包覆她的最內層。而這張我的肖像——同時也是珈珈的肖像——從一點半構圖開始，幸原小姐就從未休息過，不斷地比對我的臉，手中的鉛筆不曾停止動作。到下午四點整，終於完成了，較一般的街頭作畫，多花了一倍左右的時間。她滿意地放下手中的鉛筆，重新挽起頭髮，稍微梳理一下打扮，才將畫板轉了過來，讓我看到了整張畫。

雖然畫得維妙維肖，但畫中的那張臉，不過是珈珈現在的臉。依舊是那張面具。不管用什麼方法，怎麼剝就是剝不下來。但在幸原面前，我並不能表現出我的失望。

這就是臉的現實，臉就是臉，由絕對勝出的一張臉來領導珈珈的一生，才有所謂穩健和平的日子。一味去追尋最初那張連輪廓也不曾存在過的臉，把臉當成了理想，做出了有如革命的行為，這才是對珈珈最大的傷害，招來生命中根本不必要的考驗。這一刻我算是懂了自己的愚蠢。

「有像徐先生的女兒嗎？」她問說。

「一點也不像喔。」我調侃地，拿出相機拍攝，一邊說道。「從沒見過這麼美麗的素描。妳炭粉的掌握非常細膩，完全沒用到輪廓線，臉上的每吋肌膚、每根毛髮，都是由炭粉點描而成，類似後期印象派的手法，陽光下更散發出異樣的光芒。」不由得說，還真有畫出珈珈的微笑。

「鉛筆所擁有的金屬色澤，是水彩、油彩所沒有的。對素描來講，鉛筆永遠是最好的選擇。各種硬度的黑色鉛筆，再與其他顏色的鉛筆搭配，就能畫出各式各樣帶有金屬質感的彩色素描。」她說完，又再次問我。「真的不像徐先生的女兒嗎？當然畫中是會比較成熟，大概是十七八歲的模樣。」

我從相機的螢幕，點了珈珈的照片給她看。是今早在伊通公園拍的。

「我不是說過了嗎。開玩笑的。」

「哇，實在太好了。」她接過相機，或許是鬆了一口氣，這句話她是說日語。

幸原仔細看著珈珈的照片。在這之前，她不可能見過珈珈。光看我的樣子，能畫到這種程度，已經很了不起。我順勢把合同遞給她，詳細說明過去已經有哪些亞洲的藝術家，透過我將他們的作品，帶到各個重要的藝術展與拍賣會上，並贏得好的價格。

「歐美和中國的私人收藏家、各大美術館，總不可能隨便花錢買東西吧。他們希望能清楚每件藝術品的脈絡，必然需要透過專業人士的建議，幫助他們瞭解新生代藝術家當中這些人的知名度，瞭解作品的傳承，比方是否有哪些一流的收藏家也在收藏這位畫家的作品？」她仔細聽我說著，有一對長直且向下的睫毛，並不是我所討厭的向上翹的那種。「也因此，一件藝術品是否有收藏的價值，與其相信背負文化使命的學者，買家更願意相信一位誠實的畫商。」

談完生意後，我從日比谷公園走到霞關，搭JR丸之內線抵達了新宿站。預計住在那邊的ibis飯店，打算明天一早搭東海道新幹線，先到神奈川的鎌倉市，參拜鐮倉大佛。接著再到奈良，參拜東大寺的盧舍那大佛。晚上則在京都的南禪寺會館掛單，準備參加為期三天的京都國際藝術祭，接洽幾位藝術家來臺北展出。

晚上六點的新宿地鐵，我親眼見到石沖《物語系列》的真實成立。數萬名剛下班的白領階級被壓縮在狹小的電車車廂內，許多的臉和身體，細膩地緊貼透明的玻璃。那玻璃就像是堅固的空氣，一罐內部早已整個凝固的膠水，黏滿密密麻麻發脹的奇亞子。這一幕和石沖畫作的區別，只差這些人不是裸體而已。

我每次都這樣向同行介紹自己。「我是個信奉超級寫實主義的男人，熱愛查克·克洛斯、冷軍和石沖的繪畫。」長久以來我相信理念第一，雖然我很想逃離它，而慾望是被我放在比較後面的東西。我畢生都希望去一個只有真實而沒有理念的地方。那個終極無邊的地方，或許像杉本博司的《海景》。只是那根本也不是海了，而是除了海水，什麼也沒有的一個地方。

晚上九點多，我從飯店出來找點東西吃，順便拍攝東京的夜景。漫遊新宿街頭，東口的歌舞伎町相當熱鬧，到處都是時髦的年輕人和招攬他們的時髦商店。隨便逛著，發覺自己也年輕起來了。如果人不會老，那麼年齡實在是一點意義也沒有的東西。

當我走到西口看到郵便局旁的 Pa-chin-ko 店，不自覺停下了腳步。自從住到巴黎後，就再也沒去過遊戲廳玩彈珠機了。以前北京的小西天、藍島大廈、隆福寺都有擺這玩意兒。雖然分數打得不是挺高，倒也頂懷念的，指間更不自覺的，冒出了那彈子球獨有的摻雜了不銹鋼、指紋、香菸的味道。

巴特的那本小書《符號帝國》，就提到彈珠機在日本文化中的符號作用，並將這種遊戲視為一種「藝術」，還扯到了東方藝術中畫紙與墨水的特性，也就是一旦出手——就像發射彈子球，只有一擊的機會——就無法再修改了。不像西方繪畫，不管是素描、油畫，都可以一再塗抹覆蓋。說到底日本的水墨畫，和中國的水墨畫差別並不大。那麼東京的彈珠機玩法，和北京一樣嗎？

當我正要走進那家 Pa-chin-ko 店時，幸原麗子打來給我。她先問我搭機回國了嗎？還沒的話，合同已經簽好了可以當面拿給我，這樣就不必再寄到臺北。說是要過來新宿這邊。手機那頭的背景非常靜謐，不像我這頭那麼吵鬧，使得我頻頻致歉。

她人還在日比谷公園？

我們約在 ibis 飯店樓下的麥當勞見面，裡頭同樣坐滿了人，找不到適合的位子坐下。兩人站著大概聊了一會後，沒遲疑什麼，就帶她上來我的房間。當她進到房裡，仍然背著畫具，穿著下午的那套衣服。一天下來，那件軍藍色窄裙始終非常硬挺，像個倒過來的杯口。

待一切衣物退去後，她比表面上看起來還要豐滿許多，白晰的身體有如畫布，等著我來破壞。我們都覺得有不得不這麼做的理由。她說下午幫我畫肖像的時候，就好幾次想像和我的關係，而我也同樣想著這件事。與她那件裙子不同的是，她的身體非常柔軟，能擺出像是席勒畫中人物的姿態，然後和我做愛。

我托著她半月型的乳房下緣，幾次將她推向高潮。

韋格納光憑地圖上西非的缺口正好和凸出的南美吻合，就提出「大陸漂移說」。這樣是否也能假設，女性渾圓的乳房是被男性的虎口幾億年來給撫摸出來的？我確實假想過這樣一個「乳房漂移說」，還在筆記本上推論過。當年戴醫師也認同了我的看法，他補充道。「正確來講，虎口是為了包括女性渾圓的乳房在內，為了一切可掌握的東西而演化。」

戴醫師知道每條肌肉、每塊骨骼未來的發展。就像大陸漂移一樣，一開始盤古大陸是混沌的擠在一塊，幾億年下來慢慢各就定位，有的拉長、有的變厚、有的變薄，那些地質學家們完全可以預測地殼變動的走向，以及在各個時間點的位置。同樣的戴醫師當然也有辦法預測人臉未來的樣子。

整形就是種理念先行，一種透過精準的規劃與實踐，使腦海中的畫面成為可能的藝術。當我一聽說臺北有位醫生專門做嬰兒整形手術，並且是義大利波隆那大學整形講座唯一的亞洲籍教授時，我就躍躍欲試。

曾有前輩告訴我，只要能說出一口主義，就連醜陋也是一種美麗。

不過我相信美跳脫了一切主義。

就像廣廷勃的寫實主義畫作《鋼水．汗水》中那位英俊的工人；或是曾傳興的新古典主義畫作《逝》，當中那位穿著白紙婚紗有如天使的新娘。不管是哪門兒的主義，藝術永遠歡迎這些美麗的人們作為代言人，作為最後的勝利者。

我必須讓珈珈不受一切主義的束縛，也就是不受理念的束縛。不要像我一樣終其一生被理念所擺佈，成就不了事實，連女兒的美也是仰賴他人之手。當珈珈的臉拆下紗布，我倒抽了一口氣。那眼睛鼻子嘴巴的位置根本有問題，就像是克利《死與火》裡所畫的一張臉。但既然是決定，就不會是犧牲。果然隨著日月的推移，女兒的五官也逐漸更動位置。

在經歷過種種超乎預期的深刻體會之後，有一年我參加香港蘇富比春季拍賣會回來，提著公事包，淋著雨，低頭看著腳邊的門縫。珈珈過來幫我開門的一瞬間，覺得女兒好像不一樣了，臉上的疤痕與浮腫像隨著雨水流逝而去，她已還原到她的本質，也就是按照我的基因序列所編織出來的應有的模樣。我那時候是這麼地相信。然而珈珈並沒有停留在那裡，她的臉繼續變遷，朝戴醫師的設定持續演化。

後來我才知道，幸原希望懷上我的孩子。

是因為我的緣故？還是她見過珈珈的照片後，希望擁有和珈珈一樣漂亮的女兒？現在我真的不知道，有時候這種邂逅，是我個人的魅力，還是珈珈的魅力，吸引了這些女人。

那時候我四十四歲。人到了中年，某些慾望會非常強烈，而某些慾望卻又平淡得不可思議。除了那晚和幸原麗子的性愛比較特殊外，現在性愛對我而言，往往平淡無奇。敏娜也是這麼想的吧。做再多次還是一樣，人生截至目前為止，反覆做過這件事很多次了。我的性能力並未衰退多少，但那種事對我來說，真的一點都不重要了。

「你的體格，從肩膀往下，手臂的肌肉、胸廓、腰部、臀部，一直到小腿的阿基里斯腱的線條，都有西方人的樣子呢。白天看徐先生就這麼覺得了。」

幸原起身，她一絲不掛地拿起鉛筆，認真畫我躺臥在床上的裸體。我給自己倒了杯紅酒，就讓她畫，並沒有阻止她，滿腦子想的都是明天的兩尊大佛。

我年輕時候的理想，總是同愛情聯繫在一起。我發現最簡單的理想就是在愛情裡，但凡是理想就擺脫不了破滅的可能。我的愛人必須和我有相似的品質，可惜我愛過的大都不是和我有相似品質的女人。我也早知道愛是三流的東西，情愛、慈愛、友愛、性愛，各種愛都是如此。人生有許多事情比愛更重要，可是我們卻最常拿愛來當藉口。我想愛的重要就在這裡，愛就是最好的藉口。

我出生於文革結束那年的冬天，文革在我出生三個月前結束。

爹娘都是紅衛兵，文革過後沒幾年就遭到報復，那些被平反的人更日復一日加深對他們的憎恨。他們也沒說什麼，畢竟自己當學生幹部時做過什麼事，自己知道得清清楚楚。他們把人逼死過嗎？應該是有的，但他們最多只是說，有些人能熬過來，有些人熬不過，算是自己死了的，怨不得誰。大人之間操著方言相互指責。那麼久的事，我也記不清楚了。但即使很多年後，當我躺著要入睡時，仍會聽到這些早已應該隨著時間如同灰塵安靜落下的聲音，卻像劇烈滾動的砂石，嘈雜的、炸裂的、粗俗不堪的不斷在耳際迴繞。

在我升小四的時候，爹娘終於被當年沒有被他們弄死的人給弄死了。八月酷熱的夜晚，那些人偷偷把冬天取暖的煤氣接到我家屋子，又從外頭密封了我家門窗。

我的小房間不知怎了，殘留較多的空氣。我僥倖沒死，但鄰居都當我死了。他們就像沒看見我似的，擅自查封我家。電子管電視、舌簧揚聲器、老幻燈機、文革瓷、舊書畫，許多爹的書報雜誌、娘的衣服首飾，文革時拿回來的好東西全被搬光了，連油燈也要提走。

我坐在家門口挨餓了好幾天，鄰居也走過來，對我亂吐唾沫。爹娘很疼愛我，我卻因此受到懲罰。路過的人家瞧我的那副表情，讓我反感，甚至讓我發毛。但我也想到，只有那張臉皮才是唯一的真實。人只要想法不同，就能成為敵人。路邊罐子裡頭裝了什麼，不知道，但罐子就是罐子。這項判斷一點錯也沒有。我就是想把那罐子撬個洞，讓裡頭的東西通通給流出來，而且讓我吃了能夠消化。但我不管如何就是打不開那罐子。最後才想通，要活命就得趕快離開拱墅，到別的地方也許還會有人願意幫助我。

我在杭州胡亂走了兩個月，偶爾才要到一點飯吃，餓極了抓了蟲子就往嘴巴裡塞。那段時期肯定是我最醜陋的一段日子。從家裡帶出來的一面鏡子，我整天拿它偷看自己的面容，樣子何止是醜，簡直像是被人踩得一塌糊塗的一坨臭屎！我記得自己水腫的大肚子，四肢的皮肉，薄得像報紙圈住骨頭。頭髮也幾乎掉光了，乍看就像河童。那年紀我早知道什麼是河童，在家裡一本民國出版的芥川龍之介小說中看到過，但從沒想到自己會變成那副德性。

我看過了什麼，我就成了什麼樣子。

然後我走出杭州城，遠離西湖，一路往北走。那年紀當然不懂啥是上訪，會往北走，只是因為剛好這個方向，還算有點東西可以吃罷了。

太陽告訴我，食物就是美，食物就是暴力。

有一天當我走到太湖邊的時候，終於餓倒撲地，再也爬不起來了。全身的力氣，不斷流失到空氣裡。我慢慢懂得，那逐漸耗散掉的像汽水泡泡一樣的東西，好像就是靈魂。我側臉望著太湖閃亮的湖水，褲管裡開始失禁撒尿。

最後連寄生蟲也拋棄我。大概是知道我要死了，從我的身體裡不斷湧出來，從我的嘴巴、鼻孔、肛門、指甲縫，甚至眼窩子裡都冒了出來。

就在我雙眼微張，五官都有蟲子蠕動，幾乎奄奄一息的時候，遇上正好到太湖旅遊的讓·薩勒蒙先生。他好奇停下腳步，仔細地瞧著我看，接著他拿出相機，拍了我幾張照片後就快步離開。

不知道過了多久，他又折回來將我帶到市區的醫院。

植物最重要的，那個生命所在之處，不是花、不是根、不是莖、不是葉，而是莖與根的交合處。或許就是所謂的「芯」吧。只要那裡保留住，一株植物就不算死，就能活。我活下來了，從此確認我莖與根的交接處在哪，之後就拼命地保護好那個部分。

一九七九年之後，中國現代主義繪畫萌芽。薩勒蒙先生是最早大量收購中國星星畫會作品，並推銷到歐美市場的外國畫商之一。我也就這樣被他帶到了北京，並在北京十五中完成學業。雖然文革早過去了，但毛主席還是毛主席，新中國還是新中國。到了北京後，我在學校打上了紅領巾，高唱時代的絕句：

我愛北京天安門，
天安門上太陽升。
偉大領袖毛主席，
指引我們向前進。

這種集體性的激情，可說是一種藝術的療癒能力，讓我從兒時的巨變當中慢慢復原，重新長出了手腳。更感謝薩勒蒙先生和薩勒蒙太太重新給了我一個家庭。那時我就知道，家庭雖不好，但家庭是必要的，個人的最小意義只能在家庭中彰顯。

前些天珈珈說要交全家福畫作給黃老師，問我會不會想念拱墅。我說太小就離開了，沒什麼記憶。即使當初記得什麼，這麼多年沒翻出來好好想想，也早就被身體吃掉，什麼都沒有了。我還站起來，一副要珈珈搜身的樣子。

「抹布吸水的時候，雙方是懂彼此心情的喔。覺得爸在說謊。」

這什麼奇怪的比喻，珈珈說話的方式，肯定是從敏娜那邊學來的。為了讓珈珈作畫，我們一家坐在客廳的大鏡子前面。坐著的當口，我試圖回想了一下，還記得爹娘穿綠軍裝的模樣，但爹的臉孔已經丟失了，只剩下娘那張好看的臉。

剛搬來臺北的時候，有天晚上我陪敏娜逛百貨公司。她走進一家專櫃挑喜歡的衣服，最後在鏡子前，試穿了一件綠色的軍裝外套。起初我不以為意，不管是自己做的還是買來的，敏娜的衣服都太多了。但由於那件外套有收束腰身的抽繩，加上對稱的四個大口袋，內裡鋪棉，穿起來鼓鼓的可愛，那一瞬間竟覺得敏娜有點像我的母親。我從她背後，雙手搭在她的肩榜上，不禁脫口而出地說：

「這是解放軍的大棉襖嗎？」

敏娜和女店員，都不約而同轉過頭來看向我。

有時候人會突然想起過去喜歡的東西，可是當回想起來，卻覺得好像也沒多大意思的時候，這就叫做「悟」。成長的本質就是「悟」。不斷領悟過去的東西，然後丟棄，換觀想下一個新的東西，直到再次領悟。

眼前的珈珈，是我和敏娜身體的一部份分出去之後，融合在一塊，然後慢慢長成另一個人。肉體是這樣來的，沒有人有異議。可是心靈為何就不是來自於父母？

心靈普遍被認為是獨立自主的，要嘛來自上帝的賜予，所以用完之後需要回收，放上秤子，兩端估量價值，這就是死後的審判；要嘛按照輪迴的說法，就是有一個自遠古以來就存在的自我，不斷進入新生的身體中，直至這副身體崩壞，再換到下一副身體。

總而言之，這些宗教上的說法都把父母給予子女心靈的這個事實，硬生生給竄改了。變成了公共財，是大眾的東西。但我相信，父母創造了肉體，當然也創造了心靈。我的心靈遺傳自我那紅衛兵的爹娘，珈珈的心靈也肯定和她的肉體一樣，一半來自於我，一半來自於敏娜。每個人的心靈，必然是立足在自祖先以來所累積的那塊沃土上。那也許是一層泥濘的田地，也許是一盤岩地的高崗，也許那裡早已蓋好房子，只要你舒適地住進去。不管如何，心靈這塊地方，全部都值得我們重溫。

二〇〇六年，木心離開定居二十四年的紐約，回到了故鄉烏鎮。二〇〇七年北島也從海外搬回香港，任教於香港中文大學。二〇〇八年徐冰回到了北京，接下了中央美術學院副院長一職。這些令人尊敬的詩人和藝術家，那陣子都回來了。而我，也回來了。

這幾年定居臺北，發覺走在路上要遇到孤兒並不容易。這些年輕人都有自己的父母，或至少被其中的一方帶大。這是一個尚稱幸福的社會，反而讓孤兒真正地孤獨了。

充斥孤兒的年代，孤兒其實並不孤獨。

我教育孩子的方式，就是讓甜蜜的經驗、痛苦的經驗，都適當地在孩子的心裡達到平衡。愛的存在如果沒有殘忍，就不可能理解。況且，正因為人的本質是殘忍，人才會去強調愛；人的本質如果是愛，人反而會去強調殘忍了。

我親眼見過沈少民的《盆景》系列，便是把齒列矯正器的整套工法，轉移到一株盆景上施行。那些枝幹，就像扭曲身體的斷臂的維納斯，套用當代藝術的行話來講，每株盆景就是一架活體裝置藝術。當然這是非常不人道的事。宋代車若永在《腳氣集》中就說過：「夫人纏足，不知始於何時。小兒未四五歲，無罪無辜，而使之受無限之苦；纏得小束，不知何用？」

自己帶女兒去整形，不就像強迫女兒纏足嗎，還狡辯說是為了讓她變得更漂亮？

當我看見這段記載的時候已經太遲，不然我一定拿這段話來質問戴醫師。彷彿我只要能說服戴醫師，整形是不人道的，尤其是施加在沒有行為能力的嬰兒身上，自己就能抽身，就能中止珈珈的整形計畫。從那時起，一種罪惡感從我的身上孳乳而出。就像有了一個字，就能不斷創造出另一個字；有了一個詞，就能不斷衍生出新的詞。我畏懼字和詞的繁衍，沒有所謂的終止。

「就像我喜歡穿高跟鞋，女兒也很喜歡自己現在的臉不是嗎？」

敏娜說穿高跟鞋容易拇指外翻，對腳踝、膝蓋，骨盆都有不好的影響，她說那可以理解為一種暫時性的纏足、西方的纏足、布爾喬亞式的纏足。她在巴黎留學時，受年鑑學派的影響頗深，所以很看重物質和心態史的關連。她位於左岸 Chevaleret 街上那間充滿她迷人香味的房間，就擺著《蒙大猶》、《法國鄉村史》，還有好幾本布勞岱爾的著作。

「不管好的，壞的，開心或不開心，當女性已經對此有過審美體會，有她們與此共存的心得。你就應該聽聽她們的。」敏娜勸告我，假如哪天我像良心發現一樣，否定女兒現在的這張臉，告訴她真相，這就好比阻攔女性不要穿高跟鞋，說那是社會強加給女性的畸形病態的審美，這樣做只是給女兒帶來二次傷害。她要我承擔起這一切，而不是又丟回給女兒。

不過我相信即使是一個平凡人，也可能會在某個時刻，遭受到英雄式的磨難。就像我曾經承受爹娘所帶給我的，我能受得了，女兒也一定能受得了。沒道理她受不了。

「事情在最初的一開始，就已經決定之後的走向了。」敏娜說。也許她是一位打彈珠機的高手，而我從來就不是。這也降低了我對各種遊戲的興趣，更不會上癮。

我年輕的時候總想，趕緊到人生的下個階段吧，最好能像溜滑梯一樣快。覺得自己不適合婚姻，可是又想要有個自己的家庭。所以像懷有我這種想法的人，最後大概就是在家裡當一個陌生人吧。

大概是這樣的結果。

這些年我有女兒已經不是活人的念頭，我懷疑女兒是太太和別人生的野種，我更有三個人的餐桌其實是四張臉在吃飯的幻覺。珈珈就像一九一一年失竊之後被歸還的蒙娜麗莎，真偽令人再難相信。或許在她身上早已不存在可以和我心靈交流的那種東西了。

孩提時她常吵著要我抱她起來；上小學以後，喜歡牽著我的手散步；到了國中，起碼愛伸手向我要錢；但現在她樂此不疲地對我陽奉陰違，這必然有她母親的影響。

敏娜拒絕高品味，只喜歡民俗玩意兒。除了去教會外，她還常帶珈珈到廟裡頭拜拜，接著母女倆再滿身金紙味地進到我的畫廊。生意只要讓敏娜操盤，只消幾個禮拜，前衛的藝術展場就會變成宗教藝品店。

她特別喜歡一種可以握在手中的「握佛」。

後來我才知道，成年女性喜歡可愛的玩偶和小產之間的心理關係。很多女性一生當中都曾小產過，但由於胎盤實在太小，難以察覺，以為只是難過一點的月事罷了。明明有過什麼，失去時又像不曾擁有過一樣，心中產生不知如何填補的空缺。我也只好忍讓她。

有次我問敏娜。「米勒的《晚禱》，地上放的那一籃東西，妳知道是什麼嗎？」

「不是馬鈴薯嗎？」她邊綁頭髮邊說。

「不是。」

「不是？喔。原來不是呀。」然後她開始擦一些睡前的保養品在臉上。她無須美白，至於那是要保濕、抗皺，還是除斑？我不知道，但從以前我就喜歡她臉上的雀斑。

「妳不猜了？是達利發現的。」我透露一點說。

「超現實主義的那位達利？」

「就是那個達利。」我見她又有興趣了，趕快揭曉謎底。「他透過 X-ray 發現，籃子裡放的其實是一具小棺材。」接下來她臉色不怎麼好，就說去看女兒睡了沒，不想再聽了。

有一些事情敏娜就是特別敏感跟禁忌。她尤其愛算命。像我從來就不相信什麼算命，我是完全不相信的。我問敏娜，如果一個人生下來不幸就沒有雙手，這樣手相的那套說法對這個人還有意義嗎？同個民族、同個家族，因為血緣相近，相貌自然都差不多，彼此的命運也就通通都差不多了？何況她女兒的那張臉，就足以讓面相學破產。

這些偽科學的問題就在於，野心地想從人的外表得知人的內在，而不願單純只從外表來論外表。臉對他們而言只是種象徵，暗示某種更高層級也更重要的意涵。說穿了，就只是把人臉當作窺視命運的工具，一塊踩在腳下的踏板，本質上是看輕這張臉、這副肉體的。

人的內在本來就無可捉摸，外表起碼還讓人有個評斷的依據。所以我只看一個人的外表。善良的心和美麗的臉，究竟哪一個比較真實可靠，一切不言可喻。

敏娜卻總是相信一些聲稱是「內在屬靈」的東西，她的邏輯就是「冥冥中有所注定」。但上天給人的差別就只是這副臭皮囊的差別而已，除此之外還有其他差別嗎？上天不給人的東西，自然比不上上天給人的東西重要不是嗎！人努力讓自己變美，就是對上天的尊敬！

所以我說美麗是有用的，我不後悔自己想盡辦法為女兒掙到一張美麗的臉。像「內在」那種毫無形體的玩意兒，被抬到最高，我打小就不認同。

原本我一直擔心珈珈長大後外表會不像我們，但事實上她從小到大都被說長得像爸媽，說像爸爸的還多一點。她是一個像我們卻又比我們好看許多的孩子。這不得不感謝戴醫師的技術。可是珈珈的那張臉，不管遠觀還是近看，為什麼我總有那麼一點遺憾？

我思想的高峰是在二〇〇九年，也就是珈珈出生那年。

或許是即將迎接新生命的誕生，又或許是，徬徨於即將步入中年的十字路口。總之是來到了一個分水嶺上，回頭張望來時走過的道路。

那時候常思索，到底人存在於宇宙的意義是什麼？難道人的智慧只是宇宙中的偶然嗎？用那麼一丁點的腦細胞，就想參透宇宙的所有道理，怎麼可能呢？那麼宇宙為什麼要創造出人，再讓人感覺到自己的孤獨和渺小？讓人知道自己誕生後終將失去一切。

人是意志的動物。

動物已經有了喜怒哀樂，而人更上一層樓，有了自我意識。

我不相信輪迴，也不相信天堂與地獄，人死後就像機器拔掉插頭，心跳停止跳動，身體隨即開始腐爛，成為其他生命的養分和居所。而宇宙卻讓人意識到這最殘酷的一點。這種其他動物都沒有的不得不悲觀的體會，也就是人這種動物與其他動物的區別。

如果這就是所謂造人的意義，那麼那個造物者以及祂的作品，還真是無聊透頂極了。為了不讓祂稱心如意，所以我將女兒帶去整形。

「我想要拍下的，就是時間。除此之外，沒別的目的了。」

很多年前在凱旋門底下的戴高樂廣場，敏娜問我為什麼喜歡攝影。記得我好像說過，對我而言人類文明的發展，只要到發明攝影就足夠了，再發展其他的東西，也只是破壞這個世界的環境。

「你的說法是有一些道理。」她說。

「所以妳能懂嗎？不會覺得我的說法，很不負責任？」

「嗯嗯，我能懂啊。相機、攝影機，確實是很不一樣的發明。」她穿著一件紅色運動外套，赭色的長髮披在肩上，頭戴一頂剛剛才買的白色棒球帽。帽上繡著「Rods」，一個我到現在也不知道意思的單字。

那天傍晚我們一起在凱旋門底下，繞著凱旋門，穿梭在人群當中。我在心裡暗自做了決定，不管以後遇到了什麼情況，而我們彼此之間是什麼關係，我都希望和這個女人一起衰老。不過一直到我求婚之前，她說是真的從沒想過跟我在一起這件事。

我可以沒有夢想，但為了好好和家人生活，我可以破壞別人的夢想。

後來我想到用粗粒子顯像、模糊對焦，再以油彩代替噴墨，以類似3D印表機的方式，輸出一種表面極其粗糙如同油畫般的照片。概念上類似Alexa Meade的逆向畫法：她在人的身上直接塗抹顏料，使真實人物都像油畫裡的人物，將三維偽裝成二維，早餐、水果、桌椅、檯燈，都要變成油畫，創造出難以區分繪畫與實境的作品。她的攝影代表作《MILK: what will you make of me?》，便是把全身塗上顏料的模特兒丟進裝滿白色牛奶的浴缸，效果堪比孟克的名畫《Madonna》。假如我能在藝術史上把照片再一次扭轉回繪畫，甚至進一步恢復為立體景物，是否珈珈也可能變回原本的女兒？

「你只是想把女兒的臉換成你的臉吧。」

敏娜指責我的妄想，要我別只注意事物的其中一面。她說當初就算沒帶女兒去整形，長大後女兒也許還是這張臉，根本沒有辦法證明戴醫師的手術究竟取得怎樣的效果。

她的確說到重點，我無法反駁，只好惱羞成怒地說：

「珈珈的美麗是沒有未來的。」

第二章 Mother

宿命的流行雜誌

我知道說謊的結果會是什麼，因此我所描述的絕對真誠。我也知道人為什麼會說謊，因為新的敘事，才能創造新的自己。

年輕時我和丈夫住在巴黎，才知道一九一一年蒙娜麗莎失竊後，仍讓數萬人湧進羅浮宮，只為了看一個空空蕩蕩的畫框。我當然有看到蒙娜麗莎，畢竟那幅畫很早就被找回來了。不過那真的是蒙娜麗莎嗎？相信外表仍是原來的那幅，但內在肯定被替換過了。這件事對我有很大的影響，我覺得女人在這一生當中，都曾被徹底地替換過而不自知。

當初丈夫說打算讓女兒接受最新的整形手術，我們在公園對面的協和婦女醫院。生產完才第三天，身子還很虛弱，心想女兒生下來臉上毫無缺陷，為什麼要動手術？但是當我明白他希望透過整形讓孩子更幸福時，當下也就答應了。

我說。「你自己好好想想吧。」女兒出生時就比一般嬰兒重，是個健康的北鼻，她的手已經能握住我的拇指。「但你既然問我的意見，我是持反對的。不過最終決定權在於你，也許你有不得不做的理由。有的話，其實可以不用考慮別人意見。」

看過很多人，也許是懦弱，也許是不在意，在人生的重要時刻，把決定權交給了別人。像是交給父母，給師長，給好友，給另一半，給上司，給陌生人，從此偏離自己最初的夢想，一直得過且過地生活下去。

我對自己的提醒只有這一點，不斷提醒自己，什麼時候該自己做決定。

要不要交出剛出生的女兒去整形，對我來說就是一個人生的重要時刻。對女兒來說更是如此，一旦錯過就再也沒有機會。可惜當時她的年紀實在太小了，必須由我們幫她決定。我們夫妻也說好，這件事之後，任何事都一定都讓女兒自己選擇。算是種彌補。

「每天走在路上，不都會看到很多長得不好看的人嗎？長相普通，就等於不好看。像那些藝術家，作家，政治人物，外表也都不怎麼樣。」丈夫看我好像沒意見，就又繼續說。「人不可能因為內在就會被喜歡的，說什麼：『外表能讓人喜歡你，但內在才能讓人愛上你。』都是場面話。是一旦說出事實，就會傷感情的話。」他見我不搭理他，自以為知道我在想什麼。不過我什麼都沒想，只顧著和女兒玩。

「我在和妳討論事情。」他說。之後我們大概沉默了兩三分鐘。

「好好教育女兒，才是最重要的吧。」我不得不隨口敷衍他幾句。

「整形就是教育啊。」丈夫見我回話了，又提起精神說。「形塑一個人的思想，稱為教育。那麼形塑一個人的外表，為什麼就不能稱為教育了？」

「人重要的是越來越好，而不是只看當下的好。」我抱著女兒，溫暖得像抱著我的子宮。「你不覺得整形很速成嗎？教育會讓一個人的內在慢慢變好，但外表隨著年紀增長，只會逐漸走下坡的。所以好的教育，才是父母該給子女的一輩子的保障。」

「沒有人否認這點。但教育能讓一個人的臉變好看嗎？這怎麼可能。況且，能用教育改變人的命運，為什麼就不能用整形改變人的命運？」丈夫也彎下腰，逗弄女兒。他們的睫毛，又直又長，那時真覺得他們長得很像。然後他撫摸我的額頭，溫柔且堅定地說。「讓女兒成為一個擁有美麗外表的人，同樣是我們的責任。」說完將我和女兒輕輕地擁在懷裡。

這是女兒第一次聽到她父親的心跳吧，而她的父親即將送她去整形。

丈夫說得沒錯，一個好看的人，無須說話就令人疼愛，任何缺點也會是美的。和戴醫師第一次見面我就問過他，「醫生你會不會，也為自己的孩子整形？」戴醫師沒有回答我，但我知道他一定會這麼做。就算嬰兒時期沒有為孩子整形，長大了也會動點手腳吧。有這樣的技術，為何不做？

年輕時我曾推諉地想過，要是能長得更好看一點，我的命運一定不是現在這樣。捫心自問，我和丈夫的長相並不差，但我們過的日子也不會比別人輕鬆。比如他多年來堅持住在臺北這間老舊的日式平房，只為了那一點畫商的品味。

丈夫一家在北京的舊宅，幾年前已經拆除了。回臺北前，我們特地先到北京找過一趟。那一區如今蓋了不少新穎的大樓，不過丈夫還是很快就找到了以前住的地方，只是新社區整個圍了起來，路口的管理員不讓我們進去，以致於我們沒辦法靠近當年的住址。

「反正大樓都差不多，妳幫我拍吧。」

他調整一下厚重的單眼相機，遞了過來。我心想傻瓜相機拍不行嗎？實在不習慣拿這個。丈夫像看穿我的想法一樣，搖搖頭不採納我的意見。最後他選擇站在附近一棟完全不相干的大樓前，拍了幾張照片，再到王府井一間以前熟識的照相館快洗，從郵局寄回給巴黎的薩勒蒙太太。

那天午餐，他特別帶我去喝灰綠色的北京豆汁，乍看以為是臺灣早餐喝的黑豆漿，味道卻像巴黎的酸奶，不過淡了許多。搭配豆汁的焦圈，外型也很像法式洋蔥圈。離開了小吃店，丈夫又帶我繞到他以前讀過的高中，接著去逛天壇，傍晚就前往首都機場了。他旅行一直是這樣子，總是快速的從一個點到下一個點。那也表示他已經不把北京當故鄉，只當是來旅行的過客。

我們坐在計程車上，開上東三環，兩旁都是高聳的玻璃大樓。

「華夏到處是華廈了。」丈夫倚著車窗，摸著嘴角說。

「什麼？」我問。

「沒什麼。」

我們並未在機場逗留太久，兩個小時後就搭機飛往臺北。

「不過都市越高度集中，也許就能減少對自然棲息地的開發。也蠻好的，不是嗎。」夜空中原本看著機窗外頭的他轉頭問我。星星都倒映在他臉上。

在買下位於臺北伊通街的這間平房之前，我們第一次來看房子，那時候十一月。

「要讓臺灣那些畫家，跟畫廊負責人接受我們，光當個小資產階級是不行的。他們多半承租公寓一樓當畫廊跟工作室，資本限制了他們居住的創意。所以我們接待客戶的地方，也就是我們的住所，要不一樣些。」丈夫說。我想這棟平房光翻修就得花不少錢了，雖然對丈夫而言，那不過值幾幅畫而已。

「我沒住過平房。」我說。「都是住有樓梯的。」

「我也算不上住過。」他試著拉開木門說。「但倒是租過，就在北京的圓明園。」我心想這有什麼不同嗎？不過當他看到簷廊之後，倒是露出非常雀躍的神情。

「昨天看的另一間，青田街的平房呢？」我問他。

「那邊門口的樹太密，挺陰的。不像這邊開闊。」他來到院子踩著腳邊的落葉，發出清脆的聲音。「這邊的落葉很乾燥，可見土地的排水很好，像北京胡同裡的房子。」然後丈夫邀我去外頭的公園走走，想了解一下居住的環境。

這是我們第一次到伊通公園。周遭圍著一圈綠色的鐵欄杆，天空看起來是有點巴黎的那種綠。有一座小型的羽毛球場，還有平衡木，溜滑梯，木椿。植被以榕樹為主。一位穿短褲戴粗框眼鏡的日本男子，正和他的兩個女兒一起拉單槓，中日文夾雜地說話。丈夫順手在公園拍了幾張照片。我雙手抱在胸前，嚼著無糖口香糖，坐在一旁的長椅上看大家運動。蠻無聊的。

「公園裡怎麼沒有鞦韆。」說真的，那時我最在意的居然是這件事。於是走過去問了鄰居。她們說原本公園有鞦韆，但後來因不符安全規定拆掉了。

「沒有鞦韆的公園，我沒辦法接受。」我不知道怎麼了，彆扭地說。

「以後會有的，等我們搬過來。」丈夫安撫我說。他好像真的很喜歡這裡。

「住電梯大樓不好嗎？有管理員，至少不在家的時間，有人收信，也有人幫忙注意大門口。會比較有隱私吧。」我說。他聽完覺得隱私確實很重要，之後就把前庭的圍牆加得更高了。

我已經不明白是這棟腐朽不堪的房子捉住了他，還是他捉住了這棟腐朽不堪的房子。

我們住在伊通街，畫廊也是在這。中間隔著伊通公園。

這一帶的巷弄很安靜，連房子裡感覺也是安靜的。我們家總是平和不起爭執，每天女兒在家讀書，畫畫，也是什麼聲音都沒有。女兒聽音樂習慣用耳機聽，背英文單字也從來不唸出聲音。丈夫年輕時買了很多搖滾唱片，改從網路付費下載後，就很少買CD了，平時也極少打開喇叭，多半還是戴著那臺用了很多年的鐵三角耳機。父女倆習慣把所有聲響降到最低。一家人就像是平面的生活，畫布的上生活。除了房子破舊點，我還算滿足於這樣的日子。

習慣才是命運，而非外表。

丈夫最初的老家在杭州拱墅，他是我離開美濃到巴黎讀書認識的。他的親生父母很早就過世了，而我的父母，祖父母，外祖父母至今都還健在。丈夫知道這件事時，臉上還露出不敢置信的表情呢。他說初中剛畢業，曾和薩勒蒙先生到中國西南各省旅遊過，和我說美濃的風景有點像桂林，廣西那邊有不少客家聚落，好幾個都是長壽村。

客家人普遍長壽是真的，但當然也有例外，像是我小產沒有名字的孩子。

我想過幫這個孩子取名字，但他只是胚胎，還未成人形。如果我在沒見過他的情況下，為他取名字，感覺只是在消費這個孩子，來滿足自己的想像吧。丈夫並不知道有這個孩子，我沒告訴他，畢竟他對人類的死已經很熟悉以致於很冷漠了。

那時候女兒剛滿一歲，她的臉還未完全恢復，表情非常僵硬，眼睛也被擠壓到幾乎只看得見黑色的瞳孔，嘴唇卻又十分鮮紅，就像一張尺寸過大的能劇面具乾巴巴地黏住了女兒的臉。每天我照顧這張面具，餵食它，清洗它，幫它洗頭，注意女兒別因為癢而去抓它。過程中我糟糕地覺得，這張面具才是女兒的本體。即便戴醫師說三年內就會恢復正常容貌，但我卻逐漸擔心自己真的會生出這樣的怪物。更擔心之後生的孩子，丈夫也都要拿去整形。那場手術，不僅決定了女兒未來的人生走向，似乎也決定了我和丈夫的未來。

為了不讓女兒知道自己整形過，我們夫妻守口如瓶，背負極大的壓力，這可能是我未能留住第二胎的原因。丈夫從杭州，北京，巴黎再到臺北定居，似乎也有類似整形的寓意，才會常把生活的壓力怪罪到女兒臉上，而對女兒的外表敏感到一個地步。比如女兒臉上的那個微笑。丈夫曾幾次疑惑地和我說：

「照說沒有那個微笑才對呀，當初不是這樣設計的。」

「這樣笑才有氣質啊，把容貌上的美，提升到心靈的層次上去。有什麼不好的。該說戴醫師的手術太成功呢？還是女兒的資質太好呢？」我笑著說。

我很喜歡女兒那個微笑，甚至不覺得那是戴醫師的功勞。我不像丈夫，我就從來沒做過和女兒整形有關的夢，這不在我在意的範疇。讓我痛苦的是「不能說」這件事，而不是「女兒整形」這件事。

主日一有空，我們全家就到伊通街的長老教會做禮拜。我不太愛唱聖歌，丈夫總是唱得很投入，聲音好大呢，都讓我很不好意思。他說這是他純真。我倒不這麼覺得。

我們越長大一些，就離純真越遠一些。可是，這種對純真的失去，是為了讓我們有能力去保護比我們更純真的孩子。就像「藝術」作為一個形容詞的時候，往往帶有欺騙的意味。比如說話的藝術，社交的藝術，那真的是藝術嗎？肯定不是吧，而是指某種手段，某種表現手法，就是一種遊走於道德邊緣使個人獲利的技巧罷了。哲學，信仰，這些詞彙，也有同樣的問題。婚姻的哲學，愛情的信仰，真的有什麼信仰跟哲學在裡頭嗎？一位成熟的成年人，必須懂得這些詞彙的真正用法才行。

當大人還想保有純真，才是文明的夢魘。

雖然每個人都是世上獨一無二的，但作為父母，我們早在未經子女同意的情況下給了他們既定的身體，母語，國籍。那麼幫子女整形，應該也不是什麼大不了的罪過吧？

三個人的餐桌，一直以來我只當兩人在用餐。一又二分之一的我，和一又二分之一的丈夫。女兒動手術前，哺乳時，我仔細看著她的臉。嬰兒的臉孔好小，好細緻。看著這樣的臉，心中每分每秒都是感動。這是女兒的臉，我孩子的臉，我的臉，我丈夫的臉，動完手術之後，又將是醫生的臉。

也許整形真的使家庭變質了，女兒不再單純是父母的心頭肉，她在嬰兒時期已經被外人徹底的改造過。自小她的畫，往往有「另一個人」在場。比如畫房子有兩個門，畫車子有兩個方向盤，畫時鐘有兩對分針時針，畫一個人坐兩張椅子，睡兩張床。我為此感到害怕，丈夫賣過那麼多的畫，竟從沒察覺到這點！

女兒讀幼稚園大班的時候。有次我帶她到教會做禮拜，中午大家逐漸散去，她還坐在長椅上，抬頭彷彿仰望什麼而不願意離開。我笑著說：

「小寶貝，妳在看耶穌基督嗎？」

女兒卻說，她看到了巨人歌利亞。

我害怕到不敢問她，是有頭的歌利亞，還是沒有頭的歌利亞？這件事真的嚇到我了。回家後我馬上告訴丈夫，他也吐露說，確實有注意到女兒對歌利亞的興趣。當然他很快就轉為批評我，要我對那種沒什麼根據的事情不要太敏感。

「我很不喜歡妳那一套觀念。難道沒有信仰的人，就是像動物一樣活著嗎？這次是要找牧師驅邪？還是去行天宮收驚？我只信服新英格蘭的超驗主義，任何人只要內心自省，就能與神溝通，不用透過什麼仲介。這才是所謂個人的宗教。」他看我怒而不言，就又試著緩和說，「我是說，人都會對自己設很多限制，把自己綁住，所以我們一定也對自己，設了一些限制綁住自己吧，只是我們不知道而已。」

我不過是想告訴他，我所感受到的那些簡單的害怕罷了，而不是要告訴他我的想法有多複雜。丈夫才是那種不厭其煩地想告訴別人自己有多複雜的人。

前幾天丈夫在畫廊，對著幾位年輕藝術家侃侃而談自己對宗教的看法。「每個宗教團體，都是一個封閉的語言系統。從演講，詩歌，到他們的印刷品，總在幾個相似的詞彙上繞來繞去。他們不斷試圖告訴你，這種語言系統的背後，是至高無上的神。可是一位創造萬物的造物主，怎可能用如此貧乏的詞彙來展現祂的神聖性呢？單就語言的使用上來講，枯燥，無聊，反覆自我抄襲，毫無創造力可言，像這種團體，有什麼資格說是傳達造物主的旨意？」他說這些話的時候，眼神也不免帶到我這。

我當時忙著款待大家，心裡就想，事實上這間畫廊不就是丈夫個人的教會，個人的精舍嗎？那些紅酒，咖啡，歐式外燴，就像是齋飯，就像是五餅二魚。藝術展的開幕酒會老是搞得跟佈道大會一樣，不也是在闡發一種形而上的意見？而且詞彙同樣也相當貧乏呢，就像玩一場專業術語的疊疊樂，不但漏洞百出，還搖搖欲墜。那些偉大的藝術家，不也被他們圈子的人奉若神明嗎？在這裡人人心裡都存著成為下一位偉大藝術家的野望，但在宗教場所很少很少人會想成為被膜拜的那位神明。丈夫這種以美育取代宗教的心態，顯然沒搞清楚一件事——藝術只是人類的藝術，但宗教卻是萬物的宗教。

「他們只是在製造一種簡單的邏輯，讓你很低階的使用大腦，用非常粗糙原始的方式命令你在自己的腦子裡面蓋了一塊他們的地盤。」丈夫十分體面地說。

後來他們聊的內容我實在聽不下去了，就一個人坐到一旁翻閱流行雜誌，看些命理專欄。我非常喜歡這一類的遊戲，很能引領我運用自身文化範疇內的知識，撬開心靈的大門。丈夫對這種事情就是看得太嚴肅，所以才會整天想著要顛覆什麼，教訓什麼，自詡為怒目金剛，推倒什麼高牆之類的。他尤其對面相，手相，摸骨等從身體特徵一窺命運的方式感到厭惡，厭惡到讓我以為，女兒整形的臉對他而言，就像是一個上天要讓他一輩子「自省」的課題。

世界上有各式各樣的算命方式跟心理測驗，覺得不準，不像自己，那麼就換下一種吧。沒有人強迫你接受眼前閱讀到的命運。丈夫只知道要反抗命理，卻不懂得利用命理，這是他單純的地方。我覺得命理就是設計來讓人突破和運用的。當所有人都相信命理，而有人在命理的掩飾下刻意做些相反的事情，這才是真正從命理上獲得好處的人，比擁有一張好面相，好命盤的人獲利更多。

就像西方的占星術，中國的紫微斗數，每個人都有同樣的吉星煞星，只是分布的宮位不同而已。有固定不變的成分，也有變動的成分。在十五，十六世紀時，中國流行起功過格，西方則流行起贖罪券，然而中國人透過日常生活的修為就可以自行增福減罪，西方人卻只能花錢買別人開的證明。顯然就面對命運的態度而言，中國積極，西方消極。

丈夫對於自己帶女兒去整形，事後的態度上就是贖罪券式，而我是功過格式。

他花大筆錢把女兒教養得像歐洲肖像畫中的貴族少女，卻不知道女兒最像何多苓畫裡的中國女孩，矇朧地隔了一層粉底般的迷霧看著我們。我曾經被何多苓的《母女》深深感動，那是我想要的親子關係，正面承認人與人之間存在的薄霧。

從小我就喜歡裁縫，但我做裁縫的母親鼓勵我讀書。我總是坐在她的裁縫車旁寫學校作業，她也以自己有限的高職學歷教導我，直到再也無法應付。一旦我字寫醜了，或考試考得不好，她就帶我到敬字亭前，把作業簿跟考卷都燒了，再諄諄告誡我說：「不學習，人生不會有任何改變。」

從雄女畢業後，我考上了臺大外文系。由於還是找不到自己的興趣，大學四年除了一直待在《中外文學》的編輯室工讀外，還陸續在外頭兼了許多份的差。後來在學校聽了幾場人類學和民俗學的講座，懷著到布列塔尼看巨石陣的夢想，就負笈前往法國讀人類學研究所。

我在左岸的第十三區，租了一間有裁縫車的頂樓房間住了下來。除了上課時間外，一有空就到香榭麗舍大道，拉培路，瑪德雷納大街，逛街購物看衣服，回家後再試著做衣服，就這樣過我的巴黎生活。最後一拿到碩士學位我便回國了，父母對我沒能讀博士感到失望，因為和我當初向他們承諾的並不一樣，但對於我帶回來的女婿還算滿意。丈夫是法國籍，不過不是法蘭西人而是華裔，由於外表，語言以及幽默感都還能溝通，所以很快就融入我們家，甚至還學會了不少客家話。

因環境逼迫而不得不放棄的志業，必然降格為休閒。我坦然地只在家偶爾做些裁縫，沒有成為一名服裝設計師。攝影作為丈夫打發時間的消遣，想必也是經過一番抉擇。

女兒受她父親開畫廊的影響，自小習畫，我雖不反對，但在心裡不甚看好。丈夫就是當畫家沒成就，才轉而當個畫商，照理說我們的孩子會有多少繪畫天分就令人質疑了。

幸好丈夫專門做當代藝術的買賣，不進「佛頭」。這真是世上最噁心的藝術品，原本出自於盜砍盜賣，現在許多的藝術家卻以創作單顆的佛頭為美，誤把現象當作本質。女兒的臉就像一顆人工的，為藝術而藝術的佛頭，一顆被造來原本就沒有身體的佛頭。她小時候得過痲疹，水痘，全身遍體鱗傷然而臉上卻一點事也沒有。我跑去問戴醫師怎麼會如此詭異，他說了同樣詭異的話。

「只是醫學上的巧合。」

從那個時候開始，我偶爾就帶女兒到附近的行天宮，看能否做功德修得全身，讓她的臉和身體慢慢銜接起來。有一陣子女兒長好快，站在女兒身旁，孩子比自己高，原來是這種感覺呀。不過丈夫永遠無法體會吧。才剛上國中，女兒就已經比我高，比我漂亮了。每次看著女兒，還真想問她：

「妳知道自己被整形過嗎？」

戴醫師究竟把多少名嬰兒給整形了？這些孩子一輩子都不會知道嗎？就算女兒的臉是人為設計過的，但她的身體呢？女兒的身體是一個遠超出戴醫師的技術之外，更難以掌控的部分吧。

我在意的是女兒整個人，不像丈夫只看重女兒的臉。隨著女兒的成長，頭佔身體的比例一年比一年小，我的擔憂也日漸減少。她的身體，甚至比她的臉更讓我滿意。形狀美好的乳房，有如白色花瓣般的肌膚，纖細修長的雙腿，腳形也是第二指最長的希臘腳。為什麼要一直去注意那張臉，而忽略其他美好的部分。畢竟這些部分單純是我和丈夫的結晶，沒摻入別的了。

女兒這麼漂亮，我自然好奇她會有怎樣的愛情。她應該是喜歡男生沒錯，但從她拙劣的男體素描，可以看出她還不熟悉男人的身體。我想女兒有喜歡的對象，這是可以確定的。她的某位男同學，就令我十分懷疑。前陣子接近中秋節，我跟她到巷子口長安東路上的犁記糕餅店買月餅。她和一位男工讀生打了招呼後，就下意識地別過臉跟在我旁邊。

我問女兒是班上的同學嗎？她說只是同校，沒同班過。女兒是市大同國中部直升高中部，很多高中同學自然都是她的國中同學。但對方顯然有些特別，有不一樣的份量。

他們交往過嗎？或者正在交往嗎？這男生長得相當俊秀，眼神卻很冰冷，如果不是曾發生過什麼事，就是位天生冷漠的人。結帳完，提月餅回家的路上我認真問女兒：

「真的還沒交過男朋友？妳不可能沒人追吧？」

「因為還小嘛。」女兒說。

看來她似乎比我還愛惜自己。我在女兒這個年紀，就曾有過一段非常糟糕的戀情，被奪走了最重要、最親密的部分，讓我幾乎無法重新再站起來。分手時對方一再強調地說：

「妳所認知的妳，跟別人眼中的妳，真的有很大的落差。妳並不知道自己給人怎樣的觀感。」

然而對我來說，我之所以記住一個男人的，不是他的語言，不是他愛情上的理想，而是他對待我的方式。假如離開一個人之後，認為過去因為對方的關係，個性被壓抑而沒有辦法做自己，分手後全身上下都可以舒展開來了，終於可以按自己的步調生活了，這樣的人我想根本不懂愛，也不懂自己。因為任何人還是可以隨時再破壞你，讓你再度回到過去所認為的那種受壓抑的狀態。

除去束縛之後就覺得自己得到自由的人，不配擁有自由。我直到在巴黎一個人生活，才想通了這點，把初戀那男生指責我的，壓抑他的，不給他自由的這些話，全盤推翻掉，通通倒進塞納河裡。告訴自己，怕髒，垃圾就倒不乾淨。

在這之前幾乎是有如冷水一般的活在過去。

當我搬進巴黎的公寓，第一件事就是認真的把身體洗乾淨，洗了再洗，幾乎整天都待在那個充滿溫暖泡泡的浴缸。窩在家足不出戶好幾天後，身上開始蛻皮，覺得容貌也有些許的變化。過去的我一定是錯誤的認識這世界，錯誤的使用這副身體，才總是事與願違。一切清理完畢後，內心反而像浴缸一樣光滑起來。後來我喜歡彭薇的《脫殼》、《畫皮》等系列作品，她把國畫、仕女圖畫在鞋子上，靴子上，衣服上，畫在只有軀幹的模特兒塑像上。隱隱約約說出了我的感覺。

從那時候起我開始覺得，原來每段愛情談的其實都不是「愛情」，而是藉由愛情來談「愛情之外」的什麼。愛情只是一則隱含人生哲理的寓言，愛情本身什麼都不是。

很多電影的男女主角好像愛得死去活來，但再仔細看，你會發覺他們愛的是熱血，愛的是青春，愛的是某種氛圍，愛的是「愛情」本身，而不是愛那個人。這樣只能算是一部青春物語吧，稱不上愛情電影。也或許本來就沒有什麼愛情電影。

不久就遇見我丈夫了。他和我一樣不相信愛情，我們有興趣的是愛情當中的哲理，愛情帶來的好處，以及愛情造就的結果。我們喜歡談論這些。

「巴黎人都說，」我想到在報紙上看到的一篇社論，心裡想不通，問他說。「政治人物的緋聞是他們的私事，和公領域無關，沒有興趣也無權過問。表面上很理性，具民主素養，事實則是呢，誰也不願意這樣的好處被說破，難道不是嗎？」

「這就是潛規則呀。」丈夫說。

「嗯？」

「像養生，整形，走後門，學心算，都是社會上的潛規則。你不做，不知道要做，但別人私下卻都在做的事。」他拿著猶太三明治，邊走邊吃地說著。「就像路易十四，他寧可讓大家都知道他穿高跟鞋，也要站起來比你高。整形也是這樣子不是嗎？」

我們在凱旋門前面的星形廣場，這是丈夫第一次在我面前提到整形。

女兒整形完，在家復原的這段期間，丈夫每晚都睡不好。

有天早上，他醒來告訴我說。「我夢見自己起床，到廁所盥洗。但就在洗手臺的左邊，看見我被砍下來的頭，脖子處流著鮮血。夢裡面我穿著綠色的上衣，毛茸茸的，毛線誇張到像是放射出去。」他坐在床頭，說著囈語，感覺意識還很迷濛。「接著我照鏡子，鏡子裡面竟然有三個我，正中間的我，還算會按照我的動作，但左右兩個卻各自行動。於是我將我的那顆頭，用透明塑膠袋包起來，拿到客廳的地板上，再打開塑膠袋，發現頭顱縮小了，變成只有拳頭那麼大，但長出了身體。慢慢覺得那是個嬰兒。」

就在那天下午，畫廊撤展的時候，一幅畫的邊框，重重砸中了丈夫左眼。他不僅痛得喊出來，眼淚還一直流個不停，更看不清楚。我趕緊開車送他到仁愛醫院，檢查說是角膜破裂，好不容易才搶救回視力。

回家後。看著丈夫跟女兒，兩人的臉都受傷包紮，我真覺得這樣下去不是辦法。果然今年走大忌，逢流羊，家中容易犯血光。在考慮過各種占卜法以及鎖定幾名老師之後，我勸丈夫一定要和我去做一次命理諮詢。顯然那時候丈夫受傷，意志力比較薄弱，才勉強答應我。這是丈夫唯一一次和我去算命。

那位命理師名叫顧岡，是位西裝筆挺的德籍男子。

原本顧岡在德國波昂的郵政總局工作，四年前來臺進修中文，打算之後回國從事國際運輸方面的職業。但在學習漢字的過程中，他感覺到漢字這種圖形文字，和西方重視聽覺的拼音文字截然不同。這是一種用眼睛學習的文字，幾乎沒有文法可言，相當自由，有一套與西方完全不同的感知世界的方式。他更逐漸發現自己擁有了某項非凡的能力，聲稱自己受到德國人類學家馮特的啟發，認為漢字和手語很像，都是以視覺感知來主導語言意義的生成，因此透過漢字可以訓練及開發腦中的視覺區塊，從而看到了更神奇的畫面。

很快的，顧岡就受到臺灣政商名流的信任，以「國際專業人員」的資格取得了永久居留權，並娶了一位曾經由他算過命的臺灣女子為妻。

關於顧岡，我所知道的也只有這些了。畢竟他的命理部落格上只寫著一支手機號碼，其餘什麼也沒有。會面採取預約制，客戶可以撥打這支號碼，向他的太太預約時間。原本我們得兩個月才能排到，但三天後，我在畫廊接到了顧岡太太的電話，說是剛好有人取消預約，問我明天方便見面嗎？

「當然好啊。我們夫妻很期待和顧岡先生見面。」

「OK，很高興您這麼說。因為你們並非原本安排的客戶，所以顧岡先生也很期待見到你們。相信這種巧合，是有其因果的。」

顧岡習慣和客戶約在星巴克，除了時間早得有點誇張外，收費則還算合理。四千四，是德國人喜歡的幸運數字。在巴黎我有位德國同學，漢諾威人，家裡開了一間合金工廠，就在漢諾威展覽中心附近，專門製造機器人的零件。有一年暑假我曾拜訪她家，度過了一個非常悠閒的假期。生活上她習慣將許多事情，視為某種徵兆。比如她很忌諱別人提早幫她慶生，也忌諱打破鏡子，更不能連續說出三個「六」。就這點而言，我們真的非常合拍。還記得她在校門口撿到一歐元那高興的模樣，對她來說這表示會有一陣子的好運氣。

我們和顧岡約在離家不遠，靠近民生東路二段路口的星巴克。

星期天早上七點半，等我們到的時候，顧岡就坐在一張木頭圓桌前了。我不免又想起顧太太那天說的。

「清晨是顧岡先生專注力最強的時候，只能約這時段喔。」

他的外型非常容易辨認。年約三十多歲的男子，理著極短的平頭，頭頂接近正圓，兩耳穿了好幾個耳洞。上身穿著灰色的硬領襯衫，下半身則是一條寶馬牌的緊身牛仔褲，雙腿挺直而修長。他先客氣地和我們握手，再將一件黑色短呢大衣，摺好披在椅背上。那黑色相當深，是我從沒見過的一種用於布料上的黑色。網路上的評論有提到，顧岡能夠透過「望氣」，看見一個人的前世今生。

「可以錄音嗎？」我嚴陣以待，將手機握在手中。

「可以錄音。但能否錄製起來，我並不保證。」他的聲音比他的外表成熟，且是很流利的中文。

「那我還是錄音好了。謝謝顧先生。」我說。丈夫則左眼戴著眼罩，不發一語。

「過程不會很麻煩，只是希望徐先生能從頭到尾的信任我。」顧岡要丈夫，坐到他的面前，並要丈夫的臉一直正面朝著他。

他們個子都很高，圍著一個小圓桌顯然太過侷促。

「請徐先生千萬不要轉過頭去，不然一切又得重來。讓我全心全力地看著你的臉，至少十五到二十分鐘。」他說完做了一個手勢，在空中滑了過去，意思是開始了。我也按下錄音鍵。

他手肘抵著玻璃桌，兩手的手指交叉靠在嘴邊，灰色的眼瞳凝視著丈夫。他正在閱讀丈夫的臉。那專注的神情，彷彿丈夫是螢幕上的演員，以至於就算從頭到尾盯著他看都不用覺得不好意思，反而怕錯過任何一道表情。丈夫這邊則相對地沉不住氣，好幾次眼看就要撇過頭去了，我趕快踩了他的腳，要他按耐住。

「徐先生，你的相貌改變得相當多。」二十分鐘過去後，顧岡說：「和你前世的相貌比較起來，就像是整形過一樣。通常不太會這樣的，前世今生即使分別屬於不同的人種，性別，甚至是其他物種，臉部都還是會有著相似的特徵。」

「顧岡先生就請直說吧。」我迫不及待搶在丈夫開口之前說。丈夫見我先問了，也就點頭。

「好。下面我所說的，也許和徐先生對自己的認知有很大的差距。不過也算是徐先生親身經歷過的事，希望徐先生聽了之後，能以平常的態度，接受自己過去的歷史，才能夠理解今生存在的意義和任務。」

彷彿說完開場白一般，他開始進入所要說的正題：

在你的臉上，我看見一片綠色的平原，平原上有一條鐵軌，鐵軌兩側的遠方各有一條山脈與鐵軌平行。許多戴著紅色軍帽的波蘭騎兵，和另一邊的德國裝甲師團對峙。之後波蘭騎兵越過鐵軌衝過來進攻，德國軍隊還擊。一陣纏鬥廝殺後，德軍漸趨上風，波蘭騎兵的屍塊遍佈整條鐵軌，但沒有太多的血，那些屍塊就像冷凍肉品般地散落在鐵軌上。後來我隱約知道這是希特勒要併吞波蘭，所採取的一次軍事行動，而你是參與這次戰鬥的奧地利裔德軍少校——路德維希．布洛赫。

你出生於維也納多瑙河畔的一個音樂世家。家族在一七五〇年以前，還摻雜了猶太血統，但一七五〇年後，或許是你的祖先有了預感要躲避災難，家族內不再與猶太人通婚。這並非有什麼嚴格的規定，但就是剛好沒和猶太人通婚。所以你才得以加入了納粹親衛隊，並擁有了一面標示「純種」的臂章。

之後陸續幾年，除了偶爾回德國參與育種的任務外，你大部分的時間都留在波蘭總督區，協助長官鎮壓當地的游擊隊。雖然你沒有結婚，事實上你擁有許多的孩子，但那些孩子究竟在哪幾個育嬰農場你並不知道。你也從未想找過他們，因為你實在不覺得，在那種狀況使女人懷孕所生下來的孩子，能視為你的孩子。在你身上那種父親的責任感非常稀薄。

一九四〇年開始，你跟著長官負責奧斯威辛集中營的管理。由於這項任務的指派，等於剝奪了你上戰場的權利，對你來說管理集中營根本不是軍人該做的事。所以有時候你會覺得，自己實際上也一樣被關了起來，只是稍稍自由一點。更何況裡頭有各種難聞的味道，屎尿味，屍臭味，餿水味，老鼠味，更多是分辨不出是什麼但同樣噁心的怪味。外面的空氣則隨時瀰漫著焚燒人肉的味道。在這個被猶太人稱為「世界肛門」的地方你感覺被剝奪了你的榮譽，成了體制當中的「負面菁英」。可是為了祖國和元首，你知道這些都必須忍耐。雖然你心中也常懷疑在這裡所做的每件事，對獲得這場戰爭的最終勝利，到底能有什麼幫助？

每天你在集中營裡看管那些被囚禁的收容人。雖然他們集中到這裡有各種的原因，比如戰俘、低能者、同性戀者、政治犯，但大多數是種族問題，也就是猶太人。而你負責控管他們的思想，並盡可能壓榨他們工作，為國家盡一點點棉薄之力。當然你也看到其他的管理者，要求收容人做些毫無意義的工作，就只是打發時間，消耗收容人的體力罷了。

雖然集中營裡那些人唯一擁有的財產就是身上的那套衣服，但他們私下還是會有一些東西，比如紙筆，簿子，香菸，書籍殘頁。你不時檢查，沒收他們的筆記本，試圖破譯寫在筆記本裡的暗語，看是否有洩漏營內的情況，以及任何反政府的威脅。但大多只是一些希伯來文寫的祈禱詞，或是舊約的幾行段落，當然提到更多的是對於親友的思念。

另外還有許多人違法作畫，除了畫在筆記本，小表格紙上，他們也會撿拾各種顏色的石頭，偷偷畫在房間的牆壁，或者刻在桌椅底下。而當你發現這些畫，不由分說的就即刻銷毀。因為你認為，繪畫會流露一個人的心靈狀況，更在當中寄託自己的意志，作為心靈支柱。這表示這群猶太人的精神尚未崩潰，而你要做的，就是徹底抹煞這些人在集中營裡的一切藝術創造。你要他們知道，當夢不能表達只有夢才能表達的事物時，夢就沒有存在的必要。

但有的時候，你還是會被牆上的壁畫，以及筆記本裡的內容所觸動。你覺得這些人在這裡所做的任何事，都是一種極限。在這裡每天都有新的人從鐵軌的那一端被送進來，被醫生們篩選，分配到各個不同的營區。有時你從窗外，看著這些人在寒冷的天氣下排隊行進，連你也不知道他們要去哪裡，只知道很可能營內的某塊空地，已經挖好了一排壕溝，等著處理掉他們。而你也已經聽到這個營區，開始被稱為滅絕營。

這些人都將死在這裡。那是一九四二年的春季。

你開始私下保留一些筆記本，以及畫在各種破舊紙張上的圖畫。那有點像克利的作品，看上去很幼稚，畢竟大部分是營區內的兒童所畫的。而你透過這些潦草的字跡，以及一疊糟糕卻又天真的圖畫，使得這群只有囚號而沒有名字的人，那一張張真實的臉孔得以逐漸在你的心中還原。他們不過是一群孩子，老弱婦孺，以及手無寸鐵的人。

你想到戰前法蘭克福的一位電臺兒童節目主持人，瓦爾特．本雅明，收藏著一幅克利的《新天使》。他就是個猶太人，你陪弟妹聽過他的節目，爾後自己也看過他幾篇關於卡夫卡、普魯斯特、波特萊爾的評論。那時你非常喜愛文學和藝術，雖然你知道自己並沒有這方面的天分。從小你就對家中的音樂教養感到無以適應，因此你志願成為一名軍人，拿起了槍，而不是一把小提琴。

就在你受到藝術的感召，想像力又重新被激發，開始能夠設想那些猶太人所遭遇的痛苦時，你的上司，也就是集中營的指揮官接到了一則來自柏林的命令。

上司把你叫來，命令你對集中營裡的猶太人施放毒氣。

你知道命令就是命令，體制是一個無法倒轉的關係。當然你不用親自去打開那個毒氣閥，你只要蓋個章，再像上司對你要求的那樣，下令一名士兵去打開毒氣閥就可以了。但儘管如此，你也不希望這麼做。因為你覺得這樣也等同於自己親自去做這件事。

當初蓋毒氣室的時候，你就曉得有使用到的一天。就在那一天你思考了很久，想了很多個勸長官不要屠殺營區內猶太人的理由。你從十幾個可能的方案裡，慢慢篩選，最後剩下最好的兩個。但是你知道，即使只剩兩個最好的方案，要是選錯任何一個作為勸說長官的理由，都很可能使自己被扣上叛國的罪名，甚至被處死。因此你在這兩個方案當中左右搖擺了好久，而長官見你一直沒有動靜，主動又把你叫來詢問。但直到你打開門，進到了指揮所，你還是沒下定決心要採取哪個方案勸說這件事。

最後你只是告訴了指揮官，你認為這麼做，也就是以毒氣來殺害猶太人這件事，是一件「不必要」的決定。但你並未給指揮官，你之所以會這麼想的理由。

「布洛赫少校，為什麼你會這麼想呢？」長官擱下筆問了你三次。更糟糕的是，這時候你已經忘了之前所想好的理由了。不僅想不起來那僅剩的兩個理由，連其他較無說服力的理由，現在你一時之間也都想不出來。你的腦子和耳朵裡，只是不斷迴響著長官的那句話。「布洛赫少校，為什麼你會這麼想呢？」

「布洛赫少校，這些人沒有祖國，他們只會分化我們，再趁機從中獲利啊，布洛赫少校。」指揮官見你一直沒回話，最後也失去耐心地說。「你先下去吧，這件事我再交由別人來做。」

於是你在立正敬禮之後，轉身離開。不過指揮官像是又想到了什麼，突然請你留步，而這一刻你終於想到一個能夠說服指揮官的方案了，比先前你所猶豫不決的那兩個方案，更可行也更具說服力，百分之百可以改變長官的心意。這個最佳方案，既可不用屠殺猶太人，更可以使我軍獲得最後的勝利。徹底替代那個該死的，又沒效率的關於猶太人的「最終解決方案」。

就在你轉身要報告「你為什麼會這麼想」的時候，一轉過頭來，指揮官的槍口就抵著你的左眼說。『戰場上死亡也只是剛好的事。』於是一槍轟了你的腦袋。這也就是你今天左眼受傷的原因。

丈夫的前世到這裡便戛然而止。

「世界上只有因果是公平的，這些影響至今都還在徐先生的身上作用著。然而一但漠視了那影響，就會在這一世當中產生karma，也就是中文所說的『業』字。」

顧岡收斂起眼神，不再盯著丈夫的臉。這時他才又拿起桌上的咖啡，潤澤他的喉嚨。時間是早上八點半吧，店內仍舊非常空曠，是像真空一般的，羽毛和鉛球會同時掉在地上的那種空曠。我才注意到，顧岡早已捲起袖子，雙手露出了大片刺青。他喝完咖啡後，順手把袖子再退回去，重新扣好袖口的鈕釦。

看樣子會面差不多結束了，就剩最後的發問時間。我示意丈夫，看他有沒有想問的問題。我則在包包找了半天，才翻出事先早已準備好的禮金。

丈夫對自己的前世，並沒有說什麼，就只是一副大概瞭解了的樣子。我們都沒喝咖啡的習慣，所以場面有點乾。不過他那一隻眼睛，見我一直在翻包包，就問顧岡說，「可以接著看一下我內人的前世今生嗎？」丈夫是想知道我們前世有什麼關連嗎？或者單純認為，只有自己的前世曝光，對此感到不公平？

「很抱歉。我的能力，目前一天只能服務一名顧客，徐太太得另外再約時間了。」

顧岡收取費用後，站了起來，重新穿上那件黑色短呢大衣，和我們點頭示意。我也點了點頭。接著他就先於我們走出了星巴克。

回家的路上，丈夫還是沉默。他的左眼被包紮起來，隨時都在痛吧，但他走路的步伐依然很快。我在後頭一直跟著他走回了伊通公園。

「那個顧岡。」丈夫開口說。「只是在他所知的歷史格局下，編造出這個故事罷了。哼，我看被他算命的人，恐怕前世都會變成德國人或歐洲人對吧。不是嗎？」

我認同丈夫的話。每位算命師都有他「敘事的侷限」，只能在自己既有的知識，既有的語言，既有的文化背景，等這些既有的框架下，將自己所感知到的事物描述出來。

「還是說，」丈夫停下腳步，回頭看著我說。「妳把我的一些事情，事先告訴了他，刻意設了這個局來騙我？妳早就認識那個德國人了？什麼時候認識的，大可以老實說出來吧。」

他的表情很嚴肅，但語調上卻天真無邪。他有時習慣這樣說話，只要善用質問，就容易讓人反覆恐懼。如果像平常被丈夫這樣懷疑，我早就非常生氣了。但畢竟那位布洛赫少校，也就是丈夫的前世，有太多與丈夫相似的特點，像收藏筆記本、藝術品、讀本雅明的文章等等。

丈夫會懷疑我，也算合理。

「你左眼都包成那個樣子了，任誰都看得出來你眼睛受傷吧。」我說，順便過去幫他調整了一下眼罩。「他連你的名字也不知道，手機也是留我的手機。而且這麼做，算命還有什麼意義嗎？我幹嘛花時間去做一件無聊的事啊。」

「也是。」丈夫若有所思說。「這樣妳反而覺得沒意思。所以妳不會這麼做。」

「他如果不是剛好猜到一些，就是真的能通靈吧。」我怕丈夫想太多，畢竟他不像我聽慣這種事了。這種事真的聽聽就好，不用想那麼多的。「有的命理師專門說好話，有的呢，專門說不好的話。可是好跟不好都只是一種經營策略而已。你就把那些話當心理諮商，對方也只是試著在推敲你是個怎樣的人。」

「不知道他能否看到珈珈本來的臉？」丈夫突然說。

「女兒前世的臉？」我想了想說。「未必跟今生的臉一樣吧。剛剛他不是也說，你上輩子的臉就跟這輩子的臉不一樣嗎？」

之後那幾天，丈夫都悶不吭聲，有時獨自關在房間，有時戴著耳機在家裡走動。和他女兒一樣，都不怎麼理我。沉默真是一種輕視人的方式。

「你在聽什麼歌？」我坐在客廳的沙發上，忍不住問他。

「DT的《Scenes from a memory》。」說完他走過來，拿下耳機，溫柔地幫我戴上。高昂的歌聲在耳際爆炸開來，然而卻相當抒情。回想起來，是少數觸動過我的一首搖滾歌曲。

Victoria's real
I finally feel
At peace with the girl in my dreams
And now that I'm here
It's perfectly clear
I found out what all of this means

If I die tomorrow
I'd be allright
Because I believe

That after we're gone
The spirit carries on

他回房拿 CD 的盒子來給我看。封面是由眾多照片組合而成的一張臉。那張專輯他一直聽到左眼的傷好了之後，之後就再也沒見他聽過。顧岡算命的內容則幸運地被我錄了下來，中間確實有許多像是來自地獄的雜音，一種很深邃很深邃的共鳴。後來我又反覆聽了幾次，所以現在才能如此完整地陳述。而當年那位對丈夫開槍的指揮官，這一世必然繼續和丈夫糾纏吧，只是他會是誰呢？

一個月後顧岡的網頁突然關閉（雖然上頭本來就沒寫什麼），顧岡太太的手機號碼也停話了，網友紛紛說聯絡不上他們。他們夫婦好像遇到了一些麻煩，傳聞顧岡太太愛上了別人，堅持離婚，顧岡則確定回德國了。丈夫聽我轉述之後，沒什麼表情地說：

「他看什麼都是因果，可我倒是覺得無常。」

總之還是很可惜。不過，我也沒有想給他算命的打算。不知道為什麼，內心就是非常不願意，就是不敢。或許是沒有信心，怕自己的前世與丈夫有不好的牽扯。

另外更害怕自己，前世也身處奧斯威辛。

看著女兒日漸成熟的臉，心中不免有新的疑惑。她這張臉會老嗎？會不會在來到一個最完美的時刻，臉上的時間從此停駐，成了一張永恆不朽的臉。就像古埃及皇后娜芙蒂蒂的頭像，看到的永遠是年輕的娜芙蒂蒂。只不過內臟、細胞，甚至更裡面的那個靈魂，還是會持續老化不是嗎？

年紀比我大的女明星，大概三十歲之後就會慢慢淡出螢光幕前，把重心放在家庭，進入人生下一個階段。可是和我同輩，或年紀稍晚於我的那些女明星，由於醫美技術的進步，使她們的演藝生命不斷延長，成了萬年女主角，也排擠掉新人的機會。可是，這樣會不會反而錯過了人生當中更多更重要的東西？

每次看到她們的新電影上映，或在媒體前看見她們最近的樣貌，確實沒什麼改變。但看著她們的臉，我不免有所疑惑，變得無法相信她們，也讓我變得不愛看電影。

雖然外表上還是那張臉，但她們的「內在」早就悄悄的被替換過了。

我一直覺得人在什麼年紀就該做什麼事，十年一個階段，就像階梯一層一層的。女兒的生命中，是否已經不存在這一層一層的階梯了？不過這些擔憂，在我來說都可以忍受。丈夫似乎對女兒整形這件事，感到些許的懊悔，但我是支持女兒現在這張臉的。

以前曾注意過一些名字特別夢幻的人，外表卻和名字大相逕庭。父母原本一定也對孩子充滿期望，所以才花心思取了一個相對好聽的名字。可是孩子慢慢長大，不管外表還是個性，都逐漸遠離名字的含意。

歷經時間的考驗後，名字從期望成了諷刺。

我的碩論即是關於法蘭西第一共和到第三共和期間法國人的姓名研究，探討民主與革命的浪潮是否對當時人們的命名帶來影響。發現古人其實不分中外，隨著年紀、經歷、各個階段都會取新的名字號，而不是像大部分的現代人，往往被一個名字給束縛了一輩子。同名同姓的人，不是相同的質地，卻被綑綁在一起，這是命名的悲哀。或許應該讓名字配合我們當下的狀況來變動才對。

女兒的名字很好，也符合她現在的外表，我覺得這就是件最幸運的事。

不只因為她好看，當然，誰不希望自己的子女好看。更應該說，身為父母，不管子女有怎樣的外表，我們都一樣疼愛不是嗎？所以我覺得丈夫膚淺極了。他只看到表面，對於女兒的心理，就沒有深入去了解。或許這也是身為父親的一種侷限。

「女人比男人更了解孩子，但男人比女人更像孩子。」忘記誰說的了，丈夫總是將這句話強加在我身上，明明把女兒的管教都推給了我，卻又刻意製造出一副自己與女兒在「本質上」相對親密的假象。也許男人是真的比女人「更像孩子」，可是終究只是個「男孩子」。

現在女兒已經是個女人了，已經和我平起平坐。

前幾天她從畫室回來，直呼要畫一張全家福，不然交不出作品給畫室的黃老師。我心裡便納悶，今天交全家福，下次該不會就要交什麼裸體畫了吧？

我只去過那間畫室一次，就讓我全身非常的不舒服，那種噁心，像反芻一整天吃進去的食物。之後我都推拖說對顏料過敏，讓丈夫自己接送女兒。除非丈夫出國了，我才和女兒約在附近的安和遠企門口。反正我不再踏進那間畫室就是了。

畫室牆上那幅仿造畢卡索的畫，讓我想起尼泊爾的活女神，Kumari。

先前我在文化人類學的課堂上，看過田野調查的影片。一群才四五歲，從佛陀家族的後裔當中挑選出來的小女生，須經過三十二項檢查，保證身體的完美，包括不能生病過，不能流血過，頭髮要黑，脖子要白，腰背要夠挺拔，手腳必須修長等等。一切合格之後，就被帶進一棟廟宇。就像那間畫室掛的那幅畫一樣，廟宇牆上掛了好幾個剛砍下來，還不斷流著鮮血的水牛頭，四週到處是血，迴盪著像是被鋸斷了喉嚨的可怕聲音。更有一些戴上魔鬼面具的人，不時冒出來驚嚇她們。

隔天，始終保持冷靜，鎮定走出廟宇的小女生，將成為新的活女神。她居住在專屬的宮殿，身穿紅色的華麗服飾，額頭畫上第三隻眼睛，每天得遵守許多嚴格的規定，完全沒有自己的隱私。直到初經，或者不小心受傷流血，才能夠退位，重獲自由。

我們一家三口對著客廳的鏡子並排坐好。女兒坐在中間手拿畫板，我坐在女兒左邊，丈夫坐在女兒右邊。剛開始丈夫都不配合，故意講著杭州話反對為家裡的人畫肖像。他已經很久不講杭州話了，一向都操著一口法國腔的京片子。不過等我們都認真坐好讓女兒專心描繪後，丈夫卻又自得意滿地湧現出美好家庭的幻想，說自己能有一位漂亮的女兒，是他最大的驕傲。

我看著鏡子，畫板遮住了女兒的身體，只露出她專注作畫的神情。丈夫也注意到了吧，女兒的臉還是像我們，有時我會懷疑是否真的動過那場整形手術。還好什麼都沒改變，一點都沒變。說了一大串，我才知道自己對家庭的描述越來越複雜和老練，這和剛嫁人時還懵懂無知的我已相去甚遠。

最後想說，我只是迷信，我沒有宗教信仰。

第三章 Daughter
光之帝國

我是二〇〇九年國慶日出生，天秤座。我長得好看，我知道，但是聽說在三歲以前沒人看過我。爸的說法是，我是早產兒，那時候身體虛弱，容易感染，因此拒絕所有的訪客，耗費很多心力在照顧我，始終沒心情幫我拍照。媽則打趣地說：「妳那時候長得很難看，沒人想理妳。」

我最早的一張照片，是媽分娩後兩個小時，爸在醫院拍的。媽看得出來很累，抱著剛出生的我，臉上的笑容帶著疲倦。而我閉著眼睛，有點兒黃疸，膚色還沒轉白，眉宇之間像爸，嘴角則像媽，但整體來說並沒有特別像誰。不過僅此一張，直到三歲以前不再有我的任何照片，當然更不會有什麼影片了。

媽說爸結婚前在巴黎就迷上了攝影，不遺餘力地用相機紀錄自己的一切。爸把自己的日常用品，每一件都拍照起來，寫下購買的時間，和最後壞掉或丟掉的時間。千禧年以後用過的每樣東西，都一一輸入電腦列檔管理。直到今天都還保有這項習慣。哪一年的哪個月，爸穿哪條褲子，戴哪頂帽子，拿哪只手機，提哪款皮包，穿哪雙皮鞋，寫哪枝鋼筆，用哪個杯子，都有記錄可以查詢。這總讓我想起自己小時候玩過的紙娃娃App，彷彿可以剪輯這些物品的照片，去拼湊出過去任何一個時間點的爸出來。

爸還聲稱如果他有靈魂的話，那麼一定是一張底片。「蠻唯物論的。」爸自己補充說。他在巴黎爺爺家的房間，放了許多年輕時拍的照片。只是都疊起來堆在綠色的抽屜內，一直沒有整理。那個有著檸檬色調的房間，也是我童年最好奇的房間。在那裡一切慢得令人著迷，時間以非常卑微的方式前進。

長大之後回過頭來懷念的，始終是那些小心翼翼的時光。

三歲開始，爸就為我拍了很多很多的照片，卻偏偏遺漏了最重要的嬰兒時期。成長的最初階段，整個給丟失了，存在著幾年的空白。每當我把自己從小到大的照片一一排列出來，都不免覺得可惜。好比玩接龍，手中卻沒有六或八，大家能懂那種感覺吧。

很多長輩說第一次見到我，我就突然長這麼大了。我想那就好像，以前喜歡的偶像消失很久之後，有天突然出現在螢光幕前，但那真的是同個人嗎？

爸媽一遇上事情，就有往前亂推因果的習慣。這種性格，讓我覺得他們很單純，也很空洞；同時空洞的還有我，我想不起自己是如何變成今天的自己。

我從家庭索取什麼是錯誤的？家庭想從我這索取什麼又是錯誤的？

孩子是家中的拾荒者，撿起父母不要的東西當作寶貝，有時，這種拾荒行為會被誤認為偷竊。我常撿拾家裡的東西，可是這些東西在市值上幾乎與垃圾無別。我好像一直在找一個從家中丟失的東西。

爸很早就忘了西湖。我問過爸，離開故鄉這麼久，會想回去看看嗎？他只是說，「不知道吔，活著常感覺不到那種東西了。」

他最喜歡提起在圓明園畫家村的逍遙日子，現在很多知名的畫家，都是他那陣子結交的朋友。每個人是怎麼認識的，他都能講出一段特殊的經歷。他還曾偷偷和我說，我長得像他在那兒認識的一個女生。

「在珈珈來到世界之前，爸爸可以說已經見過珈珈了喔。」

「怎麼可能啊？」我說。

「是真的啊。某種程度上算是見過了。」

那天爸來參加我在長春國小的畢業典禮，媽因為感冒發燒所以沒有過來。我們走在伊通街上要回家，爸在一旁幫我捧著同學送的禮物，大多是喜歡我的男生送的。那天他幫我拍了很多照片，也是我第一次聽到關於那位女生的事。

「真的很像我嗎？」我停下腳步，在那家英國藍紅茶店的門口問他。

「肯定是很像的，不過珈珈更漂亮。」爸笑著說。

爸表情給我的感覺，像是一旦那女生出現就會跟我相互抵銷似的，所以我也就不多問了，爸也沒再多說。可是之後我慢慢會去想一些事。我是誰呢？我從哪裡來的呢？我與其他人的分別呢？聽說每個人終其一生只是在模仿父母，那麼我是模仿媽多一點？還是爸多一點？還是，我其實是在模仿著另一個我所不知道的人？

這些關於「我」的問題，也是從那天開始浮現。

我很喜歡畫畫，從國小就開始跑畫室。可是國中、高中的升學測驗，兩次都沒考上理想的美術班，只好就近到市大同的完全中學報到。媽似乎希望我放棄學畫，專心在讀書上。尤其上了高中之後，她的態度越來越明顯。雖然她從不干涉我的任何決定，但我知道她其實覺得我是個沒有藝術天分的人。

爸的態度則不同，他以之前在圓明園的經驗鼓勵我。「以天分來說，畫家有三種。像文藝復興的達文西、米開朗基羅、拉斐爾，他們這種是全才，今天他們不畫畫，去燒菜、玩音樂、當革命軍人、搞航天飛行器，都能成為最拔尖的人才；而卡拉瓦喬、席勒，他們這種是專才，生來就特別會畫畫，但去做其他事就一塌糊塗了；最後是像林布蘭、梵谷這類的畫家，老實說連點繪畫的天分也沒有，抱持著一股對繪畫的喜愛，憑藉自身的努力、強悍的毅力，逐步達到其他人難以企及的地步，而與前兩類的畫家平起平坐。」接著爸說出對我來說很重要的話：「不管有沒有天分，興趣都是成長的動力。」

我想每個人都有他的天分，可是天分究竟什麼時候會發揮出來呢？很難說。有些人輕而易舉就能表現他的天分，有些人則要花很大的努力才能表現出來，甚至大部分的人窮盡一生去努力也無法展露自己的天分。可是不管如何，表現天分唯一的方法就是努力，這個方向是絕對沒有錯的。所以在天分發揮出來之前，都必須不斷地努力下去。

即使高中課業再繁忙，我還是每週固定跑兩次畫室。一下課就過去。

我發現爸每次來畫室接我，黃老師就會蛻盡叛逆的性格，努力扮演一位慈母。那溫柔體貼的模樣，和她工作室的前衛氛圍，還有她大膽的藝術理念，實在超不搭嘎的。她是很厲害的藝術家沒錯，同時也願意指導我，但她就是會踩到我的紅線，從我們初次見面就開始了。

「妳想養那隻黑色貴賓啊？」她的口紅一向塗得很誇張，像個嘴唇妖怪。「那妳想好名字了嗎？告訴大姊姊好不好？」

名字我是想好了，但那時候要我在爸的面前開口說狗狗的名字叫「小米多」，說什麼我都做不到。更何況她說願意幫我養狗狗，怎麼看都只是為了接近爸。個性越抽象的人越吸引人，爸有這樣的魅力。沒想到國小畢業後，爸就送我到黃老師那學畫了。

最近正好藉練習肖像畫的機會，我畫了張全家福給黃老師。

「妳看，妳的這張臉被技術性地製造出來了。」

「有嗎？」我仔細看著畫說。

「妳感覺不出來？」她一副抓住我把柄的樣子。「記憶會是完整的嗎？人的觀看也是，可是妳把五官都畫得太清楚了，妳覺得這樣才像一張臉。記住妳要畫的是表情，不是五官。視覺使五官之間產生了相對性，描繪稍一用力，就過頭了。妳只能凸顯妳要的部分，其他的盡量省略。越容易看的，就越自然。」

她看著畫，說我的臉沒有父母的臉畫得真實，不過又補充說，畫自己本來就比較難。她也說我不應該把媽畫得和我一樣年輕。我說媽本來就很年輕，看起來比老師還年輕。她則回說一家三口有點貌合神離，並強調自己指的是繪畫技巧與所描繪的物體之間而言，就是單純針對這張畫而言。

畫全家福那天，爸像是把什麼煩惱拋到太空去一樣，心情很愉快，要他端正坐好不聽，還不斷找我和媽說話。他說這幅全家福多少錢他都不賣，還用杭州話講了許多年輕時候的事，只是我都聽不太懂。

之後媽跟我說，這是爸來臺灣後最放鬆的一天了。

不過在媽的面前，爸從來不提圓明園那個長得很像我的女生，心情再怎麼好跟不好，都不會說溜嘴。媽知道那個女生的存在嗎？

爸用眼睛追逐幸福，媽則用指尖。家裡有一台裁縫機，有時會看到媽在「車畫」，幫忙把我的畫作車上框布固定，現在很少人這樣裱褙了。小時候我也看過她用裁縫機畫圖，就像一種快速的大型刺繡。只要我把想要的圖案，畫在紙上拿給媽看，顏色、布料都可以自己挑，媽就會幫我做出一件，有著那個圖案的衣服、帽子、襪子給我。還有我畫的塗鴉，媽也都可以幫我做成一模一樣的玩偶。

有時我會想，媽的確是比我還要有藝術天分，可是她的興趣並不在這。爸見過那麼多藝術家，常感嘆說道，「人肯定有某一些個性和自己的天賦相抵觸，所以才那麼不容易成功。」這句話或許也可以套用在媽的身上。有時候媽真的太懶散了，雖然她好像都很忙。

她喜歡「整頓」這個家，這是我知道的，她每天最常做的事。

家裡客廳的牆上掛滿了爸所收藏的名畫。其中最昂貴的一幅，是掛在客廳沙發正後方的夏卡爾《粉紅色長頸鹿》。小時候不懂這幅畫的名貴，有天趴在地板上翻畫冊，突然看到一張圖片很熟悉，不管是顏色還是構圖，都好像親眼見過一樣：

畫名：La Girafe Rose。年份：1917 - 18年。畫作材質：油彩、畫布。原作尺寸：154 × 84公分。館藏處：私人收藏。

這時我抬頭才曉得，原來這幅畫就掛在我家客廳的牆上！我急忙告訴爸，快點將這幅畫收起來，不然被偷走就糟糕了！

結果爸說，如果被偷走，這樣這幅畫就更值錢了。

我不懂爸的意思。媽那天在整頓我的房間，她聽了，就從房間出來走到客廳對我說：「屋子周圍都有監視器，而且妳覺得這幅畫是真的還是假的呢？」

那也是我第一次有贗品的概念。後來我才知道，許多名畫其實都被放在銀行的保險庫，而不是博物館。一般零散收藏的貴重藝術品，都是這樣保存的。我知道爸不是那種會把畫鎖在保險庫的人。即使可能讓一張畫毀滅，他也寧願給一張畫自由。家裡掛的這幅夏卡爾絕對是真的，我對此深信不疑。

除了大師的作品外，家裡還掛著我的畫，以及一張我九歲時到北京旅遊所拍的全家福照。照片裡我們三個，媽在我左邊，爸在我右邊，我坐在中間穿著綠軍裝，活脫脫就像張曉剛《大家庭》畫裡的成員。

在拍這張照之前，我想過一件事，而且困擾了我很久。好幾次我私下問媽，如果她沒有跟爸在一起，而是各自跟別人結婚了，那麼我會是生在爸的家庭？還是媽的家庭？或是會出生在其他的家庭？媽笑說，「那妳怎不想還有一種可能，就是不管如何，爸媽一定會結婚，並且一定會生下妳。」後來我選擇相信了這個，不再願意去想那些彷彿是另一個世界的事。

爸不是很懂我，就像我也不太懂他。他不是個固定不變的名詞，而是隨時隨地都在改變時態的動詞。爸一直在變，就像不存在所謂的個性一樣，有時我會覺得他像是我不認識的人。爸似乎也對我感到很不安，媽則擁有一顆懂我的心，卻又像在懂我的同時，知道了什麼可怕的內幕。

「不曉得是輪迴了幾輩子，才有幸成為人，尤其妳呀還長得這麼好看，身材這麼勻稱，所以要好好把握這一世成為人的機會。下輩子投胎就不知道會成為什麼了。」媽這麼告訴過我。

我知道機率並不等於機會。機率高的時候不代表機會大，機率低的時候也不代表機會小。機率是機率，機會是機會，雙方永遠無法等同。但為什麼媽會這麼想？我只想著下輩子還要當她的女兒，這樣當然是人不是嗎？為什麼媽會擔心下輩子我是「其他的什麼」，而不是人呢？感覺媽現在就很不確定「我是什麼」了。

媽很迷信，還曾在龍山寺眾神明的面前，一直問我有沒有男朋友，或是更深入的關係。她以為我跟她一樣，不敢在那種場合說謊，要我跟神明發誓。可是為這種奇怪的理由發誓，不才是不敬神明嗎？

媽什麼宗教都信，而且都很虔誠。看她認真拜拜的模樣，有次我終於忍不住問她，「信仰難道就只是，利益交換嗎？像很多人都會希望神明幫忙什麼事，達成的話願意如何如何一年，或者從現在開始就如何如何一年。」她先是疑惑地看著我，突然好像又覺得這不算什麼問題，回過神繼續拜拜，卻也沒忘記回答我說，「一個人堅持做一件事就值得尊敬，跟神明一點關係也沒有。妳不要像妳爸。」

媽說的自有道理，但如果神沒有幫我完成心願，我會怨恨神嗎？這真的讓人好不安。究竟是神欺騙了我們，還是我們對神提出了無理的要求？換個說法好了，當我們認真在做一件事的時候，無形卻又無所不在、無所不能的神，從中具體幫助了我們哪些呢？祂能否以更實際的行動，讓我們知道實際的效用。

教會的高姐姐說，我會這麼想，表示信仰已經在我心裡生根了，所以才會希望得到神更明確的回應。「只有相信才會浪漫，不相信就不會浪漫了喔。」她笑說事情都是這樣的，談戀愛也好，來教會也好，上班、上學也好，「妳不相信結果，過程當然就不會有意義。」她是位年輕的上班族，每次來教會固定穿黑裙子加灰襯衫，襯衫的內裏還是黑色的。她說自己已經奉獻婚姻了，一切都交給了主耶穌。

爸從來不向神明祈求什麼。有次他在客廳看到媽帶我算完命回來，便不以為然地說。「好好當個人活著就對了，神的事知道不了，也管不著。這世界也沒有那種介於人跟神之間的人。如果有，這樣的世界不僅沒有神，也沒有人了，只剩一堆妖魔鬼怪。」講完爸還故意張牙虎爪地嚇我，說自己是虎姑貓。因為小時候我曾說媽是虎姑婆，媽很生氣，所以之後我們家只能說虎姑貓了。但即使如此，媽聽到了還是會生氣。

幾天後放學回來的途中，爸就找機會嚴肅地和我說：

「只有暴力能對抗命理那套東西，突破那些人用言語對我們的箝制。」

「打架嗎？」我說，我們在伊通公園盪鞦韆。

「暴力未必是要動手打人喔，只要反過來能使對方感到壓力和威脅，進而擔心受到傷害就行了。這樣我們就算反擊成功。」為了和我溝通，爸還特地買了一支草莓冰淇淋給我。

「我們？」那時候我國二，剛長得比媽高。

「對，我們。希望我們的人生如他們嘴巴所說的，這就是他們想要的。所以不能如他們所願，也不能讓他們存有那個念頭。這世上沒人有資格預料別人的命運。」

爸說他必須在這個前提下才能信仰神，人人平等的前提下。

從小爸媽就常帶我去教堂、寺廟等各種宗教場所。尤其是媽，爸通常只是跟去。但長大之後我發現，原來他們並不希望我有宗教信仰。

國小開始，平常禮拜日要到教會上兒童主日學。先和大人們唱聖歌聽牧師講道，將近一個小時的時間是在教會的大禮堂。之後小朋友被領到一旁的小教室上漫畫版聖經，很像暑假作業寫的看圖說故事，有一位教會的阿姨老師負責講解。上完課之後，大家再做些小遊戲，等到禮拜結束前，會有例行的奉獻時間——這是我最期待的活動，因為阿姨老師會發給每位小朋友一個信封，大家分別裝好五十塊，一百塊，而我總是故意放進很多銅板。接著阿姨老師便將信封收回，為大家一一紀錄這次奉獻的金額。

小朋友的奉獻必須登記看有多少錢，大人則不用。長大後和爸媽一起在大教堂做禮拜，當現場出現酒紅色的絨毛袋時，就是奉獻時刻到了。每當奉獻袋傳到我們家，就由媽代表我們奉獻。

然而我發現，媽有時只是做個樣子將手伸進絨毛布袋裡，手中並沒有準備任何錢。爸肯定知道這件事，卻也默許了。對此我非常不贊同，只好在青年團契時間，另外用自己的零用錢奉獻一點。

爸媽對信仰的態度，其實殊途同歸，就只是想利用宗教保佑我平安長大罷了。

幾天前爸就在畫廊，和幾位藝術家說道。「人生最終追求的也只是平安、健康、獲利的一生。像喀爾文鼓吹經濟和生產力，反對宗教的集體性，重視宗教生活中的個人性，這點我相當認同。信仰是個人的信仰，而非群體的信仰。死亡不就是一件最私人的事嗎？每個人都是獨自去見上帝的。」

媽不想聽，自己拿著雜誌坐到一旁。星座運勢上寫什麼，媽偶爾會刻意往相反的方向去做，我不太懂她這麼做的意思。我戴著耳機，假裝在櫃臺複習英文。課本裡毛姆的那篇短篇小說《午餐》（The Luncheon），故事敘述他在巴黎一家高級餐廳，被一位貪吃的女士敲竹槓的經過。不過毛姆既然帶不夠錢，為什麼還要去那麼貴的餐廳，還一直讓那位女士予取予求呢？

課本上夾著一張黃色的便利貼。一位女同學問我班上某個男生是不是喜歡我，而我是不是也喜歡那男生。在學校忘了把這個給丟掉。要是被媽看到了，免不了又要問東問西。

「也許毛姆覺得無聊吧。」突然我有了結論。

人究竟有多孤獨？活著孤獨，死了孤獨，即使到了天堂，也無法保證就不孤獨。也許人真的太孤獨了，才會在這世界，希望有各式各樣的神來對話。我和施洗者約翰就曾有過一場對話。教會的牧師說過，所謂的「對話」並不是真的在交談，而是一種相連的感應，彷彿將彼此的心靈靠近。

讀國三的時候，歷史老師介紹文藝復興。課堂上，我第一次看到達文西所畫的《施洗者約翰》，畫中約翰自信的微笑，是我想要的微笑。讓我著迷。

因為那張畫收藏在羅浮宮，我回家就纏著媽問：

「之前你們住巴黎，有看過達文西的《施洗者約翰》嗎？今天歷史老師放影片給我們看。那張畫我很喜歡，可是之前我們跟爺爺去羅浮宮，怎麼都沒有看到？真希望能夠站在那張畫前面，好好的欣賞它。」

「可能不是常設展吧。」媽一邊洗盤子一邊說。突然，她轉過頭來。「施洗者約翰？那個頭被放在盤子上的約翰？」

「對啊。不過那張畫不是畫那個，只有畫他的微笑。」

「千萬別跟妳爸提到這件事，知道嗎？」媽這樣交代。

也是關於聖經。媽說我小時候畫畫，畫中常出現巨人歌利亞。但我並沒有任何印象。我問媽，那麼這些畫呢？我想看看。實在無法想像，自己到底畫了什麼。

「都被妳爸丟掉了。」

媽這樣說，我當然會懷疑。印象中爸是不會丟掉任何畫的，尤其是我的畫。反而媽總是會問爸說。「你還有什麼東西要我幫你丟的？」

小時候媽問過我，人身上哪裡最薄？我說臉皮最薄。媽又問，那麼臉皮的哪裡最薄？我想不出來，媽就捏著我的眼皮說。「這裡最薄，記住了嗎。」

然後，媽熱情地抱著我說。「妳的臉呢，是媽媽的臉；妳的眼睛，是媽媽的眼睛；妳的嘴巴呢，也是媽媽的嘴巴。」

我自然很感謝媽。但我知道自己能這麼幸運有一張好看的臉，除了媽以外，還得加上爸的臉進來混搭才有的。我像媽是天經地義的事，因為我們是同一個性別。然而我更在意爸的臉，甚至覺得，爸在我臉上的部分，才是我真正美麗的原因。

所以有一陣子，我很想在自己身上找出像爸的地方，沒有的話，就盡量去模仿。護理老師說過，女孩子多少都有戀父情結，我想就是出自這種心理吧。自己的秘密、自己的特別，就在於那個給了你生命，卻跟你不同性別的人身上。

所以爸對我來說是神秘的，我希望能更親近他、瞭解他。很多人都誤解了爸的優點跟缺點，往往顛倒過來，完全搞錯了方向。好比黃老師，簡單知道了什麼，就捕風捉影什麼。她一直覺得我爸媽的感情不好，這真的小看爸了，爸最疼的就是我跟我媽。

每週的二跟五，晚上九點我從畫室下課，都是爸開車來安和遠企的後門接我回家。

「爸，你那次為什麼要去懺悔室？」

「哪一次？」爸問。

「我們全家去聖母院那一次啊。」我坐在後座，一旁是剛剛在黃老師那畫好的油畫，也因此車內有股濃濃的刺鼻味。雖然我跟爸都習慣那味道了，只是媽一直不習慣。

「聖母院不是去過好幾次了？去年不是也有去。」

「對呀，可是有一次爸就是進去懺悔室了。我和媽都有看到。」

爸開著車，好一陣子不說話。過一會，車子到了仁愛路口，他像是想起了什麼。

「我想到了。那次妳是不是跟妳媽在聖母院前的廣場，踩那個 Point Zéro 嗎？妳知道那個巴黎的中心點，被觀光客踩壞過好幾次了。去懺悔室啊，我就只是好奇而已。結果等了三十分鐘，神父都沒有過來。聽說還是多國語言服務呢。可能看我的面孔，想找位能說中文的神父來吧。所以花了很多時間吧。」

「我是幫媽問的。我們都相信你。」我說。

「妳不要太相信妳媽的話喔。那次明明是她要我進去懺悔的。」爸趕快澄清說。「不過，她也是為了我好。我是說，她非常聰明，每次去麥當勞都能找到位子。我都不知道她是怎麼做到的，明明就塞滿了人呀！」

爸轉了話題，他總是能逗我和我媽開心。每次他看到漂亮的女明星，都會對媽說，「她長得好像妳喔。」還會對我們說，「敝帚自珍才是真愛。」、「把妳們擔心的皺紋變成微笑的皺紋。」等等的。媽說這是爸的中文不好，可是我反而覺得爸說話很有意思。

所以在家裡，小時候我跟爸有一個暗號。就是將右手放在胸口，手掌張開，中指與無名指併攏。這個手勢，我們是學自艾爾．葛雷柯那幅《手放胸前的騎士肖像》，表示認同彼此的想法，守護彼此的秘密，而不想被媽知道。後來有一次萬聖節從教會回來，媽發現我和爸偷偷做了一樣的手勢，就很生氣的對爸說：

「小孩都是靠自己長大的。那些會怕生的小孩，就是因為只相信自己人。」

爸聽完，為了讓我早點獨立自主，就和我取消那個手勢了。

直到現在，當我內心徬徨、恐懼的時候，我還是會將右手放在胸口，手掌張開，中指與無名指併攏。告訴自己，堅持住自己的信念，不為別人所動搖。

爸曾告誡過我，真正要擔心的，是對你來說很嚴重，對別人來說卻不嚴重的事。因為對每個人來說都很嚴重的事，這種事一定會被人們「快速解決」。可是，當只有自己痛苦，別人卻都一副事不關己的時候，那才是真正的痛苦。這時候要救自己，就得把大家也拖下水才行。獨自一個人面對痛苦叫做白白犧牲，一群人面對痛苦才有可能真正地解決痛苦。

「薩勒蒙家的人都會經歷過一場試煉。只要是這家族的一份子，那理應有的磨難，就會降臨到身上，沒有任何方法可以躲避。你只能解決它，或者被它解決。」爸一本正經說著，接著他放輕口吻說。

「不過珈珈不用擔心。妳在很小很小的時候，就度過那道關卡了。」

「就在這家醫院？」爸點頭，說這是我出生的地方。

「我有很痛嗎？」

「不舒服是一定有的。有點像嬰兒滿月時的受洗，妳不也在教會看過嗎？」

「媽難產肯定更辛苦，比我痛多了吧。」我咳嗽說。國小五年級的冬天，我感冒了，口罩足足戴了一個多禮拜。我很少感冒這麼嚴重，只好到公園對面的醫院掛號。媽不喜歡去醫院，爸陪我坐在小兒科外的毛毛蟲造型長椅上候診。

「幸好妳和妳媽，都挺過來了。」他輕拍我的手背，眼睛看著前方的燈號。

那時候我告訴爸，長大以後想當畫家。雖然我繪畫比賽的成績總是不理想。

爸有自己的生存哲學，度過了和我們都不一樣的成長歲月。他說他那一代的藝術都是被逼出來的，不應當說是藝術「天賦」，應該說是藝術「本能」才對，勉勵我別去在意「天賦」這種事。說到這個我就不免嘆氣了。藝術天賦也好、藝術本能也好，到底還要多大的努力，才能把我的這個部分給逼出來呢？

直升高中部後，原本我想加入美術社。但美術社課還包涵了塔羅牌、扭蛋、模型、電影欣賞，感覺無法專心畫畫。偏偏學校又要求每個人都要填社團。最後我選擇了禮物包裝社。社團時間從認識各種包裝紙開始，到各種包裝技巧，有優雅的包法，隆重的包法，也有極簡快速的包法。另外還教我們如何挑選禮物，以及送禮的禮節等等，真的學到了不少。二年級開始我被大家選為社長。

也是二年級，體育班的林青願突然來我們社團上了幾次社課。「他不是籃球隊的嗎？怎麼會突然來禮物包裝社？」社員交頭接耳說著。因為青願第一次來例行，不知道要先準備材料，所以我把自己最喜歡的小熊維尼包裝紙分給他。他接了過去，並沒有說話。

好幾次，我就坐在他旁邊，在他面前，親手包裝好一份給他的禮物，但最後總是又重新拆開來，當作只是一次的練習。然而每一次，包裝紙都留下了不可復原的痕跡。

他籃球打得很好，是籃球隊的主將，最喜歡的飲料是罐裝的維他命水。他也很喜歡巧克力，便利商店最苦的那種。有時候我會想像把一塊巧克力放進嘴裡，含在左邊，青願伸手過來，撫摸我的左臉頰，兩人逐漸感覺那顆巧克力慢慢地融化。然而我們始終沒有真正交談過。那種所謂能夠瞭解彼此的交談，一次也沒有。就算說話了，也只是像英語會話課那樣，反射動作般的寒暄幾句。

就在我想到可以和他聊些什麼話題的時候，青願就不再出現了。直到暑假前最後一次社課，青願都沒有再來過我們社團。之後我也把社務交接給學妹，高中的社團生活正式劃下句點。

喜歡一個人，卻不知道怎麼拉近和對方的距離。到底這種隔閡，最初是從什麼時候開始的，又是如何建立起來的呢？不知道。我比誰都還想知道答案。

前陣子我和媽在犁記糕餅店巧遇青願，沒想到他在犁記工讀。我過去和他打招呼，感覺媽都在一旁觀察我們。也好，在媽面前我反而比較敢跟青願說話也不一定。

「你在這工讀嗎？那是我媽，我們家住附近。」

「妳好。」他穿著犁記的紫色制服套上白色圍裙，見到我並沒有特別訝異。

「你都上班到幾點。」

「晚上九點。」

「你家不是在天母那嗎？回去是搭公車？」

「嗯，搭 280。」

「和你說話會不會打擾你上班？」

「不會。」

等我又要開口時，有位客人拿拖盤到他面前結帳，於是結束了對話。

那晚從犁記回來，媽就告訴我，任何戀情都有幸福的可能，不一定非要跟某某人在一起不可。說這是爸以前告訴她的，現在由她告訴我。我知道媽為我好，怕我在這個年紀，為一些現在還想不透的事情，傷透腦筋。

兩年的禮物包裝社，對於我的意義是什麼呢？

因為社團老師有教怎麼做乾燥花，我們就可以把粉絲見面會發的玫瑰花，給永久保存下來。還有每年聖誕節，學校流行交換禮物，也是我們社團最忙碌的時候。我們專門幫人代為包裝，還有代為送禮。說真的我並不排斥，甚至覺得蠻好玩的，但我從不把社團的練習帶回家裡做，學校以外的時間我都在畫畫。

因為我知道放棄夢想的那種不甘心。

社課時間，老師會拿各式各樣的東西要我們試著包裝，有時候我們拿了一個裝著禮物的盒子，根本也不知道裡面是什麼，但就是必須把它包裝得漂漂亮亮。

這讓我覺得，就像是在包裝我自己。

我了解我的靈魂，可是我不了解我的身體。我知道自己在想什麼，我思考的每一步，每一項內容，我都是知道的。可是當我思考的時候，身體的各個部位又都在做什麼？它們又是怎麼衡量我自己的呢？

我在臺北市長大。復興北路、南京東路，兩旁一整排整齊的火柴盒大樓，每次經過都是那麼好看。一開始還會想，這些大樓的後面究竟是什麼樣奇妙有趣的地方？然而一次又一次繞到後面看過之後，只是令我更加失望。大樓的後面沒有什麼另外的世界，只有比大樓更矮的房子，以及更窄的馬路。

我很擔心在我的身上，也有像這些大樓背後一樣令人失望的地方。我曾夢見自己整個臉翻轉過來，呈現背面，而馬上嚇醒。但這個可怕的夢還是沒有告訴我，我的臉的背後究竟是什麼。

我也不知道鏡子的背後是什麼。

如果沒有鏡子或是類似鏡子的東西，人要看見自己的臉，根本是不可能的事。所以臉才是人在外表上最神秘的地方吧。明明是在外面，卻又像在裡面。但是在夢裡卻可以。幾次我在夢中清楚看到了自己，可是我又有意識，就像鏡頭從我的體內被拉到了外面來，這只有靈魂出竅才能解釋了。有點像國文課上過的敘事者，從第一人稱，轉換成第三人稱。但不久鏡頭又回到了體內，變回第一人稱。

就這樣夢裡的敘事觀點不斷轉換，我也不斷看見了我的臉。

我也經常夢見門，各式各樣的門。有的門有好幾層，也有打不開照樣能進去的門。有的門立在樓梯的正中央，有的門把手是凹進去的，有的門要躺著才能打開。有時候房間裡，還會多出一面從來沒見過的門。當然這是夢裡的情況。其中讓我印象最深刻的，是一道黑色的大門。

我夢見自己走在一條寬敞明亮的地下道，是比捷運站還要大上好幾倍的走道。那裡幾乎沒有其他人，途中只見一兩個人走過，都離我有一段距離。最後我走到一個像是盡頭的地方，有一扇很高很厚重鑲著金色手把的黑色大門。門的左邊站著巨大的阿奴比斯神，右邊則是站著透特神。阿奴比斯神見我站在門口，彎下腰跟我說，前面我不能再走了，要我回去。透特神則一言不語看著我。

我說好吧，於是就回頭了。

高一開始覺得自己的臉皮鬆鬆垮垮的，可是摸上去卻又那麼緊實，只好歇斯底里地經常敷臉。我也不能接受卡通人物很久才眨一次眼，沒有一部卡通是讓我覺得自然的，它們往往從頭到尾都睜大眼睛，甚至不眨眼。所以看卡通常讓我覺得很痛苦。

羊和魚，是我最害怕的動物，因為牠們的臉，都有那麼一點像人臉。雖然牠們都象徵著耶穌基督。魚的話，最有名的當然是五餅二魚了，羊最有名的則是亨特的《替罪羊》。以前看到趙孟頫的《二羊圖》，總覺得怎麼那麼像亨特畫的羊呢。爸說二羊是「二臣」的意思，說起來也有那麼一點替人們承擔罪責的意味在。

後來我才知道東西方都有替罪羊的傳統。記得高二時，上到《論語》的八佾篇：

子貢欲去告朔之餼羊。子曰：賜也，爾愛其羊，我愛其禮。

國文老師說子貢想廢除每個月祭祀用的活羊，但孔子覺得不妥，認為禮比羊更重要。我們當然就抗議了，說孔子好殘忍，子貢比孔子更有仁愛之心。但老師回答我們說，孔子之所以要維護「禮」，是因為一但禮樂制度崩壞了，反而造成更多生靈塗炭。所以祭祀時宰羊的傳統，在那個時代，有不得不這麼做的必要性。

「相對的，同學們現在是活在一個比較幸福的時代。」

而我卻想到，每個人隨時都可能成為那隻羊。為了社會的正常運作，繼續維持那「禮」，羊只好被犧牲掉了。這種 SOP，像作文的起承轉合，也像一條簡單好用的數學公式，可以套用到所有的事情上，用同樣的方法、同樣的態度，來處理每件事。

從那時候起，我就擔心自己會不會有天也成為羊。

我覺得老師們總是想把他們的觀念放進我們的腦袋，好像我們不這樣想就是錯的。比方說，他們總是希望我們成為薪水很多的人，但也不是每個人都得有很多錢才會快樂吧。尤其他們每次都喜歡拿清潔人員、農夫、保全、計程車司機當例子，最後還會補上一句說，可是我們還是要心存感激，如果沒有他們，我們的社會就不能完整運作之類的。下課後，我對涵好說：

「雖然老師希望我們過更好的生活，但也應該要尊重每個人的選擇才對。」

涵好，張涵好，和我有十幾年交情的同學。她說：

「有時候不是選擇，是只能這麼做。因為學歷不高，又沒什麼能力，所以只能做某些工作。就是這樣而已。是不是興趣，快不快樂，都是其次。我說完了。」她平時都在伊通街的哈肯舖麵包店打工，見過的世面自然比我多。她看我不說話，就又說。

「摩珈妳知道，我為什麼覺得妳善良嗎？」

「為什麼？」

「因為妳的眼睛很漂亮。」

「哪有，而且不是每一隻孔雀都是善良的。」

「我不覺得孔雀漂亮。」她說。

雖然我和班上其他女生的關係還可以，至少沒被排擠，但所有女生裡面和涵妤最聊得來。我們的書包都放了一個絨毛袋子裝了很多的紙膠帶，是班上最多的。常一起討論貼法，蒐集自體對花的款式，還有看怎麼配色比較漂亮，我們也常幫班上製作卡片給各科老師，每年還會去師大的紙雜貨市集，那裡有很多自行設計的紙膠帶可以挖寶。當然，她也是禮物包裝社的社員。

「寒假我們去小巨蛋看演唱會，散場不是去搶拍保母車嗎？有位星探把我們攔下來，給我們名片。我那時不是問他說，我也可以去試鏡嗎？他說公司很需要像我們這樣的新人，要我們一起去試鏡。他是這麼說，可是我覺得，他的目標就是妳。」不知道為什麼涵妤又想到了這件事。

「啊，好像有這件事。那天看演唱會好開心喔。」

「妳後來有聯絡他嗎？」
「沒有。我沒有想進演藝公司。」
「妳爸媽決定的？」
「我沒跟他們說。」我說。「是自己決定的。」
「沒想到妳真的不想當練習生。還是比較想畫畫嗎？」
「應該是吧！」
「真可惜。感覺他很看好妳。」
「因為我的外表嗎？」
「那當然是原因之一。不過妳唱歌也很好聽，像上學期的校慶嘉年華，妳也很會跳舞。那個汽缸舞很難跳的。」涵妤一邊吃著 Market O，一邊舔著手指說。「我沒想到妳那麼會跳舞。妳真的很有這方面的天賦。」
「可能從小跟著我爸聽很多音樂，所以拍子比較正確吧。」
「也許妳選錯志向了。真的不考慮去他們公司嗎？」
「呵，我還是比較喜歡在臺下看表演。」我笑說。
「好吧，我只是想提醒妳，只要是能讓自己開心的事，去做就對了。這世界有很多人在讓我們不開心，為什麼要這麼做呢？那也是因為，這樣做能讓他們開心。」
「我知道了，謝謝妳。」
一直以來涵妤都坐我前面。應該說，是我習慣躲在她後面。儘管有時上課會激發很多想法，但我最多也只是下課找她聊聊而已。我不喜歡發言，更不喜歡老師點到我的名字。除了怕自己答不出答案，也不想自己被注意。很多同學都會私下偷看我，彷彿我臉上有許多個小抽屜，可以打開、調換。然而我卻沒有鑰匙可以把我的臉給鎖上。讓我覺得只能被看是一件很不公平的事。

他們似乎都任意從我的臉上拿走什麼、獲得什麼。他們的目光，讓我相信原來「看」，就是一種消費行為。所以我不喜歡攝影，感覺攝影很速食，好像按下快門後就和被拍的對象沒有關係了。不管是專業還是業餘，都已經取得，他們想要的。

那時候高二下，記得涵妤提到那件事之後沒多久。五月有天放學，我在學校對面的漢堡王排隊點餐，突然從後頭聽到了一個聲音：「摩珈，放學了啊。」會在這遇到他，我有點意外。他就站在我後面，並低下頭告訴我說：「這餐我請妳。東範哥在工作了，不用不好意思。」

接著他又抬起頭，像是碰巧地說，剛剛在隔壁的國賓影城看完一部電影，過來買晚餐，沒想到就遇見我了。他的模樣，跟我暑假在小巨蛋第一次見到他時，沒什麼不同。同樣是全白的襯衫，黑色長褲，外搭一件黑色的馬甲背心。手上戴著黑色的手錶拿著黑色的手機。最顯眼的莫過於一頭銀白色的頭髮。

「妳不用緊張，我只是想和妳聊一聊。」

我沒有緊張吧，我想。是涵妤告訴他我在這的嗎？姜大哥點了辣味華堡套餐，而我只點了蘋果派。本來我想帶他走到地下一樓用餐，但他似乎已經很熟悉這邊了，反而走到我的前面說。「地下室空間很大，去坐那吧，有時候還會看到你們學校的同學來練舞。」

他選了圓弧形的高腳桌放上餐點。這裡比其他位子都高，可以居高臨下看清楚每個人用餐的情況。

「我先說吧，不管如何，我都支持摩珈的決定。」他用餐前擦手說。「畢竟妳比我年輕，肯定是比我有潛力，有發展性，所以妳才會誕生到這個世界上來不是嗎？」他忽然這麼說，我也不知道該回答什麼。

接著他再次遞給我那張粉紅色的名片，上頭有英文、中文、韓文、日文、泰文，以及各種聯絡方式。職銜是韓國 Q.R. Entertainment 的經紀人。

「姜大哥中文說得真好。你來臺灣很久了嗎？」總得先寒暄一下。

「叫我東範哥吧。我也算半個臺灣人，來臺北工作大概有五年了，之前則在上海。Queen Rose 的總部在首爾的狎鷗亭，公司考量的是如何全球化。現在是數位時代，上網就可以觀看各國偶像的演出，網頁也會自動翻譯，早就沒在分是哪個國家的偶像了。公司很早就在臺北成立工作室，期待能發掘有潛力的新人。摩珈這麼漂亮，之後一定還會有其他娛樂公司找上妳，但肯定沒有我們公司專業。QR 是亞洲最大的……」

「這件事真的很抱歉。」我急忙打斷他，「現在只想專心唸書，晚上還要去繪畫教室，至於家裡，一定也不會答應的。」我思索一下爸媽可能的反應，確實沒騙他。

「我們也算是教育機構喔，有完善的練習生制度，舞蹈、演技、歌唱、外語，都是免費課程。我們會根據妳的特長來做培訓。妳也可以住家裡，放學後再來我們公司上課就好。寒暑假還能到韓國的總公司研習，就像是夏令營。完成高中學業後，大一就正式出道。」他還沒開動，但感覺他已經切換到業務模式了。

「東範哥都不擔心我不適合進演藝圈嗎？」我打開蘋果派。

「外貌當然是一個契機，但能不能運用外貌在這一行發光發熱，還得看整體的實力。我也常告訴新人，別把演藝圈想得太簡單了。當偶像要有良好的心理素質，鏡頭前必須沈著冷靜，盡量展現自己天真單純的模樣。演技是藝人的基本功，當然這並不容易。」

「原來如此。」我先點頭，接著說，「可是我缺點真的很多，愛偷懶，做事不專心，又笨手笨腳的。」

「性格跟專業一樣，都是可以塑造的，主要還是看妳有沒有想進這圈子的動力吧。我確實也很想瞭解妳擁有怎樣的個性喔，妳內在的韌性，還有妳好強的程度。不過這些都是簽約之後的事。妳現在缺乏的就只是一把鑰匙，而我剛剛已經給妳第二次囉。」說完他雙手比出卡片的形狀。東範哥說話習慣加上手勢。

「鑰匙？」

「印名片雖然便宜，但我從未給過別人兩次名片。」他眨眼說。「或許哪天妳就會想打開 QR 這扇門了。好奇也好，無聊也好，想認真賺錢也好，不想被瞧不起也好，總之現在這把鑰匙屬於妳了。不過是有期限的喔，請在高中畢業前使用。」接著他把薯條整個倒在拖盤上，要我自己拿。「只顧著說話，都忘了要先吃這個了。漢堡王的薯條比摩斯的細，比麥當勞粗。相對來講，更好吃。」

「我也這麼覺得欸！我是說薯條。謝謝東範哥。」

「我們聊些輕鬆點的吧。妳有什麼興趣嗎？」

「我喜歡畫畫。」

「喜歡畫畫啊，好像是，我都忘了。對，剛剛妳有說到晚上要去學畫。是想當藝術家嗎？」

「對啊。算是我的夢想吧。」

「畢卡索《拿著煙斗的男孩》？」他隨口說出。「我知道那幅畫。好像是畢卡索很貴的畫吧，拍賣一億美金的樣子。換算成其他貨幣，大概是三十億台幣，一千億韓圓呢。」

那是二〇〇四年紐約蘇富比拍賣會的成交價。爺爺說這幅畫，是畢卡索二十四歲住在蒙馬特畫的，地點就在爺爺家附近。記得爺爺喝著瑪黛茶說：「很多名畫只有拍賣時才會露臉，一旦錯過就看不到了。所以那時候，我不管如何都要去現場看這幅畫競標的情況。」

「真的是很名貴的一幅畫，不知道最後被誰買走了。」我說。

「那麼，妳想買這幅畫嗎？」姜大哥突然認真地看著我。

「不可能、不可能，太貴了。」我驚訝地搖頭說。那是自己這輩子怎麼做都無法靠近的一幅畫吧。恐怕數字後面的零，比現在盤子上剩下的薯條還多。

「摩珈，妳有想過自己的身價比這幅畫還高嗎？」他拿起一根薯條，薯條直直的指向了天花板。

「我？」我看向他，喉嚨迸出聲。

「真的啊，沒想過吧。我計算給妳聽。好萊塢的一線演員，一年片酬總共三千多萬美金，約十億臺幣。東亞這邊，歌手比較活躍，廣告代言加演唱會，一年同樣可以賺十億臺幣。這樣三年不就三十億了嗎？我還少算了喔，那都只是有報稅的部分。」他看我似乎正出神在想像那些數字。「很多畫家過世後，作品才飆漲對吧。這不叫身價，叫做炒作喔。畢竟這幅畫已經與作者脫離關係了，是一種不動產的概念。這樣想好了，妳其實就是一個活的藝術品，妳有妳的價格，但跟炒作藝術品不同的是，這些錢是妳馬上就可以享有，並隨著妳的存在增值，由妳賦予意義的一筆錢。」他說到一半，把薯條放入口中。「等妳紅了之後，妳還可以買下QR的股份成為股東。總之三十億並不是很難超越的數字，畢卡索另一幅《阿爾及爾的女子》、梵谷《嘉舍醫師的畫像》、塞尚的《玩牌者》，妳跟這些名畫，並不是完全沒有交集喔。」

桌上東範哥的可樂，已經開始在冒汗了，冰冷的汗水，光滑的積在杯底邊緣。我第一次意識到，自己的外表，竟然彷彿可以跟這麼巨大價值的作品對應在一起。

我突然害怕哪天失去自己的容貌。腦海中的天空，陸陸續續浮現了馬格利特的《戀人》、《人子》、《雙重秘密》與《不被複製》，他的作品特別喜歡遮住人臉。

高一的美術課，美術老師要我們到學校中庭的至善園寫生。那時候已經靠近冬至，很快就天黑了，同學也都放學回家。而我沒注意到時間，一直坐在路燈下畫一株校內最高的杉樹。等到畫完的那一刻，才發現這幅畫的氛圍，如同馬格利特的《光之帝國》，裡頭只有一盞燈、一顆樹、一棟房子，而沒有任何人。

「還想把自己的青春，投入那冷冰冰、毫無人情味的拍賣市場嗎？」姜大哥見我在想事情，繼續把薯條都吃完了。接著他很有條理的拆開辣味華堡，細膩的程度，像打開一朵花的花瓣。「演唱會、見面會的氣氛，完全不一樣喔。妳只要成為偶像，世界各地的粉絲，就對妳有一份感情，是真心喜歡妳，支持妳。QR 就常收到粉絲用心製作的禮物，像冷凍宅配的手工蛋糕，親自縫的布偶，每張卡片上都寫了密密麻麻的字，請我們轉交喔。所以我會建議妳，」

「先當偶像，之後再當畫家。」他吸了口可樂。「偶像就是拼這十年二十年，錯過就沒有了。這跟運動選手一樣，有時間上的限制。藝術是中年人也可以創作的吧。畫家大都很長壽，像是莫內、孟克、竇加、達利，四十歲後經過人生的淬煉，作品更為嚴肅偉大了。這剛好也是偶像面臨轉型的年紀。是要繼續待在演藝圈呢，當個演技派或通告藝人，還是引退好呢？所以我和公司並不會要求妳放棄畫畫，反而會支持妳。喜愛文藝，本來就是優質偶像的必備條件，寫札記、寫遊記，出攝影集，有自己文青品味的藝人太多了。一旦妳成為偶像之後，將有更多機會見到那些知名的畫家、藝術家，搞不好對方還會主動找妳合作呢。」

「因為妳已經是一名偶像了。」他補充說。

我已經好幾分鐘沒開口說話。明明下課前跟涵妤說好先各自用餐，再到復興北路的九大文具行集合，挑選社課用的包裝緞帶。為什麼現在會在這裡，煩惱這些問題？

「我知道東範哥的意思，但我爸說『藝術創造是比賺錢還要重要的事。』他開畫廊，很珍惜他經手過的每一幅畫。我也想留下一些自己滿意的作品。目前我已經在這上面努力很久了，如果暫時放下來，投入別的事的話，之後就算重新拿起畫筆，也會覺得，好像曾經背叛過自己很喜歡的一件東西吧。更何況，」這是最跨不過去的一點，「成為公眾人物，我會覺得沒有安全感。」

「沒關係的，我說過支持摩珈的每個決定。只是妳不妨先聽我說吧。」他咬下第一口漢堡。

我母親是基隆人，聽說是一整年都在寫雨天日記的地方。她因為當導遊認識了我父親，不過結婚沒幾年就離婚了。原因不知道，總之她一直住在光州，在當地的旅行社上班。八歲時她就送我去參加演技訓練。畢竟是單親家庭，所以母親怎麼想我就怎麼做，沒什麼好猶豫的。就這樣演過幾部地方電視臺的兒童劇，像是《小王子》中的小狐狸、兒童版《春香傳》中的李夢龍。

我進 QR 當練習生之後，慢慢發現自己不適合演戲，更無法在大家面前講那些奇奇怪怪的臺詞。小時候擅長的事，現在做起來只覺得尷尬。我開始喜歡跳舞，每天練舞練得很勤。歌聲雖然不好，但主音可以交給其他團員來唱，外貌擔當也是其他團員負責，所以都不是太大的困擾，更何況 RAP 我還行。之後我就把精力和熱情，還有時間，都花在跳舞上面。除了必備的街舞之外，像是機械舞，鬼步舞，我都很擅長。

從十四歲開始，熬了六年，一直過著默默無名的日子，只能接一些伴舞的工作。公司也不是不照顧我，最後終於把我編入官方子團，開始跑通告，但隨著幾名較有人氣的團員單飛之後，我和剩下的團員也不知道該怎麼辦，無聲無息的就解散了。姜東範是我的本名，妳可以上網去查，那個男孩團體叫 B-ONE。不是地下室喔，我們的 B 是 battle，戰鬥的意思，我們走野獸男團路線。即使到現在，網路上也還能看到 MV。不過那時候的我和現在的我，長相並不一樣。

B-ONE 解散後，我試著尋找答案。為什麼我認真練舞，每次登場都使出渾身解數表演，但歌迷就是不喜歡我？直到我母親生病住院，我在光州醫院的廁所，面對鏡子，才發現自己長得並不好看，那只能用醜來形容。在這之前我像是自我催眠般，一直刻意的忽視了這點。出道前的鏡頭測試，公司透過舞台上各個角度的攝影機，仔細檢查我的臉，每次都 OK，沒有要我在正式出道前整形，錯過了最好的機會。直到我打電話問經紀人，才知道我母親希望公司別為我整形，而公司那時候確實也做出「不用每位團員都長得非常好看」的決議。

最後我以那張臉，送了母親最後一程。

母親過世後，我向公司請了長假，那時已經決定瞞著公司去整形。最後是在公司附近的一家整形診所，把這邊、這邊、這邊，都削掉，臉變小，眼睛變大，鼻子墊高，拔了幾顆牙重新植牙，還有讓嘴角上揚。妳有幫小熊娃娃縫過嘴線嗎？類似那樣子。過去古銅色的肌膚，也變成現在這種很白的膚色。

事實上我整形還有一個目的。我母親過世前，終於鬆口告訴我父親人在哪。他是退役軍人，曾參與光州事件的鎮壓行動，後來因內心不安去申請退役，輾轉到了釜山IPark足球俱樂部當營運人員。從小到大我都沒見過他，很想瞭解他是一個怎樣的人啊。不過我是他兒子，他就算沒見過我，也可能認得出我的長相，但我並不想讓他認出我。更何況也許他早就偷偷地見過我了。

我搭車從首爾出發，一路上查了不少IPark的資料，想假裝自己是IPark的球迷。在這之前我連足球的規則都不太清楚，也從來沒踢過，韓國有什麼職業隊，能叫出全名的還不到三點五隊。我到釜山後，很順利的就在球場看臺找到他。他和過去的我長得很像，當然體型已經是位中年大叔。我故意坐到他附近，坐在很靠近他們工作人員休息的地方。他菸抽得很重，即便韓國的冬天很冷，但看他抽的量，已經超過保暖禦寒的程度了。整個人常常是一團白煙。我就這樣經常來看球賽。在觀眾席上，根本遠到看不清楚球員的臉，只能從背號、踢的位置，來認出是哪個球員。不過我也慢慢觀察到，球技精湛，或是相貌英俊的球員，這兩種人都容易成為球隊明星。而沒有這兩種特點的球員，通常只能以個性搞笑、有團隊精神、能貫徹教練命令等「教養」上的優點，來獲得球團跟球迷的青睞。這是一個很重要的發現噢。

接著我開始嘗試以球迷的身份跟我父親攀談。有一天他偶然告訴我說，釜山有位高中生很會踢球，但無論如何，都不願意踢職業賽。他笑說如果自己能讓那位年輕人簽約，應該能在過年前拿到一筆獎金，生活也會更好一些。我聽了很感興趣，自告奮勇的，主動瞭解那位年輕人的背景。對方幾乎完全沒有加入職業隊的誘因，家世既好，還保送SKY，也就是首爾、高麗、延世三所大學。就算他想成為職業足球員，也肯定是鎖定歐洲的豪門球隊吧，或至少以FC首爾為目標，根本沒有必要留在釜山。

那位年輕人有晨跑的習慣，接著才到學校練球。我呢也就跟著晨跑。由於我知道很多演藝圈的事，他喜歡和我一邊跑一邊聊。有天他說到二〇〇二年世界盃，當時他還很小，家人帶他來看韓國隊的首場比賽，對手是波蘭。他說第二十六分鐘，隊友傳球給黃善洪，球還沒落地，黃善洪毫不猶豫就起腳射門，踢進了那年韓國隊的第一球，全場穿著紅色球衣的韓國球迷歡聲雷動。他一直忘不了這件事，是他決定踢球的開始。那時候是二〇一〇年，我想到黃善洪現在不就是釜山IPark的總教練嗎？於是我告訴我父親，只要請總教練黃善洪親自來洽談，並且聊到二〇〇二年世界盃的感動，這名年輕球員就有可能加入釜山IPark。於是我父親半信半疑的告知球隊，果然順利的與這名年輕球員簽約了。

我父親拿到了那筆獎金後，請我吃一頓飯，和我說他兒子是位偶像，很會跳舞，接著拿出一張我在B-ONE時期來釜山表演的現場照片。原來我早就和我的父親合照過。不過我並沒有跟他相認，因為覺得自己還沒有什麼好成績。我也決定回到熟悉的藝能界工作。

回公司那天，大家先是嚇了一跳，以為我整形是為了重新出道。只是他們猜錯了，我說想改走幕後，發現自己適合往人力仲介這方面來發展，沒有再回到螢幕前的打算。幸好在這圈子久了，認識一些前輩，他們決定把先我調到海外的部門工作，指著我的臉說：「不管如何先離開首爾吧。」我也是這麼想的。

這家漢堡王從來沒播放過音樂，印象中從來沒有過。來來往往的顧客，雖然製造了聲音，卻也把聲音吃掉。姜大哥，不——東範哥也已經吃完漢堡了，故事雖然長，其實才一下子。

沒想到他竟然整形過，外表上完全看不出來。這是我第一次親眼見到「確定」整形過的人，讓我不得不，多看了他幾眼。那張臉到底和一般人，有什麼不一樣？

「我講了自己的經歷，是想和妳說，妳有天生的優勢，比起像我這樣的人，更適合也更有機會成為偶像。妳需要做的只是展現自己給別人看。我也是基督徒，上帝給妳這麼漂亮的一張臉，肯定是有什麼理由吧。那麼是為了讓妳畫畫嗎？可是正因為妳漂亮，不管做什麼職業，別人都免不了被妳的外表給吸引喔。妳希望別人肯定妳的能力，這當然很好，但別忘記，當大家的內在都到達同一個高度的時候，或者根本無法分出高下的時候，剩下的就是比拼外在了。所以我建議妳，不如就乾脆點，直接從事看重外表的職業，選擇自己最有優勢的項目去競爭。」

他還是很想說服我。

「剛才妳說的那個問題，我想是這樣的。賺錢也是一種創造，可是隨著錢越賺越多，就必須把賺錢這種創造，提升成更有意義的創造。各行各樣都是這樣。妳說想當藝術家，但妳現在的作品，稱得上是藝術嗎？還不是吧。成名之前的階段，就是在『不斷賺錢』而已。只有讓自己有了名氣，才能夠開始真正的創造，才有資格回過頭來肯定之前自己所做的每件事。不管妳想追求什麼，都會經歷這樣的階段。所以我想再說一次，非常明確的，希望妳能把 Queen Rose 也作為妳人生的考量之一。」

「東範哥，我知道你的意思，但是我爸媽肯定不會答應的。」

「妳從小住臺北，家人都沒想過讓妳當小童星？比如參加一些票選活動、上綜藝節目，或是拍廣告？」

「沒有吧。從來沒有。」我想了想。

「可能妳們家的經濟情況比較好，或是單純不想被人注意。如果我去見妳爸爸媽媽，方便嗎？」

我想到小時候我常忘記鎖門。爸都會很有耐心的跟我檢討，媽則是對此不發一語。但他們都沒有辦法讓我記得要鎖門這件事。後來我終於記得鎖門，再也沒有忘記了。原因是國小家庭訪問那天，我回到家，看到老師跟爸媽坐在客廳。我以為是我沒鎖門的關係。

「就讓我跟你家人說看看。也許我能從他們那，問出妳很想知道的事。」

「我很想知道的事？」

「妳已經長大了，除了家庭、學校以外，妳還可以運用很多其他的社會資源。像妳就可以透過我，透過公司，來向妳父母要求一些事。如果妳父母不相信男經紀人，我們公司也可以派女經紀人過去跟她們談。妳答應的話，等我從首爾回來，就處理好這件事。」

「你要回韓國了？」

「我升遷了，得回去一趟。只是無論如何都想當面和妳說這些話。」他像想到了什麼補充說，「忘了回答妳之前另一個問題。我們公司會保護好每位藝人的隱私，妳所擔憂的事情不會發生。」

儘管東範哥這麼說，但經紀公司能做的其實很有限吧。偶像算是最保護自己肖像權的人了，可是當他們被媒體偷拍，登上八卦雜誌的時候，他們的肖像權彷彿都蕩然無存了。這些人沒付他們一毛錢就刊出他們的照片。為什麼最注重肖像權的人，肖像權卻被最糟糕地踐踏呢？

我覺得社會對於長得好看的人、唱歌好聽的人，並不是真的友善。

一想到很多明星，二十四小時被跟拍，只因為一些私事，或一些不小心在鏡頭前擺出的醜姿勢，而被抹煞多年的努力，就覺得更應該支持他們。我不是那種特別愛追星的迷飯，但當我和同學去看演唱會的時候，自己就越發地喜歡他們。不管是演唱會、見面會、握手會、擊掌會，每參加一次就越喜歡那種感覺一次。

憑什麼幾張照片就能否定一個人？況且那些照片的內容，是關乎公眾利益的事嗎？暗中把相機對準別人的臉，透過販賣「秘密」獲取利益，這是攝影勢利的一面。繪畫才能保有真誠。爸是不是也懂這一點，所以他總是不拍自己。

「整形很痛嗎？」那天我問東範哥說。

「噢，我最怕打麻醉針了。手術倒還好，只是復原的過程蠻痛的，臉上都是瘀血，還要包紗布，像飯團。東範飯團。」他雙手托著臉頰說。「公司不會讓妳整形的，自然系美女是公司重要的資產。何況妳比整形美女更漂亮。我所經歷過的，妳完全不會經歷。不過，」他看向我的臉說。「妳不會想變得更漂亮嗎？」

「變得更漂亮？」

「當然我不是建議妳整形。一個人想變漂亮，大部分時候是用不著整形的。畢竟美醜只是人心怎麼認定的問題，只要能加強那股效應就好。像有些電視劇的男主角，一開始不覺得他好看，但隨著劇情的發展，慢慢覺得他也沒那麼醜了，看到後來甚至會覺得男主角超帥。既然美是一種認定，當然就可以操縱。時尚的造型、令人嚮往的不凡經歷、知名度、八卦緋聞，都可以哄抬一個人的魅力。總之妳對於自己身體的掌握，還有待琢磨，都需要一個團隊來幫妳量身訂做，精心打造一個更加完美的妳。這些都不是整形能夠做到的喔。」他停了下來，喝了一大口飲料直到杯子見底。「與其說整形是想要變漂亮，不如說是為了改變，而且是以最極端的方式按妳要的樣子改變。」

這算是東範哥個人經驗的總結，也是那天談話的句點。

我知道藝人常被質疑整形，同學們也都會聊這個。可是我們能說整形之後的鼻子是假的鼻子，整形之後的臉是一張假臉嗎？難道每位開過刀恢復健康的人，也都是意圖欺騙別人？這樣的話，癌症、心臟病、糖尿病不也是身體的自然變化？為什麼可以割掉腫瘤，卻不能割雙眼皮？為什麼處理內臟的老化會受到大家的關注和祝福，處理肌膚的老化卻會被人在背後指指點點？

歷史老師曾指著教室螢幕，問班上的同學，兩張朱元璋的畫像哪張是真的？只有我舉手認為都是真的，修改之後的朱元璋還是朱元璋。那時候不只是歷史老師，大家也都轉頭過來看著我。

玩世現實主義畫家最重視的就是「臉」。岳敏君、方力鈞都喜歡畫自己的臉。張曉剛的《大家庭》系列是臉，曾梵志的《面具》系列、《我們》系列還是臉，耿建翌、忻海洲、楊少斌、劉煒的作品也都是臉。爸最不喜歡玩世現實主義的作品，就是因為這一張又一張的臉。

有時候會覺得我的臉不適合這個家，即使我長得像爸爸媽媽。我也覺得自己的姓氏不是很好記，徐、許、余、佘、凃、涂、塗，我總有分不清楚的時候。爸說我的名字是他在杜樂麗花園，坐在噴水池前的椅子上曬太陽想到的。我從未想過改名字，我很喜歡自己的名字。

一張臉再好看仍舊是件原始的藝術，是我父母的藝術，是我的祖先千百年來逐漸雕塑完成的精品。只要我不更動這個身體，這件藝術就和我一點關係也沒有。

我的好看不是因為我。

直到有天，我發現國文課本收錄了一段世界上最早的整形紀錄。

莊子說：

人皆有七竅以視聽食息，此獨無有，嘗試鑿之。日鑿一竅，七日而渾沌死。

渾沌為了改變自己的臉寧願以死相搏，他所抱持的堅定信念是什麼？在那之後，我的臉似乎也渾沌了。像打開電視沒有頻道。

同學們染髮、燙髮、刺青、穿耳洞、戴變色片、塗指甲油，這些主動改變自己身體的行為，又是為了什麼？有時爸載我從黃老師的畫室回來，經過仁愛路安和路口，我就會萌生整形的念頭。

爸說刺青好看是因為刺在年輕的肉體上才好看，一旦老了、病了、體態變了，那些刺青就會像災難現場散落的報廢品一樣，巴不得清理乾淨。我也不喜歡刺青那種類似印章的色澤，但有時，紀念的價值更勝於美醜不是嗎？我想這些行為都像是在自己的身上製造「疤痕」。只是有些疤痕好看，有些不好看。有些疤痕可以拆下來，放進衣櫃收藏，需要時再穿戴上去。有些疤痕則永遠固定在那兒了，無法再取下來。這麼看來，時尚也只是一種疤痕的藝術。隨著一年四季，脫掉舊的疤痕，換上新的疤痕。

然而每道疤痕都有它背後產生的原因，也就是有它的故事。當遺傳的外貌難以撼動的時候，人只能靠製造疤痕來改變自己的模樣。

「媽為什麼不生弟弟妹妹呢？」

「妹妹長得比妳漂亮怎麼辦？」

「又沒關係。」我說。「我又不會在意那個。」

父母總覺得孩子漂亮是他們給的。我想我最該煩惱的，不是在藝人跟藝術家之間抉擇。我也想變得更美麗，但必須是由我自己去創造的美麗。我想學會掌控自己的外表，而不是自然而然地年輕貌美，也不是自然而然地年華老去，希望是能在我的控制下隨心所欲的美麗。

爸因為開畫廊的關係，對藝術家和藝術品非常挑剔。媽雖然不是很喜歡藝術，但也有她欣賞的畫家。媽喜歡紅色，爸喜歡綠色，而我喜歡藍色。每次爸問我喜歡那位畫家，我都說是皮埃爾．博納爾，算是他們都喜歡而且也可以接受的。毫無疑問，他確實是我最喜歡的畫家。但在我心中，還有一位也具有同等的份量。法蘭西斯．培根，他以創作連續性的扭曲臉部聞名。這件事我從未讓爸知道。爸就常批評培根說：

「你不覺得他畫的臉都像剛削過的馬鈴薯嗎？」

有時我還是希望能喜歡一些，在他們喜歡範圍外的東西。爸媽從沒有要改變我的意思，就只是想了解我，想更知道我的一些事而已。他們都太愛惜自己，進而過度地愛惜我。我很感謝他們給了我一張好看的臉，但如果我不在這張臉上有所作為，我一輩子都將在父母的血緣裡載沉載浮。也許我沒有勇氣徹頭徹尾地換一張臉，但微整形總是敢嘗試的。

我走進一家整形外科，門口種了一排藍色的火鶴。

第四章 Doctor

斯德哥爾摩的回憶

「I」是羅馬數字的「一」，也是英語詞彙裡的「我」。

醫學即是為了這個「I」，為了每個獨一無二的「我」而存在，既不是為了全人類，也不是為了這個社會。我是在想通這點之後，才真正進入醫學這門領域。

當我看到BF-17的空白病歷被放在診療室的桌上，平時毫無情緒起伏的我，竟有了一絲激動。事實上嬰兒整形的病歷都被我另外保管，診間架上只是簡單放了一張寫著基本資料的空白病歷，用來提醒我嬰兒整形的病患回診了。不過這些年，從未有任何嬰兒整形的患者回來過。這可能有幾個原因：第一，他們的父母不會讓孩子知道自己曾經做過整形手術。第二，正因為手術成功，這些孩子都過著與常人無異的生活，自然沒有回診的必要。第三，早已因為整形以外的因素過世。

在讓BF-17進來看診前，我休診一個小時，獨自搭電梯上三樓將當年的病歷從保險櫃中拿出來，並花了一些時間重新閱讀。原來她是那對畫商夫婦的女兒。徐氏夫婦的外型相當亮眼，容貌、膚質、體格，三項人體美的指標，都是一時之選，子女好看的機率明顯比其他對夫婦要高出許多。我用軟體模擬的未來臉孔也確實如此，五官和臉型大致沒犯什麼差錯，兼具父母的優點。既然天生就擁有不錯的容貌，是否還需要追求一張更美的臉？我的技術又能為她的外表加分多少？如果只是要微調，長大後再整形也無妨，根本無須現在動刀。BF-17是我唯一疑惑過是否有必要做嬰兒整形的病患。

病歷上夾著徐先生發亮的金屬名片。伊通畫廊，記得他說住在伊通公園對面。那邊我很少過去。一個透過藝術買賣獲得勞務報酬的人，和我所從事的整形外科工作，很難說沒有相似的地方。逐步地我回溯起當年和徐先生之間的爭論。

一切從蒙娜麗莎失竊案開始說起。

一九一一年八月二十一日，掛在羅浮宮二樓四方廳的達文西畫作《蒙娜麗莎的微笑》，在眾人都不明瞭原因的情況下，消失於原本的位置上。

「早上七點二十分還在，到了八點三十五分就不見了。正在度假的館長歐莫勒只好引咎辭職，一年前他還信誓旦旦地說：『有人能偷走蒙娜麗莎？還不如假設有人偷走聖母院的尖塔吧！』為了找回這幅畫，巴黎警方拘留了詩人阿波利耐爾、審問了抽象畫家畢卡索，將他們列為重要的嫌疑犯。可是萬萬沒想到，實際上卻是被臨時約聘的一名義大利籍裝潢工人文森佐．佩魯吉亞給偷走了。」徐先生坐在沙發上侃侃而談。記得當時他手裡拿著一瓶紅酒，是他帶來的，說是一九八二年的波爾多。

我說我知道這件事。失竊案發生兩年後，也就是一九一三年，這名裝潢工人回到義大利佛羅倫斯，要將《蒙娜麗莎》賣給一位當地的畫商，沒想到畫商鑑定是真跡後馬上報案。義大利警方迅速逮捕了這名裝潢工人，但是他堅稱，自己這麼做是為了取回被法國奪走的國寶，激起了義大利民眾的愛國心，許多人視他為偉大的愛國者。法官也只是象徵性的輕判他入獄一年又十五天，更僅服刑七個月就被釋放。

「那當然。腦子夠清醒的畫商，如果沒被什麼個人癖好左右的話，不會去招惹這類已經無法流通的藝術品。讓它回歸博物館，透過展覽，增加群眾對藝術的喜愛，帶動其他藝術品的買氣，是最好的選擇。」他像隨身攜帶開瓶器，在瓶口畫上一刀，去掉封皮，輕鬆就取出軟木塞。過程中未滴出一滴酒，也未聽到開瓶的聲音。「只不過，當初明明是達文西和他的學生，將這幅畫賣給了法國國王法蘭索瓦一世。賣掉的畫竟然還想討回來，這樣子誰還敢買國外的藝術品呢？」

徐先生說完，拿著他帶來的高腳杯，相當講究地為雙方斟酒。那酒以非常漂亮的顏色和弧度，滑進杯子。流體內部的黏滯力與杯子的摩擦力，達到完美的平衡。他拿起杯座，以手肘為支點，輕輕搖晃酒杯，那種愜意，讓我完全相信他骨子裡是一位西方人。

「所以明理的義大利政府很快就將這幅畫還給了羅浮宮。只是達文西出走法國，也預告歐洲的文藝重心，今後將從佛羅倫斯移轉到巴黎，直到二戰結束，才又移轉到紐約。」

我坐在沙發上，看著一九八二年的波爾多。我從不喝酒。因此不管是品牌、年份跟產地，甚至聞到的那股香氣，對我而言並沒有相對應的知識來為感官做準備。

「沒錯，戴醫師，您對文藝復興果然內行。我想接下來這個問題，也只能向您請教了。

我的疑問是，為什麼最後偷走這幅畫的不是詩人阿波利耐爾，也不是藝術家畢卡索，而是一個，名不見經傳的裝潢工人？」他見我沒回答，也沒碰酒杯，只是維持原來的姿勢坐著。於是他繼續說。「我認為這是工匠對詩人和藝術家一次非常嚴重的挑釁。您看過文森佐·佩魯吉亞的照片嗎？他那冷酷無情，睚眥必報的眼神，比起阿波利耐爾和畢卡索，上相多了。您懂我的意思吧？」

徐先生是一位觀察力非常敏銳的人，習慣藉由排他與批評的心態發掘別人的問題，並看到別人的情況來反省自己。為他女兒整形的那幾天晚上，他都坐在診所大廳的沙發上與我攀談。他就這樣誇誇其詞了幾個小時，但總能捕捉到一些我有興趣的話題。

某種程度上來看，這是一種解離型的歇斯底里性精神官能症。他突然化身為一位專業的研究者，全心全力投入思考，逃避目前不想面對的局面——好比他剛動完整形手術的女兒。相較之下我很少和徐太太說到話，她都待在病房專心照顧女兒，對剛生產完的她來說，這絕對是過度的負擔。

印象中徐先生說話有濃厚的法國腔，只知道他們夫婦之前住在巴黎，才剛回臺北定居。對照**BF-17**新填寫的病歷資料，現在他們一家仍舊住在伊通街，家中的電話號碼也沒換過。那時候徐先生似乎提過自己的老家在哪，但病歷上沒記下來，現在更不可能記得了。

「達文西在〈畫論〉裡頭問到，繪畫是不是科學？他沒給出答案。那麼戴醫生，您從事醫學研究，會不會也問過自己類似的問題，比如整形是不是藝術？醫學能不能夠創造美？」徐先生更在我回應前，搶先闡述自己對整形的看法。「我已經意識到醫生您在藝術史上所扮演的革新角色，那就是直接以人體創造大自然才有的美。不像繪畫、雕刻這些再現的、死板的藝術，而是能夠不斷生長、激活，進行新陳代謝的藝術。所以我認為整形不僅是藝術，整形醫生更是偉大的藝術家。」

藝術家？Artist？會下這樣的評語根本是種譫妄。身為高階醫療技術人員，我的職責就是將時尚美感與最新科技在人體上結合，幫助病患恢復到健康舒適的狀態。病患不是買家，不是客戶，更不是消費者。我不能接受自己被稱作什麼「人臉的藝術家」，這對我就是種冒犯。

「徐先生說整形醫生是藝術家，因為是透過創造人體來創造美，這樣每位子女的父母也算是藝術家了。醫學中確實存在著藝術性，但醫學不是藝術；就像藝術中也存在所謂的醫療性質，但藝術也不是醫學。」那時候我這麼告訴徐先生，「我想蒙娜麗莎失竊案，宣告專業技術人員已經取代了藝術家的地位，成為今後藝術創作真正的先鋒。當代藝術家的藝術已經不再前衛，美感與創造力更是落後於社會大眾而不自知。這是我以一位醫護人員的角度，所看到的藝術史。」

對我來說不是整形醫生成了什麼藝術家，而是藝術家無法成為整形醫生，這才是重點所在。現存可見的古代藝術品，像是石器、陶器、瓷器、建築、家具、珠寶飾品，幾乎都是古代工匠製造的器物，只有極少數是所謂的畫家、藝術家的作品。年代越久遠越是如此。為何藝術家的作品往往不易保存？這不單純是材質的問題，最主要的是與科技脫節。

自古以來唯有匠人，這些技藝者，在維持科技與藝術的平衡之間戰戰兢兢地工作。就像文藝復興時期的藝術家，不僅擁有精湛的藝術技巧，以及宗教、哲學、文學的素養，同時是當時擁有最新科技的一群人，精通物理、化學、數學、建築、機械、軍事，乃至於醫學。文藝復興之後，科技就與藝術分道揚鑣，遠遠地把藝術甩在後頭，直到今天仍是如此。

今天絕大部分的藝術家，都對科技無知到一個地步。依恃廉價的創意，用廉價的技術去操作廉價的工具，再用廉價的材料拼貼出廉價的作品，這就是我們的當代藝術。沒有能力使用最先進的設備創作，沒有能力使用最頂尖的科技創作，只會拿一些隨手可得的東西塗改拼湊。有的更標榜自己是廢物利用，從事環保藝術，事實上是能力也僅止於使用這些垃圾。

這些當代繪畫，和西班牙洞穴裡尼安德塔人在四點二萬年前所繪製的壁畫有什麼差別？差別是有的，但我想那差距相當小。光是標榜新的藝術概念，卻仍採用傳統的媒介、傳統的技術來創作，根本稱不上當代藝術，只是傳統藝術在當代的重新製作罷了。

「那些所謂的當代藝術家，他們的作品只是誠實反映了他們科技水平的低落。過去可以用畫得好不好，做得像不像，來評斷一位藝術家的水準。但現在很多藝術家，只是提出一個概念，就外包給工廠去製作，最後展出時再掛上他的名字。科技性無能的結果，就是藝術家失去製造與生產的能力，藝術品只是藝術家精神上的養子，真正有血緣的父親另有其人。」我伸手稍微移開了那杯波爾多。

「可是藝術家又是如何說服大眾，將如此落後不科學的東西、工廠代工的東西，視為高價的藝術品呢？你怎麼批評當代藝術都好，但你不能迴避仍有不少人喜愛當代藝術的這個事實。這絕不是一廂情願，或者藏家甘心受騙，就能夠解釋的。畢竟對於美的喜愛只能發自內心。在這個不平等的世界，人只有透過追尋一種高貴的東西，才能讓自己從人生的黑暗時期，上升到下一個輝煌的文明。」徐先生試圖反駁我，戲劇性的渲染動作，就像是古希臘的修昔底德，每寫完一回《伯羅奔尼撒戰爭史》就會公開演講所寫的內容。徐先生同樣是將個人魅力發揮到能夠讓人領悟和記憶的地步。

當時已經十一點半，二樓病房的徐太太，卻也還未熄燈。

每次讀到那些當代藝術評論，就覺得很不科學。畫了一幅畫，做出一個小東西，就聲稱可以戳破世界的假象，反思社會不公。這和小學生寫作文用的修辭有什麼不同，當代藝術居然也只是這種程度而已。世界上像這類的隱喻已經太多了，當然我不必跟徐先生說得這麼直接：

「藝術家給的理由往往是，聲稱在藝術品當中注入了自己的精神，我想這只是『注入靈魂』的另一種說詞。人們普遍懷疑靈魂的存在，卻不去懷疑『藝術家注入自己的精神』這種同樣毫無根據的話。」

「這點我無法苟同。藝術品在創作與審美的過程中，都能經由人的內心體會去改變一個人，這就是藝術的力量。就像透過閱讀、透過談話、透過旅行，能改變一個人的想法進而使一個人產生行動，是一樣的。戴醫師，你不能否認這個。」

「相信藝術的力量，這不是巫術是什麼？隨著時空演變，巫術行為自然也會發展成各種相應的型態。與科技脫節後，當代藝術經常是在組合、拼貼、點石成金、化腐朽為神奇、小地方見大道理，而沒有辦法創造出一種全新的美的事物，一個人們完全未知的事物。因此喜歡那種不科學的藝術，不過就是種迷信罷了。」我看向徐先生說。「而迷信的人從來就不曾少過。」

那時候我大致是和徐先生這樣說的。經過這些年，我對當代藝術有了更多時間思索。現在我所回想的這些內容，實則是我對這些問題的一個更深刻的回答。當然徐先生不是很甘願於我的說法。

「我懂你的意思，但當代藝術的轉向就是如此。這是時代風尚，而不是退步，和中國宋代以後興起的文人畫一樣，概念的傳達擺在第一位、第一位啊！」那聲音穿過他酒杯直達我這。

「藝術不是光有概念就可以叫藝術，還得創造出實物。儘管當代藝術的交易很熱絡，常聽見誰的油畫又破了交易記錄，但實際上買到的東西，都只是些舊科技層級的古董仿製品。油畫早在十五世紀就發明了，五百年後還在畫油畫，難道不是落伍？就像你說的，概念不一樣而已，嚴格說起來沒有一件是新的創造。蒙娜麗莎失竊這件事，不也象徵藝術權柄的轉移？論創造實際物品的能力，藝術家早就拱手讓人，遠不如當代的許多科技產業。」我回應完，才意識到自己似乎冒犯到了他的職業。

他先是楞了一下，轉而笑說我和他太太一樣，都是對藝術抱持敵意的人。他說自己其實也有過類似的想法，但礙於生計絕不能在客戶面前顯露出這一面。他似乎把這裡當成真正的西斯汀禮拜堂，像是在偷偷對我告解，說他早已慢慢不喜歡繪畫。

「戴醫師，你要繼續往偏執的方向解讀我也沒辦法。這是你個人的立場。但怎麼說呢，你知道維梅爾的《天文學家》和《地理學家》吧，畫的根本是同個男人。當我大學發現了這個秘密時，當然這也不算什麼秘密，不過我就對繪畫這玩意兒有點動搖了。」

他說唯有攝影，才有辦法真實到讓人懷疑自身的存在。他似乎是個對自我定位感到茫然的人。

「我有想過自己的攝影展，就叫『攝影之惡』。」他搖晃酒杯，似乎又在思考什麼。「那些攝影理論，不過是想為自身的行為，找一份理由罷了。攝影本不應該有理論，自從有理論後，就開始墮落。變得像繪畫，總在為創作找理由。你們整形醫學，還沒有什麼藝術理論吧。」他半倒在沙發上，先前的神采奕奕，一下都消散了。就像雄辯的希特勒，最後迎來他傾頹的第三帝國。

「Tchin! Tchin!」他突然作勢向我乾杯，然後莫名地頌揚我說。「就像威爾斯，他小說中的莫洛博士不是說了嗎：『我應該可以把羊改造成駱馬，把駱馬改造成羊。可是有什麼比改造成人更有藝術性呢！』所以戴醫師，既使你不承認你是藝術家，但我相信你絕對是那種擁有特殊美感的人才，所以才能夠把人體當作創作的媒介，在九大藝術之後開啟了第十藝術，整形！」他拿酒杯，從大廳沙發，搖搖晃晃地站了起來。「所以就算你不是藝術家，又何妨呢？只要你的病患覺得自己是藝術品，也被人們視為藝術品，這樣就可以了。我女兒也就可以永垂不朽！」

我想他有點微醺，就沒有再回應他。或許他因為女兒動手術的關係，心中懷著一份不確定感。住在診所的那幾天，徐先生每晚都帶不同的酒和酒杯過來。說是不同的酒，要搭配不同的杯子。

雖然我是手術的執行者，但在醫療的過程當中，病患、家屬、醫護，三者之間，醫護人員或許最忙碌，但實際上所承受的壓力、恐懼和痛苦，以及對於治療失敗的直接承受，都是最少的。因此體諒病患和家屬，是我這項職業最基本的道德要求。

「酒的顏色像人的眼睛。這世界沒有一種酒的顏色，是人的眼睛所沒有的。這是我父親告訴我的。當然透明的酒除外，我父親不承認透明的酒是酒。他在波爾多有座家傳的酒莊。」

我想起徐先生的老家在波爾多。我拿起酒杯回敬他，但終究沒沾任何一滴酒。

那麼現在，BF-17究竟為什麼回診？她一個人來診所，是因為父母告知了她真相，所以來向我確認？還是手術經過這麼多年後出現了什麼後遺症？不可能的，這種整形既沒有永久填充物，也不會影響到五官的正常運作，一切都是調整後的再生。現在這張臉，就是天生的臉。

一九九八年六月我從醫科大畢業，經過三年外科專科訓練後，二〇〇一年拿到外科手術醫師執照。讀PhD時，再接受三年的整形外科專科訓練，當時我已在國際美容整形外科學會ISAPS的學報上，發表了幾篇關於「嬰兒整形」是否可行的paper。同時也到瑞典卡羅琳醫學院交流，並於校內的瑟德醫院見習半年，擔任院內外科中心研究小組的研究員。接觸了許多歐美最新的醫學儀器，深造各類型手術的臨床技術。

二〇〇四年在瑞典的四月到十月，是一段綠草地般令人難以忘懷的時光。由於必須跟著主治醫師看診，我暫時卸下了研究者的身份，完全投入在醫療工作當中。然而就在每天面對各式各樣的病患後，逐漸認識到整合性手術對於患者的重要。以往每場手術，大都只能從各種手術方式當中擇一進行，比如傳統外科手術、內視鏡手術、顯微手術、雷射手術、機器人手術等，鮮少同時運用在一場手術當中。

然而病患需要的不只是一名醫生，也不僅僅是一組醫療團隊，而是以整個醫學來做為生命的支撐。不少病患往往手術成功了，卻死於其他疾病所引起的併發症。即便都有做好術後照護，歸根究柢，就在於手術對病人所造成的身體負擔。只要能夠建立起一套整合性手術的標準程序，即能大量減少手術時間以及傷口面積，提升手術的品質，而這正可以運用在像是嬰兒整形這類高度複雜的手術上。

假日的時候，除了固定到瑞典皇家歌劇院看表演外，我習慣一個人開車到各個湖泊旅遊。在瑞典有數不清的美麗湖泊，梅拉倫湖、耶爾馬倫湖、韋特恩湖、維納恩湖、斯圖爾湖，一週選擇一個地方，把車子停在湖邊，沿著湖濱散步。或是拿出折疊式的透明獨木舟，划行到湖面上。看著湖水能讓我心靈平靜。雖然我寫病歷，但我不紀錄自己的思維。做夢和思考，只是在打斷我和身體的直接聯繫。偶爾一路向南，經過瑞典最南端的斯科納，平緩的丘陵，盡是綠色與金色交織的原野。接著開上跨海大橋到哥本哈根，傍晚抵達漢堡。

拿著一杯咖啡排隊，購票進易北河愛樂廳，看一場歌劇表演。

六月六日的瑞典國慶日，我在斯德哥爾摩的國王花園，遇見一名年輕的白人女性。兩人度過了一個簡單的下午。當時我坐在花園北邊噴水池旁的戶外咖啡座。她身穿卡其色襯衫，金色的馬尾往後收，露出好看的額頭。非常斯德哥爾摩的打扮。

「請問，這位子有人坐嗎？」她用英文向我詢問。

她一坐下，就從包包直接拿出菸來，但看了我，又把菸放了回去。我們各坐一邊，大約過了十分鐘。「你的雷朋有度數嗎？」她再度向我開口，「沒有的話，那麼借我戴。」接著她用右手遮擋陽光說：「沒想到斯德哥爾摩的夏天，太陽這麼大。過幾天還要去奧斯陸拜訪，不會也這麼熱吧？」她問我是哪裡人，亞洲哪裡？是來旅遊？我說臺灣，來工作。接著她表明自己是公務員，從巴黎來斯德哥爾摩考察。胸口確實掛著參訪人員的名牌，不過沒寫出她的名字。

我將手邊的太陽眼鏡遞給她，見她只點了兩份奶酪蛋糕。

「我不喝咖啡，蛋糕也不是要給你的。」她說。彷彿從我的舉動，就能看出我的疑慮。這時兩三名兒童從桌子旁邊嬉鬧過去。「小孩子無憂無慮真好。」她戴上太陽眼鏡笑說。「這個年紀不管做什麼，長大都不會記得，也不會有煩惱。」

「雖然看起來是最無作為、最沒什麼差別的年紀，但這年紀發生的事，卻對未來有最大的影響。」我看著那些孩子的臉說。「這麼小的年紀，應該說越早開始越好。在成長的最初階段，只要稍微調整一點角度，未來的命運就會有很大的不同。」

「你是指佛洛伊德的理論？是啊，人個性的形成，都可追溯到四歲的伊底帕斯期。」

「不是，我是指人身上更具體的、看得到的部分。心理終究由外表所塑造，無形的事物對人的影響並沒有想像中那麼大。」隨後我又補充說，「基本上，精神分析不是醫學，不過也有醫療的效果就是。像整形醫生就必須具備心理諮商的能力，才有辦法瞭解病患真正的需求。」

「你是醫生？感覺更像藝術家。」她靠在椅背上，看著我說。「從小到大我見過不少藝術家，普遍都給我一種疏離感，你也是這種感覺。不過，還是有一些不同的地方。像你看著咖啡杯時，感覺咖啡杯就像是你製造出來的東西。像是對咖啡杯做了什麼。」

我看了咖啡杯內緣乾掉的發泡痕跡，如果是美式咖啡就不會有了。

「有人這樣說過嗎？」

「沒有。我跟病患不會聊這些。」

「原來你真的是醫生，也難怪我會主動找你說話了。你也不像會隨便搭理陌生人的人對吧。真巧。」

我沒有回應她。畢竟這番話裡，她似乎省略了最重要的訊息。

「陪我走去市政廳如何？現在是自由行時間，但兩點我得跟同事們在市政廳集合。」

說完她起身，將只吃了一口的蛋糕丟進垃圾桶。再回到位子前，調整耳環，並摘下太陽眼鏡掛在胸前。

「Allons-y! 走吧。」她準備好之後說。

我們沿著諾爾斯特倫河岸的水流街，一直往市政廳的方向。先經過北橋和古斯塔夫．阿道夫廣場。有時兩人一前一後走著，有時又並肩走在一塊，但都未交談。經過國家橋之後，這一段人潮少了很多。她停下腳步，靠在河岸的欄杆旁，眺望著對岸聖靈島上的圓弧形議會大樓。

「你都不拍照？」她見一旁的人在拍照說。「你也沒帶相機對吧。」

「我對攝影沒興趣。」

「跟興趣有什麼關係。拍照是記錄自己的生活，留下值得紀念的回憶。」然後她轉身，低頭看著河面自言自語道。「雖然可以從河面看到自己的倒影，但河水本身卻沒有表情。」

我也靠上欄杆，沒有說話。

「我生病了，很嚴重的病。」

我轉頭看向她。這時候我才注意到諾爾斯特倫河流動的聲音。

「我想你是醫生，也許可以跟你說吧。」她面向我，拿下胸口的太陽眼鏡，解開兩顆扣子，將領口往下拉出一塊空間。她要我靠近仔細察看。

只見右側乳房的皮膚有橘皮樣變化，沿著乳暈擴散出去。乍看像濕疹，但其實是下方組織病變造成上方皮膚增厚，才使得表面粗糙暗沉。乳房也已經變形，外上位置凹陷，內上則異常隆起，目測硬塊至少有八公分。腋下淋巴跟鎖骨上淋巴，觸摸亦有腫塊。已經轉移了，是第三期。

「Breast cancer。菸是生病之後才開始抽的。」她側過臉說。「雖然我也想通過自己

「人體本來就是一個什麼也裝不進去的容器。永遠想裝東西，永遠裝不進去。」

「沒想到，你也說了這麼多話。這是當醫生的體會？」她看向我。

「還沒當醫生前就這麼想了，當醫生後也沒有改變。」

「雖然身體只是一個臭皮囊，可是被抱著的時候還是覺得好幸福。這種幸福絕對不是只有肉體覺得幸福。」她轉頭看回波光粼粼的河面。「生病真是一個最糟糕的處境。開刀時，我得光溜溜躺在床上，被醫護人員看遍身上每個部位吧。原本堅持的禮儀，一旦有需要，竟可以全盤捨棄到這種地步。」

「大寫的I是人，小寫的i卻是虛數。」

「但都是同一個I。」

她說完沒什麼表情，就只是閉起眼睛，側身靠在我的右手臂上。整個人就像我剛脫下來的一件衣服，還殘留著體溫。她睡著的時候，我仔細看著她。那時我只想對這個人，更好再好。人類並非萬能，卻也不是一事無成。或許好幾年後她還能活著。她的臉頰是我截至目前為止，見過色澤最美麗的肌膚，那略帶東方特色，柔和卻又俐落分明的五官，則是日後我從事整形時一個心中最底層的圖案。

到了兩點。「介意再送我進去嗎？我同事應該都在裡面了。」她醒來說。

我們和其他遊客們一起，在導覽員的帶領下走進市政廳大樓。首先來到了一樓的藍廳。只見四面挑高的紅色磚牆，以及模仿湖水的淺綠色大理石地板，耀眼的陽光從上方的天窗灑落地面。雖然命名為藍廳，卻沒有任何藍色的元素。我想到了我的未婚妻，回國後我們就會完婚。

我和她走上寬闊的美麗樓梯，沿著二樓的陽台，最後來到了金廳。裡頭有許多遊客，她的同事也看見她而向她揮手。之後我們再也沒見過。

二〇〇五年我獲得整形外科醫師執照，正式成為 PRSA 和 TSAPS，以及歐洲 EURAPS 的一員。同年我在仁愛路和安和路口開業，之後完全投入在「嬰兒整形」這塊由我開創的新領域上。就在那年，我完成全球首例嬰兒整形手術，病歷編號 BF-1 的父親，即是我解剖學 PhD 的指導教授張邁。

張教授是老來得子。那時候他五十八歲，有明顯的雄性禿，臉上的 SMAS 筋膜也早已鬆弛下垂，讓他看起來就像是一頭鬥牛犬。那正符合他的個性。因為無切口手術的研究，也就是在不用劃開皮膚的情況下，使聲波於體內任一位置凝固，用來切除體內病變的部位並且止血，使得他在國際上聲名大噪。晚上七點三十分，我準時開車到他位於民生社區的住處，親自向他恭賀。在見到新生兒的臉，確定沒有任何缺陷之後，我把關於嬰兒整形的計畫告訴他，希望能作為 PhD 的題目。他知道這和我之前發表的 Paper 有關。

「真是稀客。不過你那輛車這麼貴，就這樣停在路邊，不怕被偷嗎？」他一手拿著馬克杯，站在窗邊說。「醫生賺的也是辛苦錢。找個停車場再走過來，能讓你少開十次刀。」

「沒關係。因為有更重要的事與您商量。」

「我是擔心你啊。你好不容易，寫出一個準確模擬外科手術的軟體，將人體影像化，讓醫生能夠術前評估跟練習，降低手術的風險，亦可培訓新手。這發明很好啊，跟飛行模擬器一樣，還能開發成遊戲，讓兒童從小接觸醫學。為什麼不寫這篇論文？都可以讓你拿三個博士了，卻還大方公開程式的原始碼，免費讓別人開發跟研究，自己反而想去做這種有爭議的手術。」他走過來剝開橘子，順手分給我一半。

「影像醫學不是我的興趣。模擬手術、模擬未來臉孔，開發這類軟體的目的，就是為了嬰兒整形做準備。」我搖頭說不用，他把橘子拿了回去。

「晴哲啊，為什麼你這麼執著於嬰兒整形手術呢？我真的很好奇。算了，反正你也只會說是興趣。」他一邊吃橘子，一邊熟練的撕掉橘瓣上的白絲。「中醫管這個叫橘絡，說很有營養，但我就是不喜歡吃。」他嚼了一會又說，「不管怎樣，你都要做這種手術就是了。那也好，醫學強，國家才會強。況且也不是什麼害人的手術，對顱顏部位損傷的患者更是一則福音。」他望向桌上的聖經。剛唸PhD的時候，張教授好幾次邀請我到教會，後來見我不為所動，也就沒有再提過。

即使事情尚在發展當中，還未結束，但人卻可以透過準確的判斷，預先知道了結果。當然偶爾會有誤差，可是這些誤差，通常也是事前就能猜想得到，完全在意料之外的情況少之又少。為了這份不常出現的誤差，花時間在信仰上，還不如將時間用來加強自我的分析能力與執行效率。

他將兩顆橘子吃完，戴上眼鏡，仔細看我筆電上的模擬手術，並討論手術的可行性。

「既然你電腦的圖像處理以及四維可視化技術都已經突破，接下來就差臨床手術的數據了。」他拿下眼鏡，沒有太多猶豫。「附設醫院那邊，一些先天性顱顏缺陷的嬰兒，不如找這些孩子的父母，告知他們醫院願意免費為孩子做治療，我想家屬會同意讓你動刀。」

「臉部重建手術的數據，和一般整形的數據並不同，兩種是不一樣的手術，我想您也是知道的。如果不是一般的嬰兒臉孔，這樣手術獲得的數據根本沒有意義。」

「一個健康的嬰兒啊，這可真不好找。」他彎下腰，逗弄自己的孩子說。

「教授，如果我沒有一定的把握，是不會在任何人臉上動刀的。」我靠近他們父子，壓低音量說。「剛才的數位模擬手術，您也看了，是百分之九十七的成功率。我是你的學生，你知道我有這樣的能力。」

他說會在看了我歷年的手術記錄後轉介適合的病人給我。據我所知，他考慮的那陣子，不斷照鏡子端詳自己的樣貌。

兩星期後，我在安和路的診所，為張教授的公子動刀。手術時間自三月六日上午八點整開始，下午六點結束，共花了十小時又三十二分鐘。由我主刀，張教授則全程在一旁觀看。

嬰兒臉部的皮膚最細緻，為避免留下疤痕，需要用到比頭髮細一倍的 10-0 縫線，乃至 12-0 縫線來縫。皮膚底下，血管和神經的位置基本不變，但軟骨、肌肉、肌腱，都必須做牽引更動位置。將肌肉和骨膜分離後，對骨骼施以斷骨或是削骨，設定好未來的臉型。過程中有多個層次的組織要處理，類似斷肢再植手術，不僅不能夠影響到功能，加上以美觀為最終目的，手術也就更複雜。此外新生兒呼吸容易受麻醉藥物干擾，必須經由鼻腔插管配合呼吸器的使用，維持呼吸的穩定，但最根本的還是縮短手術的時間。除了首次做這項手術，花掉的時間稍長以外，BF-1 的手術過程非常順利，術後的癒合也相當理想。一年半內我陸續再為其他四名新生兒做了整形手術，並將手術時間限縮在十個小時以內。他們的父母都是醫生，對於這項手術的利弊和風險，再清楚不過。BF-2 的父親是我大學時的同班同學，從以前他就覺得我們這一代的臺灣醫生，肩負醫療改革的使命，而認真投入在手術用機械手臂的開發跟研究上。我們也是一起住院實習的外科醫生，那時已經很少人選擇外科。

在將病患推入手術室前，他懇切地握著我的手說：「晴哲，我們家寶貝的臉就交給你了。一定要讓臺灣的整形醫學站上世界的頂峰。」

當病歷累積到 BF-5 的時候，我的博士論文也完成了。張教授也在我通過他口考的那天從醫科大退休，一家人移民到加拿大多倫多。後來也就失去聯絡。或許是不想讓我看到 BF-1 長大之後的臉，又或許是不想讓 BF-1 看到我的臉。其他動過嬰兒整形手術的嬰兒，他們的父母也是如此，想方設法藏起他們的孩子，隱瞞一切有關整形的事。我清楚他們的想法，所以也沒有一定要求這些孩子回診。

徐摩珈，病歷編號 BF-17，是嬰兒整形的第十七位病患。女性，O型，無家族病史。二〇〇九年十月出生，現在是二〇二六年九月，目前年齡十七歲又十一個月。

我在這個年紀，剛從師大附中的美術班自動降轉到三類。也就是說，我高中必須多讀一年才能夠畢業。這讓我的父母非常訝異，更對我突如其來放棄成為藝術家的夢想感到疑惑不解，畢竟是沒有任何徵兆的決定，有違那個平時做事按部就班的我。

我的家境相當優渥。父親是多家金融公司的董事，兄長們也與我的年齡有十幾歲的差距。我既不用為了謀生選定志向，也沒有繼承的煩惱。一直以來家中提供我許多文藝上的教養，包括鋼琴、大提琴、油畫，也鼓勵我從事文學創作，更安排高中畢業後送我去國外的大學學習藝術。他們喜歡我是位文藝青年。

可是高三的時候，我的心裡出現了別的聲音。

是一個沉著有力，很低很重的聲音。那聲音隨時跟著我，像是自己在對自己說話，而自己是一個漆黑的洞口，從那裡面所傳來的回音。與之前日常生活中接觸過的聲音都不一樣。像是聽到了聲音的聲音。尤其當我看著自己的臉，那聲音就越龐大，大到讓我懷疑自己的體內怎麼可能發得出這樣巨大的聲響。

它完全取代了心跳。

那時候我沒有聽音樂的習慣，每次司機來學校載我，我總是要求：

「靜靜開回家就好。」

首先發現我有異樣的是家裡的司機。為了用其他聲音來蓋過那個聲音，我開始在車上要求聽音樂。這令當時已經五十歲的 Jeff 感到詫異。Jeff 不僅是我們家的專屬司機，也是位聲樂愛好者。某次 Jeff 向我們家請假，去參加電視臺的選秀，但因為練習過度，聲帶周圍的微血管充血腫脹，等到正式比賽時反而倒嗓了。那陣子他開車都不說話，只能頷首示意，我們因此才知道他對歌劇的興趣。

年輕時他在高雄七賢路的一家酒吧工作過。除了擔任服務生，偶爾也負責在外場開車接送。有天晚上，一位美國大兵在車上送給他一張，一九六四年 Callas 在倫敦柯芬園皇家歌劇院演出《托斯卡》的錄音。在這之前他從未接觸過歌劇，由於住處沒有唱盤機，當晚他就留在酒吧，請老闆把整齣普契尼的《托斯卡》放完。據他所述，那是一個神奇的夜晚，當 Callas 唱到第二幕中的詠嘆調〈為了藝術，為了愛情〉，酒吧內每個人都安靜下來，連吐出的煙圈也停留在半空中，高昂的腔調讓他從此愛上歌劇。

「我爸也聽歌劇？」我看向後視鏡問他說。

「董事長也聽。車上的音響設備就是他要求擴充的，不僅裝了擴大機，連喇叭線、訊號線也都整批換新。有時已經到家門口，他因為想聽完整張專輯，要我開到永春附近繞一會兒再回來。」

「那麼，我爸都聽些什麼？」

Jeff 個子不高，理著平頭，當我坐在後座聽他說話時，總會看到他花白的後腦杓。除了上下車的時候，事實上很少看到他的正面。從師大附中沿著信義路回到松仁路的住家，即便慢慢開車，也只須要十五分鐘。這段時間，他每次向我介紹一部歌劇，講完了本事，就放代表曲給我聽。他相當強調演出版本和表演者的重要性。像是威爾第、普契尼的作品，女高音非義大利出身的 Tebaldi 莫屬，她是 Callas 唯一的勁敵；《清教徒》則要聽 Callas 演唱，她在六天內就學會如何完美詮釋這齣戲；《卡門》則以一九六七年卡拉揚指揮維也納愛樂團的版本最佳；一九五五年 Krips 在 DECCA 指揮錄製的《唐璜》，將洗滌你的心靈直到最後一個音符；威爾第的《弄臣》，除了 Caruso 還是 Caruso，想不出有第二位人選；今年七月，才剛在羅馬聯手舉辦演唱會的三大男高音，一定要收藏的劇目分別是 Pavarotti 的《波希米亞人》、Carreras 的《蝴蝶夫人》、Domingo 的《阿依達》。

「都是無可超越的經典。」他滿意地說。

於是，我跟著 Jeff 聽歌劇開始於一九九〇年十月下午。

雖然聽音樂能讓我暫時躲避掉那個聲音，然而就只有暫時性的效果。一旦我下車，或是關掉音響，體內的聲音就又會反彈回來。自從那聲音出現之後，我不僅沒有辦法專心作畫，和家人之間也變得焦躁不安，難以溝通。後來家人終於帶我去醫院，做了各項檢查，確定聽力正常，但究竟是器質性的耳鳴，還是心因性的幻聽，無法下明確診斷。醫生說很可能只是焦慮，或許和課業、家庭、人際關係等壓力有關，要我試著與那個聲音和平相處。後來我認為這診斷相當正確，也對我有助益。現在我知道那是比耳鳴、比幻聽更深層的東西，是一但存在這具身體就會有的一種共鳴。

「義大利語每個音節都搭配一個母音，是最適合歌唱的語言。」

Jeff 從後視鏡看向我說。他還教我怎麼唱聲樂。是他主動提起的，我並未要求他這麼做。後來我才意識到，像 Jeff 這類習慣把自己的想法毫無餘地的表達出來，即使割讓自己的權益，也要爭取對方認同的人，這一點和開畫廊的徐先生非常像。儘管他們倆在外貌的包裝上天差地遠，卻內含相同成分的藥劑。

「每個人的聲音都不同，沒有一種技巧是能適合千萬種人的。所以我們必須做自己的老師，教自己如何唱歌。決定自己的音色是件非常有趣的事。最近的醫學研究發現，每個人音色的關鍵，在於聲帶和硬顎和牙齒之間的距離，個別拉開一毫米的差距就會有不同的迴響。想辦法開展內側空間的廣度吧。降低喉嚨，將其下壓，則聲音會在內部響亮，進而從裡邊響亮出來。」

他說完，我想到練習聲樂，或許可以用來控制體內的那個聲音。他看我像是清了喉嚨，按照他的指示發聲，就又問說：「Alex，你現在多高了？」

「一百七十九公分。」我說。

接著他又問我體重多少？肺活量如何？心臟每分鐘跳幾下？他說我不用講出來，看自己知不知道就好。「做任何事，都要先瞭解自己的身體。尤其是這聲樂。」說完他清理嗓子，自己先唱了一段〈'O sole mio〉，拉高拉長的顫音，像要把他整個人從那件皮囊裡抽出來曬到陽光底下。那時我的確很訝異，像 Jeff 這類體型偏瘦的中年男子，怎麼能發出如此渾厚的聲音。照理而言，鼓的面積越大，聲音才越渾厚。那時我已注意到，聲音比外表更能貼切反應一個人的個性。人類的外表和內在，完全可以視作二元結構分開來處理。

「這是我自己選擇的音色。我要以這樣的聲音，到天堂裡去。」

他在駕駛座上，拿出手帕擦拭臉上的汗說。我按照 Jeff 的方法練習聲樂，試著控制自己的橫隔膜和喉頭，以及其他更深層的腔部和肌肉，也讓我對人體逐漸產生興趣。

繪畫本身沒有聲音，是一種向外觀察，而現在我開始向內觀察自己。美術班的訓練，最先是畫靜物，等有一定的基礎，再到教室外面寫生，練習畫景物。接著畫石膏塑像，都能掌握了，再練習畫人體。那時候高三教的人體素描，我怎麼畫都不滿意，看著同學畫好的作品，心中更充滿疑惑。我不再滿足於表面的光影，而是想畫出飽滿的、充實的、脈搏能夠跳動的生命圖像。

歌劇聽得越多，我越無法作畫。

我習慣從學校後門的仁愛路口上車，Jeff 都是先開到建國南路後，再左轉回信義路。那天 Jeff 從後視鏡，見我剛剛拿上車的人體素描，被我丟在一旁，有手臂、手掌、軀幹、小腿，也有五官，卻散佈在畫布上。都是今天在學校畫的半成品。

「今天畫的作品，似乎很零散。」Jeff 手搭著方向盤說。

「嗯，還找不到切入點。」我說，「今天聽什麼歌？」

「Salome 吧。」

「那麼放大聲點。」我看向窗外。

「Alex，聲樂是高度提煉人體的音樂。」車子剛經過建國花市門口，他從後視鏡看著我說。「音樂家是一首曲子的精神，表演者是使這精神具體成形的血肉。同樣的精神，進入不同的身體，就會有不同的生命表現，但都是同一個人。理解為同一個角色也行。流行歌容易被樂器牽著走；電影的話，演員跟導演又都有自己的想法。只有聲樂，是完全貫徹原作的意志，與身體合而為一的藝術呀。不管經過了多少年，聲樂都是原汁原味。」他一邊說，一邊播放理查．史特勞斯《莎樂美》的最後一幕，由莎樂美獨唱。

「莎樂美最終宣布了她的愛，熱情地親吻施洗者約翰的頭顱。希律王雖然覬覦莎樂美的美貌，卻更害怕處死聖人會遭到天譴，於是也就下令處死了莎樂美。」他說完，提醒我到家了。

我向Jeff借了《莎樂美》回到房裡，從序曲開始聽，一邊翻林布蘭的畫冊。音樂結束後，關上音響，大約沈靜了十分鐘，體內就又開鼓譟。那聲音就像是超越聽覺的存在一樣，不斷在我身上循環。有時候那聲音來自我的指甲，來自我的肩胛，來自我的肋骨，來自我的膝窩處，來自我的某條靜脈。來自我體內深處某個我叫不出名字的部位。我發瘋了似的想瞭解我的身體，最後發現那聲音的根源就在我的臉。

這時我剛好看到林布蘭那幅《杜爾博士的解剖學課》。畫面中央的那隻手，被杜爾博士用手術鉗一層一層掀開。我對著鏡子注視自己。拿出素描紙，先畫出大腦，再試著畫上頭骨，將大腦包裹住。接著畫眼球、鼻軟骨跟牙齒，再畫出肌肉、肌腱、神經及血管，彼此交織掩蓋，再畫上嘴唇和眼瞼。最後畫上一層皮膚，以及更細毫的毛髮。就在那晚完成了自己的臉。

「Jeff，我想當醫生。」隔天一早我上車時說。

為了誠實面對那個聲音，一九九二年我考進醫科大，開始接受正規的醫學教育。

現在我知道的關於身體的專有名詞，已經是那時所知的幾千幾萬倍。可是當我越來越明白醫學是怎麼一回事後，那個聲音卻逐漸在我的身上變得渺小且遙遠。我逐漸能夠控制它，不再感到徬徨焦慮。每天開車到學校，車上播放著《魔笛》、《唐·喬凡尼》、《費加洛的婚禮》，等到莫札特的二十二部歌劇都熟悉後，再換成威爾第的作品，接著是羅西尼、貝里尼、董尼才第。這些音樂家除了要譜曲、填詞、寫對白，構思情節，還得指導演員、指揮演奏、統籌整個舞台，創作過程猶如執行一場複雜且精密的手術。於是認識人體，提升基本能力，然後等待體內的那個聲音，就是我覺得在大學該做的事。

也是進入醫學院之後，我才知道自己對人體結構的著迷，更勝於戰勝疾病。那時我就覺得裸體已經無法滿足我，開始往人體的內層去欣賞。一位患有皮膚病的男病患，他的內臟可能非常光滑柔嫩；一位臃腫肥胖的女士，她的骨架可能相對的靈巧纖細。人類頭蓋骨密合的骨紋，是我見過最優美的線條，咖啡色的曲線，如同迂迴在雪的草原上的河流般靜謐。赤裸跳動的心臟，或是超音波所顯示的彩色心跳，皆有一種莊嚴肅穆的美感。動植物身上的常規細胞，並沒有病毒、細菌、和癌細胞的多樣化來得好看，這是我在顯微鏡下親眼所見且可資證明的，但我們不會要這些東西留在我們身上，我們的免疫系統就是整天在消滅這些美麗的壞東西。

我沒想過自己會再次拿起畫筆。教授們稱讚我畫的解剖圖，不管大小如何改變，比例總是準確，各部位的位置、形狀也都能立體地描繪出來，精細到連膚紋這種極為平面的褶痕也不放過。人類的表皮系統就像水的表面，一層富有彈性的薄膜，各組織都在這水面下運作。膚紋像平靜湖面的漣漪，運動時產生的皺紋則像海浪。自然的力量，以週期性的擺盪，由最小擺盪到最大，形成相似的結構。

我在大學並未加入任何社團，一有空閒就是畫解剖圖，之後更擴大到對古代解剖圖的蒐集。除了前往臺大圖書館、真理大學圖書館，拍下當年日本學者以及馬偕醫生親手描繪的解剖資料外，其他像是中國的《歐希範五臟圖》、《存真圖》、敦煌寫本相書，以及日本、韓國、越南的漢方醫書；另外古印度醫書《揭羅迦本集》，歐洲和阿拉伯世界的古代醫學文獻，像是古希臘蓋倫的著作、伊本·西那的手稿、敘利亞醫書、各種黃道十二宮人體圖、文藝復興之前的魔法書和煉金術文獻，甚至是寫在莎草紙卷上的古埃及醫書《艾伯斯手卷》，都有大量的解剖圖稿留下，我都盡可能地找來閱覽。

這些圖稿都是為了傳達知識而繪製，不是作為藝術品而繪製。但在文藝復興之前的解剖圖，不是簡陋得像漫畫插圖，就是犯了想像的毛病，往往憑空帶入思想上的詮釋，而不是按照真實的人體構造來描繪。雖然早期的解剖圖稿，有許多醫學上的錯誤，增添了藝術上的渲染，卻也讓我意識到，如果不曾進入抽象領域來對人體加以思考，就無法真正理解人體的奧秘。

機械論的隱喻遍布於所有的科學當中，正如同靈感論遍佈於所有的藝術當中。讓我們對調這個趨勢，用機械論來創造藝術，用靈感論來開拓醫學。這樣所呈現的醫學和藝術，又會是怎樣的圖景？

「機械」作為方法，使目前的醫學都太保守。比方說，時光機本身就是一臺醫療儀器。我們只要想辦法讓個體的時間倒退，就可以讓患者回到生病前的健康狀態，再重新調整生活習慣、飲食習慣，甚至事先服藥，個體在將來就未必會得到該項疾病。也就是說，只要充分利用時間倒退，同樣能達到治癒患者的效果，而不是患病之後才來與疾病對決。治療要有想像力，這就是我所謂的靈感的醫學。

另一方面，「靈感」作為方法，則拖累了藝術，使藝術家的心智不斷萎縮，屢次被強勢的科技發明給傷害了自信，成為卡蜜兒．克勞黛爾所說的玩泥巴閉門造車的孩子。自文藝復興之後，藝術便落後於科學將近五百年。只有當藝術能夠機械、科學能夠靈感的時候，我們才能再次達到文藝復興時期的水準，重新創造一個科學與藝術在同個高度相互協調運作的黃金時代。

也因此讀醫學院的同時，我學習各類的程式語言，深造數位影像的處理技術。六年級的住院醫師申請，我選擇外科，目標是繼續進修成為整形外科醫師。正因為我把靈感論，作為自己在醫學研究上的根本態度，也就是著重於醫學的主動創造，而不是被動的治療。因而發現到，過去整形醫學在方法論上的錯誤。

我們應該是要讓臉長成想要的模樣，而不是藉由外力把臉整修成想要的模樣。

好比我們想要一盆賞心悅目的盆栽，應當調整盆栽的生長方向，而不是用類似外科手術的方式，反覆修剪，植入鐵條、塑膠片，或其他異物來使盆栽變得好看。這樣只會顯得不自然、不協調、不健康，反而讓人感到厭惡、醜陋，甚至造成盆栽的死亡。而這正是當今整形醫學的處境。

隨著博士論文的完成、手術模擬軟體的普及，以及最重要的嬰兒整形手術的成功。

二〇〇七年義大利波隆那大學醫學院正式聘我為講座教授。那裡有世界上第一間解剖室，也是現代整形醫學的發源地。或許正因為有優良且一貫的整形醫學傳統，波隆那大學比其他研究單位更早看到嬰兒整形的突破性和發展性。校方同意讓我把講座開在暑假，以配合我在臺灣這邊的研究和工作。

曾有幾位同業問過我，為嬰兒整形難道不會有罪惡感？到底有沒有考量過嬰幼兒的人權？類似的問題到波隆那大學講課時同樣也被問過。

我沒有回答同業這些問題，畢竟他們在入門之後已經自己走了一段路。我尊重他們，不想影響他們，也不希望他們影響我。一個團體想法要多元，才有好的發展，也可避免犯下集體的罪行。但我在波隆那的講座上試著回答這些年輕人。他們正站在醫學的門口，而醫學並不是只有一扇門。我還能夠和他們分享，我選擇這扇門的原因，以及進入這扇門之後我看到了什麼。

古埃及貴族把嬰兒的後腦杓以外力拉長，作為引以為傲的血統標誌。泰緬邊境的長頸族，從女孩子五歲開始，每年在她們的脖子套上一組銅環。中國古代仕女的纏足，西歐古代仕女的束腰。臺灣原住民的鑿齒，西亞男孩的割禮，非洲女孩的割禮。另一些或許不是那麼直接，但同樣在大規模改造我們的身體。像是日本曾經持續一千兩百年的肉食禁令，導致國民營養不均衡；或是二戰期間，德國少女聯盟所進行的身體鍛鍊。這些傳統習俗和政治措施，都會對人體的外觀造成永久性的改變。

然而整形醫學與這些改變身體樣貌的習俗、法令並不一樣。這些都是群體施加於個體的行為，他們不關心個人，只在意社會、國家、種族以及人類的發展，以公眾利益為名，掩飾他們的暴行。與此相反的是，整形醫學始終是為個體服務，而不是為群體服務。

醫學最重視的就是個體，任何犧牲個體所做的人體實驗，都不能稱為醫學實驗。聲稱犧牲一名病人可換來更多病人的健康，這是政治學，不是醫學。因為醫療的目的，正是為了保障個體生命，維持身體機能的正常運作，使個體的身心免於疾病和傷害的恐懼。

由於道德判斷作為科學和美學之外的第三方判斷，當我們腦中處理道德訊息的部分，變得無法同時理解眼前的知識訊息、美感訊息時，就容易產生道德抵觸。於是社會經常以群體的道德標準來批評個體整形，指控對方違反比賽規則，是一種作弊、詐欺的行為，造成競爭上的不公平。嬰兒整形更是違反了新生兒的自主權。弔詭的是，當一位成年人行使他身體的自主權做了整形手術，社會同樣不諒解。

世界上沒有一位新生兒可以選擇他的父母以及家庭，也沒有辦法拒絕父母從嬰兒時期開始就強迫灌輸給他的東西。世界上也沒有一模一樣的身體，先天遺傳的不平等、後天環境的不平等，往往比整形所造成的不平等還要大。美和健康，就是一種與生俱來的不平等。面對這些既有的不平等，醫學往往是站在受壓迫者的那一邊，為了個體的生存與生活品質，去對抗大眾保護主義下虛偽的道德。嬰兒整形手術的發展，不只幫助醜陋的孩子，更能造福因為先天顱顏缺損，以及成長過程中受傷毀容的孩子，讓他們在被群體嘲笑之前，有機會獲得一張與平常人無異的臉孔。徹底斷絕歧視別人容貌的那種邪惡的念頭。

當然我這樣的回答還是無法讓所有的人滿意。講臺下傳來噓聲，也有人立刻離席表示抗議。這些來自全球各地的學生，甚至在手術成效上質疑我，要我拿出這些孩子長大之後的照片，證明是不是真的比一般人好看？嬰兒長大之後的臉，是否就是當初整形時所設計的那張臉？他們同樣認為我拿不出證據。然而基於對病患的承諾和法律上的約束，我並不能公布病患的任何識別資訊。這些年輕人高尚的道德情操，已經讓他們暫時忘記自己是醫生了。

不過當我開始上課，同時播放我手術時的部分影像後，他們也把自己的道德觀念暫且擱置一旁，而認真在學習上。離席的同學，也在下次上課回到了座位。

我知道人類對知識的渴望，永遠不亞於對善惡的掙扎。

雖然我講授的是「顱顏整形外科學」，並非「嬰兒整形」，但在場的二三十名學生，日後會有幾位真的有興趣去發展這項手術？

二〇〇七年十二月，**Jeff** 過世前，我到病房去看他。那時我已經是名整形外科醫師，完成數次嬰兒整形手術。**Jeff** 也早就退休，在青田街經營一間歌劇酒吧。週末夜晚，他剛開車離開店裡，就因為心肌梗塞昏迷在駕駛座上。據醫護人員的描述，當他們趕到現場急救時，車內還播放著音樂。「旋律大概是這樣。嗯嗯嗯，嗯嗯嗯，這樣哼，你就知道是哪一首？」對方狐疑地說，更不懂我為何追問這些。

Jeff 躺在病床上，僅張開四分之一的眼睛直視前方，且從未眨眼。黑色的眼珠子就像懸在眼皮下方的水滴。他問我是否還在聽歌劇？我說有，並站到他的右邊。

「我左邊的耳朵，早就慢慢聽不清楚了。」是乾涸沙啞的聲音。
「我知道。」我說。「感覺得出來。」
「果然騙不過醫生。但你那時候不是還在讀高中？醫生就是比較聰明啊。」他說，眼睛還是看著前方。「當你跟我說，你想當醫生時，我想到了一個人。」
「誰？」我靠近聽。
「一個最熱情的人，卻住在最荒涼的地方。」
「你說誰？」
「聖誕老人。」
我想到他以前常提到聖誕老人的故事，認為像這樣好的故事，應該要有人來寫成歌劇才對。
「肯定很棒的，劇目就叫《聖尼古拉斯》。」
突然他沒了聲音。大約過了五分鐘。
「你最喜歡哪位作曲家？」
「普契尼。」我提高音量複述一次。「義大利的普契尼。」
「我也喜歡普契尼。普契尼很好。」說完，他的嘴唇再也沒動過，卻有東西在他的喉嚨裡震盪，旋律與歌詞整個沾黏在一塊，聲音被一顆一顆地吐了出來。是《杜蘭朵》裡的詠嘆調〈公主徹夜未眠〉，普契尼最後的作品。一八七五年蕩婦卡門第一次被刺死在舞台上，三個月後比才也因為心臟衰竭過世。普契尼和比才一樣，最先的病灶都在喉嚨，後來卻都轉移到了心臟。這應該也是Jeff的情況。

當晚Jeff再次昏迷，醫院問我是否要氣切。

「不必氣切。」凌晨三點，我在電話那頭回覆。Jeff沒有家人，他在緊急聯絡欄寫上我的號碼。他知道我會正確回答。Jeff指定將歌劇酒吧，以及畢生收藏的唱片留給我，說那本來就是我父親出資贊助的項目。酒吧最後交給了我太太的娘家處理，他們任何一位都比我適合經營。

現在我還是喜歡蒐集古代的解剖圖稿，這能觸發我許多手術上的靈感。每回到波隆那大學講課，我都會順道去義大利各地旅遊，同時參觀文藝復興所留下的珍貴文物。至於學生們要的證據。回到我最先開始說的，經過這麼多年，手術一定是成功且達到效果的，不然家屬不會對此仍默不作聲。

這邏輯顯然相當清楚。

我按了BF-17的掛號號碼，請她進來會診。她也是我所做的最後一次嬰兒整形手術。

第五章 Father

像一把槍的單詞

所謂的情感，只是過度複雜的記憶。

一九九四年十月我到圓明園畫家村的時候，日後在國際拍賣會上大放異彩的那幾位，基本上都已經離開了。我進場也只是瞻仰他們留下的遺跡而已，但這些遺跡對正值十八歲的我來說，已經足夠寄予崇高的敬意。

薩勒蒙先生的老洋房，位於北京宣武區的陶然亭湖畔。一來他喜歡湖泊，二來這裡靠近琉璃廠，方便他購買傳統字畫以及其他中國的藝術品。從我認識薩勒蒙先生開始，他就已經住在這兒了。當時西方正在炒作蘇聯的當代藝術，嘲諷蘇聯當局的政治波普作品，成為歐美拍賣市場的新寵兒。他看準下一個熱點就是中國，認為這兒有著類似蘇聯的政治氣氛，以及不同於西方的文化背景，而那正是出產域外當代藝術——相對於西方本土的當代藝術而言——最需要的土壤與養分。

老北京中的老宣武，早已等同我青澀的少年時代。法源寺、菜市口、牛街和牛禮拜寺，路邊小買賣的叫賣聲，還有數不清的胡同，胡同裡的戲臺，戲臺上的戲子。這樣的老北京，愈回憶就讓我愈發地受不了，耳邊就會自然響起和哥們露天打桌球的聲音。

當時我剛從第十五中學畢業，正在家準備高考。在那棟老洋房裡我相當的自在，應該說那時候北京的氣氛是挺不錯的，而讀書時總會聽點音樂吧。從小我就不喜歡電唱機的聲音，除了機器要經常保養，換黑膠唱片很麻煩外，那種只能固定在某個地方，且一定得公開播放的方式最令我反感。使聽歌像是在炫耀。因此凡是黑膠唱片錄製的專輯，我一點興趣也沒有。

我喜歡後來的卡式錄音帶和鐳射唱片，緊接著音樂播放器的體積也大幅縮小了。八〇年代末，王府井街上出現了隨身聽，對我而言，這個時候音樂才完成了個人化，才有所謂個人的音樂史。到哪都能聽自己喜歡的音樂，而不會干擾到別人，這種感覺真好，再好不過了。自一九八六年崔健的〈一無所有〉開始，中國搖滾也火熱了起來。記得那時候自己最愛聽張楚，〈姐姐〉、〈愛情〉、〈孤獨的人是可恥的〉、〈上蒼保佑吃飽了飯的人民〉這些歌詞像詩句一樣，他的每首歌我幾乎都會唱，一字不漏地唱。

有時薩勒蒙先生到香港，或海外做生意，也會帶回一些歐美的搖滾唱片回北京。他喜歡 Beatles 的〈Yesterday〉，而我則喜歡 Guns N' Roses 的〈Yesterdays〉，這是我們的同與不同之處。敏娜往往愛說我和薩勒蒙先生哪些方面很像，但我和薩勒蒙先生每次聽了，都會很有默契地搖頭。

薩勒蒙先生原本是巴黎大學「美學與藝術學研究所」的學生。一九六八年五月風暴後，他秘密離開巴黎前往馬賽，搭乘一艘大型貨輪，和船上的 1017 輛新車一起抵達紐約。那是法國汽車大舉外銷美國的年代。

到了紐約後，薩勒蒙先生在格林威治村的第五大道，靠近華盛頓廣場公園的轉角處租下了一層公寓，和許多的藝術家、作家密切往來。他一邊到附近的酒館聽鮑比．迪倫演唱，一邊接觸美國時髦文化下的波普藝術，開始從事藝術買賣。他拿著自己專用的高腳杯，出入多場時尚派對，見過楚門．卡波提本人，有過幾次的交談，並認為卡波提未完成的小說《應驗的祈禱》當中的一名角色就是以他為原型。

不過這些上流社會的經驗，並無法幫助他進入當時的中國市場。真正有助益的是，他是位激進的社會主義者，以及法國共產黨員，尤其基於一項實際的革命壯舉——參與集會要求戴高樂下臺而遭到逮捕，五天後釋放——是日後薩勒蒙先生能在文革時期入境中國的原因，也是他暫時離開法國的原因。

因此當他一登陸美國，馬上遭到海關盤查。雖然被立即放行，但就在他搬進新家的第五天，聯邦調查局派人來到他的公寓，要他出門走走，並坦白說希望今天的偵察「能夠有所收穫」。當家中被翻箱倒櫃，他一個人沿著高架鐵路，後頭跟著兩名探員，散步到哈德遜河畔。那時候高架鐵路，已經逐漸被遺忘在空中，直到四十年後才規劃為公園。薩勒蒙先生每次到紐約，也都會特地來這座 **High Line Park** 看看。

「過幾年，當我又回到巴黎，我不知道該向哪間大學提交學位論文。」薩勒蒙先生笑著說。學生運動平息後，巴黎大學被強迫拆成十三座大學，之後即使左派的密特朗上臺，巴黎大學依舊沒有重新合併回來。因此薩勒蒙先生也沒想要去補完當年的學位。

「歷史有過的決定，是再也無法恢復的。任何看似復原的舉動，其實都是一次新的決定。」

他這句話，正可用來說明他的人生觀，而這有 Beatles 給他的影響。

我們那時候在琉璃廠，淘到了一部元刻本的易經。雖然薩勒蒙先生很會說普通話，但認得的漢字不多，出門不是帶上薩勒蒙太太，就是帶上我幫忙。他告訴我哈里森那首〈While My Guitar Gently Weeps〉，正是來自《易經》的啟發，相信世界上沒有所謂的偶然，每件事都是事出有因。

「所以哈里森在北英格蘭的母親家裡，寫這首歌的時候，試著隨便拿起一本書，用翻開看到的第一個詞當作歌名，那就是 gently weeps。接著他把書扔到一邊，開始寫歌了。」薩勒蒙先生說。「這是件很優雅的事。」他對 Beatles 如數家珍，有著說不出的喜愛。

「不過那首歌的吉他，彈得很 Eric Clapton。」我不經意地說。

「當然啦，那就是克萊普頓彈的。哈里森很信任他。」薩勒蒙先生說。「後來哈里森的太太貝蒂，和哈里森離婚，就嫁給了克萊普頓。」

「喔？」

「貝蒂和哈里森，是在電影《一夜狂歡》的片場認識的。〈Something〉就是寫給貝蒂。雖然哈里森不介意，但我覺得不應該，就算他常在外面偷情，又沉迷於東方的宗教。噢，但哈里森沒那麼糟糕。」

「Eric Clapton 也寫了〈Layla〉、〈Wonderful Tonight〉、〈Never Make You Cry〉給 Pattie。她真的那麼吸引人嗎？從沒見過她的樣子。」

「哈哈，貝蒂是位模特兒，我也只在雜誌上見過她。」薩勒蒙先生轉頭看向我，像是覺得我已經長大了似的，瞇眼笑說。「你以後也會有自己的貝蒂。」

我聽著隨身聽，和薩勒蒙先生邊走邊聊。那時一有空我就跟著他到處去看藝術品，偶爾自己也畫一些不成氣候的東西。

更多的時候是讀詩集，但我直到今天仍未寫過任何一首詩。朦朧詩、第三代詩，多半是從同學間流傳的地下刊物上看來的，很少見到整本詩集。而西方詩歌，我都直接從薩勒蒙先生房裡的書櫃找來看，以英美的詩人為主，艾略特、龐德、e. e. cummings、Allen Ginsberg，都很熟悉。那時候還看不懂法文詩，只會零星幾個單詞，多半就薩勒蒙先生常掛在嘴邊的那幾句。他也說波特萊爾的散文詩《巴黎的憂鬱》，寫得比《惡之華》好。除了詩集外，薩勒蒙先生也讀薩德，他的房間有整套法文版的《薩德全集》，上頭寫了許多類似註解的文字，是他唸巴黎大學時做研究用的。

記得有次他看我在房裡讀英國詩人約翰．多恩的詩集，便走過來——薩勒蒙先生相當高大，每次靠近總讓人感覺到風和影子——拍拍我的肩膀，笑著說。「Ah bon！多恩這首〈上升的太陽〉，有一句『太陽你只有我們一半快樂』，知道是什麼意思嗎？」他說話總喜歡考考別人。

我想了會兒說。「那是因為太陽自己一個人，但『我們』卻是兩個。」

「很好很好。說穿了當代藝術就是模仿詩歌的藝術，懂詩歌，就能懂當代藝術那些花招了。」

那時候我還不懂這些話的意思，究竟詩歌和繪畫之間有什麼關連？是所謂的「詩中有畫，畫中有詩」嗎？畢竟教科書上只提過這。當時還不知道達文西說過「繪畫是失語的詩歌，詩歌是失明的繪畫」，更不知道義大利詩人馬里內蒂的未來主義宣言對當代藝術的重大影響，還沒培養出藝術拍賣的眼界。

在那年紀我只有很強烈的「反藝術」心態，我甚至到哪看到藝術就想搞破壞。後來才曉得，自己當時並非不愛藝術，而是那時候在宣武區觸目所及的古典藝術，在我眼中都不是藝術。既然不是藝術，那破壞也無妨，破壞更好，因為有更美更新的藝術在我的心底成形。日後回想起來，這自然是很幼稚的。

年輕人的這種叛逆心態，正是藝術市場所需要的動能。然而當別人早已預料到你的存在、你的反叛，而你的發展也一如他們預期，創作出許多他們認為「是時候該出現了」的作品，並讓他們從中投資獲利。即使你也能獲得很多金錢、過著富足的生活、博得不少的聲名，但這樣的人生跟作品，其實是很無趣的。

不管如何，當時的我，個人的體會很有限，都還只是井底的蝌蚪。

就在我無處宣洩自己心中這塊未知的藝術雛形時，薩勒蒙先生帶我到圓明園南側的福緣門去見識。他說這是自七九年星星美展、八五年美術運動後，北京再次有這麼多的現代藝術家聚集，要我好好觀摩。

中學的時候，美術科教員曾帶我們班到圓明園寫生。除了一股民族情緒外，那時我還未能從圓明園的斷垣殘壁中感覺到其他的什麼。那就只是個歷史名詞，靜靜躺在北京的土地上，然後我走了過去。但這次我看圓明園更像個廢墟了，而廢墟本身就是個自由的地方。我覺得自己趕上了時代。

我是去了畫家村之後才想當畫家的，那些顏料、木屑、菸酒、男人女人的氣味，老老實實地抓住了我。雖然我對那邊的工作環境，以及他們各個向薩勒蒙先生闡述的中心思想、創作理念，都發自內心的感到質疑。或許正因如此吧，那時我才會傲慢到覺得自己搞藝術也能成事。

回來後，我向薩勒蒙先生和薩勒蒙太太，提出自己想搬去圓明園的意願，希望自己未來能成為一位藝術家。傾吐了些自我批判的深刻見解，試圖說服他們。薩勒蒙先生對於我這個誠實的決定表示贊同，以自己之前在紐約生活的經驗為例，安迪．沃荷、安德魯．懷斯，都是那時候認識的，說我就算當不成藝術家，到那邊多少結交一些朋友，日後從事藝術買賣也更能得心應手。

然而薩勒蒙太太卻十分反對。

薩勒蒙太太是北京在地人，祖上還是清代著名的學者。文革期間在琉璃廠賣家傳字畫的時候，認識了薩勒蒙先生。那時候隸屬四舊的古書、古玩和字畫，雖然還能在琉璃廠買賣，但大多只賣外賓不賣國內的顧客。她說能賣掉的總比被砸毀好，還算是以別的方式保留下來。所以越貴重的寶貝，她越狠心讓外國人喊價，只希望能早點脫手。

由於薩勒蒙先生是法籍商人，文革期間常被邀請去瞻仰革命領袖和革命聖地，或安排到各個勞動崗位去串場拍照，幫忙祖國海外宣傳。也正因為他相當配合，臉上總是掛著笑容，眾人很難對他抱有敵情觀念，公判大會永遠不會提名他這位金髮碧眼的外國人，因而得以和薩勒蒙太太在北京過著安穩的日子。

薩勒蒙太太希望我用心準備高考，好上大學選個科系，京籍生畢業後分配的工作都不差。當初收我為養子，就是薩勒蒙太太的意思，我很難有立場違背她。

可是當晚我還是收拾行李，這個決定既理想又盲從。薩勒蒙先生過來敲門，塞給了我一包錢，這包錢應該也是薩勒蒙太太的意思。他說我害薩勒蒙太太哭了。我聽了也有點難過，但我知道理智必從情感中學來，明早天還沒亮就要往北向圓明園走去。

隔天一早下樓，薩晴已經先坐在樓梯口等我。

妹子薩晴小我兩歲。雖然薩勒蒙太太相貌不佳，但薩晴在長相方面倒像極了斯文的薩勒蒙先生，我也一直把她當親妹妹看待。

「薩絜，你要離開家嗎？」

我和她說要一個人去住在圓明園那，等我成名之後就會回家。

「所以過幾天就會回來了嗎？」

「說不成。也許好幾年吧。」

「我們沒分開過這麼久的。」

「嗯，就是啊。」

然後薩晴說她支持我，永遠支持我的決定。說爸媽還在睡，要我快點走吧。接著她要我把手掌打開，送給了我一枚一美元硬幣。她說雖然正面的蘇珊．安東尼被印反了，臉要朝右而不是朝左，但這是劣幣不是偽幣喔，是貨真價實出產自美國央行的真硬幣。她很認真地向我解釋，我想這些知識應該都是薩勒蒙先生告訴她的。

頓時我覺得自己重獲了一個家，有在經濟上照應我的薩勒蒙先生、在教育上看管我的薩勒蒙太太、在理想上支持我的妹子。不管到哪我們都是一家人。

住進畫家村後，我第一件事就是先承認自己不會畫畫。

即使我跟著薩勒蒙先生看過不少畫作，中學也受過嚴格的繪畫訓練，可是我卻不知道怎麼將我心中的美以繪畫呈現出來。等於說我有一份構想，有材料，有工具，也懂得工具的用法，步驟上沒有缺少任何一個環節，但就是做不出一份成品。前輩們說，那是因為我沒有「思想」的緣故，有了這思想，人才動得起來。思想就是人的啟動馬達。所以為了這思想做準備，剛來的幾個月，我總是閒晃度日。

那兒有許多沒有時間盡頭的集體聊天。眾人整日聚在一塊，如果有人中途離開，就是得了靈感創作去了；如果有人臨時加入，就是靈感沒了來打發時間，交換些情報。我們用這樣一種永無止盡的聊天，判斷每個人目前的創作進度。

影子就像緩慢的鐘擺，日復一日，日復一日，無意義地伸縮長短。

他們大多是沒有北京戶口的外地人。當時北京是比地方自由，一些辦在地方肯定要吃牢飯的展覽，在北京可能只是件見怪不怪的小事。加上圓明園鄰近北大、清華，許多大學生也把這兒當作文藝的後花園。

那陣子我培養出一種新的休閒，開始蒐集別人寫過的筆記本。海淀區的舊書店都常去溜達。買回來後，很認真地當書在讀，針對筆記，再做出另一本筆記。我也不太懂這樣的行為有什麼意思在，肯定稱不上是行為藝術，可能一個人剛到一個新環境，內向無聊吧。嗜好和習慣，大概是人活著時最沒意義、最說不清楚的兩種心理。

圓明園的畫家村也是我住過最短暫的地方，僅一年的時間。而且這一年內我在畫家村就換了三所民房。當時我年紀還不到二十歲，那些藝術戰友們多半是三十好幾的人，加上素聞我沒什麼創作成績，基本上是看輕我的，和我親近多半是因為薩勒蒙先生的緣故。

一個人只要明確知道做每件事的目的，就不會迷惘。所以我這個人不相信過程，只相信結果。也許有人會告訴你，故事最享受的就是過程；或是說，人生最有意義的就是過程。不過只要我手邊有小說，我一定先看完結局，才決定要不要從頭看完整本。人生也是，我一定要先想好了自己的結果，再決定要怎麼活。繼續待下去的話，我究竟會怎樣？在這裡我總是找不到一個定位。這種看不到結果的逗留，讓我茫然困惑。但畫家村的那個女人，偏偏就是一位只相信過程的女人。

她是朝鮮族人，老家在東北的興凱湖畔。她根本也不是來畫家村搞藝術的，而是來和畫家們談戀愛和做愛。有人說她是某某富商的情婦；又有人說不是這樣，說她是某某富商的女兒。因為她從來不跟藝術家們拿錢，她有養活自己的方式，這一點讓她與一般的模特兒有很大的不同。

她從未加入大夥的集體聊天。我通常是在一些知名藝術家的發表會上，才偶然見到她露臉。一位無須打扮就特別好看的女人。

我就是特別喜歡看著她。

每次見著她，我心裡就安靜不下來。對我而言，她像一個融入湖水的符號，不斷稀釋到每一吋的湖水中，直到佔有整座湖泊。直到佔有了整個我。

那晚她來敲我的門，問我需不需要模特兒？

一開始我有些手足無措，但還是讓她進來了，讓她看我的工作室裡啥件作品也沒有。我說自己都不知道要畫什麼了，哪裡還需要模特？我請她走，要她無須在我這花時間。她脫下綠色的大外套，裡頭是黃色的無袖洋裝，就像科茨維爾畫的穿黃色洋裝的女人，倦怠的，沒經過我同意，就坐到我的床上。她順手拿起床頭的相框。是我們一家在天安門的合照，毛主席的頭像如同家人般掛在後方紅色的牆上。

「你是混血兒？難怪。」她又看了我一眼。「混哪的呢？」

她見我沒回話。「我說你祖上是哪兒的人呢？沒聽清楚嗎？要不要我再說一次？」

「法國。」我說。

「哦。那裡啊。」

她說她打聽過了，我是圓明園唯一年紀比她小的畫家，甚至小她三歲。她告訴我，她叫羅郡芝。在這之前我不知道她的名字，也不知道這是不是她真正的名字。這裡的人取名字總為了各種的用途。

「我們見過幾次面了？」她起身走向我，慢慢脫下洋裝。「薩同志，當模特兒已經為你裸露了，進一步要求她為你做什麼，也不是不可能的吧。你懂嗎，藝術家。」

我沒有拒絕她。我們每一次見面，都在拉近彼此的距離。好像可以理解她為什麼會在這兒出現了，只是沒想過會這麼突然，這麼直率。

「傷口只能在傷口中癒合的呢。」就在門後，她抱著我，帶我退去我的衣物。

那晚我的身體進到了她的身體，而她的眼睛則彷彿進到了我的眼睛。那種吸引力是真正物理意義上的引力，像要把我倆合而為一。激烈的時候，就像是石頭要我們在一起，就像是風要我們在一起。

她說自己一半是雲，一半是雨，說女人就該這樣。

當壓力釋放到一個地步之後，很多事情都會突然認識清楚。那晚我找到了自己作畫的中心思想。就是馬克思在《政治經濟學批判》導言所說的：「生產不僅為主體生產對象，而且也為對象生產主體。」

我覺得一切都顛倒過來了，是現實利用了夢境的顏色，是枯葉利用了枯葉蝶的顏色，是黑夜利用了眼瞳的顏色，是陽光利用了向日葵的顏色。

「妳覺得我有天賦嗎？」我像個孩子問。

「那種事兒的天賦?」她的身子很熱,呼吸過於急促。

「藝術方面呢?」

「搞藝術的,怎麼都愛問這個。」她表情突然到點了,並示意我抽離她的身體,下半身瞬間感到冰涼。「當真以為,大家都在意這東西嗎。」一陣顫動之後,她輕蔑地笑了。我第一次懷疑,一個美麗的人,會不會其實討厭藝術?藝術本身討厭藝術。過了很多年後我也懷疑過,珈珈會不會也討厭自己的臉。

「人一直到死前,只是一段等待毀滅的過程罷了。」然後她起身,赤裸地想找菸。「覺得自己的身體很空,裡面好像沒有東西,感覺虛無得很呢。活著只是死緩。」

這是她的中心思想嗎?雖然她不搞藝術。

她的身體非常世俗,讓我始終維持在勃起的狀態。我的手喜歡從她豐滿的乳房,沿著腰的曲線滑到她下方的潮濕地帶。這動作,反覆得像個牧民。她的身體散發出柔軟、自然的香味,像剛下過雨的草原。而她的臉,我摸著她臉頰,不知道怎麼描述。不過我可以一直看著這張臉,不管她做出怎樣的表情。

在圓明園我常想著她,很大的原因就是她的這張臉無端地吸引著我。這是沒來由的一件事。那晚我終於和這張臉親吻、和這張臉耳鬢廝磨,而沒有任何的非真實感。

我想這張臉的好,就在於如此真實。

我們在彼此身上單純消耗熱量,直到下個太陽出來。她說,她只能透過性愛,來讓她覺得自己和世上所有的事情都沒關係。「和家裡沒關係,和社會沒關係,和民族沒關係,和祖國沒關係，和黨沒關係，和一起做愛的人也沒有關係。」看她抽一根煙，煙頭的沸點正把我煮開。

「妳哼這兒什麼歌啊。」

「艾敬的呀，〈我的 1997〉。就想到更南方的南方去看看。」她又繼續哼了一段，沒有歌詞，聽那聲音就像一個人默默走路，然後她停下來說。「秋天真是短極了，到了冬天就又開始下雪。」

隔天早上她離開後，在我床上的她的香味，跟著窗口射進來的光線一道一道揮發，一切逐漸被白晝的氣味所取代。到了晚上已經沒有她的任何味道。

我好像做了夢，有許許多多的眼睛，濕濕滑滑的從黑暗的地底爬了上來。

「睡著了嗎？睡了啊。永遠睡著好嗎？」她穿好了那件黃色洋裝，像我們之間已經分出勝負。還沒有不是嗎，還沒有吧。最後她貼著我的臉說，「我一睡著就害怕死亡呢。」

醒來後，她的手拿包則留在床頭，像是忘了帶走，又像是刻意留下來提醒我這裡所發生的事。我把手拿包裡的東西倒在床上，有一把鑰匙、一瓶藥罐子、一張百元鈔，還有一張她的半身照。這個包包她始終沒有回來拿過，最後我才懂不必還她了。

我對她的感情確立於一九九四年，當時已經沒有階級敵人。

圓明園的藝術家常在「林子裡」辦展覽，也就是在樹林裡，隨意把畫掛在樹上，或擺張桌子放上自己做的雕塑，或者乾脆就在地上搞起了裝置藝術。非常簡陋的，這些藝術品經常沾到了泥巴、蟲子和煙蒂。更高檔次的才有機會在北大、清大的校園裡辦展覽。

隔年九五年四月，我的第一次個展就是在「林子裡」舉行，薩勒蒙先生也特別到場。當畫家村的朋友一個個在他面前稱讚我的油畫時，他只是板著臉孔沈默不語。我知道這是他對藝術品不滿意的神情，不過他還是沒主動開口要我回去。

畫家村的那個女人，則是從頭到尾都沒來過。

有位前輩告訴我，成為藝術家的訣竅是，先有一個藝術理念，之後再為作品取一個充滿想像空間的名字。或是先有好聽的名字，再想著要創作什麼，那也可以。一旦作品的名字能拉大群眾對作品的想像，這份作品就成功了。「名字就是這麼神奇，沒有名字的藝術品就只是日常事物，熱水瓶、牙膏、票本、窩頭、饅頭、餐盒、塑料盆、我們常去投的那個籃框，就都是一堆破爛兒。」

可是，這樣藝術不就成了命名的藝術、詮釋的藝術了？真正美的是名字，是詮釋本身，而不是藝術品。這就是薩勒蒙先生說的，詩歌美學對藝術的全面滲透嗎？當代藝術品的名字，遠比過去的藝術品來的深具詩意和哲理。以致於精神外露，卻又面目模糊。

「當一個名字和一件藝術品，兩個擺在一塊時，就會生產出另一種東西。」前輩深深吸了一口菸，回來的路上我們倆冷得直發抖。「像方才的《踩臉》，其實真正的標題名稱叫《病毒系列二》。」他說。

記得是九四年底，我剛和他去東村看完蒼鑫的《踩臉》。東村聚集的藝術家，和圓明園的不一樣，那邊多是行為藝術家，圓明園則以畫家為主。當時東村也被解散得差不多了。

我們到達現場時，也就是蒼鑫家的院子，地上、牆上到處放滿了蒼鑫自個兒的臉，說是有一千五百個吧大概。我從沒見過這麼多的同一張臉。

這些石膏做成的白色臉孔，額頭都貼上了製造日期。

表演開始後，蒼鑫邀在場的人踩壞這些臉。一開始我們都猶豫，不是很懂他的意思，不過還是一個個穿著大棉襖，硬是踩了上去。最後他更赤身裸體的，在一堆的臉上翻滾，使勁破壞自己的臉。但事實上這些臉相當堅固，往往邊緣已經毀損了，但中間的五官部分，卻依舊無言的看著你呢。

我記得臉碎裂的聲音，遠比瓷器還來得鈍。

這聲音在接下來的日子裡不斷擴大。龜裂。

終於我發現自己並不適合創作，我的天賦用在創作只會讓我埋沒。個展的挫敗使我開始有離開的念頭。九五年是圓明園畫家村最後也最混亂的一年，許多不是藝術家的人也聚集到這裡，房租不斷調漲，招待遊客的酒家也多了起來。

這裡已經失去了藝術的理想，只剩下與藝術無關的投機。秋天荷花凋零的時候，政府開始收容遣送園內的藝術家。藝術群體也內部分裂，而我決意離開。總計從九四年十月一直待到九五年十月，剛好一年。最後我背了八捆畫回到家裡，算是一點文藝上的成績。

隨著畫家村的解散，中國新生代的優秀畫家差不多都已經出過國了，同時薩勒蒙先生作為許多西方畫廊在中國的代理人，也已簽下不少深具潛力的中國畫家。薩晴正好從第十五中學畢業，而我也回家了。似乎每件事都那麼剛好。於是薩勒蒙先生決定將事業重新移回巴黎，並將全家接過去。

我在離開中國前，想盡辦法透過幾位畫家村的朋友終於約到了那個女人，告訴她我願意娶她，並帶她出國。雖然這件事從未跟家人商量過。

在地壇公園金黃色的銀杏深秋裡，她回答我說：

「我可以嫁給你，但我不會幫你生孩子。還要嗎？」

最終我丟下她離開了中國。可是，只要我的心還跳著，我就是愛著她。現在她的味道只留在回憶裡，一切只能靠回憶來想像。都已經變得不切實際。

想起了一個人，自己也到了陌生的遠方。

搬到巴黎後，我決定當一名畫商，成為薩勒蒙先生的左右手。薩勒蒙先生耳提面命告訴我，畫商和畫家不同，畫商的學歷不能太難看，要有學者的素養，因此要求我到巴黎美術學院去進修取得學位。

薩晴則是進了巴黎政治大學。

我們一家住在蒙馬特，就在薩勒蒙先生的「阿爾畫廊」樓上。他一直喜歡梵谷，年輕的時候更追尋過梵谷的足跡，實地走過一遍。「呵，就是你跑去圓明園那個年紀，我從萊頓一路走到南法。」他笑說，拿著切好的道地法國麵包，沾著紅酒燉牛肉的湯汁。回法國後，家人都胖了不少。對我來說，除了必須練好法語以外，一切彷彿都上了軌道。

第一次到戴醫師診所諮詢的時候，我馬上遞出名片，頭銜就是「伊通畫廊」的負責人徐絜。每張名片，都代表一個人、一個單位、一種身份。除了家人外，我只和收我名片的人互動，製造名為回憶的東西。戴醫師同樣也遞給我他的名片。

「請多指教。」我們彼此說。

「小嬰兒剛出生就動這麼大的手術，不要緊嗎？」我一坐下就問。

「出血量不大，只要避免傷口感染即可。況且嬰兒有驚人的復原能力，不管是皮膚、肌肉、還是骨骼，都能快速癒合，甚至不留下疤痕。」

「是專氣致柔，能如嬰兒乎？」

戴醫師對我舉的文言例子不感興趣，但他說。「嬰兒的聲音最宏亮，哭聲可高達 100 分貝。人類隨著年紀越大聲音越小，直到死亡失去所有的聲音。」

接著他評估時，問我說，為什麼想帶女兒來整形？我說外在的不平等，永遠造成內在的不平等。只有當外表人人平等的時候，大家才會轉而注意內在。他聽完則未表示意見。一開始我單純只是想讓女兒更好看，藉此在往後的人生更為幸福。可是當戴醫師問我說：

「有沒有想整形成誰的樣子？」

「什麼意思？」我問。

他往後靠在椅背上說。「比如有些父母會希望子女像哪位明星，畢竟這些明星的臉孔，都已經受到大眾的認可。另外有個範本對我來講確實比較好動刀。但我必須聲明，動手術是為了超越範本，是要比那些明星更好看，而不是為了像誰。」

「不能混合嗎？」我說，「比如眼睛像 A，鼻子像 B，嘴巴像 C。電影不都這樣演的嗎？會先拼出一張最美的臉給顧客參考不是嗎？」

他對於我說的話感到不屑，批評這些都是電影誤導，專業的整形醫生並不會去「拼湊」，因為任何的「拼湊」都比不上一張完整的臉好看。

「醫學不是數學，這麼做並不會有加乘效果。」他說，最好是給他一張「完整」的臉，細部他會再去調控以配合父母的樣貌。「這樣不至於讓子女的臉孔太過突兀，在家族中會顯得更自然、更融入。」

如同遙遠的聖火傳遞，我想起了畫家村那個女人。我一直把她的照片隨身帶著，藏在皮夾的一個隱密的夾層裡。我立即拿出那張照片給戴醫師看。

「像這個呢？醫生？」

他接了過去，手邊拿出一個像是珠寶放大鏡的鑑識儀器。仔細看了照片之後說：

「照片雖然陳舊了點，但五官的輪廓相當清楚。」

「所以也可以整成這個女人的樣子？」

「她和令嬡的臉型相似，技術上並不困難。只是她不像是公眾人物，為什麼想把令嬡整形成她的樣子？」

戴醫師的話一度讓我沉默。我確實很喜歡在圓明園認識的這個女人，夢裡都想見到她，可以說沒有她的夢在我來說都不是夢。雖然我本來就不太會作夢。常常睡了，就醒來了。好不容易進去了，夢裡的人也都會狐疑地看著我，像是在說，你這傢伙怎麼會在這裡呢？

當初認識敏娜，她確實有些角度像郡芝，尤其是從她的腮幫子旁看過去。但我很快就思考清楚，我只是一直都喜歡某一類型的女人，而不是把敏娜當成她的替代品。所以即使是郡芝，也不能稱為我最愛的女人。她們都只是恰巧，再現我心中那份對於女性的理想罷了。

一位畫家如果總是畫不同的臉，那麼他和這些臉的關係就比較疏遠，頂多是照相機與人的關係。可是如果畫家總是畫著某張臉，那麼畫家和那張臉的關係就頂微妙了。像戴醫師診療室所掛的那幅畫，拉斐爾筆下的每位聖母，都長得很相似，是他心中聖母的模樣嗎？還是他早逝母親的模樣？相同情況的，還有十九世紀英國的拉斐爾前派，以及瞞著太太，將247幅《黑爾嘉》藏在鄰居閣樓的安德魯．懷斯。

裸體別過臉的黑爾嘉、躺著的黑爾嘉、跪在床上的黑爾嘉、草地上的黑爾嘉、戴花圈的黑爾嘉、穿著毛呢大衣的黑爾嘉。是因為只喜歡這張臉？還是只習慣畫這張臉？太多畫家都忠於固定的模特兒，在畫中讓同一個人換上各式各樣的衣服，擺出各種的姿勢，開畫展像成了場服裝秀。

不過也有一種例外，達文西、羅蘭珊、朱沅芷、石田徹也，畫別人都像在畫自己。橫山大觀畫的屈原也像橫山大觀。最有趣的是，曾梵志畫的《豹》特別像曾梵志，不管是頭型、嘴型，尤其是那雙充滿感情的眼睛。儘管這幅《豹》被質疑抄襲美國攝影師Steve Winter拍攝的《風雪之豹》，但曾梵志則堅持這是一件「再創作」的作品。像這種紛爭，大概就如同整形這類的關係吧。

當然我更感興趣的是，Steve Winter冒著低溫在印度Hemis國家公園等待了十個多月，拍到一頭像曾梵志的雪豹，而曾梵志見了照片後深受吸引，畫出了這頭雪豹。整個故事聽起來，如同一則傳奇。從活生生的雪豹開始，到攝影作品，再到油畫，充分表達了自然、原創、再造，三位一體的神聖關係。

「照片上是我過去喜歡的女人。沒什麼不好承認的。」我說。

「確定要整形的話，這張照片就請先留在診所。我必須將照片掃瞄做成立體成像，再和令嬡的未來臉孔對照。況且每個環節都還需要參照這張照片，會更精確。」

「我女兒的未來臉孔？」

「是的，但需要您把令嬡帶來。這不是虛擬影像，也不是攝影，而是透過儀器高層次掃瞄令嬡的頭部，先在電腦上做出立體成像，之後再參考您和您太太的樣貌，用電腦運算出令嬡的未來臉孔。以此作為依據，才有辦法進行整形手術。」

「如果我女兒不整形的話，就會是之後電腦上的那張臉嗎？」

「約有八成五的相像。但畢竟是電腦按數據推算，不表示令嬡長大之後百分之百是這張臉孔，仍有機率上的落差。後天的營養吸收、心理素質、基因變異、意外災害，都會影響一張臉的變化。目前只是提供我動手術的一份參考依據而已。您可以先看過女兒模擬後的未來臉孔，再決定要不要整形。」

「也就是一旦動刀，我女兒原本的臉就不見了，對嗎？」

「就是這樣，永遠失去。」

離開診療室前，戴醫師叮嚀我說：

「社會上不少人持有這種觀念：整形過的人就是贗品、偽幣、假貨，這樣你也願意讓孩子接受整形嗎？我想我必須，先代你的孩子，問過這個問題。」他的坐姿，又往後靠到了椅背上。

郡芝的照片不在皮夾裡，已經夠讓我不安了。戴醫師還想考驗我什麼？他也是這樣考驗其他家屬嗎？

人最不可取的就是優越感。一開始瞧他外表像杜勒，那位全歐洲最早認真畫自畫像的男人，總是把自己畫得特別英俊，但他畫的女性，卻經常看不到下巴——那正是杜勒夫人的長相，讓我不免擔心起戴醫師的手藝。但感覺久了，愈覺得他像達文西《**Salvator Mundi**》畫中的基督，完全一副當自己是救世主的模樣。

戴醫師的診所內，有米開朗基羅、拉斐爾的畫，那麼達文西呢？沒有，到處都沒有。即使是樓上的私人住所，我猜也絕對不會掛任何達文西的作品。為什麼文藝復興三傑獨獨缺少了最重要的那一位呢？我想是因為，在這裡的那位達文西，就是他自己！一個會走路會說話還會動手術的達文西！

技術使人腐化，他的性格一向如此驕傲吧。看著坐在醫師椅的他，就像 **Claes Oldenburg** 用乙烯材質做的軟馬桶一樣欠揍。剛進門我就注意到診所大門口左右兩側，掛了兩個同樣的門牌。真令人匪夷所思，再掛個三個、四個、五個一樣的門牌，對這個人來說，也是可以的吧。

「醫生您都承認自己是偽幣製造者了，我還能說什麼呢？可是，偽幣有偽幣的價值。

我不是指貨幣的市值，而是說，有時候偽幣反而擁有了更高於真幣的價值，那即是人所賦予的價值。我就珍藏了一枚妹妹送給我的偽幣，不管我人在哪，那都代表我和家人的聯繫。再以我這行的經驗來講，今天所見的王羲之書法帖，不是摹本就是刻本，正本早就湮滅了啊。但正因為有這些用心製作的摹本，王羲之書法的神韻才得以流傳至今。所以不管我的寶貝女兒是不是個複製品，我都懂得她獨一無二的珍貴之處，我會一直疼愛著她。」我禮貌地、誠摯地，像是對待客戶般回答他的問題。

「我很高興能為令嬡動手術。手術也一定會成功。」他戴回口罩說。

下次就是我帶敏娜和剛出生的珈珈過來了，十月底一家人在診所住了一個禮拜。

珈珈長大之後，還真是像極了郡芝。她彷彿是我和郡芝一起生下的女兒。我製造了我們的女兒。當然珈珈跟郡芝的樣子也並非完全相同，那張記憶中美麗的臉孔，珈珈更有過之而無不及，正因如此我很滿意手術的結果。敏娜並不知道珈珈那張臉的由來，這份對她的愧疚，並不亞於我對珈珈的愧疚。

到巴黎後，我聽了很多鋼琴曲，那是一座到處有著鋼琴聲響的城市。

我喜歡鋼琴的那種停頓，所有的情感，就在那種停頓中。畫家村的郡芝，我們那晚的對話和喘息，就充滿了那種停頓。她敲出的每個字都像鋼琴的聲音，然後停頓。一直到敏娜在我的生命中出現，才讓我從那種停頓、從那種永恆停頓的狀態中走了出來。

第一次見到敏娜是在帕西廣場的麥當勞。當時我經過店門口前的人行道，隔著玻璃，坐在窗邊的一名女孩吸引了我。她桌上放著一塊馬卡龍，以及一個和馬卡龍同屬粉色系的不織布鉛筆盒。穿著一件白色的長版帽T，褲襪上有著螺旋排列的星星圖案。紅色的棒球帽正面繡著JIM，意思是即興演奏。留著褐色長髮，很白的皮膚，可能剛剛吃過東西，嘴角微微泛紅，看起來像剛上大學的女高中生。

她沒發現我在玻璃窗外頭看她，低頭讀著一本雜誌，專注的神情，靜謐得像美國畫家愛德華．霍普筆下坐在長途列車上閱讀的女子。她好看的臉龐和穿著，讓她與這棟米白色的建築，巧妙的搭配起來。

我走進麥當勞，點了一杯奶昔，同樣坐在靠窗的位子，中間和她隔著兩個空位。不過她仍舊沒注意到我，眼睛很少離開過那本雜誌，久久翻一次頁，發出類似塑膠亮膜特有的聲音。有時她會突然皺眉頭，然後又像豁然開朗一般，手掌輕輕撫平雜誌的內頁。雖然不知道雜誌的名稱，但書頁上分成數欄，遠遠可以看到星盤，與幾個星座符號。她放在一旁空位上的後背包，拉鍊大開，露出一本法文版的《巨人傳》，相當厚實的精裝書。書的封膜還沒拆掉，很可能用餐前才剛去過書店。

我沒帶書，只好看著窗外。對面是帕西市場，較遠的路口則是CITY PHARMA藥妝店，沿著馬路盡頭往上看向天空，是非常好的十一月的天氣。我想如果這時候能到鐵塔上去眺望就好了。麥當勞的背景音樂，統一由他們公司配送，不同的用餐時段播放不同風格的唱片。下午三點是輕快的爵士樂時間。因為巴黎的咖啡廳、爵士酒吧相當多，我也開始接觸起爵士樂。不過聽了一陣子之後，不是很合拍，感覺像一邊跑步一邊從身上掉東西，偏偏又不可以停下來撿拾。不過因為蒐集不少的爵士樂評，最後反而因為看了拉金的《爵士筆記》而喜歡上拉金的詩：

所以為了妳的臉我交換了所有的臉，
為了妳那一點點的東西賤賣了我塞得滿滿的
行李，那件連著面具的魔術師外袍。
如今妳成為我的厭倦我的失敗，
另一種苦難，另一種風險，
一個比空氣更重的實體。

腦海轉過這首拉金〈給我的妻子〉。拉金不願意為了妻子的這張臉，而捨棄掉其他的臉。他一生中和許多女性保持良好的關係，有紅顏知己、親密愛人、女同事、女秘書，卻不願意走入婚姻。他不喜歡龐德跟艾略特把美國的詩風帶入英國，更不滿意英國詩人奧登移民美國，極力反對美國文化對英國的侵略，是一位最本土的英國詩人，但他卻又熱愛美國的爵士樂。這些矛盾，答案可能就在拉金的日記裡，但日記卻被他的女友銷毀了。

我那時候二十八歲，覺得自己大概也不會結婚了吧——那需要經過一些類似信仰般的流程，並嚴格指示接下來的每一步要如何與另一半配合。我太渾濁、太躁動，像太極圖上那兩條魚，心始終無法定下來。或許就像敏娜後來看了我的星盤之後說的，那是我上升星座是雙魚的關係。

「不過因為剛好碰上土星回歸，反而讓你想結婚了喔。由於過去你最擔心的事情，將可能再次發生，逼得你在這第二次的恐懼裡，不得不總結過去的經驗，做出決定。」

我們再回到帕西麥當勞的下午。

當我和敏娜坐在同排的桌椅上，店內的時間，突然緩慢下來。我忘了自己和薩晴約好待會在 **Franck et Fils** 百貨見面，忘了回薩勒蒙先生電話，甚至忘了要到對面的帕西市場幫薩勒蒙太太買火腿回家。就好像在我周遭的「薩勒蒙空間」，被敏娜撬開了一個小洞，然後她的聲音闖了進來——儘管我們還沒說過話，卻已經能正確想像她的聲音——告訴我說：我們現在很安全喔，這裡不是什麼其他地方，這裡是麥當勞。

一個小時之後，她收起那本雜誌，完全沒看我這邊，拿起背包就離開麥當勞。她走到帕西街上，一路走進帕西地鐵站。不過沒有搭地鐵，而是穿過月台，往地鐵下方的馬路，再上到天橋，走比爾哈克姆橋的廊柱通道。中間經過天鵝島，她停下來遠望了塞納河。到了左岸，沿著河堤繼續走到艾菲爾鐵塔下方，只見她待在旋轉木馬前遲疑了一會，在巴黎到處都有這玩意兒，不過這的感覺特別滄桑。她再漫步到戰神廣場，看到另一座手動的旋轉木馬，兒童手上拿著小棒子，每轉到一個定點就敲一下板子，看得出來相當好玩。她在那邊駐足觀賞好一陣子，才又走回艾菲爾鐵塔前排隊。

敏娜挺愛笑的，是一有什麼風吹草動就喜歡笑的那種。

這些我都沒有告訴敏娜，以免她又開始覺得我們之間有什麼說不出的緣分。後來我才知道，敏娜容易長雀斑，不喜歡曬太陽，中午盡量都待在建築物內。她適合在夜晚，適合在樹蔭底下，適合在一切的陰影裡頭。在影子裡讓她看起來特別的美麗。說真的一直和她在一起，我會永遠忘記太陽的模樣。

「沒談過戀愛了？真的假的。在巴黎，就沒有遇過讓你心動的女生嗎？」

那時候敏娜問我，我們正打算出發去文森森林的動物園。郡芝以後，我再也沒談過戀愛，我和敏娜的關係也確實不像戀愛。她站在衣櫃前挑衣服，我躺在她的床上，開始想自己對敏娜到底有沒有動心過。她在巴黎租的這個房間，我知道德軍佔領巴黎時，這排房子曾經發生過一些不好的事。不過敏娜並不知道。她在學校就加入幾個占星和塔羅牌的團體，整天為占卜的結果一驚一乍。應該是很膽小的個性吧。

「當然有動心的。」我說。

我告訴她，有次我在奧斯曼大街旁的巷子，走進一家人很多的簡餐店。門一推開，靠近門口的桌子，有位女性正在用餐，而她剛好也看到我。彼此大概凝視了五秒有吧。我覺得算很久了，這樣當然很不正常。原本嘈雜的簡餐店，那時像完全沒有聲音。時間暫停了五秒後，我才移開眼神，她也繼續和友人用餐聊天。我看店內幾乎是客滿的狀態，就退出門找別家餐館去了。

「喔，就是看對眼了嘛。有必要說得，那麼高尚嗎？」

敏娜邊說，邊在我面前換衣服。她的皮膚和我妹妹一樣白皙，身材也一樣婀娜。或許正因為她像我妹妹，所以我才能這樣自在的和她相處吧。結婚之前，我們一直都是朋友。她就是那麼自然，毫不避諱，但完全不會覺得她是很隨便的女人。

「你又怎麼肯定對方也有同樣的，」她穿好衣服對我說，「感覺呢？」

「因為她看我的眼神毫不猶豫，就像是一臺相機在對著我照相。所以我一直記得看到彼此的那一刻。」

她邊聽，邊拿起一大串的鑰匙，雖然她在巴黎也只有這麼一間小房間。

「總之你們就這樣錯過了，好可惜喔。出門吧。」

敏娜和我一樣，對於各種事情都只看結果。那時在巴黎約見面，她都會要求我不要將見面地點約在雙方的中間，她說太客氣只是造成彼此的不便罷了。所以不是約在我附近，就是約在她附近，這樣只要一個人走遠路就好。我想這就是革命情感，我很看重這個，如果要跟我走一輩子，另一半勢必要加強自己的意志力還有判斷力。敏娜就是我要的女人，相信她會幫我完成我想完成的事。

整形手術完成後，抱珈珈回家的第一個晚上。我和敏娜睡不著，在嬰兒床前看著入睡的珈珈。

「臉上的傷這麼大，沒想到還這麼好睡。前三個月，寶寶每天要睡十六到十八個小時。爸媽最好跟寶寶建立睡前儀式，告訴寶寶說，現在該睡囉。」敏娜看著我，「那你有想到，什麼樣的儀式嗎？」

我想想。「可能就先跟女兒玩，等女兒累了，再把她抱到嬰兒床上，讓她知道這裡是睡覺的地方。」

「這方法好像很不錯。」敏娜點頭說。「那你知道從個性上來分，寶寶可以分成哪幾種寶寶嗎？我在戴醫師診所的健康雜誌上看到的。前幾天就想問你了。」

「有哪幾種？」

「四種。」

「哪四種？」

「好動型寶寶、消極型寶寶、智慧型寶寶、虛偽型寶寶。」然後她向我解釋分別是什麼個性。

「別逗了。」我心想怎麼可能這樣分類。

「所以你覺得女兒是哪一種？」

「孩子還這麼小，哪看得出個性？」

「都可以整形了，心理測驗又算什麼。」她看回女兒說，長髮垂下來披在嬰兒床的欄杆上，嘴裡哼著不成調的搖籃曲。她的音感一向都很差。

我沒答話。不是她說錯話讓我不開心，而是我沒辦法回覆。

「這場賭局很奇怪。」她語調反常地說。

「什麼？」

「幫女兒賭一張漂亮的臉，一張可以改變一生的臉。今天下去賭了，這個籌碼看似屬於你，卻又不屬於你。就算賭贏了，你看似獲利，但實際上真正獲利的也不是你。我是說，在整個過程中，抵押的是女兒，獲利的也是女兒，但決定要不要下注的卻是我們。你跟著爸爸跑拍賣會，去過那麼多地方，澳門、拉斯維加斯、摩納哥、新加坡，有看過這樣的賭局嗎？」

「這些地方我都沒去過。」我攤開手說，「做父母的，也不是完全沒獲利吧。」

她沉思之後，開口說。「那叫酬庸喔，比較像是仲介費、手續費，代人下注之後抽取佣金。就像買賣股票時，不是都會被收取一定的費用嗎？」

「你是說，那個賭場、那個證券交易所，就是戴醫師的診所？」

「我們都被戴醫師利用了。」她冷冷地說。

「別談錢了好嗎。妳再說就太過了，我們得讓女兒平安長大才是。」我說。

「那當然。」敏娜抬起頭，稍微往後仰，雙手在後腦杓俐落綁了馬尾。「本來以為女兒長大了，應該會像你。不過動手術後，真的就說不準了。」

敏娜常說女兒像我，可我卻覺得更像她。珈珈的許多習慣都像年輕時候的敏娜，像是穿著打扮上，都喜歡戴帽子，不喜歡曬太陽。喜歡聽敲門的聲音。吃飯只拿叉子，不喜歡筷子也不喜歡湯匙。吐司一定要整面塗滿果醬，不能有一丁點空白。看電視還會跟著笑、跟著點頭，在很多方面上幾乎是敏娜的翻版。

然而除了我和敏娜之外，珈珈還受到另一個人很深的影響。

那時候珈珈年紀還很小。有天我洗完澡出來，只見她站在浴室門口，朝我比出「七」的手勢，碰了一聲說：「Father 像一把槍。」我不懂，她拿出手邊的英文字卡，指著

Father 這個單字說，「形狀像槍。」

「妳還這麼小，哪知道什麼是槍？」我彎下腰問她說，心想是電視上看來的嗎？

「是在爺爺的抽屜翻到的。」她面對我無畏地說。

遇見敏娜那年，土星回歸的不只有我，還有五十八歲的薩勒蒙先生。

就在我從巴黎美術學院拿到碩士學位後沒多久。二〇〇四年夏天，薩勒蒙先生邀我到位於波爾多的家族酒莊走一趟。兒時我就曾來過這裡。那時候小學剛畢業，我第一次出國，白襯衫加吊帶短褲，下車前薩勒蒙太太還幫我打上蝴蝶結，我一手牽著薩晴，跟在薩勒蒙先生後頭，走進了這棟古老的花園別墅。一家人就在波爾多，度過了那年暑假。而這次，薩勒蒙先生告訴我，別墅底下有個特別的收藏室，裡頭是現代化設備，全天候恆溫恆濕，空調隨時過濾空氣中的酸性物質，維持在最佳的典藏環境。

「窖藏的葡萄酒，溫度 14℃，濕度 60% 最理想，這和收藏藝術品的需求相同。太乾燥，軟木塞會乾裂；太潮濕，軟木塞又容易腐爛。繪畫也是呀，太潮濕，紙張會捲邊，更會發霉，顏料就是霉菌的養料；但太乾燥的話，紙張又會變脆，就容易龜裂。如果溫度超過 18℃，葡萄酒陳年的速度就會過快，藝術品也會加速老化，會褪色、顏料剝落。你可以把酒和藝術品，看做是同一種環境下生長的兩種農作物。」

我知道薩勒蒙先生藏有許多法國名酒。從小常聽他說起安徒生童話裡的一句話：「彗星出現的年份就是出產美酒的年份。」他就擁有包括 1811、1826、1839、1845、1852、

1858、1861等年份的彗星佳釀。原本我以為，他想讓我看他收藏的名酒，但這時他卻又給我一種感覺：這還不夠看。

「酒跟藝術品嗎？」我好奇說。

「Oui，酒跟藝術品。」

他說完戴上手套，領我進酒窖。我們經過整齊羅列的橡木酒桶，推開一扇又一扇厚重的大門，終於來到最深處一個有如神聖器官的房間。這間沒有任何窗戶的挑高大廳，上頭掛著水晶燈，莊嚴得像座地下教堂。正前方理應掛上十字架的聖壇位置，映入眼簾的，卻是掛滿了一整牆藝術大師的自畫像，孟克、馬奈、盧梭、華鐸、梵谷、大衛、哥雅、庫爾貝、林布蘭、委拉斯奎茲、帕爾米賈尼諾、詹姆斯·惠斯勒、喬治·貝洛斯，以及東方的陳洪綬、傅山、虛谷、歌川廣重……許多更是市場上從未被登錄過的夢幻逸品。

從小我就想，畫家都如何看待自己的長相？畫別人跟畫自己，心態上肯定很不一樣吧。首先得先心平氣和，在鏡子前端詳自己的臉，承認長相上的優缺點，並設法找出特色。但最後畫出來的作品，自己能否接受，又是一道門檻。不過這些經歷我從未體驗過，即使我在畫家村的那段日子，也沒有畫過自畫像。

十五中的女同學，有天在教室窗邊問我：「望著天空時，你想幹什麼？」我說：「望著天空時，我會很想把雲給移開。」她把這件事告訴我中學時的導師，導師說是我控制慾太強，對我之所以會這麼想覺得很好奇，要我把之所以會這麼想的原因寫在週記本上。我猜這跟我不喜歡畫自畫像應該有關係，而不只是因為這時代有了相機。我想精確抓住每一個自我。

「你怎麼看自畫像？」薩勒蒙先生問。他把收藏自畫像，當成一種宗教儀式，身穿平時出席拍賣會的正式服裝，雙手交握在丹田，仰望眼前的藝術群星。

「將那隱藏在無意識大山裡的身影，給整個拉拔出來，重新與外部的世界聯繫。」

「說得好啊。自畫像是畫自己的靈魂。靈魂又怎麼能夠販售呢？又不是浮士德、Robert Johnson，走在路上，轉角就可以遇到交易靈魂的惡魔。那種機會很少吧？」

「很少吧。」我說。

對薩勒蒙先生而言，任何藝術品他都可以販售，並且毫不留戀。唯獨只有自畫像，他不允許自己這麼做。我知道他從年輕時就開始蒐集自畫像，只是沒想到數量竟然這麼多。相較之下，左側牆上則掛著的另一批自畫像，技巧生澀不少，顯然非出自名家之手。因為排列在一起是如此不倫不類，反而引起我的注意。後來我才知道，那是薩勒蒙家歷代家主的自畫像，而薩勒蒙先生希望在未來，由我把他的自畫像掛上去。

「都是薩勒蒙先生蒐集的嗎？」

「不不，沒辦法，」他搖手說。「這裡的自畫像，是我們薩勒蒙家族從大革命時期就蒐集到現在，才有的數量。像是文藝復興時期的作品，我還買得到嗎？除非從博物館裡偷出來。當然現代畫家的部分，主要是我的收藏，有的是購買來的，有的是交換來的。」

「交換？」

「對，而且是用更名貴的畫，去交換一張尺寸更小、技巧更糟的自畫像。這樣就能與對方愉快達成交易。我那些買家你都認識了嗎？藝術品裡面，哪些是經典作品，哪些是錢幣作品，都能分別了吧？總之跟賭馬很像，就是時間拉長罷了。馬跑得快多了，但也比較容易受傷。」

「都認識了。」一開始薩勒蒙先生只是單純陪顧客去賽馬場，後來他自己也喜歡上，每年十月都要到隆尚馬場去看凱旋門大賽。因此十月出生的珈珈相當受他疼愛。

「你妹妹天生就對藝術沒興趣。不過這件事總得有人繼續做，這些自畫像留給你繼承是一樣的。」

「可是我並非你親生的孩子。」我就這麼直說了。

「有什麼關係，我們是一家人。」儘管他盡量壓低音量，但聲音依舊在密閉的空間迴盪。「一旦你認可自己是薩勒蒙家的一份子，不管有沒有血緣，命運的試煉都會找上你。況且不是每個人都能通過這場考驗，因此歷代不少當家都是過繼來的。但薩勒蒙的血脈並不會因此斷絕，剛好相反，我們有許多家族成員。繼承者是繼承這份名號，傳遞的是精神，而不是血統。這也是我到紐約之後才體會到的。不管誰當美國總統，總統跟美國，都將永世延續。薩勒蒙是最自由民主的家族。」

「既然重視精神傳承，為什麼還要蒐集，描繪外表的自畫像？我覺得有點矛盾。」我問他，「還有剛提到的命運的試煉，又是怎麼一回事？薩勒蒙先生，可以把你知道的都告訴我嗎？」

於是在這座地下聖堂，他告訴了我薩勒蒙家的歷史。

一七一一年，路易十四的獨子大王太子路易，突如其來死於天花。隔年大王太子路易的獨子小王太子路易一家也感染了天花，夫婦接連在一週內病逝，留下了兩個兒子。哥哥因為醫生多次放血治療而夭折，家庭教師文塔杜瓦公爵夫人眼見醫生不能信賴，將弟弟藏了起來，拒絕醫生放血治療，並且冒著感染天花的危險，親自照料，終於使這個孩子存活了下來。由於路易十五失去了祖父母、父母、哥哥，唯一的親人只有曾祖父路易十四，以及遠在馬德里且覬覦他皇位的伯父西班牙國王腓力五世，這使得路易十五從小就非常依賴女性，長大後更要和許多女性維持親密的關係。他沉迷於女性的美貌，以及性愛的繁衍當中。最知名的情婦，就屬龐巴度夫人，以及大革命之後上了斷頭臺的杜巴莉夫人。波爾多的酒商皮耶羅・薩勒蒙，是一名地方上的普通貴族，除了提供國王美酒，也按照規定把女兒送進了鹿苑唱詩班——一個提供國王挑選年輕女子的地方。一七七一年，這位姓薩勒蒙的年輕女子，為年邁的路易十五生下了一名私生子。為了隱瞞這件事，這個孩子成了他母親的兄弟而被撫養長大，也就是李奧納多・薩勒蒙。

「平凡的波爾多酒商從此發跡。這座別墅，原本是要興建來作為招待國王路易十六的城堡，但因為大革命而改建為酒莊別墅。大革命時，李奧納多・薩勒蒙差點死在巴黎，最後透過行賄才逃回了波爾多。此後薩勒蒙家的子女，尤其是繼承人，就像訓練海克力斯、尤利西斯般在生命中往往被迫安插一段痛苦的旅程，家族也是從那時候起開始蒐集自畫像。」薩勒蒙先生說，「只能肯定一切都和大革命有關。」

「大革命時到底發生了什麼事？」

「我也不知道，我父親知道的更少，他並沒有告訴我什麼。後來我在家中歷代留下來的書信、日記裡面，看到了幾封薩德侯爵寫給皮耶羅．薩勒蒙的信。他們之間交情匪淺。我覺得薩德似乎知道了一些事。原本進巴黎大學就是要好好研究薩德。但因為 Mai 68 發生了，戴高樂跟他的第五共和抓了我。我為了保命去了趟紐約，整天無所事事，最大的消遣是跟 **FBI** 的探員聊天喝咖啡。你知道的，之後我就非常討厭咖啡。」

他說到這，停頓了一會說。「我父親好幾次來信，希望我跟著他當一名老實的酒商。但我總是會想到小時候他帶我來到這間地下室，這些自畫像，像是戴上了《小王子》開頭說的那頂帽子，泛出一種神奇的光暈。剛好我在紐約認識了一群畫家，所以我想，不如就當位畫商，這樣也更方便我收藏自畫像，不是嗎？不過關於家族的秘密，後來我也沒有繼續追查下去。跟十八世紀的人計較個什麼。而且，」他目光朝向了最顯眼的盧西安．佛洛伊德的自畫像說：

「總覺得一旦知道了那個秘密，薩勒蒙家也將不復存在了。」

他沒有說明為什麼這麼想，並沒有，好像掉落了一塊金屬片，卻遲遲沒有聽到清脆響亮的撞擊聲，就這麼一直沉默下去。

看著一批畫家的自畫像，我反而想到一位荷蘭畫家迪爾克．雅各布斯。他的許多團體肖像畫，都是這樣完成的：一群富裕的中產階級合資請他過來，像拍畢業照一樣排排站好，由於每個人都有出錢，畫家必須公平分配版面，有時你甚至覺得那些臉孔都長得一樣。兒時杭州家裡有一張文革的《百醜圖》，上頭描繪國內外的走資派，簡單勾勒幾筆，就畫出那些帝國主義反動者的醜陋嘴臉。眼前這些靜止不動的肖像，像在黑暗中眨眼睛。我最討厭的一個藝術傳説就是，不管從哪個角度看蒙娜麗莎，蒙娜麗莎都在看著你。搞什麼，又不是《一九八四》的老大哥。説真的這裡我一刻也不想再待下去，那是我人生最想嘔吐的場面。

離開這座石頭建造的沙龍之前，薩勒蒙先生要我把燈給關上。

在這裡一年只有一次開燈的機會，不多也不少。這些名畫將在這裡，以典藏之名，失去歷史，失去性別，失去存在的狀態，失去了臉孔，也失去了美麗。

我一個人先開車回巴黎。奔馳在A10高速公路上，開了七小時的車，晚上疲憊地回到了蒙馬特。一到家門口，只見薩晴過來為我開門。簡約的黑色上衣，讓她的臉看起來特別清楚。

「你不是早上才跟爸去波爾多嗎？這麼快就回來了？」她先看回屋內，又看向我説。

「我和媽在看電視。回來也好。進來吧，記得把門帶上。」

「哎呀，我想到忘了買一樣東西。還得再出去一次。」

「什麼東西啊？是要給我的花嗎？」她笑了，點頭説。「早點回來。」

我便又出門。到了第一區的勝利廣場，圓環中央的銅像，路易十四扮成羅馬皇帝騎在馬上的英姿，依舊俯視這座城市。原本想走到龐畢度中心，但當我沿著兩旁的時尚店面走到聖厄斯塔什教堂前，只見亨利·米勒的石雕作品《傾聽》，那張兩個人高的大臉正被一隻手扶著，斜躺在階梯廣場上。我走過去，重重踹了那張臉一腳，像非要在那張臉上留下我的腳印不可。

最後我沿原路走回勝利廣場，趕在店家關門前買了最漂亮的圓頂帽給薩晴。

我明白薩勒蒙先生的意思，宣布我為薩勒蒙家的繼承人，薩晴或許就能避開自大革命以來的詛咒。薩勒蒙家一直用這樣的方式，既可獲得身為薩勒蒙家一員的好處，而又能讓血脈延續下去。一直到昨晚，薩晴還跟我通過電話，總是一副無憂無慮的模樣。顯然當年薩勒蒙夫婦的考量，確保了他們唯一的女兒。不管如何，我接受了薩勒蒙先生的提議。只是說，薩勒蒙家這件事總是要抓出來的。

我要用珈珈身上的秘密，去對抗那份針對薩勒蒙家的古老的敵意。只是戴醫師說，珈珈將永遠失去原本的臉，如此斬釘截鐵的話，總讓我想起西川那首〈虛構的家譜〉：

我虛構出眾多祖先的名字，逐一呼喊
總能聽到一些聲音在答應；但我
看不見他們，就像我看不見自己的面孔

第六章 Mother

偉大的愛情並不致命

「一樁悲劇的受害者，往往也是另一樁悲劇的締造者。」

這是我到巴黎的第一年，有天晚上經過加尼葉歌劇院門口，一位和我擦肩而過的長髮男士說的。他正和女伴，一位打扮宛如二十世紀初期紐約時尚派對才會出現的女子，評論剛剛看完的一部歌劇。我一直想知道是哪齣戲，能讓他有這樣的評語。但這份謎底，當初沒有去追問，現在更不可能知道了。

我那時趕著搭地鐵到龐畢度中心，去和朱利安會面。身上穿著一件紅色高領的連身羊毛衫，從腰部延伸下來，包臀的窄裙，墊肩的皮件，袖口的鉚釘，都是我自己設計的。那時候天氣已經很冷，這件衣服像一張柔軟的甲殼包裹住我，中間卻又滲進一道凜冽的空氣。感覺像先畫好身體的輪廓，再將衣服勾勒上去。

那晚巴黎開始下雪，也是我生平第一次見到雪。

現在看自身都成可喜的悲劇，看別人都成可悲的喜劇。我又想到在加尼葉歌劇院門口，聽到的那句話了。如果今天換作是我去整形呢？丈夫，女兒，甚至戴醫師，大家會怎麼想？

到了這個年紀，做任何事情都是為了讓自己開心吧。

一個人只要能肯定真正的自己，自信就會一直在那裡。

現在我根本不認為整形有什麼。就跟換衣服一樣。「我」的本質根本沒變，難道穿不同的衣服，我就不是我了？人一定要一輩子固定穿著某件「制服」嗎？非得這樣，我才是我嗎？那些厭惡整形的人，會不會對自己太沒自信了點。

我也曾經是位缺乏自信的人。更正，應該說，是缺乏自信的女人。

學生時代，我希望有男生能緊緊抓住我的手，然後拉著我跑很遠很遠，到一個新的地方，不再回來了。這種對私奔的憧憬，不知道在心中沙盤推演過多少次。之後我果然到了很遠的地方，住在一個比臺灣慢六個小時的城市。不過是靠自己跑來的，不假他人之手。

大三那年因為決定到巴黎唸書，開始到法國文化協會學法語。當然光是這樣肯定很難通過檢定考試，除了買教材之外，也有到外面的補習班加強。為了繳交這些額外的學習費用，我找了一些薪水比較多的工作。大學生活突然變得忙碌起來。

我工作的牙科診所比較特別，少有新病患，主要以熟客約診。由於位在仁愛路上的大樓裡，如果不是被介紹來的，是不會知道這間牙科。因此這裡的上班時間也比較不同，從早上十一點到晚上九點或十一點，要看當天約診的情況，中間沒有任何休息時間。其他診所多半是早上九點開始，中午跟晚上都是有休息時間的。

醫生平常都叫我的英文名字，那名字現在早就不用了。不過因為我們都不是護士，所以醫生跟病人講到我們時，都會說：「跟小姐約下次時間。」（聽起來很怪吧。）

平常趁沒有病人時，我會清理器械，先用紗布以酒精消毒，再放入一個高溫殺菌的機器裡面。有病人時，會做臨床的協助，像是遞給醫生指定的藥品或補牙用的東西，或用器械替病人吸口水或血水。病人等候醫生時，我也會教他們刷牙跟怎麼用牙線。總之負責的事情很雜。

因為我不會騎機車，那時候班上有位男同學，經常載我上下班。他是我的「學伴」。剛進大學不是有那種很莫名其妙的「家族」嗎？以學號來決定誰跟誰是家族。開學不久就有學長姐主動來找我，說我們是同一家，每學期至少得在外面的餐廳「家聚」一次。我和他雖然是不同的家族，但因為前幾屆兩家的私交很好，所以都一起聚餐，我們也就成為所謂的「學伴」。

一開始我覺得太麻煩他了，畢竟臺北搭公車很方便，仁愛路離台大也不遠。但是他說自己有義務幫我，因為我們是「學伴」。

那天晚上我剛從診所下班，他和先前一樣在樓下等我。機車停在一盞路燈旁，感覺熄火很久了。他看著手機，那年代手機還沒有現在這麼複雜，只能打電話跟傳簡訊。

我肯定是有人傳訊給他，便開口說：

「怎麼啦，是你想追的學妹嗎？你大一的家族學妹很漂亮耶。」

他把安全帽遞給我，表示沒有這回事。

我接過安全帽，固定是紅色的那頂。那時我還穿著診所的制服，不過記得白天有位來補牙的太太稱讚我穿制服很好看之類的。總之無法確定到底是怎麼了，我那時候突然興起，笑著對他說：

「聽說你喜歡我。同學都這麼說唷。」

只見他的臉紅了起來，啞口無言的，眼神四處游移，就是不敢看著我。最後他反而很大聲的說：

「是又怎樣，不是又怎樣。」

然後丟下我，騎著機車就走了。

我不懂他為什麼反應這麼激烈，還說出那種話。

「什麼嘛。」我將安全帽丟進一旁公車站的垃圾桶，風像冰冷的刀子削過我的瀏海。上方螢幕顯示，下一班回台大的公車還有四分鐘。

之後我們再也沒聯絡過，而且很快就畢業了。差不多快二十年，我們在長榮桂冠舉辦的同學會上，才再次見面。他也早就進外交部工作了。看來那些外交辭令和國際禮儀，已經把他訓練成一位彬彬有禮的男士。原本我還是不想跟他說話，但當丈夫聽到他向大家宣布自己即將調到法國的代表處時，便主動上前和他攀談。我不知道丈夫為什麼在那麼多同學裡，偏偏選中了他，一起喝了杯調酒，還與他交換名片。同學會結束時，他趁我先生去買單的時候，過來說謝謝我。說那時因為看我在補法文，後來自己也跟著去學了。說我對他的影響很大。他見我先生還在櫃臺，就又說，畢業後有想過要找我，可是我大學時都用易付卡，沒有固定的手機號碼，又聽說我去法國唸書了，因此一直沒辦法聯絡上。

然後，他跟我要了現在的號碼。

原本我以為他忘了我們之間那次不愉快的事了。但當天晚上他就傳訊息給我，說那時候不成熟，沒有處理好對我的感情。他希望能和我約出來見面，除了敘舊外，也要和我賠個不是。

「好喔。」我回傳說。

那晚出門前我先把晚餐煮好。丈夫在客廳的桌子前切檸檬薄片，水果他一向喜歡自己處理。女兒則趴在客廳的地板上畫畫。因為我不讓她養黑色貴賓，所以那陣子她很討厭我。

「媽上禮拜不是才剛大學同學會嗎？怎麼又要聚餐了？」

「就是上次見面，大家感覺不錯，幾個比較要好的，才想說再聚一次。」我手擦著乳液說。

「沒想到妳也這麼熱絡。」丈夫切好後擺盤。「那這次我就不陪妳過去了。」

我們約在大學時就一直想去的双聖美式餐廳。店內的擺設營造出強烈的美式復古風格，像是好萊塢電影常出現的西洋棋地板，漸層的暖色調格子桌巾搭配墨綠色的沙發，抬頭則是木頭吊扇和馬賽克玻璃吊燈，牆上同樣是馬賽克裝飾，以及三〇年代的舊照片。以前晚上下班，當他載我經過仁愛圓環，都會看到閃亮的「Swensens 双聖 24hrs」。紅色的招牌像有魔法一樣，感覺體溫慢慢上升，在深夜裡點亮了我的心。那時候一直想來這邊吃冰淇淋聖代。結婚之後住在臺北，也許經過的時候都是白天，就好像忘記這件事了。

那晚我並沒有盛裝打扮，只簡單套上一件黑色的合身洋裝，一雙黑色的平底鞋。學伴則穿得非常體面，一套淺色條紋的西裝，內裏的米色格子襯衫和店裡的桌巾相當襯。大學都戴粗框眼鏡的他，現在戴上了金邊眼鏡，讓他的眼睛也細長起來。他問我今天他穿得怎樣，說我喜歡紅色，所以搭了條紅色領帶。然後他說我都沒變，外表跟大學時沒有多少差別，說自己這些年變了很多。他說以前自己太邋遢，我還陪他去買過衣服。他還記得我不吃牛肉，所以幫我點了鱈魚排。我也點了白蘭地波爾櫻桃冰淇淋。

我們聊了很多大學的事。那是我第一次離開高雄到這麼遠的地方唸書，當然後來又去了巴黎，就不覺得臺北有多遠了。他因為即將赴任，所以也問了不少我在法國的情況。但我都盡量避開聊到丈夫，不想讓他知道我和丈夫的事。況且用餐其間，丈夫不知道為什麼就打來三次電話，都是問些什麼東西放在什麼地方的瑣事，平常並不會這樣的。但也因此他以為我和丈夫的感情很好。

仁愛圓環附近有好幾家畫廊，像是印象畫廊、黎畫廊、僑福芳草地畫廊，稍遠一點還有大可爲畫廊，都是丈夫的朋友，那些畫廊主也都認得我。沒想到最後我會成為畫商的妻子。敦南路再過去就是安和路了，離女兒整形的診所相當近。

他將五分熟的牛肉含在嘴裡，一邊處理肉的纖維，一邊和我聊天。他說即使是現在，他還是覺得坐在面前的我，就是大學時候的我，說這才是最難能可貴的。

「人怎麼可能不會變。」我摸著耳環說。接著，我問了他一些對於整形的看法。他說不贊成我整形，但如果是要去斑，除皺什麼的，稍微進廠維修，人之常情倒沒關係，別變成另一張臉就好了。

離開餐廳，我們又走去 SOGO 敦化館逛了一會。接著他領我走到一處停車場，說開車送我回家。我坐上他那臺黑色 BMW，沿仁愛路，經過了那間牙科樓下。他說我坐在旁邊，有以前騎機車接我上下班的感覺，說我甚至有一陣子，一個晚上還連續跑三個地方工讀呢。我笑著說有嗎？那我工讀的時候，你都在做什麼？他沒有回答，而是突然握住我的手，說他一直都喜歡我。這次是非常清楚的表達。如果當年在牙科樓下，我問他是不是喜歡我時，他不是那樣子回答我，而是像現在這樣，那麼我會答應他嗎？還會去法國嗎？

這臺車很特別，車窗玻璃完全映不出我的臉，只望得見外面的景色。我想車窗外的人也看不到我吧。他繼續開車，最後開進林森北路的巷子裡，在一棟電梯大樓前停了下來，排在一輛車子後面，等著進去。他說想和我獨處一會，且為了保護我，這裡非常安全。雖然他沒明說，但感覺得出這是一棟私人招待所。我曾經在這類地方工作過。外牆沒有任何招牌，混在一般住宅裡，加上只接待熟識的客人，相當有隱私，從馬路邊看過去就像是大樓住戶開車回家一樣，不用怕被偷拍。

也就是說，當他將車子開進這棟大樓的地下停車場，那麼這一刻後將沒有人知道我在哪。

接著輪到我們的車子了。

當他拿出皮夾裡的證件和警衛確認時，反射了一道光芒。丈夫香檳色的金屬名片，就在他的皮夾裡。他的自信比起以前多太多了，整個人像是被重新設定過。只因為我們過去是學伴，他就可以不把我丈夫放在眼裡嗎？他能抓的也僅有這層關係吧。從這時候起，我只想拿回我丈夫的名片。

「去看夜景好不好？以前我們不是很想去陽明山看夜景嗎？」我說。「看完夜景再回來。」

眼下他沈思了一會，還是被我說服了。他和招待所入口的警衛說晚點過來，然後倒車，出發往新生高架橋。下來到士林，經過士林官邸，開上了仰德大道。一路上我們安靜沒說話，才讓我發現了一件事。我問他，開車都不聽音樂嗎？廣播呢？他說有時候會聽，但這樣較危險，容易蓋過外面的聲音，比如喇叭聲，煞車聲，人的呼叫聲，更會影響開車的注意力。他說從以前載我就很小心，不希望我受傷了。

「喔，嗯嗯。」我的回答包含一股冷意，但他也可以解讀成我正在為偷情而緊張吧。

從以前就這樣子，我們的頻率一直都對不上，可能彼此都努力過了，但就是沒辦法。沒有心動的感覺，完全沒有，之間也沒有所謂真正的秘密。連戴醫師給我的感覺還比較親切。身旁的這個人，我甚至無法確定他有沒有靈魂。雖然他可以一起聊天，一起用餐，會開車上陽明山，外界對他的任何刺激他都有反應，但那會不會只是程式設定下的反射行為罷了？這種行為不管做幾次，都沒有靈魂在這當中作用。像這樣的人沒有死亡，只有當機，毀損，報廢，也不會進入輪迴，因為他沒有那個可以用來輪迴的基質在。

他在陽明山的一處平臺停好車子，說這裡不必下車，就能將整個臺北市盡收眼底。我也不知道這是哪，但確實是個視野開闊，很適合看夜景的地方。點點滴滴的光亮，像浮游生物漂浮在夜晚的海面上。丈夫和女兒，現在就在家，在底下的一個最微小的光點當中。

想起一年前，我們全家到臺北一〇一的頂樓看夜景，在觀景臺，丈夫送給了我一個很可愛的小貓零錢包。「還以為你是要送給女兒的。」我笑著收下。那時候丈夫剛從日本回來，是他第一次去日本，特地在京都買的。

學伴希望我和丈夫離婚，他願意帶我去法國。我聽了實在答不上話，他不知道我先生就是法國人嗎？何況丈夫的名片上印有法國名字，他也沒仔細看嗎？流產那陣子，我確實有想過和丈夫離婚，甚至想躲起來，讓丈夫找我。不過又想到，丈夫也不是會去尋找失蹤太太的人，在他看來那一點創意也沒有。他更可能花錢請來一個女人，然後把她帶到戴醫師那，整形成我的樣子，再帶回家跟女兒說媽媽度假回來了，繼續過著原本的家庭生活。就像現在已經十點多，他也不會想到要聯絡我。丈夫就是這樣的人，這我都是知道的。但奇蹟似的，我還是和丈夫創造了專屬於我們的文化，即使是女兒，也無法百分之百繼承這份文化。

「先讓我處理好和丈夫的關係，再考慮，要不要交往好嗎？」雖是謊言，但那一瞬間，我覺得自己好像也接近於那種沒有靈魂的人了。皮夾被他放在褲子左邊的口袋，也就是離我最遠的口袋。到底我該怎麼做，才能拿回丈夫的名片？

他沒有讓我繼續想，而是突然把我座椅放倒，從駕駛座整個人趴到我的身上。我努力避開他的唇，他可能覺得自己太躁進，也不強迫吻我，轉而將臉靠在我的髮際間親吻。這時他褲子左邊的口袋，已經在我右手的上方。我主動抱著他，兩人S型纏繞，他似乎以為終於解開我所有防備，不時搖動腰桿，勃起的陰莖隔著衣服磨蹭，像在找尋一個入口。我慢慢抽出他口袋的皮夾，讓他以為是身體扭動才掉出來的。

我繼續抱著他，一邊用右手拿好皮夾，一邊用左手開始找丈夫的名片。因為視線被他的身體擋住，我只能以手指去感覺，紙質的，塑膠的，有銳角的，都不是！他的手來到我胸前，隔著衣服用力愛撫，把我乳房的整個形狀都給擠壓了出來。終於我觸摸到一片非常冰涼的金屬。趕緊我抽出丈夫的名片，然後把皮夾丟到地墊上。但我仍被他壓著，像是被密封在罐子裡的醃製品。到底要怎樣離開這臺車子！我推不開他，他的一隻手緊緊握住我的乳房，另一隻手伸進我裙子底下，極力尋找他要的點。這樣下去我會被他強暴！

瞬間我空白的腦子裡，浮現了巴黎聖禮拜堂的情景。那時朱利安背對著我，專心拍攝入口上方華麗的玫瑰窗。我一個人來到聖壇前面，在孔雀藍，祖母綠，威尼斯紅的光影下，被挑高的花窗玻璃給包圍。顧不得身旁還有許多拿著相機的觀光客，一個人跪在地上，合掌祈禱。所有的雜念在眉心間靜止，那是我第一次發自內心虔誠的去禱告。

主啊，請您幫幫我！

下個瞬間，我感覺寒冷澈骨，血液像到達不到手腳，然而下體卻已經濕透了。我不知道為什麼會這樣。我並不是那種隨便的女人，認識朱利安之後我再也沒有和別的男人發生過關係。

突然他停止動作，將裙子底下的手伸了回來，並且開了車頂的小燈。只見他右手整個被染紅，燈罩也抹出一道血痕。我們都很訝異。原來，我的月經來了，而且還來得很誇張。

大量的月經，一鼓作氣從我的身體內滑了出來，座位上到處是血。我馬上雙手緊壓腹部，喊說好痛，生完小孩後，有時月經來了都會無法止血，一定要趕快到大醫院才行。我蜷曲在位子上，不時發出哀鳴。

可能他真的怕我會死，車子下山的速度出奇地快，看得出他很緊張。大概十五分鐘後，我就看到榮總了，然而車子卻是停在對面的一家玩具店前面。我下車的時候，他沒有過來扶我，只是坐在駕駛座上看著我動作。車子也從未熄火。由於他是外交官，我是有夫之婦，他現在的行為也不是不能理解。滿車子的血，已經夠給他添麻煩了。當我一把車門闔上，他便頭也不回的開走了。

望著揚長而去的車子，時間彷彿又回到了二十年前那個晚上。

「是又怎樣，不是又怎樣。」

我雙腿滿是鮮血走到了急診室，雖然尷尬，但總算鬆了一口氣。掛號前，我從包包拿出手機打給丈夫。他說女兒已經睡了，而他會馬上過來。最後丈夫載我回家，軌道列車又重新被放回了軌道上。只是，那晚醫生找不出大量出血的原因，之後定期檢查也都正常。

一直到現在，每次回巴黎，我都會到聖禮拜堂還願。

我相信世界上有那種隨機發生的事，但也有那種注定會發生的事。不管如何，這兩件事一旦遇上了，都很難纏，端看你準備好了沒有。自有人類以來，所有的聊天內容都不外乎：檢討過去，展望未來。看似混亂的表面話語之下，卻有著相同的深層結構。而我們每一個人都是占卜者。

至今薩勒蒙一家仍住在蒙馬特的山丘上，靠近聖心堂。

女兒入學前，我們想回巴黎時就回巴黎；入學後，我們通常等女兒放假了再一起回去，像寒假都是待到春節，再回美濃我娘家過年。或者有時候也不回臺灣過年了，整個冬天就待在薩勒蒙家。

那時我常帶女兒到貝給街一家有著黃色店面的兒童畫廊。那邊有專業的店員導覽插圖，還有教小朋友畫一些簡單的圖畫。女兒喜歡畫畫的興趣，或許我自己也推了一把吧。她喜歡看《奇先生．妙小姐》的童書，尤其喜歡綁著繃帶像顆藍色雞蛋的意外先生。有一年她在薩勒蒙先生的房間，翻到了一套《丁丁歷險記》，直到回臺灣，都還特別要我們找這套漫畫給她看。沒想到薩勒蒙先生非常討厭戴高樂，卻跟戴高樂一樣喜歡丁丁呢。不過女兒再大一點，就不太看這類漫畫了。

小姑薩晴的法文名字是伊莎貝拉．薩勒蒙，是薩勒蒙先生跟薩勒蒙太太的親生女兒。她沒有結婚，卻差不多在我懷了女兒的時候，到孤兒院領養了一名男孩，取名叫亨利．薩勒蒙。十多年過去之後，這位領養來的亨利，彷彿有著血緣似的，居然也長得像薩勒蒙家族的人了。

我還記得第一次到薩勒蒙家的情況，那是二〇〇四年我剛到巴黎那年的聖誕夜。一整天都下著小雪，纜車緩緩沿著斜坡而上，周遭盡是雪的顏色，白色的聖心堂更顯純潔。那間外牆同樣漆成白色的五層樓公寓——興建於一八六〇年奧斯曼男爵大規模改造巴黎的年代——一二樓是畫廊，三樓以上則是薩勒蒙一家平時居住的地方。餐桌上除了銅鍋盛放的家庭主菜，還有他們用餐時候永遠不會少的葡萄酒。

讓·薩勒蒙先生高大斯文，總是戴著一副單邊掛鍊的眼鏡。向我介紹家人的丈夫說，他從小就覺得薩勒蒙先生酷似愛爾蘭詩人葉慈。剛好薩勒蒙先生也很喜愛詩歌，隨口就能朗誦幾句。丈夫善於模仿別人，當場就在餐桌前，表演起薩勒蒙先生朗誦詩歌的聲音和神情。把自己完全變成另一個人，然後享受這種過癮。

「聽大學的教授說過，一九二九年我們學校曾邀請葉慈來臺灣講學兩年，但因為路途遙遠，後來沒有成行。不過，」我用法文好奇地問他們。「畫商都要這麼熟悉詩歌嗎？」

薩勒蒙先生則以中文回答我，他笑說，在他看來，現代藝術啟蒙於現代詩。常常有現代詩人轉換跑道當起畫家，但現代畫家跑去當詩人的幾乎沒有。這跟中國古代文人畫的情況很類似。「波洛克就不寫詩，但他發明的滴畫法，很類似中國的潑墨山水。」他說一位畫家可以不懂詩歌，但一位現代藝術的評論家，收藏家，如果不懂現代詩歌，就難以看出現代藝術的箇中道理。我記得那時候很佩服他中文能說得這麼好。

丈夫見我不太懂，也試著解釋給我聽。「我們那天去龐畢度，」他拿了一盤文火煨鮭魚佐酸豆醬，「很多當代藝術作品，不都會取些拐彎抹角的名字嗎？有的還附上幾句名人的話，或是附上一段胡謅的創作理念，就怕別人看不出這件作品的藝術性。但命名是詩人的藝術，語言的藝術，不是藝術家的藝術。藝術家實際上做了詩人在做的事。像剛才提到的波洛克，他的作品只有編號，沒有名字，更不會附上一堆說明。他覺得命名只是給人一個先入為主的意象，自以為是地引導觀眾怎麼欣賞這幅畫。」

「沃荷也是這樣，他從不解釋自己的作品。他總是跟我說，作品不就在你眼前嗎？他什麼也沒藏了。這就是沃荷。」薩勒蒙先生急忙加進來說。後來我才知道，他常提到的沃荷，是 Andy Warhol。

「二十世紀初美國詩壇就有意象派，像龐德，艾米・羅威爾，這些詩人。現當代藝術對意象的重視，就是源自於現代詩。」丈夫繼續說道。「相對來講，現代詩重視視覺上的書面呈現，講究分行布置，變得圖像化，平面化，詩人也是反過來在做藝術家所做的事。」

「你們去龐畢度？怎麼沒邀我一起去。」伊莎貝拉拿叉子將萵苣捲成可愛的形狀，「那麼妳看得懂畢卡索嗎？」她看著我問。自從認識以來，她都非常喜歡吃生菜沙拉

「我很少接觸繪畫。畢卡索感覺不好懂，要很專業才行。」我趕快搖搖頭。

「一點也不難喔。」她笑著說。「簡單來說，也只是要打破我們觀看物體的習慣。這樣懂了嗎？」

丈夫見我回答不出話來，不顧自己還在吃東西，連忙緩頰說：

「就是我們觀看每樣東西，都有一個理解的次序。但畢卡索以感覺為優先，抓住一個原始的經驗，再去調動觀看的次序，但事實上這才是我們真正認知世界的次序。他把個人的經驗，個人的體悟，擺在第一位，然後畫了出來，去對抗那個被社會所調教出來的次序。」但他越說我反而越不能懂了。

「你比喻一下會更清楚。」薩勒蒙先生說。

丈夫聽了點頭又說。「這同樣是啟發自詩歌。譬如每種語言都有固定的語法順序，但

我們經歷一件事，並不是按照語法的順序啊。可是每當我們開口時，語法已經重新將詞彙排列過了。」

「就像，雲想衣裳花想容。」薩勒蒙太太終於看不下去，一邊舀湯說。「意思是，看到美人的衣裳想到了雲，看到美人的容貌想到了花兒；而不是雲想到了美人的衣裳，花兒想到了美人的容貌。但李白注重的是雲跟花兒，所以把詞彙給移了位子。」她說完遞給我一碗羊肚菌燉雞湯。法國的食材，很北京的做法。瑪德蓮．薩勒蒙太太是道地的北京人，本名薩嫻，是元朝詩人薩都剌的後裔。

「沒錯。但修辭學者不懂這個，偏偏要安插一個名目，說這叫『倒裝』。」丈夫不忘接話補充，「所以才會說，詩是更原始的文字，那個原始是指優先於語法次序而言的。畢卡索也是從非洲的原始藝術，得到立體派的靈感。一旦調動觀看的次序，就可以帶出更多面向的體會。」

他們繼續聊著藝術，全是我很陌生的話題。只能靜靜聽著他們說。

當他們聊到了比利時的收藏家尤倫斯夫婦時，丈夫說。「他們雖然比我們慢進入中國市場，但近幾年很活躍。聽說還要在北京弄一個當代藝術中心出來。」

「十年，大概就這十年，之後就會開始拋售中國的當代藝術品了。是我的話也會這麼做。」薩勒蒙先生說。那時我就想，十年後的事他們現在就在盤算了嗎？我好像連一年後的事情，也沒考量過。難怪會想把女兒整形的是丈夫，而不是我。

薩勒蒙先生同樣喜歡當代攝影。安德烈．柯特茲是他最欣賞的攝影師，兩人過去曾是熟識的朋友。柯特茲所開創的巴黎街拍作品，人體變形攝影作品，都是薩勒蒙先生的珍藏。丈夫顯然受了薩勒蒙先生許多的影響，兩人都是歐洲攝影中心的常客。

薩勒蒙太太的外表並不出眾，初次見面甚至讓人覺得不舒服。但她談吐優雅，穿著講究，並非那種靠品牌來撐起外表的女性。她從不穿新衣服出門，衣服也多是手工，或者半手工的，非得在買來的衣服上加入一點變化不可。我們自然有話題可以聊，以致於對她產生好的印象，而暫時忘卻她的外表。

所謂的「氣質」，是一個人使用身體的方式，比外面那層皮肉美不美麗重要多了。薩勒蒙太太就是這樣的典範。也因此我一直以為丈夫是薩勒蒙夫婦的親生兒子。當他們全家圍坐在一塊的時候，那種默契，很難相信丈夫與他們沒有血緣關係。丈夫高大的體格，立體的五官，以及説話的腔調都像極了薩勒蒙先生。而膚色，眼神，內在氣質卻又像極了薩勒蒙太太。至於伊莎貝拉就更像她爸爸了，在她身上完全看不到薩勒蒙太太的樣子。尤其伊莎貝拉潔白的膚色，就像外頭的細雪，彷彿可以讓她整個人，完全消失在雪地裡。

這一家人唯一的破綻是，伊莎貝拉似乎喜歡著她沒有血緣的哥哥。

「朱利安一直很有自己的個性，我們家住北京時，他還跑去當了一年的流浪畫家。很酷吧，佐伊不這麼覺得嗎？」她坐在靠窗的位子，白雪與她白色的毛衣連成一片，金色的頭髮就像柔軟的夾心內餡。

佐伊是我的法文名字，朱利安則是我先生的法文名字。

我們是十一月在巴黎鐵塔相遇。那天我決定到鐵塔上面看看，來巴黎三四個月了都還沒上去過。可是電梯前面排滿了大批遊客，大概再兩個小時也消化不完吧。就在我考慮是要離開，還是繼續耐心排隊時，朱利安拍了我肩膀，用法語問候我要不要一起走樓梯？

他仰望鐵塔，說一個人來走過很多次了，很安全，樓梯票不用排什麼隊，第二層觀景臺就可以眺望很遠的地方了。第三層雖然最高，空間卻也最小，遊客最多，他覺得景色最美的就是第二層。如果只要去第二層，確實用走的就可以了。

我們各花了四點五歐元買樓梯票。沿著螺旋狀的露天樓梯往上走，路過的遊客都會彼此加油打氣。朱利安一身灰黑色的毛大衣，雙手始終插著大衣口袋。他因為高，步伐很大，偶爾回頭看我有沒有跟上。而我也一直注意到他腳上那雙黑白條紋的草編鞋。

走了五分鐘後我們先到第一層觀景臺，接著再走七分鐘到第二層。

到了第二層。朱利安帶著我，說那邊是香榭麗舍大道，是巴黎最美的大街，但他個人比較喜歡綠意盎然的福煦大街；那邊是巴黎聖母院，不過裡頭沒有鐘樓怪人喔；那邊是黃金圓頂教堂，拿破崙倒是躺在裡面。他問我喜歡旋轉木馬嗎？推薦我說最美的是聖心堂前的旋轉木馬。原本他以為我是日韓裔，後來發現只要說中文就可以和我溝通。我們又問彼此是哪裡人，怎麼會來巴黎呢？

以前看過杜菲的畫冊，好幾張畫都有巴黎鐵塔。尤其是那幅四面展開成屏風的《巴黎1937》，讓我覺得巴黎像是有粉紅色，粉藍色的霧一樣，而且到處都有玫瑰。雖然實地到了巴黎後，不盡然如此浪漫，但能親自登上鐵塔看夕陽，都還算是繽紛的夢吧。

有幾分鐘的時間，我們站在一起眺望。

「一個人之所以能爬得比你高，他一定是在某個時間點比你勇敢。」

為什麼朱利安會突然冒出這句話呢？不知道，詳細的對話已經記不起來了。記憶終究是會忘記的。但我一直到今天，都還能感覺這句話當時帶給我的震撼。可以說，幾年後讓我願意為女兒整形的一個最底層的動力，就是來自於這句話。

從鐵塔下來後，我們走到了比爾哈克姆橋。兩邊的廊柱，用影子聯繫彼此，時間像是被丟棄在地上。越過了塞納河，到了夏佑宮平臺。回頭望著剛才的巴黎鐵塔，朱利安突然拿出相機拍下我的動作。

「個子高真好，這麼大臺的相機放在口袋，都看不出來呢。」我笑說。這是他第一次幫我拍照，為了把照片寄給我，他要了我的聯絡方式。

「你有名片這種東西嗎？」我好奇問。「感覺你應該已經在工作了。」

「有啊。但為什麼說是，這種東西？」

「本來想直接拿名片，但又想說拿名片也太生疏了。」

「我也這麼覺得。」他笑說。

朱利安沒有給我他的名片。他說那是生意人之間的禮儀，跟我之間並不是。

晚上我們一起搭船遊塞納河，同時享用晚餐。兩岸的景致，只能以瑰麗的浮光來形容。河水是醇厚的，夜則是星夜。在這樣的風景裡，人自然而然，被同化成更美的模樣了吧。

「有觀光船要經過，幫妳拍一張。」

「為什麼要現在拍？」我來不及準備，嘴巴裡還有食物。

「讓觀光船幫忙打光啊。很好，妳笑囉。要拍了。」

那晚他便送我回左岸的住處，再搭公車回蒙馬特。之後幾次見面只要是去右岸，不管是去瑪黑區，布洛涅森林，還是禮拜四去巴士底市集，禮拜天到肖蒙山丘公園的草坡上野餐，或是學電影《新橋戀人》靠在西堤島最尾端的那棵大柳樹下聊天，他都是沿著塞納河送我回來。

他似乎沒有進一步的打算，但我就是很理所當然的和他走在一塊。而那天下午在鐵塔前，朱利安為什麼要搭訕我呢？這件事我始終沒有問過他。既然已經認定愛情只是個空殼子，在愛情中得到的永遠是與愛情無關的東西。那時候我就什麼都不願意去想了，只想放空自己，讓感覺去帶領我就好。

記得是二〇〇五年農曆的五月五號。這日子看上去就有點特別。

「當然巴黎人是沒在過這個節日的。即使是唐人街那邊，過的也是端午節。是同一天沒錯，但端午節和詩人節肯定是不一樣的。差別很大。」朱利安邊走邊說。

一早他帶我到米拉波橋。這是座青綠色的橋，橋墩上還有巨大的裸體雕像。他拉著我到某個位置，要我站著別動，然後他慢慢後退說。「今天是詩人節，理應要紀念一下。妳站的位置，是詩人策蘭跳下塞納河的地方，策蘭之所以選擇這裡，是因為很喜歡阿波利耐爾《米拉波橋》這首詩。」他拿出相機為我拍照。

勉強拍完照之後，我趕緊拉朱利安離開橋上。接著他帶我來到盧森堡公園附近的一家

「議院旅館」（Hôtel Le Sénat）的門口，讓我有點不知所措。

「是要，進去旅館？」我小聲問。

結果朱利安只是要我站在旅館的門口，準備好拍照。

「怎麼又要拍照了？」

「李金髮以前住過這。他是把波特萊爾，魏崙，馬拉美等法國現代詩學的火種，帶到中國的重要詩人。是中國現代詩的 Game-Changer，現代詩今天的樣貌，就是在他手中定型。他和同學林風眠，堪稱中國現代詩與現代藝術的兩個源頭。」後來我才知道，朱利安在巴黎美術學院蒐集了不少李金髮和林風眠當年留學的資料，他的碩士論文就是談這方面。

「哦，以前沒聽過這位詩人。」我稍微往後，輕靠在黑色的大門上，搖頭說。「金色的頭髮？名字很特別，是他的本名嗎？」說到名字我就有興趣了，畢竟這是我碩士論文的研究項目。

「朱利安，那他名字的由來呢？」他還沒回答我。

「一九二二年的夏天吧，李金髮住進議會旅館後，得了重感冒，發高燒昏昏沉沉躺在床上時，好幾天都夢見一位白衣的金髮女子，領著他到空中遨遊。之後他退燒了，覺得一定是那位天使的幫忙。為了紀念她，就把筆名取為『金髮』。」他調整好相機說。

「這樣啊。」剛好那天，我穿著一件腰身有著蕾絲鏤空的白色洋裝。是我自己設計的，朱利安注意到了嗎？

「好囉，要拍囉。**Zoé est mon ange!**」他說。是有點讓人尷尬的話。

也是那天，最後朱利安開車載我到巴黎北邊郊區的聖布里克小鎮，去參觀詩人保羅·艾呂雅的故居。那是一棟一層樓的平房，似乎還有個地下室。由於廢棄無人居住，整面牆已經被長春藤和一些矮小的灌木給入侵了。他在車上播放了不少搖滾歌曲，只記得是幾個美國的樂團；可能是英國的也不一定。因為聲音放得不大聲，聽起來反而很舒服。我相信男女之間是有純友誼的，在車上我對朱利安說。就算已經曖昧，或有了心動的感覺，可是即使都那樣了，只要不跨出最重要的一步，都還是友誼，仍然是最純潔的友誼。就在這個美麗的小鎮，我們第一次親吻。說好了不交往，是朋友的那種親吻。

朱利安說自己是到巴黎之後才喜歡上攝影。

他連我在街上吃西班牙海鮮燉飯，隨手拿淡菜殼當湯匙的模樣，也要拍。在朱利安之前，我也和其他男人交往過。我問過那個人。「你有沒有想過我們的小孩會是長什麼樣子？」那男人的手抱了過來，溫柔地說。「和妳在一起什麼都好，我會當作孩子是上天給我們的恩賜。重要的是和妳在一起。」

當下我就決定離開那個人。朱利安不會這樣，他很仔細地和我討論「我們的孩子」。這個孩子可能哪裡像我，哪裡像他；哪裡像誰比較好，哪裡像誰不好。他把一切都想得相當具體，還從大衣拿出筆記本開始畫孩子的臉給我看。當然，他蒐藏了很多筆記本，這本是他自己的。他還補充說，「我打算不聘保母，不工作也要在家陪孩子。」女兒出生後，他也確實做到了。為了全心照顧女兒，畫廊暫停營業一陣子，他更在撤展那天弄傷了眼睛。

或許這也是女兒喜歡親近他的緣故。

那時候我們都還是朋友，連做愛也沒有過，只是閒聊孩子可能的模樣，我也知道他始終有個忘不了的女人。但當我聽完他的回答後，從我的腳踝一直到我無名指的每寸部位，都很想很想和他結婚，很想和他有個孩子。不管我愛不愛朱利安，朱利安愛不愛我，我們就該在一起。如果有人問我什麼是愛，我想，愛就是孩子。我的回答一定會這麼簡單。

有些人不適合走入婚姻，有些人不適合交男女朋友。我們顯然屬於後者吧。

二〇〇六年十一月我們在巴黎結婚。朱利安和我，獲得老薩勒蒙夫婦的祝福，成為新的薩勒蒙夫婦。可是伊莎貝拉卻對我們的婚姻始終不能諒解。

她在巴黎市政廳工作，原本我以為這樣會更方便我這類的外國人登記結婚。然而伊莎貝拉，不僅質疑我學生簽證的居留日期是否正確，更嘲諷我是否要藉由學生居留先設法結婚，之後再轉為親屬居留，最終的目的是取得法國國籍。結婚必須填寫的表格，以及我從臺灣申請過來的證件，都一再被要求修改。

「法國國籍不是地鐵票，不是妳搭車想買就有的。」她坐在辦公桌前，一邊翻著一疊公文，一邊和我說話。眼睛並沒有看著我。她依舊會說一口流利的北京話，和朱利安一樣，也是北京十五中學的畢業生。然後她看我還坐在她面前，就更直接了當地和我說，不希望我破壞她和朱利安之間的感情。

我想「感情」所必備的定義，就是與另一半有所互動。

暗戀，單戀，或是分手後的依依不捨，這些都稱不上「感情」。你可以說那是尊嚴動搖後的心理回饋，也可以說是因為缺乏事實而有的想像。總之如果朱利安從來沒喜歡過伊莎貝拉，伊莎貝拉就沒有資格說她和朱利安之間的是「感情」。

我想那次伊莎貝拉真的把我給惹毛了。

「我們每天做愛喔。妳看過朱利安的身體，還有朱利安那個樣子嗎？他很需要我喔。」我用法文告訴她，「性是愛的完美，我和朱利安都這麼認為呢。」

「妳ㄚ的婊子！」

她突然拉開嗓門大聲尖叫，一份公文啪啦地丟在我臉上，市政廳裡的人也紛紛看了過來。沒想到這時候，朱利安已經站在我的後頭，他人剛好到了，那有聽我和伊莎貝拉的對話嗎？

丈夫會不知道伊莎貝拉對他的意思？他會不知道伊莎貝拉始終不結婚的原因？他想過和伊莎貝拉在一起嗎？想過和伊莎貝拉兩人孩子的容貌嗎？他該不會是顧忌到薩勒蒙太太的外表吧。薩勒蒙太太的臉，連女兒小時候回巴黎見到了也會害怕。

記得剛跟丈夫認識時，有次走在聖日耳曼區逛街。「妳看前面那女孩。穿的外套不錯，褲子也不錯，算有品味。」丈夫指著說，「可是臉長得不怎麼樣。」他似乎很在意人的外表。

另一次他在我房間，看到我學期報告要用的那本《面具之道》，主動和我說。「李維史陀的父親雷蒙，就是位肖像畫家。他會想要研究部落的面具文化，也是可以預期的。」我以為他對這本書有興趣，就回他說。「書中分析了北美原住民的面具，尤其是突出的圓柱形眼睛，這和三星堆的青銅面具一模一樣呦，但是李維史陀沒有提到三星堆。兩個文明會不會有什麼關連呢，我打算在課堂上報告這個。」丈夫看起來不像在思考我說的話，他反而說想看我的家人。於是我從電腦，隨意點了幾張照片。

「妳家人都長得蠻好看的，」他過目後不忘稱讚說，「和妳一樣好看。」

由於我不想被人一直說是要拿法國國籍。等我一取得碩士學位，就向丈夫表明自己回臺灣的意願。加上薩勒蒙先生也希望在東方能有一位可以信任的代理人，幫他聯絡那邊的藝術家和購買畫作。於是丈夫也就對臺灣之行產生興趣，最後決定在臺北開間畫廊。

二〇〇七年丈夫離開巴黎後，小姑就對我更加不諒解了。

丈夫到了臺灣，為拿到居留證，重新使用中文名字，並改回自己原本的姓氏「徐」，名片上都是印「徐絜」。薩勒蒙夫婦拿到新名片後，倒是沒說什麼，他們尊重丈夫對於那個最初家庭的回憶。當然這件事，受到伊莎貝拉極大的反彈，她覺得這是丈夫脫離他們薩家的明顯表態，而之所以會這麼做，都是因為我。

有天伊莎貝拉打電話給我丈夫，抱怨領養的小男孩長得不像她。她說想把養子亨利帶去整形，就整成朱利安的樣子好了，這樣就像一家人。她聽說全世界只有一位在臺北的醫生會做嬰兒整形手術，問丈夫知不知道？但最後伊莎貝拉沒把養子帶去整形，卻是丈夫把親生女兒帶去整形了。

後來我問丈夫為什麼知道戴醫師在做嬰兒整形？我就從來都沒聽說過。而且戴醫師沒有廣告，即使是網路也查不到任何資料，可見嬰兒整形除了是醫界才知道的新穎技術以外，更可能是違法的，知道這管道的人肯定非常少吧。在我逼問之下，他才告訴我是小姑告訴他的。

伊莎貝拉明知道朱利安的個性，知道朱利安在追求什麼。我始終覺得，她之所以打那通電話，是為了報復我搶走了朱利安。但她是怎麼知道戴醫師會做這種手術的？

朱利安在蒙馬特那間橄欖綠的房間，堆了許許多多的筆記本。由於數量遠多過一個正常人使用的量了，我第一次到他的房間，就對這些筆記本感到好奇。

「你怎麼有藍帶課程的筆記？哇，上面畫了好多種餅乾，還有野餐總整理，巴黎自行車路線圖，庫柏帶星體觀察記錄？非正弦曲線函數？波蘭文的單字本？另外這本精裝的，從懷特黑文到諾曼第的雪白海岸，象鼻山，大仲馬住過的埃格城堡，這是英國人的旅遊筆記吧？每一本都不是你的字喔。」

這時他正躺在床上聽 Shocking Blue 的〈Venus〉，走下床拿了一本打開給我看。「吶，像這段文字，可以放進小說，散文，詩歌，當劇本台詞也可以唷。妳看這插圖也是，能放到很多畫裡面，也可以獨立成一幅畫。筆記上的東西就是這麼隨意，而且是很私人的，常常出現暗語，可以試著解謎。每個人的筆跡，對空間的布置，在意的事，都不一樣，各有千秋。」他說很多是在塞納河畔的小書攤，還有拉丁區的舊書店，以及聖圖安，梵維斯跳蚤市場等地蒐集來的。我聽他一說，也接手過來看。

他見我有興趣了，又繼續說道。「像是《死海古卷》，《羅洪特寫本》，《歐拉．琳達秘書》，《史密斯菲爾德教令》，貝里公爵的《豪華時禱書》，阿茲特克的《曼多撒手抄本》，達文西的《萊斯特手稿》，《亞特蘭堤斯手稿》，榮格的《紅書》，《黑書》，費里尼的《夢書》，某種程度上都算是種筆記本，是個人的百科全書。以後我也想寫出一本自己的筆記本來。有時我會覺得，筆記才稱得上是『自己的書』喔。那是比所謂創作的書，更具個人特質的書。」他如數家珍，聽起來很多是中世紀的，至少是文藝復興時期的書。

「不寫日記？」

「日記太刻意了，我不喜歡。更討厭寫日記的人。」他也沒看我就回答。

從那天起我就不再寫日記。當然這本來就是可以割捨的行為，不痛不癢的。我放下筆記本，一時手也不知道擺哪好，剛好站在桌子旁，無心地打開抽屜，驀地看見了自己的臉。原來抽屜內放著一面很舊很舊，邊框都已經生鏽的小圓鏡。

「怎麼有這面鏡子？」

「那是我媽媽的鏡子。」

「薩勒蒙太太？」

「之前的媽媽。」

鏡子背後是毛主席的肖像，上頭還寫著「下定決心，不怕犧牲，排除萬難，去爭取勝利。」這面鏡子依舊留在丈夫巴黎的房間，沒有帶來臺北。

丈夫的母親沒有留給他任何照片。或許因此，丈夫有意在女兒的身上，恢復母親的臉也不一定。甚至這個念頭連丈夫自己也沒意識到，恐怕在他母親生下他的時候，這顆不死的種子，已經埋藏在他的身上了吧。

老實說，戴醫師說的那些關於嬰兒整形的論點，我不能理解會有那樣的事。然而丈夫卻能理解。我不是認為自己的學識不如丈夫，而是覺得這整件事他們都像共謀，而我則是被蒙在鼓裡的人。他們究竟瞞著我在計畫什麼？感覺不是只有整形這麼簡單。

關於女兒那張臉的由來，我其實知道得很凌亂。丈夫和戴醫師掌握的內情，肯定都比我多更多，所以關於這部分，我只能自己去找答案。

當我和丈夫看到螢幕上女兒長大之後的樣貌，我跟丈夫說，女兒即使不整形，長大也很好看了，是否一定要整形？假如整形之後沒有比原來更好，這樣是不是反而對不起女兒？手術失敗了又有誰能負責？

丈夫說這只是電腦模擬，未必將來真的長這樣，可是一旦整形，女兒就有百分之百的把握長得更漂亮。然而他也是一再向戴醫師確認。他需要戴醫師先穩住他的搖擺，然後他再來穩住我。戴醫師不涉入我們的決定，一切按我們夫婦的意思。他只強調手術安全無虞，並且說他所做的手術從未失敗過。

「是不是也可以看到女兒整形後的樣子？」我問。

於是戴醫師從螢幕開了另一張電腦繪圖。「整形後是這份容貌，當然也存在機率上的偏差。你們可以仔細比對之後再做討論。」同時將螢幕轉向我和丈夫。

我看著那張整形之後的臉，的確比天生的臉好看許多。雖然只是一張電腦繪圖，但我從未見過如此美麗的女子。真的可以幫我女兒量身訂做這張美麗的臉嗎？我確實心動了。這張圖片差不多就是女兒現在的模樣，正如戴醫師所言，女兒比電腦模擬的樣子更加漂亮，幾乎是零缺點。我對丈夫的計畫，也不再提出疑義。

「治豔，佳冶，妖冶。妳知道這些詞彙嗎？」離開診所，丈夫在車上突然問我說。

「啊，什麼？」那時我想到家裡，我母親正在幫我們照顧女兒。

「古代經常用『冶』字來形容女子美麗的容顏。可是『冶』原本卻是鎔鑄金屬的意思，這表示，自古以來人們就認為，」我突然害怕起丈夫接下來要說的話。「美貌是後天去提煉，磨練，鍛鍊才有的。凡美麗，必從淬鍊中得來。」

「我想休息一下。」我閉上眼睛，有種落寞感。

「看來得找個理由，請丈母娘回美濃了。」丈夫握著方向盤，是看著前方吧。

女兒手術那幾天，我們住在戴醫師的診所。

晚上常會聽到丈夫和醫生在一樓大廳說話。即使戴醫師是位公式化，沒什麼情緒起伏的人，但還是聽得出來兩人在爭論，彷彿進入忘我的情境當中。他們柏拉圖式的對話，聊什麼，我沒興趣，我只祈禱女兒能平安度過這一關。也是那陣子法國人類學家李維史陀辭世，享年 **101** 歲。

在我眼裡人體沒有美醜，一旦在意美醜，人體就敗壞了。所以健康是最重要的，其次是一個人的品德，再來是一個人的知識。我一直待在女兒身旁照顧她。幾天前還肥嫩逗趣的臉龐，現在卻包裹血淋淋的紗布躺在病床上。那一刻我後悔被丈夫給蠱惑，眼前這張血肉模糊的臉，怎麼可能在未來完好無缺，更長成一張漂亮的臉？原本我所記得的懷胎十月的感覺，剎那間都變了。

我真的懷孕過嗎。完全沒有當母親的感覺，就只是卸下了那塊肉，身體覺得虛弱。眼前這個孩子是誰，誰讓她變成這個樣子。那些剛做母親的，產後都在做什麼事。這孩子餓了嗎。她的臉要怎麼餵奶，連嘴巴都包紮起來了。要怎麼換尿布。對了，護士說會幫我處理，都交給護士就好。因為做這項手術必須是最新鮮的嬰兒才行（戴醫師是這麼說的），所以分娩三到四週，就可以把嬰兒送過來。他們診所也會幫我坐月子，比照外面坐月子中心的規格。我握著女兒的小手，擔心最後沒達到整形的效果，還因此賠上女兒的容貌，健康，甚至性命，這樣我怎麼對得起她？

每晚丈夫和戴醫師聊完話之後，他一回到病房，我就會很想讓丈夫進入我的身體。雖然他也有反應，但還是硬生生的把我推開。

「現在做，對身體不好吧。至少也等兩三個月後，先調養好身體再說。更何況是在這種地方，女兒才剛整形不是嗎？」他身上有酒味，但感覺不出他喝醉。他撇過頭去，看著滿臉包紮的女兒，流露他的擔憂，好像他比我更擔心女兒的情況。那時候丈夫一定是看輕我了。即使還在產褥期，子宮和整個陰部，都剛從那次的撕裂慢慢的在復原當中，不時感覺到疼痛。可是我就是覺得，這個行為可以確定他，也確定我，更同時確定和戴醫生之間三個人的關係。

從女兒整形的那一刻起，我跟戴醫生似乎就有了另一層牽扯。那感覺像發生了親密行為，彷彿我生了戴醫師的女兒，生了他和丈夫共同的女兒。我像是被他們兩人一同羞辱了。

丈夫後來曾問我，「為什麼那時候妳不極力杯葛女兒整形這件事？」

「杯葛」？這原是英國退役上尉查爾斯．杯葛的姓氏。一八八〇年他因為反對土地改革，寧願將佃農趕走也不願意調降一毛租金，而受到愛爾蘭土地同盟組織的「聯合抵制」，後來就成為世界共通的流行語了。我一個人就算反對，也絕對稱不上是「聯合抵制」，又如何「杯葛」他們？

我不常夢見人，但夢中常會以我身處在某個空間，來象徵我和某個人的關係。比如夢見自己漫步巴黎街頭，大概就是和朱利安的回憶。夢見政府機關，肯定是那討人厭的伊莎貝拉又給了我什麼壓力吧。夢見市大同，伊通公園，木柵動物園，就和女兒有關。不過他們並不會在夢裡出現，通常就只是個廣闊的，寂寥的，空間。

夢是一種以超越時空的物質為媒介的藝術，而我的夢常常是規模宏大卻又仔細到位的那種。住在戴醫師診所那幾晚，我就做了時間冗長，空間龐大的夢。覺得好像來到另一個世界，有點科幻，卻又像是歷史。夢的情節還從昨晚接續到今晚，再接續到明晚。即使每次醒來想趕快寫下來，但往往力有不逮，因為實在太細膩也太複雜了。不過，至今我還記得那幾晚的一個段落：

麥田四周是尖銳的遠山與乾枯的樹枝，像是德國浪漫主義畫家佛烈德利赫所畫的憂傷風景（這是事後我偶然從丈夫討厭的畫家名單中得知的）。一座巨大的圓球體建築，矗立在麥田中央，重重壓在神秘的麥田圈上。在幾乎正圓的灰色的外牆，有幾面很細很長像是環繞著圓周的窗戶。跟地面接觸的切點是唯一的入口。我走進去，裡頭是一座平坦的廣場。

廣場的邊緣一片漆黑，中央光線探照的地方，有個人漂浮的在空中。白色的大衣裙，咖啡色的長型帽子，他雙手張開，一隻手心朝上，一隻手心朝下，頭敧一邊，不斷地跳著土耳其旋轉舞。他一直旋轉，看不清楚面孔。我的夢裡很少出現人，所以對他很好奇。但他可能感覺我靠近了，原本快速旋轉的裙襬緩緩降下。等到舞蹈完全停止，一動也不動的時候，我終於能仔細看著他。只見他的臉不停的旋轉，像一本快速翻頁的書。我努力壓抑恐懼，不想再待在這裡，回頭卻找不到原來的入口。廣場黑色的邊緣，像是有許多黑色的立方體蠢蠢欲動。我想，這時候只有我能作為我方向的導引，為了能夠出去，我在夢裡不斷追逐我自己。事實上我也只是一直看到我的背影，夢裡我從未見到我的臉。

這個夢我從未和別人說過。正因為我不記錄不表達，反而讓丈夫覺得我是個沒有什麼想法的人了。妳就是這樣子，誰懂妳的意思？丈夫說。甚至連女兒也這麼覺得。我想我就是這麼變成一個只論結果的人，因為我無力認識過程。就像我有興趣的是算命的結果，而不是算命的那些步驟。

有那麼一陣子，我幾乎想改掉王敏娜這個名字。

名字就像臉，是我們精神的臉。

高中讀了張曉風的散文〈唸你們的名字〉，彷佛有什麼東西觸動了我。回家問了自己名字的由來，才知道是算命師取的，提供的選項還有荷娜，美娜，多娜，我問家人怎麼都是比較西式的名字。他們說，算命師認為帶點洋味的才適合我。最後父母選了我現在的名字，也確實是最好聽的名字。但我的名字最多就是好聽，除此之外沒別的意思了，就只是音譯。埃斯庫羅斯，索福克勒斯，歐里庇得斯，這些用中文寫的古希臘名字，有什麼字面上的意涵嗎？

沒有的。

中國上古時代因為還在城邦國家的階段，各地的語文相當複雜，語言和文字仍處於分離的情況。比如周人從殷人那學到了殷的文字，但周人的語言肯定是與殷人不同的。最有力的證據，就表現在「名」與「字」上。當時各地雖然共同使用著漢字，但為子女命名時，仍舊使用各自的母語。也就是說，最初的「名」是母語名字的漢字「音譯」，而「字」則是母語名字的漢字「義譯」，並在語言和文字逐漸融合的過程中，發展成「名」與「字」相呼應的傳統。這也是為什麼，先秦很多人物的名/字，往往我們無法解釋其中的關連。因為語言丟失了，只留下以漢字書寫的名/字了。所以在「名」與「字」兩者之間，應當加入性/別稱法中的斜線會更準確，表示兩者緊密相連，卻又相互獨立的特性。

這原本是我向法國高等社科院申請的博士論文計畫，但婚後即刻就放棄升學的機會，回到臺灣。我的指導教授艾格尼絲·米納佐利女士也覺得很可惜，當時我已經蒐集了很多資料，像是宋人陳思的《小字錄》，以及一些清人所做的春秋名字解詁。這些資料後來我都寄放在指導教授的研究室裡，那時她並不知道我早就不想再做研究了。而現在我為什麼會提到這個呢？

丈夫同樣為女兒取了一個中文字面上看不出有什麼意義的名字。

他說過行星的名字都是天文家命名的。「今天冥王星如果不叫冥王星，叫屎蛋星，那些占星老師也會乖乖從屎蛋兩字去詮釋，去排星盤。多卑微啊。」說完他自己還笑了出來。

我那時說，哦，冥王星還是十一歲小女孩命名的，但你怎麼解釋，之後探測器真的拍到冥王星上有個大白斑，就是迪士尼的卡通狗布魯托的臉啊。**Pluto** 上真的有 **Pluto**，當初命名時，可沒人知道呢。「所以每顆行星的命名，都是命運的必然。」我說。他聽完我的反駁，也只是笑得更大聲。

他從未對我真正動怒過，不過當他對某個人某件事氣憤到極點的時候，有些詞彙就會自動轉換為法語。這些都讓我懷疑，丈夫的母語，早就不是漢語了。

他中文的用字遣詞向來都不是很精確，而他自己從未感覺到這點。像中文裡的「治病」跟「致病」，同音卻是完全相反的意思，但一般人透過說話的內容，還是能清楚表達到底是哪個意思。可是丈夫就沒辦法，必須再加上些法語來輔助說明。或許是他曖昧，模糊的個性，使他與法語自然而然地融合在一起吧。像他也和我說過。「如果我這輩子有什麼不會後悔的事，就是選擇和妳在一起；如果和妳在一起覺得後悔，一定是我自己沒有好好珍惜妳的緣故。」這倒換成我聽不懂了。

女兒說話的方式和丈夫也有些類似。我想女兒每個方面都像他沒錯。他們都喜歡去精緻繁複的羅浮宮，而我喜歡去挑高開闊的奧賽美術館。尤其是那的中央走廊，可以找自己喜歡藝術品，坐下來慢慢欣賞。

離開巴黎前，我其實很猶豫，但那一刻我知道，我再不回臺灣，我就不會想回來了。因為我的中文已經開始非常明顯地退步。布勞戴爾說過，「法國就是法語」。不同的語言等於不同的世界觀，丈夫卻輕易地跨過了那層語言的隔閡。他想成為誰就成為誰，一丁點芥蒂也沒有。這種心態也反映在他為女兒命名的態度上。他希望女兒跟他一樣，不受語言，國家，乃至於身體的阻礙。

回臺灣後法語不常說，自然一直鈍化，退化，老化，像很少搬動又很沈重的東西，可是它就是在那。我和丈夫會定居在伊通公園，其中一項考量，也是因為附近有家法文書店。這對我們來說起了安穩的作用。我也是回到臺灣，才開始喜歡買法國品牌的服飾，包包，保養品，不然我和法語的聯繫，就會這麼中斷了。在巴黎我是自己做衣服，回臺灣後我買巴黎的衣服。找回衣服就像是在找回語感。

像我喜歡 Chanel，他們的外套有很特殊的蘇格蘭織法，很密實，色彩是混和的，保暖的程度也是頂級的。那位戴醫師同樣是位名牌愛好者。不過他都愛用義大利的牌子，這就與我合不來了，以對品牌的死忠支持度來說，可是競爭對手呢。他的那輛藍色 Maserati 跑車，海神的三叉戟徽章，就像是三把手術刀。這家車商也以酒聞名，有自己的酒莊。丈夫說過，他們會用酒來代表車子的顏色，偏偏戴醫師又是位滴酒不沾的人。

我也發現，女兒似乎比較喜歡英美的品牌，雖然她目前還沒有什麼消費能力。丈夫知道女兒喜歡美式生活嗎？每次帶女兒去逛專櫃，陳列在那裡的東西，就像是為她量身打造的一樣。衣服，外套，鞋子，或許還有尺寸不合的問題，但我從沒看過，女兒拿的哪個包包是不漂亮的。

有天晚上我搭地鐵正要回家（現在也還是習慣說地鐵）。記得我從芝山站上車，一進車廂，就看到四名國中生在玩扮鬼臉的遊戲。本來我對這遊戲還有點不屑，但他們扮的鬼臉真的很好笑，沒有想到一個人的臉可以扭曲變形成那個樣子。我雙手抱胸坐在位子上，嘴角不禁也撇了一下。可以感覺到男孩們那種單純的開心，同時更覺得他們真是個人才。能想出這樣的遊戲，還有膽量在那麼多人面前玩，分別接力，一輪又一輪地完成任務。真不簡單呀。不是嗎。

他們的五官就像是在臉上自由移動，卻又能在一瞬間恢復正常。我不知道該怎麼形容他們的表情，就連描述都那麼困難了，而事情只要能描述，就能學習，就做得出來。所以那是我們這一輩的人都做不來的吧，也無法理解他們怎麼會做，可是他們確實做到了。

第一次覺得後生可畏。這也是我養大女兒的體會。人生在世，還不一定每個人都是人，一定要活到某個程度之後才能稱為人。嬰兒不是人，小朋友不是人，兒童也不是人。難道叫小人嗎？人必然是社會化的，「未成年人」才是每個人作為人的開始。詞彙裡面潛藏了我們對於人的態度。

所以本著這種長期以來對於人的觀察，現在的我可以很穩妥的把人分成四種。這四種分法沒有印度種性制度那麼宿命，也沒有丈夫談階級革命時那麼有鬥爭心，更沒有榮格的八種人格類型那麼專業，當然更不可能有紫微和黃道十二宮那麼神秘了。充其量只是我日常生活的心得整理。

第一種是「不了解自己，也不了解別人的人」，這種人最容易傷害別人了，不過因為是無意的，也就不容易讓人記恨，我女兒就屬於這一類型。第二種是「了解自己，也了解別人的人」，這種人也容易傷害別人，而且是蓄意的，就像我丈夫，但正因為蓄意，所以懂得拿捏分寸。第三種是「了解自己，不了解別人的人」，這種人容易膽怯，也就不太會做出傷天害理的事情來，多半只在內心模擬一下而已，像我就是。第四種是「不了解自己，但了解別人的人」，這種人富有同情心，不願意傷害別人，更願意為別人犧牲，但也往往鑄成大錯。那位戴醫師似乎就是這類型的代表。

在巴黎的時候，丈夫曾問我以前做過什麼工作。我說家教，保母，教學助理，牙醫助理，飯店的女服務生，還有書店，麵包店，藥妝店的店員，除此之外：

「我前陣子開始去當平面模特兒喔。」

「是喔。」朱利安躺在床上，正在看一本法國的攝影雜誌。

「是很正式的那種，就是你手上拿的那本雜誌。要我告訴你哪一期嗎？」我故意嚇唬他，因為他並未專心聽我說話，可能他以為是網拍那種吧。我們經常這樣無所事事度過一些下午。

「這本《Chasseur d'Images》？」他馬上坐起身來，翻到封面，看是第幾期的樣子，然後又看向我的臉。「哎，妳是隨便說的吧。」他理智倒恢復得很快。

「不是那本啦，但也是法國一本很有名的雜誌。是我在巴黎應徵的第一份工作喔。我那時想，有什麼工作是不用開口說法語的？到餐廳洗盤子？幫上班族到學校接送小孩？都有說法語的時候吧。想來想去，想不出所以然，我就和學校派給我的校園搭檔討論。搭檔在聽了我的需求後，幫我找到了一次應徵機會。」她是位長相甜美的女孩，有一雙淡綠色的眼睛，但我並沒有告訴朱利安。

「妳法語不是說得不錯嗎？為什麼不想開口？」他疑惑地問。「是哪一本雜誌，哪一類的雜誌？」

「《Milk》，童裝雜誌。我想你應該沒注意過。去面試當天，我搭檔還陪我一起去呢。不知道是不是她幫我多美言幾句的緣故，總之最後我被錄取了。」

「我妹妹說，留學生要第二年才能夠申請暫時工作許可證。妳該不會是違法工讀吧？」他笑著說，說完又躺了回去。「是想買衣服嗎？妳看起來不缺錢啊。」

「我知道啊，一週只能工讀二十個小時。我居留滿一年馬上就去申請了。」我拉他起身，要他先聽我說。「剛好他們那時候有幾位亞裔的小Model，拍照需要一位媽媽和他們玩，牽著他們的小手。可能《Milk》想發行海外中文版吧。至少我從小到大的印象中，從沒聽過什麼童裝雜誌，在亞洲應該很有市場才對。」

「哪幾期有妳的照片？這邊有《Milk》嗎？」朱利安問。

我從床底下的一疊雜誌裡，抽了幾本給他。「過程很輕鬆自在。一早到巴黎的公園出外景，中午再回攝影棚。每次都不到半天就完成了。而且真的很少開口說話喔。攝影師通常都跟我比手勢，小朋友如果找我說話，很多時候我只要微微笑就好了。」

「那很不錯啊。」他接過雜誌，好像開始有事情可以做一樣。不管我在朱利安面前換衣服也好，一起坐著看足球賽轉播也好，我都不會不好意思。但看著自己在雜誌上的照片，被他仔仔細細地打量，竟不自覺的臉紅了起來。

「我也記得我賣出的第一幅畫。」他一邊翻《Milk》一邊說。「那天下午，有對來自里昂的夫婦走進畫廊，原本我以為他們是來聖心堂的觀光客，轉一個圈就會出去了。但沒想到他們的女兒，大概才八歲吧，指著要買掛在門邊的一幅畫。我一直以為小女孩只是說說而已。小孩子不是常吵著要什麼東西嗎，但是真的給了之後又覺得沒意思了。不應該當一回事才對。但奇妙的是，在場不管是那對夫婦，還是我，都很配合的幫小女孩拿下那幅畫，到櫃臺簽結，最後讓小女孩把畫帶回去。」

「賣多少法郎呢？」好像也應該問他是賣出誰的畫。

「很便宜，非常不合理的價格。我太感情用事了。每本雜誌，每本書都有定價。每幅畫雖然也有標價，但交易時往往充滿了想像空間。這行業就是這樣子。」他攤開手說。

當朱利安說完，正準備再看《Milk》的時候，我像是想起什麼非常重要的事情，非得開口說不可。

「我高中就有男朋友了。那時候我在外面租房子，他常放學後來找我。我們會共處一陣子，之後他才回家吃晚餐，或者去補習。有時候他會對家裡說謊，直接在我那過夜。大概是一九九八年的上半年吧。可是現在，我又覺得自己像是處女了。那層膜感覺好像長回來了。你牙齒有抽過神經嗎？我有一顆臼齒也是那樣，抽完神經後，沒想到過幾年神經還是長回來了。我好像有這樣的復原能力。」最近越來越無法確定時間點，覺得兩人好像隨時都有可能發生關係。所以有事先說明的必要吧。

「噢，這樣啊。」他眼睛仍看著雜誌。

「彼此都不是初戀，在一起真的能幸福嗎？」我問他。像是有點幼稚的問題。

他看著我。「任何戀情都有幸福的可能，不一定非要跟某某人在一起不可吧。」說完，像想到了什麼又看回雜誌，見好像不能安撫我，就又說。「這是快三十歲男人的肺腑之言。」

「不過你不會覺得，以我的年紀來說，照片裡的孩子看起來太大了嗎？這樣我還沒二十歲，就得懷孕生小孩了。」我笑著說，好像又多話了。

朱利安是在聖馬丁運河的橋上向我求婚。

「那天是二〇〇六年六月的第六個禮拜六。」之後他都刻意這麼說，其實就是七月的第二個禮拜六。

我們像平常一樣走在巴黎，如果說那天我有多想些什麼，就是注意到我們無法「並肩而行」。即使我刻意走在運河邊的矮堤上，我們的肩膀仍舊像聖馬丁運河的水位一樣，存在明顯的高低差。

我們走到一座人行拱橋上停了下來，兩人倚在橋邊。下方的陸橋緩緩移動，閘門正在調節水位，讓觀光船開往較高的上游。

河道兩旁綠蔭成群，河水也略帶一種巴黎獨有的淺綠色。

我害怕時間一點一滴溜走，最後什麼也沒獲得。

兩個人都靜了下來。不知道過了幾分鐘，朱利安拍了我的肩膀，左手伸向我，慢慢張開他的手心。是一枚戒指。

我不是沒想過有這麼一天，但真的太突然了。

他默默看著我，眼睛彷彿透過我看向更遠的地方。

他是個很愛開玩笑的人，用趣味主義者來形容他都不為過。但這次他好像是認真的。因為從頭到尾，我們一句話也沒說。

事實上我一直懷疑女兒那個微笑，就是源自於朱利安，也就是我丈夫。雖然我只看過一次，就在他拿起戒指，幫我戴上的那一刻。但也可能是我自己記錯了。

即使如此，回頭看還是很美好。

第七章 Daughter
好吃的義大利麵之旅

從來沒有鳥類嘗試飛離地球嗎？我走進診所前，想起了這件事。

小時候我害怕類似人臉的圖案。比如汽車的前面跟後面，房子的前面跟後面。我也一五一十跟媽說了，不過關於這個問題從來就沒被好好的解決過。有好長一段時間，人臉對我來說就是魔鬼。

整形診所是四層樓的獨棟建築，座落在安和路上一整排大樓的中間，望過去非常顯眼。房子外牆橫貼著米色磁磚，淺綠色的大理石門框，一旁有塊鏤空的鐵製招牌，已經生鏽氧化。雖然房子看起來很新穎，但儼然有一段時間了，很可能在我出生之前就已經開業了。沿著門口的小庭院進去，兩旁藍色的火鶴由外向內延伸。可以做成很特別的壓花吧，我想。

推開診所的玻璃大門，我就被挑高兩層樓的大廳給吸引住了。不知道是醫生的主意，還是設計師的點子，診所竟然把梵諦岡西斯汀禮拜堂的壁畫，整個縮小搬了過來。抬頭仰望天花板，就看到米開朗基羅的那幅《創世紀》。再仔細看，那既不是貼壁紙，也不是塗油漆，而是真正的濕壁畫。爸曾說，必須在水泥還沒乾掉前，趕快用水性顏料畫上去，這樣顏料才能吃進水泥當中，不會像乾掉的油漆那麼容易剝落。即使現在能用大型的列印機來噴刷，應該也非常耗工耗時吧。可以的話，真希望能帶爸媽來看看。

當然這是不可能的事，因為我就是瞞著他們過來的。

我走到櫃臺，表示第一次來看診。接著護士遞給我一張淺藍色的初診單。填寫基本資料的時候，護士卻又突然說找到我的病歷了。我沒理會繼續填寫單子，畢竟只是同名同姓吧。之後，護士就去將門口的吊牌翻成「休息中」。沒想到還蠻幸運的，掛到了最後一個名額。

「徐摩珈小姐。」

「怎麼了嗎？」我抬起頭說。

「嗯嗯，沒事。只是和您確認一下填寫的資料。」

櫃臺的護士從剛才就一直偷看我。沒多久，診間的護士也開門出來，假裝在找人似的看了我幾眼。還有兩位護士，也從樓梯，邊走邊聊地走下來。雖然她們都裝作不經意的樣子，很少直接看著我，但我知道她們為的就是想看清楚我的臉。也許是發現我未成年了，穿學校制服過來，確實太冒險了些。

我走到大廳米白色的沙發前找了位子坐下。現場已經有三名「病人」等候看診。或許因為背書包、穿制服的關係，等我一坐到沙發上，三人就一齊看向我這邊。最靠近我的是一位戴著皮革長手套的貴婦。她一手勾著FENDI字母款的包包，兩個像太極符號的F，看久了容易暈眩。她身上則有股令人舒服的香氣，可能也擦了FENDI的香水吧。如果媽在旁邊，就能知道是不是了。

她一見我坐下來，就開口對我說。「妳爸買的義大利Minotti沙發真好坐不是嗎。美國的沙發太軟了，德國的沙發又太硬，還是義大利的好。今天這麼早就放學啦？改天再來阿姨家玩喔，我們一塊去永康街喝下午茶，那邊有家店叫『珠寶盒』，店裡每種法式點心都很可口。」

她還對一旁的兩名「病人」不停稱讚我說，醫生家的孩子教養真好，就是這麼有氣質。然而她看我搖頭沒有答話，更仔細地打量了我的臉之後，小聲和我說：

「我知道我知道。這年紀的孩子正在發育，外表都變化得很快。」她注意了周圍，又再問我說。「妳爸爸是幫妳做了什麼護膚療程嗎？以前就很漂亮了，現在更白更漂亮。告訴阿姨好不好，妳放心，阿姨不會說出去的。」她輕拍我的手背說。

我還來不及解釋，那位貴婦就被叫到號碼，開心地走進診療室了。原來整形外科的「病人」，還會打探彼此的情況？她誤會我是哪個女生了嗎？似乎是醫生的女兒。

剩下的「病人」，其中一位是身材豐滿，穿著綠色毛襪的中年婦女。她喜歡對著我笑，然而微笑時眼角和鼻翼，已經疊起了皺紋。另一位則是年輕的上班族，一席黑色套裝，表情冷漠，戴著金色棕櫚般優美的眼鏡。我盡量避開她銳利的目光。後來護士過來和她說話，才知道她懷孕了。而且是六個月。

總之她們沒有一絲不健康的氣息，把她們還有自己當作「病人」是一件很奇怪的事，應該要稱為顧客或是消費者才對吧。況且這裡頭的擺設真的過度享受了。天花板的壁畫、水晶燈，看不到任何病歷跟藥罐的圓弧形諮詢櫃臺，非常現代感的 Minotti 沙發，以及完全沒有邊框、按鈕，像塊透明玻璃的液晶電視。整體而言更像是飯店大廳，但這裡明明又是醫院，真的讓我有些混亂了。

我想會來整形的「病人」大多沒有生病，即使生病了，也不是來看整形醫生的原因。應該說，反而很多人是要來將身上健康的部位給處理掉的。為了更漂亮，將原本健康的部位打造成自己想要的樣子，並且還要承擔手術的風險。這樣想來，整形簡直是拿健康來換取不健康。這樣的人能稱為「病人」？而將病人原本健康的部位割掉、抽掉、替換掉，從事這種工作的醫生，能稱為「醫生」？這樣對得起拿蛇丈的醫學之父嗎？

我從書包拿出世界文化史課本，翻到那篇希波克拉底誓言：

> 無論何適何遇，逢男或女，國人奴隸，余之唯一目的，為病家謀福，並檢點吾身，不為種種墮落害人之敗行，尤不為誘姦之事。凡余所見所聞，不論有無業務之牽連，余以為不應洩漏者，願守口如瓶。

我又讀了一次，這次是在醫院讀的，所以很有臨場感。原來當醫生還要發誓，可是發誓算是種迷信行為吧？事實上給了人界線，人只會更想跨過界線不是嗎？況且希臘神話裡有美神，但沒有醜神，如果醫生是從死神的手中把病患搶救回來，那麼整形醫生又是從哪位神祇的手中，把病患搶救回來呢？

大廳牆上的液晶電視，正播放 NHK 的旅遊節目，卻沒有開聲音。

我們幾位病患一起觀賞鮮豔欲滴的高畫質頻道。節目正在介紹日本各地的「鄉土富士」。這些山因為貌似富士山而被稱為小富士、某某富士，然而更多的是一點都不像富士山的山，也被冠上了「富士」的稱號。光是日本國內就有上百座，沒想到臺灣、美國、紐西蘭也有。

這麼多的富士山，有的比正宗的富士山更美。像千島群島北端的阿賴度富士，鏡頭從飛機上往下拍攝，冬天整座山都是白色的，孤獨地矗立於布滿流冰的海面上。但大部分的鄉土富士，還是不能夠與正宗的富士山相媲美。家裡只有爸因為生意的關係去過日本。爸看過富士山嗎？還是他也只看過鄉土富士？

整形診所內沒有一般診所的藥味，反而瀰漫濃厚的文藝復興氣息。靠在歐式沙發上，讓這個看病的下午，感覺也慵懶起來。不知道為什麼，看著這麼多的富士山，不是想吃布丁，想到的是轉了一圈又一圈，層層疊起來的義大利麵。

伊通公園附近有很多好吃的義大利麵館，其中一家「深庭」，很受我們的喜愛。每次爸有畫家朋友來訪，常就近來這邊用餐。這家店開很久了，一進門，櫃臺就擺了整排紅酒。走到底有許多身穿正式服裝的廚師，小時候我常隔著玻璃，坐在樓梯上，看他們聚精會神做菜的樣子。店裡的燈光調得很暗，尤其是二樓，沙發放了很多抱枕，地上也都鋪著軟地毯。我們家最喜歡那道「香炒鮮蝦磨菇」，蘑菇裡有蝦子的鮮味，蝦子裡又有蘑菇的香氣，不知道是怎麼炒出來的。

「因為在巴黎，吃過用類似裝蛋糕的紙盒子外帶的義大利麵，通心麵那種，所以就有點不喜歡通心麵了。有點像用叉子在吃薯條。還是喜歡一般的長麵條。那是一間很小的義大利麵店喔，像口袋的大小，永遠只有兩個位子。所以大家都外帶。」有一次在教室，我把在巴黎吃義大利麵的經驗告訴涵妤。

涵妤非常喜歡吃義大利麵。她全身上下就像是由義大利麵所組合而成的一樣，所以每天活動消耗了一些之後，就得重新補充。她是這麼跟我說的。我們國小就同班，一直到高中。每年我從巴黎回來，都會帶小禮物給她。比如艾菲爾鐵塔、聖母院、凱旋門造型的小磁鐵，畫上風景畫的小杯子、小盤子，以及包裝可愛的餅乾、糖果、巧克力。都是在吃義大利麵的時候，把禮物拿給她。

「這是今年我從巴黎帶回來的。」

她總是眼睛看了一下，也沒什麼特別的表情，然後說聲「謝謝」，就收下了。

雖然我對義大利麵沒有像涵妤那麼瘋狂，但我們除了學校上課外，在外頭通常都是約在義大利麵店見面。彼此之間總有說不完的話題喔。

「Kumamon 最厲害的是牠的臉。」涵妤邊吃義大利麵邊說。「雖然都是同一個表情，卻可以傳達各種情緒。所以才那麼可愛。」她最喜歡熊本熊了。我們那時剛去逛中山站的熊本熊主題咖啡店，店裡餐點的份量較少，涵妤吃完一份水果鬆餅以及抹茶紅豆吐司後，仍意猶未盡，只好再回來學校附近用餐。

「牠的手可以拿東西，這才是最可愛的。不是每種吉祥物都可以喔。」我繼續說，覺得這是個發現。「不然的話，湯瑪士小火車，也都是那個笑臉啊，結果一點也不可愛，很陰森的感覺。」

我們還討論了用乖跟不乖來區分水果，一直以來我們都很強調「乖」這件事：

「葡萄跟香蕉比較乖。它們從小就一整串一起長大，隨時要考慮到別人。」她說。

「難道蘋果跟西瓜就不乖了嗎？就因為他們各長各的，不用考慮到別人？」我說。

「妳是獨生女。」她搖搖頭，「妳不懂葡萄跟香蕉的心情。」

國小跟國中，我們曾經非常喜歡四平街的這家義大利麵店。它的店名就叫「義大利麵」，是我們下課後的秘密基地。每隔一段時間，總要去吃一次的。但是國中畢業前，課業壓力變大了，我們常想著不知道要多久才能再回來吃這間店。不過到最後，我們一次也沒去過了，就像是忘了那家店的好味道一樣。那盤香草冰淇淋義大利麵，似乎也不是那麼非吃不可了。

直升高中後，涵妤也帶我去吃過好幾家義大利麵。明明是在臺灣，義大利麵店卻開得到處都是，從九十九塊一盤到九佰多塊一盤的都有。時間距離現在太久的，以及一點特色也沒有的，我都記不清楚了。但還是有幾家店的印象特別深刻。

高一下學期，有次涵妤約我到臺北車站附近，說要去找一間她爸爸很久以前曾帶她來吃過的義大利麵店。最後她循著一層淺薄的記憶終於找到了。餐廳在B1，入口的手扶梯很舊，可是內部裝潢得很新。在黃色的壁紙和黃色的燈光下，我們吃了海鮮義大利麵和一份草莓塔。

沒過多久，她又帶我到溫州街十一巷轉角的一家咖啡店。我說，這裡會有義大利麵嗎？她沒回答就走了進去。裡頭餐點的選擇不少，也兼賣些酒精飲料。我們坐在復古的小沙發椅上，木桌前擺著老式的綠色檯燈，吧臺則矗立一組傳統的大型冰滴咖啡壺，牆上也掛了一張泛黃的巴黎鐵塔照片。加上一格一格的木頭落地窗櫺，傍晚的陽光照射進來，為我們的義大利麵灑上了金色的胡椒。

「有蠟筆小新劇場版的懷舊味道。」涵妤吃了第一口說。

「哪一部呢？」我一時之間想不起來。從小我們就很喜歡蠟筆小新，算是我少數愛看的卡通。

「二〇〇一年《大人帝國的反擊》，」涵妤皺了眉頭說。「國一時我們班一起看的。」

「啊，好像是。」我左手拿著叉子說。「那一部好久前的喔，上映時我們都還沒出生。」記得那集一開始，鏡頭沿著手扶梯慢慢往上，接著出現大阪萬博會的太陽之塔，巨大的灰色人臉佔滿了整個螢幕，嚇得我前半部都不太敢看，就怕再看到那張臉。

「二十一世紀的第一年，yesterday once more 組織就宣告二十一世紀結束了，透過電塔，向全日本放送懷舊味道，讓大人們沉迷在懷舊的氛圍當中。一批批的大人，被卡車載往複製上個世紀七〇年代生活的夕陽町居住。而春日部的小孩，由於不受懷舊味道的影響，被騙到集中營裡隔離起來，yesterday once more 組織計畫教育這些小孩，等他們身上沒有二十一世紀的味道之後，再讓他們到夕陽町跟爸媽一起住。」涵好一邊吃義大利麵一邊沉穩地說，她大概覺得劇情我都忘了吧。

「因為小新他們才幼稚園，沒經歷過那個讓大人懷舊的年代啊，自然對懷舊味道沒有反應。」得表明一下我還是有看這一部的。

「嗯。小新後來想到，既然爸爸沉迷在過去的味道裡，就讓他聞聞現在的味道吧。果然爸爸的鞋臭味，終於將爸爸給喚醒，回到了現實世界。」

「懷舊跟創造新世界，似乎是一體兩面。」我說，也開始吃了。

「怎麼說。」

「德國的納粹黨，創造新世界的基礎，就是恢復過去雅利安人的榮光啊。」

「那是什麼，歷史課有教嗎？」

「因為我媽說，我爸上輩子在德國的集中營裡工作。所以我上網查過一些納粹的資料。」

「第一次聽妳說呢。」她難得露出訝異的表情，不過也不是非常訝異。

「因為我媽說不可以講出去。」我另外又說。「不過涵好沒關係的。」

「那妳爸媽懷舊嗎？」

「我爸喜歡聽八、九〇年代的搖滾樂，我媽則喜歡看好萊塢的老電影。算懷舊吧。」

我用叉子翻麵，讓熱氣散開。「我反而都喜歡那種很流行，聽的時候很開心、很暢快，但之後也沒什麼印象的音樂。電影也是。我爸說這是因為我還年輕。但我不覺得我長大了，就會喜歡他們聽的音樂、他們看的電影。」
「我爸也覺得以前的歌比較好聽，以前的食物比較營養。」涵妤邊嚼邊說。「然後又不忘補上一句，他們是多麼辛苦地走過來。不覺得這話很矛盾嗎？」她今天吃得特別慢。
「不過聽起來他們很懷念過去。」
「就是吧。」
「我爸總愛說，他出生於文化大革命結束那年。跟我媽這麼說，跟我，跟朋友也這麼說。我不懂為什麼要強調這個。現在想想，也許那也是一種懷舊。」
「我爸也常說自己出生在解嚴那一年。可能這樣能讓他們覺得，自己比較與眾不同。」涵妤說。記得她爸媽很早就結婚了，然後從臺南上來臺北找工作。她爸媽換過很多工作。
「懷舊到出生那年，還懷舊到出生之前了。」
「懷舊個沒完。」
「我們出生那年，有發生什麼大事嗎？」
「沒有吧，」涵妤想想。「如果上網查才知道，那也不是什麼大事了。」她吃麵的速度加快了。
「相較之下我們好平凡，二〇〇九年什麼事也沒發生。」
「實在沒什麼懷舊的本錢。」
涵妤說完就低頭專心吃麵了。而我一向吃得很慢。環顧四周，這家店的擺設，都指向過去某個令人懷念的年代，一個我和涵妤從未經歷過的年代。那麼這些擺設對我們而言，除了覺得漂亮外，還有其他的意義嗎？感覺背景本身，是比時間還根本的東西。

「有一天我們會不會，不喜歡吃義大利麵？」我問涵妤。

「有可能嗎？這麼好吃。」涵妤吃完說。

其實我還記得，yesterday once more 的領袖，阿健，他最後對小新說：

小朋友，我把你的未來還給你。

升高二以後，涵妤的爸媽不知道為什麼離婚了。她開始找工作，每天一下課，就到學校附近的哈肯舖麵包店打工，一個禮拜下來都花掉不少時間，也比以前節儉，我們約吃義大利麵的機會自然也就少了。但那年聖誕夜的前一晚（她知道我聖誕夜都得去教會），約我到一間獨棟的義大利餐廳。我們都點了店裡的招牌「墨魚雪花義大利麵」，雖然口味平凡，但確實有過聖誕節的感覺。座位正好能看到許多面窗戶，以及天花板上垂掛的聖誕吊飾。窗上簡單的彩繪玻璃，讓我想起有一年聖誕節，我們全家去聖禮拜堂聽聖誕演奏會。

「那是我媽最喜歡的教堂喔。幾乎每次回巴黎，我媽都要去這座教堂走走。」

七歲那年，我第一次到聖禮拜堂。昏暗的一樓，還看不出什麼。但當我跟著家人，走上一個狹窄的樓梯，來到二樓，就被眼前富麗堂皇的景象給震撼住了。不敢相信這一切是真的，什麼話也說不出來。眼睛被逼迫著去瀏覽，每一扇彩繪玻璃窗，都像是一道天堂之門。因為不知道要看哪裡，我只好坐在旁邊的椅子上，等心情平復下來，再一個角度一個角度，靜靜地欣賞。

「就像拿著萬花筒，慢慢轉慢慢轉，這樣子？」涵妤聽完我的描述後說。

「對，真的，就像是站在萬花筒的中央。」

之後那個冬天，我們還連續兩次到北美館吃義大利麵。一次是在北美館地下一樓，餐廳窗明几淨，這裡的白酒蛤蜊義大利麵，蒜香濃郁，但份量有點多。我們餐後，還各自點了一球奇異果冰淇淋與萊姆冰淇淋。另一次，我們到美麗華逛了一個下午，回程搭公車經過了北美館時，涵妤突然說：

「聽說美術館還有另外一家義大利麵店。」於是她趕快按鈴，拉了我下車。

那時候已是晚上了，附近只有美術館的燈亮著。天氣很冷，我不僅圍圍巾，還戴了毛茸茸的耳罩。反觀涵妤，一年四季都穿差不多份量的衣服。

我們就在北美館外面繞，即使涵妤的義大利麵嗅覺再發達，也找不到那家店。最後才被值班的警衛攔住，問我們到底在做什麼，涵妤說。「我們只是想吃義大利麵。」警衛聽了，幫我們撥了內線，詢問二樓的餐廳今晚還營業嗎，待他確定後才放我們通行。

那天這家餐廳剛結束一場活動，這點由凌亂的桌椅感覺得出來。當我們出現在餐廳入口的時候，原本打鬧成一片的員工瞬間恢復正經。一位圍著褐色圍裙的男服務生，親切地朝我們走來，領我們到一個白色的圓形餐桌，井然有序地為我們擺好餐具和水杯，然後點餐。不過這家義大利麵的味道，今天已經想不太起來了。只記得一些形式上的、外表上的東西。

那晚用餐，我們拍了很多照片。其中的一張，涵妤坐我左邊，她龐大的身體，像是刻意擠壓我。照片裡的我顯得特別疲憊，而她側臉的那顆眼睛炯炯有神。進一步聯想，我就像皮埃爾．博納爾《公牛和兒童》畫中那位憂鬱的小孩，涵妤則像是那頭佔了畫布面積三分之二以上的巨大的公牛。在那之後，一直到現在我都沒有特別想吃義大利麵的興致。

前幾天剛上完體育課，大家回到教室休息，涵妤和我說，東區有家百貨公司樓上的義大利麵店很好吃，尤其是他們的蝦球義大利麵，問我要不要一起去。

「我其實完全不想吃那個叫義大利麵的食物了。」我把頭趴在桌上，對涵妤說。

「那最近就不邀妳了，之前謝謝妳喔。」她簡短地回答說。

NHK的鄉土富士特輯，到了五點準時結束。

我有些睏了。閉上眼睛，但好像還是不斷在看，像可以一直把黑暗看下去一樣。沒多久殘像慢慢退去，這時候尚有類似極光的光暈，然而最後真的只剩下黑暗。

打盹時我想起了青願，和青願的媽媽。國中時，我曾經有一次放學在校門口，看到青願的媽媽坐在車上，透過降下的車窗，和一旁站著的青願說話。高一升高二的暑假，青願的媽媽因為車禍過世了。直到開學後一個月，他才重新回到學校。

之後他來過禮物包裝社幾次。我不知道可以為他做什麼，想安慰他，卻又沒有正當的理由跟他說這些。我發現這都是因為，我跟他不是家人的緣故，所以從那個時候起，我就希望能夠成為他的家人。

只有成為一家人，才有理由關心另一個人。

有時我會在上課時間，看到青願走過我們班外面的走廊。他不用上課嗎？體育班的課表，是跟我們不一樣。還是他跟老師起衝突了？畢竟國中的時候，他曾被教官廣播點名過，要他快點到教官室報到。不過最後我只能告訴自己，這些想法都是多餘的。

因為我們不是一家人。

我第一次知道死亡，是七歲那年在蒙馬特山上的爺爺家。那年冬天巴黎下著大雪，蒙馬特的房子和草地都變得和聖心堂一樣潔白，連纜車也都停駛了。往巴黎市區望過去，除了鐵塔以外，白茫茫的一片幾乎認不出其他的建築物。

奶奶從市場回來後，告訴我們附近有人被凍死了，同時將切好的布里乳酪拿給我們，一人一塊。

從小我就很怕奶奶，覺得她的長相很可怕。她習慣將頭髮盤起來，我反而以為那個後腦杓，會不會其實藏著另一張臉呢？但這是我小時候不懂事，現在覺得奶奶人很好。但正因為是奶奶回家說的消息，讓那時候的我更害怕。我放下手上的蘇菲長頸鹿，焦急地問大家，到底什麼是凍死？凍死會怎麼樣？「凍」跟「死」是怎麼連結在一起的，那時候的我完全無法想像。

爺爺一直笑，說我很可愛，怎麼會為這種事苦惱。爸也摸著我的臉笑，要我乖，別問了。姑姑則說去問妳媽媽。媽說，凍死就像冰箱裡冷凍的魚那樣。

然後表哥亨利突然從冰箱拿一條 lotte 出來嚇我。一開始我沒有被嚇到，還很冷靜地去看那尾冷凍的 lotte，直到我發現扁平的魚臉很像人臉，才開始嚎啕大哭。

從此以後我也就害怕吃魚了。

涵好的綽號就叫肥魚，這個綽號幾乎在全校流通，並不只有我們班這麼叫她。她因為我不吃魚而很欣賞我。我們唸國中部的時候她就已經胖到了一百公斤，正因為她很胖也長得不好看，和她當朋友可減少周遭的人看我的目光。而我和涵好，也因為名字的諧音，被老師跟同學稱為「摸魚」二人組。

「別太惹人注意了，校園就是這樣的環境。跟著大家笑就好。」涵好說，我知道她一直在保護我。我們因不同的原因而被人關注，但當我們一起行動時，卻能抵銷別人對我們的注意力，甚至是──惡意。也因此在市大同才能一直過著安穩的日子。她是我校園生活的屏障。

不過幾天前她跟我說想減肥了。

她說人胖到一定的程度後，就會忘了自己是男是女，這才是讓她最害怕的。「一開始還會想掩飾，買了很多，讓自己看起來更像女生的東西，但後來覺得，只是在逃避。我不知道自己是什麼。我肯定不是男生，但我是什麼呢？」她一口一口吸著珍奶，腆著肚皮說。

總之涵好的事先暫且不管了，畢竟每天都會在學校見到她。關於魚的回憶，我還想到另外一則，差不多快被我忘掉了。從小我就很想養寵物，不過爸媽都以家裡有很多藝術品的理由拒絕了。他們總是指著家裡的東西說，會弄髒這個、弄破那個的。

小六的時候，記得學校已經擺出聖誕樹。回家後我對爸媽說：

「我今天想通一個道理。」

當時我們家正準備晚餐，在那年紀我常向爸媽解釋萬事萬物的道理。大概是看了《十萬個為什麼》、《世界偉大的發明》這一類的書吧。那時也常跟同學去逛學校後面民生東路上的城邦書店，以及民權東路上的何嘉仁書店。有時媽也會帶我到巷子一家「書香花園」用餐，她看雜誌，然後我坐在地板上看書。

「妳說吧，什麼道理？」爸放下手邊的攝影雜誌說。

「魚是唯一一種會漂浮的動物喔，連鳥和昆蟲都做不到。為什麼陸地上的動物，總是如此拘束，一臉疲態呢？那是因為我們來到陸地上還不夠久。空氣只是更輕的水罷了，等時間久了之後，總有一天也會演化出能在空氣中游泳的動物喔！才不是那種橫衝直撞，永遠一直線的快速飛行。」

「或許早演化出來了吧？」媽把煮好的菜端上桌。

「那麼妳想進一步加速這項演化嗎？」爸坐著等吃飯，雙手插腰說。

「我想現在沒辦法。不過，我覺得以後我做得到，但得從養魚、觀察魚開始。魚是最優雅的動物，養魚我也會優雅起來喔。」

「瞧妳說的，妳不是一直很怕魚嗎？」媽也坐到餐桌前，一家準備開動了。

「大魚當然會怕啊，但小魚的臉又看不清楚。而且養魚不會弄壞藝術品，也不會抓傷我的臉。應該可以養吧？」我說。

爸覺得我的推論很有道理，過幾天就買了透明的塑膠魚缸和一尾金魚回來，裡頭還有小蝦和小螺。爸仍舊有想到要避開玻璃缸。一開始我很開心的每天餵小魚飼料，但有一天不知道什麼原因，魚跟蝦都浮了起來。我慌張抱著魚缸去找爸說：

「波比好像快要死了。」

我說要去看獸醫。爸說，獸醫不看小魚小蝦，但他還是載我出門。我抱著魚缸，坐爸的車，在臺北市找了好幾家動物醫院，結果都勸我放棄。那時候我領悟到生命如果太渺小，連醫生也幫不上忙。小魚小蝦的死，我們只能目送，只能袖手旁觀，改變不了任何事情。所以我告訴自己一定要不斷長大，長大到一個有醫生可以幫助我的大小。

最後波比直接在那家動物醫院被當成一般垃圾處理掉了。即使我從未搬過家，好幾年後魚缸還是不見了。現在能證明我養過寵物的，也只剩下抽屜裡一個蜜蜂角螺所留下來的殼。它被我收藏在玻璃罐裡，是那場回憶當中，唯一能夠對應現實的真實事物。

我曾在附近八十七巷的久壹租書店看過一本恐怖漫畫，故事描述一位成長過程中不斷脫殼的少女：

I

女孩每個月脫一次殼，唯有透過脫殼她才有辦法長高、長大。脫殼的過程非常痛苦，更要耗費數個小時。家人雖然於心不忍，卻又無可奈何，只能幫她把這些殼像衣服一樣收好，像衣服一樣，一件件的掛起來。每個月一到脫殼那天，她都得向學校請假在家。因此脫殼的事，除了家人外，沒有其他人知道。後來女孩愛上了一個男孩，是他們班的男同學。約會那天，女孩無預警的在男孩的懷裡脫殼了。她急忙推開男孩跑回家，拉扯的過程中，臉上掉落的殼，被男孩撿拾了起來。隔天男孩告訴她，不知道她發生了什麼事，但都不影響他們之間的感情，只希望女孩能夠坦誠。於是女孩告訴了男孩，自己從小到大脫殼的事。男孩說想看這些殼。女孩就趁家人不在時，帶男孩回家。偌大的更衣室裡，一整排吊掛起來的少女殼，這些透明的殼，光看上去就讓男孩覺得快要窒息，卻又感到無比新鮮。他趁女孩去樓下接電話的時候，一開始只是嘗試把手伸進去摸一下。那柔軟的殼，冰冰涼涼的，觸感很好，極富彈性，比一般的衣料都還舒服。後來乾脆把整件殼都穿上。最後，男孩連臉也覆蓋上了女孩的臉。逐漸的整個人像是被一層膜緊緊裹住，沒有辦法呼吸，每掙扎一吋就黏合一吋，他的手先變成女孩手的形狀，他的腳也變成女孩腳的形狀，他的臉也變成了女孩的臉。隨後他的身體完全密合了女孩的殼，沒有留下一丁點空隙。女孩上樓之後找不到男孩，男孩就這樣在女孩的房間裡完全消失了。

II

膚子大學畢業後，成為一位上班族。陸續交往過幾位男友，但她再也沒讓他們知道關於殼的事。過了十多年，有天洗完澡，在更衣室欣賞自己過去的殼。年輕時候的殼，又光滑又細嫩。她好奇的把自己的手，套進殼裡，沒想到手竟然就變年輕了。最後她整個人套了上去，那是她十八歲又兩個月的殼，於是她再次變回十八歲的少女。原來這些殼保存了她的年齡，她其實擁有了長生不老的能力。後來她交了一位男友，是她公司裡的同事。他到她房裡過夜，隔天一早醒來，膚子正在洗澡。這時他聽到更衣室傳來了嗚咽聲。他走進更衣室，只見到那一件件掛起來的殼，數量相當多，十二件為一個單位，似乎是按年份排列。他想這些殼是藝術品嗎？買來的？還是她自己做的？那麼是什麼材質？又是為什麼集中在這？但是當他發現這些殼的臉，就是膚子的臉之後，他開始懷疑，這是從人的身上蛻下來的。為了證實這個想法，他想不如就套上一件試看看。膚子洗完澡之後，發現男朋友不在床上，急忙來到了更衣室，只見眼前站立了另一個自己。是十九歲？還是二十歲？但她很快反應過來，這個人就是自己的男友吧。他一定偷穿了她的殼，然後變成了她的樣子。她知道這世界上有別人發現她的秘密了。他驚慌地向她求助。「讓我試著幫『妳』把殼脫下來吧。」她說。多日後，警方接獲報案，在一間公寓內，發現一具沒有皮的男人的屍體，和一張沾滿血的女人的皮。沒有人知道發生了什麼事。

故事到這裡結束。為什麼第一個男生穿上殼就消失了，第二個男生卻成功穿上了殼？少女為什麼會脫殼也沒有解釋。因為單行本上面的冊數是寫①，而不是「全一冊」，於是我到櫃臺問有第二集嗎？店員查了電腦後說有，然而找了很久卻找不到。因為是很久前的書了，所以市面上早就已經絕版。網路上也沒看到有人在討論這本漫畫。到底第二集的內容是什麼呢？膚子還活著嗎？

突然我的冥想被打斷。

護士要我起身，到另一間診療室。這裡的護士都穿著貼身的專屬制服，而非一般的護士服。有紅色滾邊的米白色洋裝，七分袖A字裙，左右腰間各有個大口袋。近身一看才知道是PRADA的衣服。護士要我站上一個類似體重機的儀器，原本我以為只是要量身高體重，沒想到跑出一長串的數據。

護士說上面寫的包括BMI值、體脂肪率、體水分比、骨質密度等等，其他項目我就都沒聽過了。然後再帶我到一間掛著藍色布幕的房間，用一臺大型機器掃瞄我整張臉，說是要做成一萬畫素的高解析立體影像，連表面的毛細孔、微血管都能看得一清二楚。「還能順便做深層的膚質檢測喔。」護士說。有點像之前媽帶我去看牙醫做的全口3D斷層掃描，不過儀器感覺更高級了。

最令我訝異的是，一七一公分，比高中入學時長高了三公分。

護士請我回大廳繼續等候。等我檢查完，排在我前面的兩位女病患，也陸續看完醫生離開了。下午五點三十五分，我進診所已經快兩個小時。本來想說趁地理老師臨時有事請假，要我們班在教室自習，我向班導申請早退，看能不能在平常的時間內回家。沒想到卻要等這麼久。

今天早上六點起床，每天都差不多是這個時間。我穿著睡衣，迷迷糊糊梳洗完畢後，換上學校制服，到餐桌就坐。桌上已經擺好兩片塗了花生醬的烤土司，一份法式烘蛋，跟一杯灑了黑芝麻的溫牛奶，都是媽準備的。另外還有一盤爸削的蘋果。

爸一邊用餐，一邊滑著平板，他跟媽每天都會看TV5的新聞。禮拜三，早自習不考試，也不用朝會，所以不急著準備出門。原本要拿弗特里埃的畫冊來翻，想想還是不要好了，爸雖然聲稱自己討厭浪漫主義，事實上他更討厭存在主義的作品，甚至討厭到隻字不提。我改拿大衛的畫冊，也沒為什麼，就因為放在弗特里埃旁邊，一邊仔細看著《加冕儀式》、《拿破崙越過聖貝爾納山》，一邊享用美味的早餐。

外頭的陽光比我更早起床，九月了還這麼熱情。今天該不會都是這麼好的天氣吧。早上四堂課，分別是，英文、英文、國文、數學，都是最重的科目，所以也沒心思想別的事。到了午餐時間，我和涵好就一起走去合作社買便當。

「妳今天感覺心情很好。」她順勢把一個便當拿給我。「天氣好的時候，妳心情都特別好。」

「大家都這樣吧。天氣好，心情當然也好啊。」我接過來，笑著說。

「我還以為是，妳加入 QR 當練習生了。那星探後來不是有找妳聊嗎？然後呢？」

「哦，因為不知道怎麼拒絕他，我就說，如果我爸媽答應的話，我或許會答應吧。他說暑假得先回韓國的公司一趟，開學之後會再找我爸媽談。」在漢堡王的事情，我從未跟別人說過。涵好是怎麼知道的？東範哥後來還有跟她聯絡嗎？上次東範哥也都刻意不提到她。

「那妳爸媽會答應嗎？」

「我媽也許會吧，但我爸應該不可能。」

我們拿著便當邊走邊聊，經過十六班教室外面。

「那不是一班的魏小雅嗎？站在十六班門口，好像在等誰喔。」

涵妤是故意說的吧。有一次我們在我家巷子後面的一間「波希米亞」吃義大利麵，她在中途就套我話，很無聊的問我有沒有喜歡的人？那時候我想說不想騙她，就說「有」，一描述之下她馬上就知道是誰了。但我始終沒有真的承認。

「妳也不要想太多，」涵妤打量著小雅。「只是愛打扮而已，沒有妳漂亮。」

小雅跟青願是國中同班同學。雖然青願後來進了體育班，小雅進了英語實驗班，但兩人還是維持很好的關係。高一的班際排球賽，體育班規定不能參加，青願還特地幫他們一班特訓，來跟我們三班對打。後來我們班當然輸了。偶爾我留在圖書館晚自習，也會看到小雅跟青願一起出現。大家一直流傳，她是青願的女朋友。其實還蠻羨慕她的，我從來沒有跟青願同班過，也無法像她一樣和青願自自然然地說話。更別說走在一塊了。不過他們到底是不是一對呢？除非青願親口跟我說，不然我都沒有辦法接受吧。

「喂，徐摩珈，妳有看到青願嗎？」小雅見我經過，突然問我。

「沒看到吧。我跟他並不同班啊。」

「他之前不是常去妳們禮物包裝社嗎？」她看向我跟涵妤，手上則戴著黃色的運動手環。

「嗯，妳可以問他們班的同學。」我說。「我跟青願真的不熟。」

「那妳的手機給我檢查。」說完，她一手抱在腰間，一手攤開伸向我。

「魏小雅妳不要太過份！」涵妤站到我前面，「太誇張了吧，妳搞什麼。」其他同學雖然沒有靠過來，卻也不約而同看向我們這邊。

「我只是要確定，她是不是騙我。怎麼了，不敢給我看嗎？」

我手機裡面，的確有青願的號碼。但那是他來我們社團填寫的社員資料，是用來聯絡社員的，不是我特別跟青願要的，而且我也從未打給青願過。但不管如何，我確實因為自己喜歡青願，而私下將他的手機號碼存在手機裡了。一旦被發現，就是所謂的證據確鑿。

涵妤要我別理她，拉著我的手希望能快點走。

「給妳看吧。」我考慮了一下後，還是從裙子的口袋拿出手機。

她接過手機，開始輸入青願的號碼。如果有，不管我將對方的名稱改成什麼，都會自動從電話簿裡面跳出來。這是最萬無一失的方式。但她不管輸入幾次，都沒有出現對應的帳號。

「好吧，沒有就沒有。」她不甘願地將手機還給我說。

「還不快跟摩珈道歉。」涵妤瞪了小雅一眼。

「我幹嘛道歉，她不是也覺得自己很漂亮嗎？誰不會懷疑她啊。」

我沒想過會發生這種事。但既然發生了，表示世界上確實有人是這樣看我的，現在遇到了也沒什麼不好。那時候我是這麼想的：像這樣的事，早點知道也好。

「那妳真的很擋路。我們走，便當都冷掉了。」涵妤擺明了當小雅是路障，拉著我繞過去。

直到走回教室，看見熟悉的布告欄、正在用餐的同學，以及黑板上的值日生號碼，我才總算鬆一口氣。幸好小雅不是打開電話簿搜尋青願的名字，而是直接輸入號碼。之前怕自己會不小心打給青願，所以將他號碼開頭的0919，改成了0979。沒有人會是用這個號碼。就算我不小心按到，也只會聽到「請查明後再撥」。真的就差那麼一點點，不自覺的聽到自己吞下口水的咕嚕聲。

我們終於坐在位子上，可以好好吃頓飯了。然而一打開便當，只見涵好的全部是青菜。相較之下，我的便當特別豐富，有烤柳葉魚，炒高麗菜，以及甜椒雞丁。

「妳今天怎麼吃素？」

「喔，是啊。這陣子放學，我都有去體操館看校隊練習，然後才去上班。」她一邊開動，一邊說。「他們真的很厲害。個子都比我們小，身體很柔軟，卻又很有力氣。鞍馬、跳馬跟地板，都不錯看。我想既然要逼自己運動，就應該先從喜歡看別人運動開始吧。像會去畫同人誌、寫同人小說、玩 Cosplay 的人，也都是先從喜歡看動漫開始。」涵好終於開始減重了，是東範哥的關係嗎？不管如何，這是好事，我都該支持她。

「真的。我也是先喜歡世界名畫，才開始學畫畫的。」不由得想起早上出門前看的大衛畫冊，以及約瑟芬的皇冠。「妳瘦下來一定很漂亮的。」我說。

「我不是在意別人怎麼說我。」她冷淡地解釋說。「只是，不想再這麼胖。之前好像也跟妳提過，雖然他們目標肯定是妳，但我還是拿到了 QR 的名片。再胖下去，我只會錯過更多機會。」

她拿筷子的手指，像是用長條氣球扭出來的一樣，圓滾滾的，甚至感覺比筷子還輕盈。她的臉，她的身體，隨時都充滿著表面張力。地科老師說過，木星、土星這類巨大的行星，雖然稱作氣體行星，但卻是由高壓的金屬氫所構成的。或許那些厚重的脂肪對涵好而言，就像是金屬氫一樣的存在吧。而她現在決定改變這一副身體，像準備改變一顆星球。我能感覺她的決心。

雖然我早就想嘗試微整形，也選好一間在黃老師畫室附近的整形診所。但是要整哪裡？什麼時候去整？過程中如何不被發現？一直都沒有明確的想法。我好像不管做什麼事，行動力跟執行效率都很差。

一年級的工藝課，我們真的用工藝教室那幾臺機器做了一些神奇的東西。像是「模型椅子」，工藝老師先教我們用 Rhino 軟體畫椅子的設計圖，再發給我們材料，有泡棉的啦、木頭的啦、鐵絲啦。使用鐵絲還得戴護目鏡，因為要焊接才行。另外為了符合人體工學，得拿一個人體關節木偶坐在椅子上，看會不會倒，或者平不平衡。但像我手工藝課做的木椅，老師剛打分數拍完照，十秒後就解體了。我們也做過一個「玩偶機構」，簡單來說就是在小房子裡做一個可動玩偶，但我的玩偶，卻倒臥地上動也不動，老師看了也搖頭，說我剛完成了一個命案現場。還有「賽車比賽」，老師教我們怎麼組裝小馬達，以及考慮空氣阻力，但我的小車子天生就跑得比別人慢，到終點前只剩一顆輪子。總之呢，雖然同學們的作品都不錯，也很喜歡這門課，但我就是每樣東西都不會有什麼辦法呢，就是做什麼都會解體啊⋯⋯

「完全沒有工藝天分這樣。」

雖然岔開話題，但涵好聽我聊到工藝課，也是頻頻點頭。「感覺好像是，記得妳也很容易買到壞掉的 3C 產品。家政課妳做的義大利麵，也有名的不好吃。」涵好吃完便當了。即使她在節食，用餐速度還是一樣快。

午休時間。

我趴在桌子前，閉上眼睛。為什麼小雅會把我跟青願聯想在一塊？青願跟她提過我嗎？就算是提到社團的事，為什麼小雅要看我的手機？難道青願的手機裡有我的號碼？但這也不能證明什麼吧。腦袋一直轉著，根本就睡不著，反而想起了昨晚的一個夢。

我走在一條鄉間小路上，只見前方有一頭紫色的大怪鳥也走在路上。牠有獅子鬃毛般披肩的長髮，蓋住了眼睛，瘦長的鳥喙和脖子，四肢和身體，就像賈科梅蒂雕塑的火柴人般那樣纖細。之後不知不覺的，紫鳥變成了紫獸，類似馬的身體，覆蓋鱗片，長滿健壯的肌肉，脖子仍舊很長，同樣披著長髮，卻有著一張女性純淨的臉孔，而且還一直回頭看著我。我們相視很久，雖然我有點害怕，但她對我並無惡意，她的臉也不是我所認識的誰的臉。後來我跟她分開了，應該說她不見了。

睡不著，起身一個人去廁所。站在廁所的鏡子前看著自己。我是覺得自己很漂亮沒錯，但我沒有表現出來吧。還是說，我的臉隨時在透露我的想法，而我什麼也不用說。所謂的讀心術，究竟是偷聽見別人的聲音，還是，其實是被別人強迫灌輸的聲音？而我的臉一直在傳達什麼訊息？我想到學校的書包是深藍色的，用久了就會褪色成紫色。但這對於解讀那個夢，似乎也幫不上什麼忙。

走廊上都沒人，陽光和早晨的時候一樣燦爛，待會再進教室好了。靠在走廊的圍牆旁邊，望著底下的東羅馬廣場，半圓形的階梯造型，和另一側的西羅馬廣場，剛好構成一個圓。學校的熱音社、管樂團、儀隊，很多社團都會選擇在這裡練習和成果發表。

我也高三了，這是我留在市大同的最後一年。高二下學期，學校就舉辦了畢業旅行，明明高中才剛過一半而已。只因為升學考試，一切都往前挪移了，讓每件事的時間點，都變得非常奇怪。高三上學期，同學就在討論製作畢業影片，昨天班上還投票，希望我能代表班上演出。為什麼又是我呢？

撇開外在不談，其實我的內在很普通吧。

小時候去木柵動物園。我問爸，為什麼動物園門口的紅鶴不會飛走？爸說因為被剪羽毛了。「只要簡單的剪掉翅膀末端的幾根羽毛，鳥就無法飛走。」

「人會不會也被剪羽毛了呢？」我問爸。「或是被剪掉了類似羽毛的東西。」

「珈珈，妳的假設沒有問題。但更重要的是，」爸笑著說。「誰剪了我們的羽毛呢？」

叮咚。診間外終於亮起我的號碼。

「徐摩珈小姐，請進。」護士說。我起身推開了那扇門，彷彿等待了許多年。

診療室的內部相當寬敞，牆壁上掛著一幅拉斐爾的《粉紅色聖母》。也許是那幅畫所起的作用，戴醫師給我一種很熟悉，很像家人才有的感覺。他和爸的腮幫都有糊渣。只是爸更粗獷，下巴的稜線也更有力，戴醫師則帶有一股書卷氣息。而且剛剛無聊看了大廳牆上的醫師證書，才知道他比爸還大兩歲，沒想到本人看起來卻比爸還年輕。跟診的護士看我進來了，接著就走了出去，裡面只剩下我和戴醫師。

他戴著眼鏡，坐在桌子前，從我進門開始，一雙眼睛就沒離開我的臉過。他的手指相當修長，雖然穿著醫師袍，仍能感覺到他手臂的肌肉線條。就是這樣的一雙手，才有資格進到人的肌肉裡、人的血管裡嗎？醫療劇裡的外科醫生，不都會操縱非常複雜的工具進行手術嗎？還有發明一些很厲害的手術名稱。如果說戴醫師能做出什麼超乎現代科技水平的手術，我一點也不意外。

他問我今天是什麼原因回診？

我說今天是我第一次初診。

他說既然是初診，有什麼需要他幫助的嗎？

我說我想做微整形。

妳想調整哪個部分？

都好。還是醫生您幫我看看，哪裡可以微調呢？

我一說完，他便起身靠近我，左手提起我的下巴，右手用一把小手電筒照我臉上的皮膚，就好像在看我的臉有沒有縫隙，很有耐心地端詳臉上的每一寸肌膚。還有一個小儀器，貼在皮膚上會發出嗶嗶的聲音。另外也檢查了我的頭皮、瞳孔、鼻腔、牙齒和喉嚨，還拿紙片測試我的咬合，一度讓我以為對方是皮膚科、眼科、牙科、耳鼻喉科的醫生。前後花了將近半個小時。

和那些護士一樣，醫生身上穿的白色醫師袍，左胸前的口袋就繡著 PRADA。護士服我還能夠理解，很多店家跟專櫃，也是直接購買某個牌子的衣服當作上班制服。但這件醫師袍呢？那究竟是特別訂製的，還是 PRADA 真的設計過醫師袍？算了，像 LOUIS

VUITTON不也出過拳擊手套跟大沙包嗎。

「醫生，我的臉有什麼不對勁嗎？」我終於忍不住開口問。

「整形外科一向比較仔細，所以會花去不少時間。先前評估妳口腔的空間可能會被縮小，現在看來牙齒相當整齊，鼻尖、上唇、下巴頂端的那條美人線非常直。下顎骨的形狀很好，兩頰的咀嚼肌均勻對稱，鼻翼也在兩眼的內眥之間。原本擔心妳臉上的脂肪區塊會跑掉位置，現在都在正確的位置上，形成完美的蘋果肌。」他的指腹在我臉上滑過，輕輕比對位置給我看，見我像是聽不懂，又解釋說。「妳的五官很端正，比例相當標準。臉上沒有痣、沒有斑、也沒有疤，細胞也比妳現在的年齡年輕。」

我問醫生怎麼看一個人年不年輕。他一邊指著我的臉頰，一邊說：

「肉眼要看一個人的年紀有多大，就看皮膚的含水量。尤其是顴骨這邊的皮膚。」

我轉而注意起醫生的臉頰，但還是不明白箇中訣竅。他除了有像爸的鬍渣外，更有一種藝術家的氣息，是其他醫生所沒有的。而且從見到戴醫師開始，就覺得好像在哪裡見過他。

「為什麼會選擇來我們診所？」醫生問。

因為太緊張，我一時竟然答不出來。「路過啊，路過看到招牌。」我想到每次去吃義大利麵填的顧客意見單，「你如何得知本店」、「至本店用餐原因」，我都亂填，但涵好每次都很認真在寫。「不是朋友介紹來的，也不是看到廣告。而是，我在安和路這邊學畫畫，搭車都會經過診所門口……」

「我們診所的招牌有這麼顯眼？」終於他檢查完回到座位上，開始寫我的病歷。

醫生是左撇子，潦草的筆跡，卻讓我覺得，他是刻意要寫得讓人看不懂吧。只是為什麼要這麼做？這讓病歷變得有點，像義大利的《伏尼契手稿》？那本世界上最詭異的百科全書。除了筆記本外，爸還買了很多這類神秘的書籍，像是《雷普利卷軸》、《塞拉菲尼寫本》，或寫滿魔法咒語的《索亞之書》。如果爸看到戴醫師寫的病歷，應該也會想蒐藏吧。

「妳怎麼會想整形？父母是否知道妳要來整形？」他邊寫病歷邊問我。

「啊。因為，」這是之前已想好的理由。「我想建立自己的藝術、找到自己的中心思想。所以是我自己決定的，沒告訴過別人，也不用告訴別人……」一旦醫生問我為什麼想整形，我就拿爸平時說過的話來回答，起碼不至於講不出口。

他停下筆。「妳一開始說要我幫妳看哪裡可以微調，現在又說要建立自己的藝術。如果我幫妳整形，那麼到底算妳的藝術還是我的藝術？」

我確實說了前後矛盾的話了，怎麼辦，越緊張，話越是硬生生吞了回去。

醫生像是瞪著我，一邊說：「剛剛把妳的臉詳細檢查過。是一張十分完美的臉，沒有任何瑕疵，即使我的電腦也無法模擬出這麼好看的臉來。妳完全沒有整形的必要。況且妳還未成年，法律不允許妳做任何整形手術。即便是醫療手術，沒有父母或監護人簽署同意書，醫生同樣不能對妳動刀。」

原來法律有這些規定。心裡突然涼了一半，距離我成年時間還有兩年多。

「那麼可以幫我穿耳洞嗎？」這也是我事先想好要問的。「我媽有穿耳洞，她戴耳環非常好看。如果不穿耳洞，那些漂亮的耳環我都無法戴。」

醫生說他們診所沒有在幫人穿耳洞。「對人體的侵入性改變就算整形。因此穿耳洞、紋身也是整形行為，在未成年人身上施行同屬違法，只是我們的執法機關不太過問這些民俗活動罷了。」他說經過剛才的檢查，發現我屬於容易留疤的體質，勸我別亂鑽洞，也別刺青。「任何異物對妳皮膚的侵犯，都容易刺激膠原蛋白增生，使疤痕長得過度肥厚，形成蟹足腫。」接著他用電腦，給我看了蟹足腫的照片。

我說自己從小到大沒什麼傷口，所以不知道自己容易留疤。醫生說這是父母把我保護得很好的緣故。我才想到，也許爸媽早就知道我的體質了，可能是嬰兒時期受傷過，怕我之後又再受傷留下疤痕，所以家裡才會從小對我要求那麼多。

「妳父母肯定知道妳的體質，不然也不會那麼保護妳了。」他就像是能看穿我的想法般，從一進門我就這麼覺得了。爸知道了的話一定會要我遠離這個人。

「如果不靠醫生的幫助，就算是未成年人，自己為自己整形難道也不可以嗎？比如，」我說。「很多人都自己穿耳洞……」問得很沒自信。

「法律同樣不允許。」他看著我說。

「法律為什麼要干涉呢？這並不妨礙到別人啊？」

「你說的，也許會是未來醫學的走向。讓每個人能自己為自己診斷，自己為自己治療。不過等到那時候，法律一定又會來干涉了。自己為自己整形，基本上不可能有這樣的自由。」

「為什麼呢？」

「因為法律是保障所有人，而不是保障個人。由於人類會彼此模仿，個人的行為很容易擴散成為群體的行為。尤其對社會體制而言，個人的行為、個人的思想本身就像是一種傳染病，並不是像妳說的不會妨礙到別人。況且，」醫生見我沒說話，就又繼續說。「我的手術費用妳應該也付不起。回到我最初說的，目前我能做的，就是建議妳做非侵入性的美容保養。」他說真想改變自己的話，可以將皮膚曬黑，說我的臉和身體的膚色相當一致，很少人和我一樣，「可以曬得很均勻。」

我想起剛剛在另一個房間檢查時，看到的那臺曬黑機，一旁還有一臺曬白機。

「只要曬成小麥色，外型就會有很大的改變。就能建立妳的藝術。」

「我曬不太黑。」我連忙說，「也不想曬黑……」

「我直接說吧。建立自己的藝術、自己的中心思想，不太像高中生會說的話。能否告訴我，妳想整形的真正動機？這樣我才能提供妳最需要的幫助。」

他說完一直看著我，像看進去我的腦袋，看到了我臉的背面。整形的真正原因嗎？這個連我自己都說不上來了，非常模糊的一塊地方，又要怎麼傳達給醫生知道？感覺說不說真話，他都不會幫我整形。

「雖然醫生說，法律規定未成年不能整形。」我把雙手放在膝蓋上，一副坦白從寬的樣子。「但班上就有同學，下課時分享整形的經驗，說和打針的感覺差不多。她現在鼻子、眼睛真的都比以前漂亮很多。」

「未成年整形的確難以絕對禁止，不管是病患還是醫生，雙方都有太多誘因。可是在妳這個年紀，身體仍在發育當中，五官也尚未定型。動刀一時是變好看了，但無視骨骼、肌肉還在成長的事實，將來反而可能讓臉歪斜變形。到時候要再補救，那又會比新做的手術更麻煩。」

「臉變形？」未等醫生說完，我就脫口而出。沒想到未成年整形有這樣的風險。「也許醫生覺得我的外表還可以。但是當我看到同學整形後的臉，那一刻我很怕美麗的魔法有天會從我的臉上消失，而且也擔心她們透過整形在外表上追過我。」

「妳的臉不是魔法，是醫學的成果。」

「醫學？」我問。

他好像有些遲疑，不過也沒停下來，繼續說：

「父母創造生命，這當然是一種生命科學。讓生命健康成長，更需要醫學的幫忙。」他靠在椅背上，若有所思說。「妳是怕別人整形變得比妳漂亮，所以也想來整形？」

「應該是吧。」我不確定地回答。之前我有在網路上查了 B-ONE 當年的 MV，東範哥的臉，和現在幾乎是完全不同的人。「如果有女生想整形得比我漂亮，完全是有可能的不是嗎？」

「那我問妳，魔法是不是醫學？上帝是不是醫生？」

我想了醫生剛剛的話，回覆說。「醫學不是魔法，醫生也應該是醫生才對。」

「好，妳清楚這點就好。回到妳所困擾的問題上。妳的美是大自然所創造，而妳同學的美是人為所創造，產生的方式不同，但都是真實存在的美。就像自然的美景和人類的藝術，同時並存於我們的世界一樣。應該要彼此接納，而不是去劃分誰的美是真的，誰的美是假的；誰的美高等，誰的美低等。」

我看向牆上掛的《粉紅色聖母》。大自然雖然無法直接畫出一幅畫，但也許上帝是透過拉斐爾的手，來畫出這幅畫的吧？這樣想的話，不管人用什麼方式創造了什麼，繪畫、寫小說或是拍電影，只要人本身是自然的一份子，人的創造就是自然的創造不是嗎？

「醫生，也許一切都是上帝的創造。只是有的創造，是上帝透過我們來創造的。所以天生的臉和整形的臉，一樣是上帝所創造的臉，這樣解釋的話，也是可以吧。」

「整形後的樣貌，是我和病患共同討論出來的，沒有妳說的什麼超自然力量在裡面運作。今天如果我技術不好，手術的風險自然就會提高，手術的結果也會差強人意。我的經驗明確告訴我這一點。按妳這樣子想，整形醫學是不會進步的。身體既然是上天的安排，又何必去改變？」醫生以嚴肅的口氣向我說明。

我當然沒有同學去整形，即使有我也不知道。就只是一時情急找個理由。雖然是隨口說說，卻也是心裡話吧。不管如何，醫生都很認真回答我的問題。他似乎從很久以前就想和我說話，想讓我知道一些訊息，卻又無法明說，加上看我年紀小，所以就變得有點像在為我上課。對了，戴醫師也都稱呼那些來整形的人為「病患」。總之他不能幫我整形，也不願幫我整形，更覺得我不用整形，我也確實打消念頭了。整形好麻煩。媽常說，鬥志再強的人，一但碰上專業還是沒輒，就是指這樣的情況吧。

之後醫生還說了很多，但有的我就聽不太懂了。

我不明白戴醫師為何要在診所大廳的天花板畫上那幅《創世紀》，是等比例複製過來的吧？還有為什麼喜歡拉斐爾的《粉紅色聖母》呢？記得爸說過，用X光去照拉斐爾聖母的臉，慈祥的樣貌底下，掩蓋的是一張憤怒的臉孔。難道醫生不知道嗎？

只是覺得好像太失禮，就沒有開口了。

倒是隨口問了醫生，為什麼診所要掛這些藝術品？

「因為整形的手藝：陽剛要像米開朗基羅，柔美要像拉斐爾。」

醫生說文藝復興之後藝術就墮落了，那是真正的高峰。之後的藝術家，再也無法將藝術與科技結合。藝術家從此不再是科學家，科學家也不再是藝術家。所以他喜歡那個時代，同時也是提醒自己，整形醫學這條路，技術跟美感兩者不可偏廢。

我說了爸之前在畫廊的沙龍，跟他的畫家朋友聊過的話，「這就像推理小說裡，偵探只會整天推理殺人案件，卻沒有能力推理經濟犯罪、政治犯罪、科技犯罪，是一樣的道理嗎？」

醫生有點頭，應該是認同我的話吧。不過他還是給我一副不苟言笑的技術控的感覺。一開始醫生他明明是用左手寫字，現在卻又是用右手寫字了。也許手術必須雙手並用，因此訓練到沒有左右手之分了吧。

原來整形醫生也要熟悉藝術品，還得像爸那樣有自己的藝術主張才行。他是一個很像爸，卻又和爸在許多地方完全相反的人。在我走出診間之前，戴醫師遞給我他的名片，更不忘提醒我說：

「不要去動不必要的手術。今天誰幫妳整形，誰就是在傷害妳的臉。別被其他整形醫師給迷惑了，他們跟妳鼓吹手術的效果，目的也只是為了賺錢。一張臉能不用整形，就不必整形，不管是人臉還是藝術品，都是同樣的道理。我這樣說妳能懂吧。之後如果妳要做一些保養，或者是想諮詢，請來我們診所。我不會收妳任何費用，就當作妳為我們診所代言。」

他好像真的很擔心別人弄壞我的臉，這種呵護，和爸媽很像。不過我已經完全沒有整形的興趣了。保養療程的話，媽應該會比我需要，不知道醫生能不能也算媽這麼便宜。可是偏偏來整形診所的事，又不能跟媽說。真煩，算了。

「謝謝醫生。」

我從診間走出來，闔上門，再坐回客廳的L型沙發。七點整，只剩我一位病人，竟然會診了一個多小時。抬頭看著那幅《創世紀》，無聲的電視繼續播放高畫質的節目。這樣看電視好像在看照片。原來一但關掉聲音，電視播什麼都很平面，變得沒有立體感了。NHK正在介紹德國的新天鵝堡，還有山腳下一塊美麗的平原：Schwangau。我試著發音，但德語到底要怎麼唸呢？我的語言能力，真的差爸媽太多了。

下個瞬間，我想起戴醫師長得像誰了。

文藝復興的德國畫家杜勒，尤其是杜勒二十八歲時把自己畫成耶穌基督的那張自畫像。完成於一五〇〇年，是特別選定的年份。杜勒作畫的目的，都是為了讓自己更接近這世界最偉大的藝術家——上帝。畫中杜勒的那雙手，也很像戴醫師的手。而且，杜勒的全名是Albrecht Dürer，簽名都縮寫成 AD。而D不也就是戴嗎？戴醫師名片上寫的英文名字正是 Alex Dai。

當我正思考著杜勒和戴醫師的各種關連時，櫃臺的護士小姐叫了我。

「徐小姐，醫生沒有開藥，也沒有排時間。這是今天的收據。」

我把收據和名片，放進書包。

當我走到門口的時候，我看到一位和我一樣穿著學校制服的高中女生，背著綠色的書包走了進來，在玻璃大門和我擦身而過。我的身高較高，但我們的臉型一樣，髮型、體型也一樣，我們的襪子鞋子也都一樣。我知道，她就是戴醫師的女兒。

就在這一刻，我趕緊抓住她的手。

第八章 Doctor

從愛丁堡回來

BF-17出院後隔週，她的父母按時抱她回診。

從我拿下她臉上的紗布開始，當下就有預感，藝術將再次被回拉到和科技同一的水平上。

就是這名嬰兒，經過十多年的成長，現在再次來到我的眼前。她一進診間我就認出她，和照片上的那位女性長得非常像，只是更年輕，肌膚更潤澤，輪廓更立體。以照片上的肩寬比例來推算，她的身高也更高，體態更為修長。她在每個方面都超越用來創造她的底本。見到BF-17的那一刻，心中竟有了一絲激動，十七年前的那場手術已經確切驗收到百分之百的成效。

我經常收看運動比賽轉播，電視便設定了一個群組，都是從國外特別訂購的高畫質體育頻道。這些穿著運動服的運動員，是人體與科技結合的最佳展現。田徑和游泳項目，服裝設計的重點在減少阻力產生；而冬季奧運項目，像是越野滑雪、無舵雪橇穿的運動服，除了同樣要貼緊身體減少阻力外，還得有保暖、耐摩擦的功能。總之是為了應付各種不同的比賽需求，以科技去解決、突破，所達到的人類最先進的服裝設計。當中我尤其欣賞女子定向飛靶的選手，她們身上的帽子、耳罩、手套、彈力護甲和護目鏡，整套高科技的配備，使她們看起來異常優雅。過去斯洛伐克的選手 **Danka Barteková**，只要有她的比賽，我都會固定收看。不過，這些運動員是將科技穿在身上，而 **BF-17** 本身就是科技。

當她在櫃臺掛號的時候，護士們私下耳語來了一位長得很像我女兒的病人，爭相地窺視她。在她進診療室前，我交代跟診的護士：

「下一位掛號是我的外甥女，有些家裡的事情要談。請妳們先迴避。」

儘管我鎮定想讓一切合理，但還是有出乎我意料的地方。

沒想到 **BF-17** 是來開口要我幫她整形，而且還是針對她的臉，不是身體的其他部位。為什麼她會想整形？她是否知道自己在襁褓時就曾整形過？沒有必要，沒有任何整形的必要。這不只是捍衛我的專業，也涉及醫療倫理。既無病理表現，也沒有外觀上的瑕疵，除非有龐大的利益，或是患者心理層面的訴求，不然任何專業的整形醫師都不會願意去破壞一張完美自然的臉。

「妳希望我把妳變醜？」我問 **BF-17**。

「不是的醫生，我只是想要改變。我是說按照我自己的意思改變。」

「意思是，妳整形過？有別的醫生幫妳動過刀？」

「沒有沒有，我沒有整形過。我也很感謝爸媽給了我這麼好看的臉。可是，就會覺得這張臉不是我的臉，而是爸媽的臉……」

的確她是在心理層面上，對這張臉產生了排斥。

「先讓我仔細檢查妳的臉。」

原本的例行公事，卻讓我如此期待和慎重，以致於比平常花了數倍的時間和專注力。那時只想將她的每根毛髮都翻過，將她臉上的每個細胞都放大看過一遍。我想證明這張臉是接近自然的，甚至可以說是自然形成。逐漸我發現她更多不同於照片上那位女性的地方，也是她更為優秀的地方。

她擁有一種古典而神秘的微笑，像個吸引人的漩渦，喜怒哀樂都在那個微笑裡。我不敢說那個微笑是我的創造，但我一直認為所謂成功的方法，就是選定一個人之後，不斷地模仿他，直到最後超越他。就像卡拉瓦喬對米開朗基羅的模仿，以及畢生追尋「卡拉瓦喬光線」的魯本斯、林布蘭、委拉斯奎茲。

而我選定的人是達文西。

當然BF-17的臉不全然是我的功勞。一份外表還需要相應的氣質來搭配，才能運作得宜。她的父母也為她的臉，提供極好的「載具」，也就是她的這副身體。是她父母的遺傳，加上我做的手術、她家庭的教養，以及她個人的精神特質，才有她現在這張擁有黃金比例，散發自我獨特風格的美麗臉孔。

只不過，特洛伊戰爭打了十年，海倫是否仍美艷動人？當然不可能，古希臘是第一個記載平均壽命的國家，當時平均壽命只有十九歲。而人類的平均壽命越短，老化得越快。海倫肯定早就衰老。戰爭打到最後，已經失去最初的意義和目的。所有戰爭都是如此虛無。

我很幸運在BF-17最輝煌的年紀再次見到她，並且她的美貌還會持續攀登。假使保養得宜，醫學能保障她，起碼還有二十多年青春美好的時光。

然而這份美麗，也終將在未來消逝。

我問BF-17有無兄弟姊妹？她回答沒有。和我預測的一樣，當我發現被父母帶來整形的嬰兒大多數是長子長女的時候，我就知道，這些人根本不打算再生孩子。當第一個孩子整形，第二個是否也要整形？如果一個有整形，一個沒有整形，為人父母會不會不公平？一但BF-17有其他手足，就容易被發現、被拆穿。不論是要保護唯一的孩子，還是怕這份秘密在其他孩子的臉上露出端倪，都是父母不願見到的局面。

難道獨生子女那種永無止盡的孤獨感，才是今天BF-17想整形的根本原因？如果我拒絕為她整形，她會不會再去找別的整形醫生？在臺北，醫美診所像便利商店開得到處都是。像這樣的年輕女孩到忠孝東路逛街，晚上回家，容貌可能就略有不同。屆時被其他醫生告知她曾做過整形，這樣她會有什麼反應？

當然這也是不可能的事。我對自己的技術深具信心，剛剛已經檢查過，沒有留下任何手術痕跡，絕對不會有別的醫生能察覺到她的臉動過大面積的整形手術。即使是一般人，臉上的疤痕恐怕都比BF-17還多。唯一能證明她做過整形手術的，就只有放在我診所的特別病歷。當然那現在也只是一疊紙，一堆文字，在她這張臉的面前，已經不能證明什麼。

不過我還是嘗試從各個層面來說服她不要整形。我不要任何人在她的臉上動刀。坊間有太多醫生，只為了賺錢，就向病患誇大整形的便利跟功效，慫恿病患進行不必要的手術。我再強調一次，消除她整形的念頭，這絕對是站在病患的立場為她著想。

BF-17似乎對整形本身也充滿了困惑。

「醫生我想請問一下。」她恭敬地說。那時我正在檢查她的眼睛。「來整形的人算是病人嗎？整形醫生算是醫生嗎？因為候診的時候，跟我去其他醫院的氣氛，真的很不一樣。大家看起來都很健康。」我開始覺得這孩子有趣了，聽她說話並不讓人生厭。

我說，當然是病患。如果不是病患，那我也不能稱為整形醫生，而應該稱為「整形師」。

「患者必然是覺得身心不舒服、不愉快，才會來整形診所。一些被保險業者普遍視為除外責任的『非必要醫療行為』，對病患來說可能是非常難以忍受，痛苦到非除去不可的『必要醫療行為』。我不會視妳為客人，但也不會當面稱呼妳為病患。就像現在，我稱呼妳為：徐小姐。」

然後我向她說了「鼠人」的故事。

一九〇九年佛洛伊德發表《鼠人》這份知名的病歷報告，闡釋強迫症是一種內在性驅力與超我防衛下的矛盾產物。十四年後他私下於文章的最末段，加了一條註腳：「經由我這幾頁報告的分析，患者的心理健康恢復了。但如同其他有價值有前途的年輕男性一樣，他在一次大戰中死亡。」

鼠人不只是佛洛伊德的病人，他也是所有人的病人。

「同樣的道理，每位來整形的人，不只是我的病人，也是所有人的病人。不只我要醫治他們，每個人也都應該幫助他們、肯定他們。不然既使我為他們整形，外觀上『康復』了，社會卻仍舊視他們『外觀上有病』，甚至更加歧視他們，這樣他們的病永遠也好不了。」我瞥見她別在書包上的吊飾。叫她徐小姐似乎太成熟了，應該要叫她徐同學。「讓大眾習慣每個人都會有的醫美需求，避免用異樣的眼光來看待，我想這是一般整形診所會強調自身是服務業，稱病患為客人的原因。只是我不認同這種作法，畢竟從根本上視為醫病關係，雙方會更認真處理每一個醫療環節。」

她聽完之後急忙問說。「這樣長得好看的人，會不會也被社會認為是『外觀上有病』？而且社會還欺騙他們，利用他們，不讓他們認識到自己有病呢？」

我想她的意思是，美貌也是一種疾病，而且還是人人覬覦的病。這是她擁有這份外表的個人的體驗？我想確實應該把這件事，好好的記在病歷上。

這種認為人生截至目前為止的遭遇都與自己的美貌有關，並將這種想法加諸在對每件事物的看法、願望和發現上，已經類似於鼠人的強迫思考。不過她會這麼說，表示目前整形對她而言只是一種好奇的新鮮感，還未上升到生存與否的必要條件。否則會有更具體更嚴重的焦慮反應，以及症狀上的臨床表現。我想她過幾年真的出社會後，就不會再有整形的念頭。**BF-17** 相當聰明，成長對她來說應該不是問題。

在她起身離開前，我問她是否還想整形？她說：

「暫時不想了。整形要下很大的決心才行，覺得自己的想法都太簡單。要是爸媽知道我去整形，應該會很難過吧。他們一直很保護我的。」她點個頭，向我說。「謝謝醫生。」

當晚我一個人坐在大廳沙發，背景播放著 1972 年卡拉揚指揮柏林愛樂團，由帕華洛帝、弗蕾妮所演唱的《波希米亞人》。故事描述一群住在巴黎拉丁區閣樓，過著波希米亞式生活的文藝青年，日子雖然困苦，卻樂觀進取，然而現實的不斷壓迫，最終仍免不了愛情的幻滅。這正是普契尼和好友萊翁卡瓦洛，兩人在成名前的實際遭遇。為了擺脫貧窮，普契尼偷偷撰寫《波希米亞人》，更搶先發表，因而與當時同樣在撰寫《波希米亞人》劇本的好友萊翁卡瓦洛決裂。

望著二樓中庭，當初徐先生一家就住在二樓的病房。像今天 BF-17 之所以會對天花板的《創世紀》感興趣，那也是受他父親的影響吧。記得 BF-17 出院的前一晚，徐先生坐在大廳指著挑高的天花板說：

「不只是達文西的畫有密碼，米開朗基羅的畫也藏有很多密碼。像《最後的審判》裡的殉道者，光頭的聖巴托羅繆，拿著他被扒下來的皮，但那張人皮卻是有頭髮的。為什麼會這樣，因為人皮上畫的那張臉，就是米開朗基羅自己的臉！」他搖晃葡萄酒杯。為了不讓冰塊稀釋酒味，還特地帶了冰石過來。「文藝復興的繪畫之所以有這麼多秘密，不是藏了什麼曲折的歷史，而是因為放入了太多的科技。您也一定這麼覺得吧，戴醫師？像我們頭上這幅《創世紀》，你以為我不知道你在想什麼嗎？」

「徐先生認為，我在想什麼？」

「事實上，這幅《創世紀》展現了米開朗基羅的解剖學知識，畫中暗藏許多人體器官的形象。他把將手指伸向亞當的上帝，畫成一顆漂浮的大腦；把女預言家希貝爾的綠色布袋，畫成了心臟的形狀。這些正象徵你想做的事，把藝術和科技在當代完美結合。」

「聽起來確實像外科醫生會感興趣的作品。」

「不過米開朗基羅晚年的雕刻作品，線條儉約，純樸，粗獷，還故意留下刻痕，已經有現代雕刻的雛形。就像貝多芬晚年創作的《大賦格》，同樣帶有強烈的現代性，是搖滾樂的先驅。莫內最後的三十年一直在畫睡蓮，雷諾瓦最後的二十年則都在畫裸女。我最喜歡的林布蘭的一幅畫，並不是名列世界三大名畫的《夜巡》，而是他去世前的遺作《浪子回頭》。被父親抱在懷中的浪子，一腳穿著鞋子，一腳光著腳丫。他走了多久的路，才回到了這個家？晚年的林布蘭，生命從繁華到沒落，既是痛失愛子的父親，又是想重回父親懷抱的兒子。每次我看這幅畫，都會感動得流下眼淚。」

我聽了聽，沒有回答。

「但我覺得戴醫師你，現在並無法理解他們的晚期風格。畢竟現在的你如日中天啊！只不過總有一天你的整形也將反璞歸真。我指的不是你又做了什麼新的整形手術，而是那些被你整形過的人，自己就會朝向你的晚期風格發展。他們也會老，因為他們是活的藝術品。」

連續幾晚，徐先生似乎很想扳回第一晚討論蒙娜麗莎失竊案時的劣勢，常拖住我談話。記得初次見面，他遞給我的那張金屬名片上，就列出巴黎美術學院的學位。正因為這樣，所以他努力要維持那個體系的價值，不斷的想向我挑戰？就和今天 BF-17 一樣，當時徐先生也問過我什麼是醫學？而什麼又是整形醫學？

我那時坐在沙發上回答他。「醫學源遠流長，人跟動物都會醫治自己，這幾乎是種本能。許多動物會服食特定的草藥，來改善身體的狀況，比如幫助分娩、消化食物，甚至促進生長發育。動物也會自行採取最原始的外科治療，像拔掉蛀牙，將腐爛感染的部位咬掉。所羅門群島上，更有一種知道用蜘蛛網來止血的兔子。也因此醫學遠比藝術、語言、烹調，有更久遠的歷史。」

當我正要繼續說明什麼是整形醫學時，徐先生卻突然插口說：

「所以我才說整形是種政治，不是醫學，是一種對人類外表的監督與控管，涉及各種利益。很多時候，整形是要治什麼病？因為心情不好整形？為了改變運勢整形？為了擁有某個藝人的眼睛鼻子整形？有醫生，有病人，卻根本就不存在那個『病』，這怎麼會是醫學？」他自以為抓住了重點，整個人聲音大了起來。「是醫學的話同樣可以套用到動物身上吧。為動物做臉部美容手術，你們醫學的術語，會叫那個是『整形』嗎？哦，對了，你們了解動物的審美嗎？如果不了解，能說自己是為動物整形？這不是自欺欺人是什麼呢？戴醫師，我這觀點是過於極端了，但我真的這麼認為啊。」

「在臺灣只要年滿二十歲就有選舉權，年滿二十三歲就有被選舉權，但成為整形醫師的先決條件是必須先成為外科醫師，而不是看小朋友成年了沒有。整形可不是政治這麼簡單。」

我說完，也結束了最後一晚的對話。

他帶著醉意起身上樓，還不忘回頭舉著酒瓶說道：「C'est super!」隔天 BF-17 出院前，徐先生送給了我一瓶法國干邑的馬爹利白蘭地。由於我不覺得酒精是能喝的東西，所以那瓶擁有著女性曲線的名酒，一直被我放在書房的玻璃櫥櫃。

徐先生提出「整形就是種政治」，並對自己能有這樣的見解相當滿意。徐太太雖然沒直接和我說過什麼整形理論，卻隱約可以感受到，她在指控「整形就是種性愛」。

BF-17手術後的第五年，徐太太曾獨自來到診所。由於我先前都稱她為徐太太，因此一開始看到病歷上的名字王敏娜，並不知道掛號的人是她。當她進到診間，才認出她來。她的體態大幅改變，比剛生產完的時候整整瘦了一圈。一身米色的針織洋裝，拿著 Bottega Veneta 的編織包，裡頭放的雜物甚至多到滿了出來。棕褐色的長髮披在肩上，瞳孔的顏色比頭髮還淡。她雙手抱在胸前，一副胃痛的模樣，帶點神經質的顴骨，甚至讓她看起來更年輕，擁有著少女般的體態。

她一進門便要我把護士支開，說這有關她的隱私，堅持與我一個人對談。我原以為是她女兒的臉出現了什麼後遺症，因此嚴正以對。等護士都出去後，她才放心地說：

「這幅拉斐爾的畫，還是掛在這啊。戴醫師，你們診所的擺設一直都沒變喔。既然重新開張，為什麼不重新裝潢一下呢？不過進到這裡，我才鬆了一口氣，先前你們診所歇業了好幾年，讓我很擔心呢。」她把目光從拉斐爾拉回我這。「文藝復興時期的文學真的很迷人喔，一直是我的最愛。有一本書叫《巨人傳》，是我住到巴黎看的第一本小說。作者拉伯雷也是位醫生，不知道戴醫師對這本書有沒有興趣。」

「我知道這本書，內容記載不少中世紀的醫療知識。」

「對啊，有一回巨人龐大固埃的腸胃塞住了，一直胃痛，醫生開給他的瀉藥是小亞細亞的斯甘摩尼草、肉桂、大黃，還有其他的藥。不過最後治好胃痛的並不是這些藥喔。」

「妳說的是？」看來下一位病患要等一會了。

「依照醫生的指示，工匠鑄造了十七顆大銅球。每顆球都開了一扇門，裝一個人進去，有拿火把的隨從，拿剷子的農民，扛簍子的工人。然後醫生叫龐大固埃像吃藥丸一樣將這些大銅球都吃下去。等他們都到了胃裡面，從銅球出來，拿著火把在一座嚇人的深谷走了半公里遠，終於找到了一座糞山。」

「固體糞便的位置是在大腸，不是胃。」

「所以才說走了半公里啊。戴醫師你要耐心聽我說，巨人的一條動脈，可是比你的手臂還粗喔。」她看了我一眼，「於是農夫開始拿剷子，跟工人合作，把糞便敲碎，一簍一簍裝好，再背著回到自己的銅球裡面。這時醫生看差不多了，示意龐大固埃，咳了兩聲將銅球都吐了出來。就這樣龐大固埃痊癒了。」

她說完安靜了下來，像是換口氣。過了一會她開始敍述巨人的由來：

這世界上本來是沒有巨人的，不過在世界的初期，該隱殺死亞伯，血染大地，使得那年的山楂特別豐收，又叫做大山楂年。就在那年十月，大家吃了這些山楂之後，身上開始有奇怪的變化。每個人都長了驚人的大腫瘤。不過腫的位置都不一樣。有的腫在背上，有的腫在肩膀，有的腫在肚子，有的腫在褲襠，有的是鼻子、是耳朵、是雙腳。但只有一個家族是全身都腫，因此外觀上非常協調，就像是一般人的放大版。他們就是龐大固埃的祖先。其中第四代烏爾塔里，是大洪水時代巨人族的家長。因為他太大了，塞不進諾亞的小方舟裡，因此他整個人像騎旋轉木馬一樣跨坐在方舟上面，乘風破浪。他也可以下船推動方舟，或調整方舟的方向，更能抵擋衝撞過來的漂流物。方舟上的人們為了答謝他，都從船上送給他足夠的食物呢。

「戴醫師。你發明這項手術，等於是讓巨人誕生到這個世界上喔。讓人相信只要從小整形，就能得到幸福。雖然有值得肯定的地方，就像巨人能夠幫助方舟航行一樣，但也是在為人類增加煩惱你知道嗎？」

「這是醫學的進步，不能說是我個人的發明。」

「那麼煩惱的那一面呢？不回答嗎？為什麼醫生你會想替嬰兒整形？我一直很想問這個問題。」她將手掌擱在我的桌上，用食指的指甲敲了幾聲，一雙淡褐色的眼珠看著我說：

「巨人是很難養的喔，戴醫師。」

龐大固埃出生時，像熊一樣全身長滿了毛，他的母親也因為兒子的龐大身軀，難產過世。而那時候地球正面臨一場大乾旱，整整三年以上沒有下過雨。因此龐大固埃這名字，字面上的意思就是大乾旱。因為沒有母親哺乳，龐大固埃每餐要喝下將近五千頭乳牛的鮮奶。他的父親高康大怕兒子闖禍，請工匠鑄造了四條大鐵鍊，將兒子綑綁起來。龐大固埃也確實安分了一點。即使如此，有一天龐大固埃肚子疼，還是把鐵鍊弄斷了。高康大只好重鑄一次鐵鍊。可是後來龐大固埃實在不想被鐵鍊跟搖籃束縛，便憤怒地揍了搖籃一拳，結果搖籃就碎成五十多萬片碎塊，他無論如何都不願意再回搖籃裡睡了。

「這些年我照顧女兒，也差不多是這種心情吧。雖然她還是個小不點，卻有一張龐大固埃臃腫的臉蛋喔。既不能隨便帶她出門，在家也不能親暱地跟我磨蹭，到底生這個女兒來做什麼呢？看著她那張奇怪的臉，實在無法打從心底真正的喜歡。女兒如果生病了，我就按你說的，給她戴上燙傷患者用的彈力頭套，如此一來其他醫生果然就不會多問些什麼，也不會聯想到這孩子整形過。為什麼就是沒人看出來呢？很長一段時間我都覺得自己是在為你做的手術善後喔。幸好女兒從兩歲開始，臉上的浮腫消退了，逐漸跟一般的孩子沒有兩樣，相貌還更好看。只不過，」

她抬起頭，在椅子上坐正，一副精神來了的模樣。有時候我覺得，她比她先生更危險。

「我女兒整形這件事，請醫生千萬不要說出去。診所的護士、藥師、麻醉師、助理醫師，以及醫生的家人，也務必讓他們顧及醫生的職業道德。一旦外面的人知道了，不僅有傷我女兒的名譽，也有傷我的名譽。」

「現在診所這批醫護人員，都不是五年前手術時的那批人。他們並不知道嬰兒整形的事。即使先前參與手術的人，也都不知道嬰兒的背景。妳女兒整形的病歷更從未外流出去，以後也保證不會有這樣的事。」

當初我為嬰兒整形手術，制訂了一個保密的機制。醫護們都是被臨時通知參與手術，到了手術室之後，面對的也只是一名寫著「Baby Face」編號的嬰兒。那時因為健保制度的不合理，使得醫療從業人員變得相當廉價，得不到應有的待遇。由於我付的酬勞相當高，因此他們也不會多問，只專心地按照我所交代的步驟把工作完成。「一直以來都是由我掌控整個手術的資訊。」我向她保證說。

徐太太聽完似乎仍不放心。她拉近椅子，慎重其事地靠近我說話，我的臉頰甚至能感覺到她唇上的溫度。徐太太的臉龐，莫名地讓我想起很多年前在斯德哥爾摩邂逅的那名法國女子。

「戴醫師，已婚男女一旦發展了就只有兩種，要麼只能給對方性關係，要麼就是連感情也投入進去，完全當個第三者。我非常擔心有人會在背後造謠，說我生的孩子其實是戴醫師的孩子。這樣對我們雙方的家庭都不好。所以請不要把這件事情不當一回事。」

她似乎將整形當成了一種奇特的性關係。

嚴格說起來，必須要有DNA的交換，才稱得上是性行為。BF-17身上並沒有我的DNA，不然一群工人在工廠製造商品，廚師們在廚房做菜，計程車司機載客人前往目的地，選舉時投下神聖的一票，這些勞動過程也都是種性行為了。

BF-17的臉，確實是我一手打造出來的。就因為我動過她孩子的臉，確實參與了這個孩子的製造過程，因此這個孩子變成了三個人的孩子。我猜她是這麼想的。只是依照徐太太的說法繼續推想下去，當初為她接生的婦產科醫生，所介入環節，恐怕比我這個整形醫生還要深入。那麼她又為何要特地針對我說這些話？

過度自信的父母，容易造成孩子的創傷。可是孩子改變不了父母的個性，如果不盡快提升孩子的素質，讓她有抵抗父母意志的能力，這孩子的人生將全是創傷。這是我當時處理 BF-17 手術時，唯一放進的私人情感。因此今天 BF-17 突然回診希望整形，算是回應我當年的這份同情？

「為什麼我要煩惱這些事。」我停住筆，叫住了徐太太。「手術已經順利完成。接下來養兒育女並不是醫生的責任。」

在那個時候，我還不知道自己的女兒長大後，會長得像徐太太的女兒。徐太太更不可能知道我女兒的情況。然而她卻提前預告了這件事，現在任何人看到我們的女兒，肯定都會誤會我跟徐太太的關係。

我曾懷疑這是種「同步性」——一種偶發的關連性原則。

當初徐氏夫婦來諮詢整形時，我的太太藍雪懷孕三十六週，隨時都可能分娩，早已回永康街的娘家待產，並不知道 BF-17 的整形手術。藍雪是我在醫科大的學妹，1976 年生。雖然 33 歲才懷第一胎，但我仗恃她是醫生，相信她對自己和胎兒的健康狀況掌握得很清楚，無須我掛心。如果我干涉太多，也是對她醫療專業的質疑。她對自己能力的那種自信，和對自己外表的自卑，都像她父親。

由於徐氏夫婦以及嬰兒的身體素質都非常好，恰巧徐先生照片中的那位女性，也正好符合我長期以來心中對於女性美的一份理想。所以我的整個注意力全被 BF-17 的手術給吸引過去。那時候就只考量，如何完成這次的手術。

那年十月十四日中午，藍雪回家來拿入冬的衣服。我正坐在一樓大廳的沙發看著這張半身照，思考如何為 BF-17 動刀。照片上的女性，五官之間的距離接近黃金比例。她會不會是位模特兒？幾何學不僅是美的基礎，更是人體各種協調性動作的關鍵，表情的呈現尤其細膩，一點微小的失誤都會讓臉部的功能受損。那時我因為在看歐盟一則乳房醫學的報導，電視難得開了聲音，沒注意到藍雪已經站在我後面。她不知道這張照片是患者家屬給的，加上照片老舊泛黃，誤以為照片中的那位女性是我從以前就喜歡的女人。

「難怪一直以來你對我這麼冷漠。」她將雙手搭在我的肩膀說。「我一不在家，連女人的照片都敢拿出來懷念了。」她哼口氣，又笑著說。「和我在一起你很委屈嗎？是不是覺得我纏住你了。我知道你一開始並不想結婚，是我自作主張，半強迫拉著你配合。這我也知道，所以一直以來你想做什麼，我就跟著你去做。我自己也是能開業的，還不是甘心當你的助理。」

一開始我沒興趣回應她。撥開她的手，關掉電視，起身走到電視前面，看著略微的黑色倒影，在喉結的部位調整領帶。是我自己在米蘭買的 Al Bazar 領帶。

「即使我學歷再高，說到底就是個醜女人不是嗎？好像長得醜，就永遠無法翻身一樣。你不都是這樣勸人整形的嗎？怎麼不說話，回答我啊，那我幫你說。看到這麼醜的醫師娘，那些病患會怎麼想？太太這麼醜還不幫她整形，是整形本身就不好嗎？還是醫生的審美觀有問題？」

真是夠了。

「妳確實長得不漂亮。可是照片這件事不是妳想的那樣。」

我才說完，她便轉身推開大門快步走出去。從大廳的落地玻璃，可以瞧見她還在站在路口，就在藍色的火鶴前，她顫抖的身子像是看到了不可思議的天空。

我確實對她十分冷淡。交往前、交往後、結婚前、結婚後都是一樣的態度。但這是我個性使然，對任何人都是如此，沒有必要特別為了她改變，她也沒有必要特別為了我而不開心。她想要的那種愛的感覺，我並不是很有興趣，甚至還覺得浪費天分也浪費生命。

之後幾天，我並沒有花太多時間向她解釋，只說那是病人給的照片。她也沒有額外特別的反應。然而我錯誤地，忽略了她心理上的變化。

十一月七號早上，依希出生的時候，我正在診所聚精會神地幫 **BF-17** 的臉拆線。當時我確實連「放心吧，太太自己就是醫生，她會順利生下孩子的」這樣的念頭都沒出現過。我只想著如何把這次嬰兒整形的手術做到完美無缺。

等到去醫院看剛出生的女兒時，我才知道藍雪她難產了。人工破水之後，宮縮來到高峰，子宮頸卻又只開了兩指。母女一同痛苦了將近十六個小時，不知道為什麼她又拒絕剖腹，最後婦產科醫師是伸手用子宮內迴轉的方式，才把橫位的嬰兒給轉向拉了出來。我對躺病床上的她說：

「妳為什麼不願意剖腹？女兒剛剛很危險。」

「我沒有不願意。本來還想打電話問你，你是喜歡縱切，還是橫切？」她用手勢，在自己的腹部比畫給我看。「刀疤那麼醜，像蜈蚣一樣爬喔，剖腹後還能入你的眼嗎？我一直不懂你為什麼要跟我結婚。」說完她就別過頭去不再看我。

坐月子的那段期間，她有產後憂鬱的傾向。比如她已經分娩了，卻告訴我她想墮胎。原本我們就沒有一起睡的習慣，她生產完之後，更從未回過我安和路上的診所。夜裡我們離得更遠了。有天晚上她從娘家打電話回來，說她睡不著，又說有位朋友會陪她聊天解悶，要我別擔心。

「我那位外國朋友說，『夢想通常只是夢魘』。而我的夢想就是你喔，那麼你的夢想是什麼呢？」她見我不回答，自顧自地繼續道。「我和我朋友說，這麼說來，如果不知道自己的夢想是什麼，就先想想什麼是自己的夢魘吧，這樣便知道自己的夢想了不是嗎？」

「早點睡。」

「我睡過了。還夢到我們去了海邊，一個好大的海邊。」

「海邊？」

「對呀，一望無際的海邊。那種深藍色的海邊。我從天空往下看，海灘像瀑布一樣流向大海深處。」

她的思維一直比較跳躍，乍聽之下還有點道理。不過一旦熟悉她的思考模式之後，就會發現她所說的話，其實也有沒多大的深意在。就只是一個習慣這樣說話的人。

「這麼晚講電話，不會吵到家人？」我想到她爸媽在，應該不用擔心。

「永康街的入口，不是放了好幾個人臉石柱嗎？從小我就很好奇那些人臉的由來。可是都沒有人可以告訴我。是因為風水嗎？我也不曉得。」她試著想告訴我什麼。「不過我現在終於明白了，也難怪我會嫁給你。那些人臉可是從小就看著我長大的喔。」

「那地方我不熟，我不喜歡人多的地方。」她說的人臉石柱在哪，我一點印象也沒有。她父親是位作家，經常坐在那邊的咖啡店，聽店內的顧客說話，並觀察外面的人群，然後進行所謂的寫作。結婚後我能不去那個地方，就盡量不去那個地方。

「你知道我讀這邊的金華國中吧。運動會一千六百公尺接力，第二棒傳給第三棒時掉棒了，從第一名變成倒數第二。我是最後一棒，只有四百公尺的機會，但我不想放棄，追過一個算一個。那時候，不知道是跑道還是時間，總之好像有什麼被縮短了。其實一點也不困難，四百公尺一下子就跑完了，當我發現自己跑在最前面的時候，剛好也越過終點，拿到了第一名。我覺得自己總是能後來居上。」

「不應該掉棒的。」我說。「是我就不會犯這種錯。」

「能這麼簡單，都操之在己就好了。你們醫生，把人體看得太機械。」我想她不也是醫生？「這次回娘家住，我覺得很開心呢。你那邊過得好嗎？」她笑著說，晚上兩點精神還很亢奮。她就只愛喝卡布奇諾，一天到晚，一年四季。「永康街有很多美食，很熱鬧。我還是喜歡住這裡。仁愛路那邊住不習慣，店家少，仁愛國小後面還有好幾家酒莊。你又不喝酒，怎麼喜歡住在那個地方。」聽起來像是她喝酒了。

「身體要是康復了，就回來住。」

「你要是知道我從以前就很喜歡你，那就好了，學長。」

我沒有回答她，但在電話這端，卻也默默認同。她說的是事實。

「照片處理掉了嗎？」她說。
「什麼照片？」
「那天我看到的，那個女人的照片。」
「手術完成以後，照片自然要還給病患家屬。」
「我不在的時候，你沒帶女人回家嗎？」
我楞了一下。從沒想過藍雪會問我這個問題，而那時候我也回答得並不好。
「妳這麼問，讓我覺得好像意有所指。妳不需要這麼多疑。」
「那好吧，我過幾天就回家了。」她說完便掛上電話。
幾天後我想到，或許我也應該在半夜打給她才對，可是我終究沒有更進一步地去關心她。
十一月二十五日，女兒還沒滿月，我就要到蘇格蘭參加愛丁堡皇家外科醫學院舉辦的「國際顏面整形會議」。即使那天早上她開車送我到機場，我還是沒發現她的異樣。只有下車前注意到她的瞳孔，那虹膜在強烈的光線中，似乎不是圓形，而是星形的光芒。

兩個禮拜後，十二月八日晚上。我回到家，發現二樓手術室開著燈。那時還不明所以，我緩慢地走上樓，打開手術門只見藍雪穿著藍色的手術袍，雙手滿是鮮血的佇在那，手術臺上則有一名臉部纏滿紗布的嬰兒。我的直覺告訴我，那是我的女兒依希。
「這就是你要的臉。替你完成了。」
她掩蓋在口罩下的聲音說。我隱約知道她做了什麼，可是我不懂她這句話的意思。我趕緊上前檢查女兒的生命跡象，還算穩定，但麻藥還沒退，血塊也還未結痂。我立刻意識到自己不是穿無菌衣，也沒有刷手，趕緊又退後離開女兒，避免開刀的傷口遭到細菌感染。當我轉頭正要質問藍雪到底還做了什麼的時候，她就已經離開診所。

護士和麻醉師，都知道我出國開會，休診一個禮拜。沒有我在場，他們不會聽藍雪的指令，更何況也不會有人幫她做這麼瘋狂的事。她不可能一個人獨自完成這麼複雜的手術。一直以來都是由我主刀，她只是從旁協助。這真的出乎我意料。那時我已經不想責備她，我只想弄清楚，她究竟是怎麼處理女兒的臉，有沒有遺漏哪個環節？是否有人幫她？這些儀器她全會使用？她根本就不會電腦繪圖。

那麼，她到底把自己的女兒弄成什麼樣子？

當晚她並沒有回娘家，她家人也都說不知道她在哪。那位半夜陪她談心的人又是誰？但與其四處找她，我更注意女兒術後的情況，這才是最重要且絕對不能大意的事。臺灣這五年的嬰兒死亡率是千分之五點三五，我完全不希望女兒為這組數字，在小數點的後兩位再增添上一筆。所以我從未出門去找過她。

三天後，我由警方打來的電話得知，藍雪自醫科大的圖書資訊大樓墜樓。

我到醫科大附設醫院地下三樓的往生室認屍。警方說是面部著地，頭顱損壞得相當嚴重，容貌完全無法辨識，是從死者身上的證件聯絡到我。幾位目擊者提供說，她在頂樓的圍牆邊走動了好一陣子，還有不斷抽菸。我說她不會抽菸。警方說，她在頂樓抽完一包GITANES，煙蒂還整整齊齊地塞回正方形的藍色煙盒裡，一根都沒少。因此雖然她沒有留下遺書，仍毫無疑義被判定為自殺。至於那款菸，是法國牌子，臺灣從沒進口。

看到她那張摔爛的臉，即使人還活著我肯定也無法修復了。

撞擊的那一刻顯然立即死亡。人類相對害怕的高度，大約是五樓的高度。從十五樓摔下來，是否會感覺到痛？下墜的速度，是否超過神經傳導的速度？大腦率先受到重創，但看她的腦幹也還保持完整，所以心臟在地面上還持續跳動一陣子。而死亡究竟是一種什麼樣的經驗？這是我身為醫生後，一直想問的。她也是醫生，死前會不會也想著這個問題。對醫生來說，死亡無疑是一種暴力，是醫學始終無法阻止的暴力。

警方在藍雪的口袋，發現了那張半身照，當作遺物交給了我。

這張照片因為要還給徐先生，所以一直都放在診療室的抽屜，並未跟病歷一起鎖在保險櫃。原本說好從愛丁堡回來後，就打電話請徐先生過來拿。沒想到卻因此被藍雪拿走。

為了慎重起見，警方也問我要不要從牙齒，或身體的其他特徵來確認死者。

我說，我自己會驗DNA。

我也驗了手術臺上那名嬰兒的DNA，確定是我的女兒依希。

藍雪到底想做什麼？她想做就做得到？在醫科大她就是課業很好，態度也頗強勢的女性。一直以來我們之間的互動都是由她主導，如果她不來找我，我幾乎不會有想到她的時候。

當時還在醫科大唸書。有次做完大體解剖，剛走出教學實驗大樓，同學便邀我去看教授們打網球。我想也好，陽光下那股化學味道散得比較快。

我坐在球場右側高起的草地上，那時沒注意到她就坐在我旁邊。

「太陽是藍色的該有多好。這樣晴天也看不到太陽，卻又有溫暖的陽光。」她對我說。

「你身上有那種味道喔，解剖時令人流淚的刺鼻味道。」

「妳也是醫學系的？」我說。

「嗯。」她點頭。

「喔。」我又看回球場上。

「學長不開心？」

「沒有。為什麼要不開心？」

「可是你看起來也沒有很高興。」

那天在草地上，她陸續說了關於藍色的太陽、藍色的綿羊，以及許多本來不是藍色卻被她說成是藍色的東西。舉了非常多，似乎很微妙，卻又沒什麼意義的類比。我不懂她想表達的意思。

「我要說的是，我叫藍雪。」她站起來，身後是天空藍色的背景。「我不自我介紹的話，學長肯定也不會問我名字吧。」

那是我們第一次見面。應該說，她早就見過我很多次了，但是是我第一次見到她沒錯。或許那時候我就該起身離開，不再理會她，讓藍色的事物往後都與我無關。

一開始是她追求我，當然我並無意願。直到有天她拿了自己全身的X光片給我看。我不知道她從哪聽來我的這項興趣，但她的骨架散發著透明的藍光，眼窩深邃，鼻骨挺翹，每處的關節柔軟地接合，前肢與後肢穠纖合度，中央的脊柱像層層疊疊挺立的蜀葵，垂直有力量，骨盆更像一隻展翅的蝴蝶。

這副骨架在任何解剖學的教科書上，都會被拿來當作範本。

我仔細反省過，為什麼藍雪會在最後做出這種事。

那些關於產後憂鬱症的 **paper**，我怎麼看都未切入病症的核心。正因為藍雪的死，我才開始對精神分析產生興趣，或者說有不得不去閱讀這方面知識的求知慾。這也觸發我要隨時注意整形患者的心理。後來我以佛洛伊德《論神秘和令人恐怖的東西》一文談論的「Unheimlich」，也就是關於恐懼感的理論，進一步說明產後憂鬱症的心理成因，並發表在《國際精神分析雜誌》上。

女性因為生產，使得原本該隱藏的事物，卻顯露出來、誕生出來，而這些是男性在現實生活中不會經歷的。產婦親手創造了一個像是自己又不是自己的人，母子之間的關係無法清楚定位，陷入雙重角色的困惑當中。我想這是關於藍雪發病的一個最可能的解釋。在依希身上必然存在她母親一直在壓抑，卻又重複出現的東西。藍雪會為女兒整形，正是要親自對付那個東西。

我想我有殘忍的一面在，不會給高姿態任何機會，她會恨我也是正常的。她曾問我，之所以願意和她結婚，是不是怕嬰兒整形的技術外流？我說不是妳想的那樣，但也沒有再多說什麼。也許我總是在重要的時刻，少說了幾句話。但我總不能告訴她，是因為她那副骨架，還有藍雪這個名字叫起來不用放什麼感情。

先前幾次的嬰兒整形，她就勸我不要再做。我問她為什麼會覺得良心不安？這一點我很好奇。她說也許小孩子比較喜歡自己原來的臉。我問她什麼叫「自己原來的臉」？她就叫我不要問她。

那時我就該注意到，她已經不適合再當我的手術助理。

隨著嬰兒整形手術，一次又一次的成功，她也以為自己一點一點偏離了那個作為人的基準。或許在她心中，甚至曾經希望手術失敗過。但這同樣不是她所願，因為這等同希望患者死在手術臺上。她想到的唯一解套，就是不要做這種手術。

「昨天我在國父紀念館的廣場，遇到十一號 baby。現在兩歲了耶。」我們盡量不提到嬰兒的名字，維持好的習慣。「那小女孩戴著粉紅色的毛帽跟口罩，只露出眼睛。她母親遇到我很開心，說孩子很健康，臉也慢慢消腫，都照我們說的在改變。稱讚你的技術很不錯。」她坐在餐桌前，剛泡好咖啡，用她最喜歡的那個藍色咖啡杯。她相信用藍色的杯子，泡咖啡比較甜，而我常用的不銹鋼杯，她覺得是最難喝的。「然後，她趁一旁沒人的時候，掀開孩子口罩的一角給我看。我覺得她是故意給我看的。」她眼睛看向杯口旋轉的泡沫。「那孩子的嘴巴，歪了七十度，將近垂直。這麼小就承擔這些，難道不會影響孩子的心理？」

「會慢慢水平回來。進食是比較麻煩點，不過現在還小，吃的多是流質食物，我也有預留長牙的空間。如果什麼都不做，BF-11 將來也會被牙齒排列不整齊所煩惱，就像她的爸媽一樣。同樣必須做齒顎矯正。現在動手術，她反而不會記得。你說的心理創傷也可以降到最低。」

她嘆了一口氣。「你覺得做簡單的手術很無聊嗎？」沾了一口咖啡，「那些孩子，只是滿足你做手術的慾望吧。整形的人會上癮，幫人整形也會上癮的。當初待在醫科大不就好了。」

「拿捏好距離。妳不是病患，對方需要這項技術，我們負責提供就好。還有那是因為醫學中心不願承擔這種手術的批評跟風險，所以我才自己出來開業。而不是我愛做這項手術。」

我的回答似乎不是她想聽的，她站起來說道：

「人常感受身體的痛苦，卻又容易忘記身體的存在，做了一些傷害身體的事之後，才來找醫生解除病痛。你懂我的意思吧？你沒有發現這個環節反過來了嗎？現在是你的技術創造了一群病患。那些小嬰兒還不懂什麼是臉，不會因為自己長得不好看而不開心，相反的，他們現在對自己的臉感覺很舒服。」

「以後不開心，還不是一樣。」

「這跟大人去整形根本不一樣！你正在協助病患，不對，是協助家長來傷害孩子的身體，為孩子們創造痛苦！」她用力放下杯子，裡頭的咖啡都濺到桌上。「你真的覺得你是在整形嗎？你做的不是整形，你是在讓人去追逐那個更虛幻的影子！」

「克制妳自己。」我看向她的腹部。「藍醫師，妳正在懷孕。」隔天她就回娘家待產。

幫未成年的孩子整形，在那個年代早已不是什麼秘密。每個人都希望自己過去醜陋的樣子，越少人知道越好，越早享受到美貌帶來的利益越好。這也是整形的年齡層不斷下降的原因。除此之外，在青春期整形，也能以身體發育作為搪塞的藉口。而我一下子將技術提升到嬰兒也能整形的地步，社會便再也受不了。正因為這項技術，一個人終於可以在所有人見過他之前就徹底改頭換面，日後連撒謊遮掩也不用。整形的模樣已經等同天生的模樣。父母可以選擇給孩子任何一張好看的臉，擺脫醜陋的遺傳因子所帶來的不幸。

同年十二月，藍雪過世才一個星期，政府就頒佈法令，嚴禁十歲以下兒童進行美容整形手術，不僅兒童自願整形不允許，就連監護人簽署同意書也不允許。自二〇一〇年元旦開始實施。四年後的二〇一三年，更擴大到未成年人一律禁止美容整形。

這對我並沒有太大的影響，畢竟法令一頒佈，國內外就有多家醫學中心希望聘我為教授，或研究室的負責人。當然醫界只是想要保留我的技術，既不是為嬰兒著想，也不是為我著想。這項手術還未形成一套完整的教學方法，也就是於技術上還不可複製，一但我不做這項手術，就沒人會做這項手術。而嬰兒整形還有多少有待開發的領域，以及能運用到哪些醫療上？所有的內行人，都迫不及待的想去瞭解。

這是科學的貪婪，也是我的傲慢。

是藍雪用她的方法阻止了我繼續做嬰兒整形，而我連批評她的資格也沒有。既然我可以說服別人讓他們的孩子做這項手術，為什麼我無法說服自己，認為依希做這項手術跟其他孩子一樣，是值得祝福跟期待的？

我也和那些嬰兒整形手術的父母一樣，永遠看不到孩子原來的臉。

雖然我真的不在意。因為到底有沒有所謂的「原來的臉」，就我現在的理解是，在嬰兒整形的技術出現後，這已經是個哲學命題，也就是一個不科學的形而上的概念。人類完全可以拋棄這種概念而活在世上，不會有任何損失。過去跟未來的幾億年，人類都不是依靠這個而活。

我想藍雪不會是我的敵人，雖然她為女兒整形是我始料未及的事，卻強迫我站到家屬的觀點去思考嬰兒整形各層面的影響。這對醫學的發展也是有益的。

在我去愛丁堡的這段期間，藍雪早把東西收好，整齊放在她的衣櫃。我懷疑她是在提醒我這些東西不能丟，務必代她妥善保管。除了她生前喜歡的物品，以及幾本書外，我知道她有寫東西的習慣，原先一直以為她是在寫日記，但其實只是做筆記。不過數量也夠驚人了，從婚後一直到過世前，大大小小共有共有三十六本。她在永康街的家，應該還留有她之前用過的 181 本筆記——這是從我手邊她筆記本的編號來推測。不過她父親對我始終無法諒解，不願讓我進她女兒以前的房間。

總之她父親和我，各自保有一批她的筆記。這些筆記本大小厚度不一，封皮大多為藍色系，但也有其他顏色。規格上，空白、橫線、格子的都有，更有五線譜本。內容多是條列式的生活項目，像是行事曆、路線規劃、購物清單、閱讀清單，不然就是無意義的塗鴉，偶而還有一些剪貼。關於醫學的不多，也很少心情紀錄。這些筆記，完全可以看出她平日的興趣，但無法看出她的情感跟知識。少數幾本比較有系統：183、184 號筆記是關於籌備婚禮；192 號筆記和新家布置有關，並畫了不少草圖；215 號筆記專門記懷孕的事。有的整本寫完，有的僅寫三頁就換本了。她很少寫標點符號，更會出現亂七八糟的字謎。還有好幾頁，被她自己撕掉了，很可能她在自殺前，就先整理過自己的筆記本。

其中，217號筆記，普魯士藍25K方格3mm車線，這本藍雪生前所用的最後一本筆記，內頁所畫的一個關係表引起了我的注意：

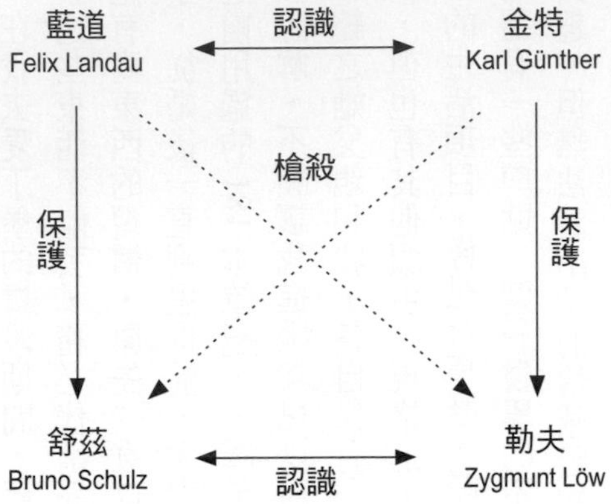

我往前翻。之前連續數頁，不同於其他頁的條列式寫法。密密麻麻寫滿了字，像她所寫的病歷，字跡極度潦草卻有一種協調性的韻律感。中途還換了一隻筆，應該是邊聽邊抄下來的：

牙醫勒夫和畫家舒茲都出生於 Drohobycz（波蘭小鎮？） 勒夫和舒茲 1914 前往維也納 勒夫進入維也納大學醫學院 舒茲則進入維也納科技大學 一戰奧匈帝國總動員 舒茲病弱未被徵召 未畢業就回D鎮 勒夫則入伍 戰後回到D鎮 1919 短暫的西烏克蘭共和國（連同D鎮）併入波蘭 1939 又併入蘇聯 這段時間勒夫往返維也納攻讀牙科博士（是 DDS 還是 DMD?）研究齒顎矯正 勒夫在維也納常參觀藝術史博物館和自然史博物館 或漫步多瑙河畔 每當他到學校的大禮堂 都會遺憾當年 Klimt 的巨幅畫作《哲學》《醫學》《法學》為何沒辦法掛在大廳上方 他一點也不覺得這三幅畫色情或過度變態 反而傳達了人類無上的情操 舒茲則在D鎮的中學擔任美術老師教素描和工藝 他開始在課堂上用粉筆畫圖說故事 同時撰寫長篇小說《彌賽亞》 書中猶太人的救世主就出現在D鎮

1941（Barbarossa 行動）D鎮併入德國 舒茲和勒夫被強迫搬到隔離區 兩人繼續為鄰 彼此雖認識 但舒茲從未給勒夫看過牙齒（why?） 勒夫也從未看過舒茲的小說及畫作 儘管納粹持續清算D鎮的猶太人 但他們分別被不同的 Gestapo 保護 成為私人的猶太人 德籍 Gestapo 金特保護勒夫以維護他頗為糟糕的牙齒 舒茲曾以繪製蘇聯的宣傳畫 以及史達林的肖像畫維生 現在則被奧地利籍 Gestapo 藍道保護 對方有不錯的藝術鑑賞能力

藍道命令舒茲在兒子的臥室 畫上格林童話的壁畫做裝飾 舒茲將自己畫成灰姑娘的馬伕 戴寶藍色的帽子 藍道對成品相當滿意 沒多久 這間美麗房間的小主人牙痛 藍道經同事介

紹帶兒子去給勒夫看診 蛀牙裂成兩半 必須拔牙 藍道在勒夫的客廳抽菸 在窮困 無聊的猶太醫生家裡 他想到去年某個早晨從沈睡中甦醒 為一場處決而報到 二十三個人等待被射擊 其中兩個是女人 他們用剷子給自己挖墳 而那兩個女人只會哭 奇怪的是他感覺還好 完全不為所動 沒有憐憫 沒為什麼 事情就是這樣 然後一切都結束了 心臟一發由他執行 開槍射擊 腦袋在空中開花 頭上給兩槍實在太多了 兩名女子的頭幾乎炸裂

藍道想著這些 被兒子的哀嚎打斷 只見診療椅上 兒子全身抽搐 雙目上吊（epil?） 滿口是血緊咬住拔牙箝 勒夫說是癲癇發作 雖緊急處理 除了原本被拔掉的小白齒 連門牙也咬斷 藍道從未見過兒子這樣 認為是拔牙疏失才造成兒子癲癇 勒夫冷靜解釋說 任何醫生也無法預測第一次癲癇何時發作 拔牙遇到癲癇 機率上自然可能 但從業以來也僅遇過這一次 藍道拔槍抵著勒夫嘴巴 傲慢和對懲罰上癮的他 認為勒夫沒有當醫生的資格 藍道說 牙齒的琺瑯質是人體最堅硬也最珍貴的物質 你們才是蛀蟲 帝國的牙齒的蛀蟲 他打掉勒夫滿口牙之後才帶兒子回家 隔天勒夫的名字出現在公開處決的名單上 由藍道親自處決 而藍道的日記沒有紀錄這件事 他每天寫日記

數天後 1942.11.19 黑色星期四上午 Gestapo 在 D 鎮街上隨機槍殺數百名猶太人 十一點金特在 Czacki 街和 Mickiewicz 街轉角追上舒茲 兩枚子彈穿過舒茲腦門 舒茲手拿麵包距離舊家僅 100m 金特回來告訴同事藍道「你殺了我的猶太人，現在我也殺了你的！」 二戰後藍道在 Bavaria 開一家裝潢公司 他一直是位專業木匠 1959 被捕判終身監禁 1973 赦免 金特則在 1944.8.6 紅軍佔領 D 鎮時陣亡

因為沒見到本人 只能大概說這些

費用 4400 敦南誠品星巴克

紀錄時間是 2009 年 11 月 27 日，我人正在愛丁堡。底下還寫了一組名字「Gustav Krüger」，以及一支手機號碼，擠在角落已不清楚。藍雪在旁刮號註解：「前世今生的專家。但 Mrs. 顧愛上畫家，吵著離婚。」

所以藍雪去算命？那麼這是誰的前世？感覺不出當中哪位是主角，就只是個故事，沒有進一步說明。仔細看更像是篇小說草稿。她從小受她作家父親的影響，平常也會看些文學類書籍，這個習慣讓我從以前就認定她是位情緒化的人。文學給人的依賴，跟嗑藥一樣。當你脆弱時就會覺得需要它，而且服用了之後完全不知道日後它會對你造成什麼樣的影響。就像糖，就像性，都是些最廉價且讓人上癮的東西。

二〇〇七年我第一次到波隆納講課，這是藍雪唯一一次陪同我去義大利。回國前，我們搭乘義大利國鐵去維洛納。下午先去拜訪茱麗葉之家。走進老舊陰暗的長門，兩旁牆上寫滿來自世界各地情侶的祝福，許多遊客見沒空間寫，則用口香糖將紙條黏上去。走到中庭，就看到知名的茱麗葉陽臺。當藍雪跟著眾人仰望的時候，我注意到陽臺下的茱麗葉銅

第九章 Father

Hey ho, lets go! Hey ho, lets go!

馬克思在〈路易．波拿巴的霧月十八日〉開頭就寫道。「黑格爾說過，世上一切偉大的歷史事件和人物，都會重複出現，但他忘記補充一點：第一次是作為悲劇出現，第二次是作為鬧劇出現。」會總結出這樣的歷史規則，在於他們相信時間是一直線的。

但我卻覺得，時間是像DNA那樣，由兩條反向平行的時間軸相互纏繞，往兩個不同的方向螺旋前進。一條通往未來，一條通往過去。於是在這上面交接的任何一點，都正在同時體驗過去與未來，這才有資格稱作現在。所以萬事萬物，都只是種重複。所謂的藝術，也就是人說出了那一刻重複感受的體悟。

九月的第四個禮拜三，本應寧靜無波的下午。我到畫廊的時候，一名身穿制服的高中女生背對著我，就站在一張睥睨眾生的巨大的嬰兒臉孔畫像面前，身形酷似我從前見過的一個女人。

四周的空間，瞬間像是被標上遠近法的視平線，我的感知突然立體起來，充滿勃勃的生機。周遭的事物彷彿一觸碰就有了生命。她就像是一幅畫的重心，當畫中的靜態世界突然轉換為可動時，那所有創生力量的來源。一股不知名的引力吸引我向她靠近。

她似乎也察覺到我的腳步，轉過身來看著我。

本以為已經是回憶的東西，突然復活過來。事情往往是清楚擺在眼前，你不去想、不去看、不去聽，不代表事情沒有發生。這個女孩子不僅長得像珈珈，更像圓明園畫家村那個女人。只是那個女人，早就該連我的青春一樣毀滅了才對。

「依希妳到了啊！爸，她是我朋友，對當代藝術很有興趣，所以邀她來爸的畫廊看看。」珈珈走了過來，站到那女孩子旁邊。如果不是對方髮色較淺，還有女兒身高較高以外，乍看之下還以為有兩個珈珈。

「徐爸爸你好。我叫戴依希，叫我依希就好。」

戴帽子的戴？我腦子突然浮現十幾年前戴醫師的臉。女孩子一邊說自己的名字，一邊用左手指寫字在自己的右手掌上，這個動作也像極了畫家村那個女人。都是左撇子，連聲音也像到不行，同樣低沉帶些主動，沒有珈珈那麼溫潤客氣。正因為她是左撇子，她的一舉一動反而更像是珈珈的倒影。

「珈珈的朋友當然是我的朋友。歡迎，歡迎。」我說。原來她跟珈珈不同學校。

她點個頭，邊看邊走到畫廊櫃臺。由左往右翻了今年度展覽的資料，開口說：

「沒想到上一期是大研俊一的展覽，我很喜歡大研俊一呢。」

「哦，大研俊一的作品很有趣。尤其他鑲嵌的馬賽克畫，塑膠片、不銹鋼片、陶瓷、實在太像了。可以在不同的世代，見到一模一樣的人，該說是我幸運嗎？為什麼長得這麼像畫家村那個女人？那女孩子姓戴，會不會是戴醫師的女兒？可是在珈珈面前，實在是不太方便提到這個人。

我上樓後，一直倚靠在二樓的樓梯口，過了一會兒又走了下來。

就在我想好該問她些什麼的時候，珈珈和她已經不在畫廊。她們跑哪去了？兩個長相相同的人同進同出，到處溜達，還真是詭異極了。

我不禁又想起多年前遺失的那張照片。

戴醫師到底拿了那個女人的照片幹了些什麼事。

當初他說好十二月初回國後，整理完珈珈的病歷，就把照片還給我。可是六號那天晚上，他突然打電話告訴我，「照片遺失了，很抱歉，但真的遺失了。」那時候我就不相信。他是受過嚴格醫學訓練的人，又不是像我這種搞藝術的，怎麼可能說弄丟就弄丟。

當時我按耐下來了，想說給他點時間找找。一星期後再去要照片，卻只見門口貼了一張長期休診的公告。難道和新聞播報的新法令有關嗎？原本以為，他只是避個風頭，沒想到一休診就不打算開業了。真是夠了。逐漸的，診所門前的藍色火鶴像沒人照顧一樣，即便沒有死盡，卻也雜草叢生。

當時我更猜想，他可能已經移民到國外去。像他這種高人，沒有必要一直留在臺北吧。我確實暗地裡曾希望他離開這塊地方，這樣就只有我跟敏娜知道珈珈那張臉的秘密。這也許是他扣留住那張照片的原因，奉勸我，別隨便動他，連有這樣的念頭也不允許。因為他已經實實在在掐住我們一家的脖子。

之後我就很少去那一帶。沒想到三年後某一天，我特地開車到安和路那兒的酒莊去挑幾瓶干邑白蘭地，卻發現診所重新開張了。門口的火鶴也重新栽種過。那天是主日，基督復活的禮拜日。我將車子直接停在門口，進門要討回我的東西。戴醫師一見到我卻說：「當時已經遺失了，現在當然還是遺失了。那麼重要的照片，難道你自己沒有翻拍備份嗎？」他說話的語氣，像是變了一個人似的。

「請把照片還給我。那張照片對你而言沒有任何意義，你拿了，就只是佔有。」

「都說遺失了，我也願意賠償，徐先生需要我理賠多少？」

要命。我的腦子一片混亂。

「**Bastard!** 最好是遺失了。」敢用錢挑釁我，「**Merde! Ferme-la!** 最好事實有你說的那麼簡單！」我將他桌上的東西全掃到地上。一把揪住他領子，嘴裡不停大喊，「**Tu me churches? C' est con! Tu cherches la bagarre!!**」重重將他壓在拉斐爾的聖母像前。跟這傢伙已經無法溝通了。我想就算是診所外，也聽得到我的怒吼。該死，真是失禮。我生平最痛恨的就是買賣肖像畫，怎了現在還淪落到買賣一張半身照去了？

「不要考驗人性，不然會招來可怕的後果。」我警告他說。

之後我就再也沒去過那家診所。

說起暴虐無道，我們虛構的故事，從作夢、作畫、說謊、寫小說到拍電影，遠比不上真實世界所發生的事情來得讓我們擔憂和畏懼。這就是真實與虛構的差別。藝術品是真實存在的東西，毋須想像就已經在那，最重要的就是給予觀賞者直接的感受。如果無法給予人直接的感受，還得附加一堆文字來幫腔，那麼除去文字說明之後，眼前這堆東西還剩下什麼？今天大家都太有思想，作品反而越做越醜了。

珈珈交了一位新朋友，我應該高興才對，而不該自己胡亂加了這麼多想法。可是我怎麼覺得，我的畫廊第一次出現贗品。

當天晚上，珈珈明明有鑰匙，卻刻意按電鈴要我開門。我開門之後，才知道她帶了那位新朋友回家作客。這時敏娜正在廚房，問我珈珈回來了嗎？我竟下意識地回答說：

「女兒她們回來了。」

我問珈珈，怎麼突然帶朋友回來，早點說，家裡才知道要準備。

她笑著說。「因為我跟依希說家裡有一幅夏卡爾的畫，她很想看嘛。而且媽平時做菜就很好吃，不用特別準備呀。」接著她就帶朋友，在玄關脫好鞋子，進門去瞧那幅《粉紅色長頸鹿》。

當敏娜從廚房出來，看到珈珈的新朋友，立即回頭望了我一眼。和我一樣不敢置信吧。簡直像客廳鏡子裡珈珈的影像，穿過空間的阻隔，走出來悠閒地坐在沙發上一般。

敏娜笑著打聲招呼之後，就把我拉到廚房去，小聲問我說。「會有人長得這麼像嗎？該不會是戴醫師把別人家的女兒，也整形成我們女兒的樣子吧？」

敏娜說得對。雖然珈珈手術完沒多久，臺灣就嚴格禁止為十歲以下的兒童整形，但在那之前有多少嬰兒做過整形手術？當初戴醫師也沒透露，他只是很有自信地說，之前從未有過手術失敗的例子。之後他當然可能繼續做著違法的整形手術。

「更有問題的是，」我說。「那孩子就姓戴。」

敏娜聽完搖搖頭，剛好爐子也滾了，就轉身去處理。

看著廚房砧板上切好的帶皮火腿，我想到波赫士的詩集《布宜諾斯愛麗斯激情》裡頭的那首《肉鋪》：

肉鋪帶給街市的羞辱
甚至比妓院更為不堪。
一顆冷漠的牛頭
雄踞在門楣之上，
以似是而非的偶像威嚴，
俯瞰著
雜陳的肉塊和大理石的地面。

如果戴醫師也把其他孩子，整形成珈珈的樣子，那他的整形診所無疑是一家毫無品格的肉鋪！珈珈的臉是屬於珈珈的，是特別訂製的。而且這張臉不是戴醫師自己想出來的，是我提供照片給他的。

他怎麼可以再去為別人做出一模一樣的臉來！還騙我說照片弄丟了！

用餐的時候，敏娜問珈珈，兩個人不同學校，是怎麼認識的？

那女孩子主動說了自己在校際活動認識珈珈的經過，還有初次見面說什麼話，都交代得有條不紊。珈珈則坐在一旁專心吃著東西，沒插話的意思。這顯然不是真相，敏娜也越聽越狐疑。她看似粗心，實則做事情非常乾脆，像是沒聽清楚一樣，突然對那女孩子說：

「戴依希？名字聽起來很像戴醫師，還以為是在介紹職業呢。」

「確實有老師這麼說過。而且我爸爸剛好是醫生。」

敏娜聽了她的回答，並沒有什麼太大的反應，只親切問她父親在哪間醫院高就。女孩子說，她父親是自己出來開診所。「就在安和路靠近仁愛路口，仁愛國小的斜對面。」敏娜繼續確認她問。「是靠近 CH WEDDING 婚紗店，門口種著藍色火鶴的整形診所嗎？」

「對呀，那間診所就是我爸爸開的。我們家就住在樓上。」

沒想到她真的是戴醫師的女兒，可是為什麼她的臉？當下坐我對面的珈珈，好像注意到了我的異樣。此刻敏娜也轉頭過來看了我一下，臉上卻是帶著微笑。她的微笑第一次如此接近珈珈的微笑。

「原來那間診所就是妳家呀。門口的火鶴真漂亮，是難得一見的品種吧。每次開車經過都覺得印象深刻呢。」敏娜神采奕奕地說，兩頰竟也紅潤起來。

「那是夏威夷的特有種，臺灣很難找到的。所以我爸爸很照顧那些花。」

敏娜心裡似乎有了個底，就沒有再繼續問戴醫師的女兒什麼了。但我心裡卻冒出更多疑問。她真的是戴醫師的女兒？是有血緣的女兒，還是沒有血緣的女兒？現在戴醫師給我的感覺就是個瘋子。瘋子和神經病的差別，就是瘋子是真正的瘋狂，毫不虛假。

餐桌前的情景，不由得讓我想起曾梵志那幅《最後的晚餐》。十二位戴著同款白色面具的使徒，和一名戴著同款白色面具的基督，大夥兒共進晚餐，分食著一顆西瓜。

實在是令人倒盡胃口。

珈珈和戴醫師的女兒，兩人就像是一對雙生子，連動作都微妙地對稱起來。她們是我的女兒？還是戴醫師的女兒？還是我們兩家共同的女兒？過去三個人的餐桌是四張臉在吃飯的幻覺，居然荒唐成真了。珈珈整形後，原本我以為能夠簡單地活在真實之中了，沒想到理念還是跑到了前頭！

車爾尼雪夫斯基說過：「真實即美。」王小波特別不同意，反駁說，「真實怎麼會是美的，真實不可能是美的，必須是想像中的，創造中的。」事實上兩邊說的都對，也都不對。

當真實壓制了理念，人就會去想像是否還有更美的事物。艾菲爾鐵塔不就是這樣憑空想像出來的嗎？而當理念又勝過了真實，這世界便又會突然冒出許多更美的偶然事物。像自然形成的美景，以及那些天生就長得好看的人、好看的動物，他們的誕生就是在不斷超乎我們的想像，讓我們嫉妒，苦苦追趕，不斷追趕。美即是在兩者的較勁下，循環演化。任何美都是此種動力學下的暫時性的結果。

如今在冷白的燈光下，剛好可以讓我把戴醫師的女兒看個仔細。幸好當初我就反對敏娜在家裡裝設米黃色的燈管和燈泡。那種不切實際像是很溫柔的光線，會在觀看藝術品時，造成色澤上的偏差。

珈珈和戴醫師的女兒，到底還是有所不同。珈珈的肌膚更為白晰，頭髮更黑更直，眼神更為清澈，鼻子的弧度也更完美。尤其是珈珈的微笑，戴醫師的女兒雖然有那樣的臉型和嘴型，卻笑不出那種感覺。

這就是天生資質的差別。就像金屬製品，即使灌注到同一個模子中，不同比例調配的合金，就有不同的光澤、質感、硬度。整體而言珈珈更為精緻，只能用完美、完全、完善，來形容。我相信任何人看到她，都不免拿自己的外表和她比較，而自慚形穢起來。珈珈的美早已超越性別、物種、人神之間的藩籬。

這樣至高無上的美，卻如此平凡的，每天在這張餐桌前展示。使得這套桌椅，這些餐點，也跟著崇高了起來。並且再擴及出去，延伸到這個家的擺設，這條伊通街、伊通公園、市大同，這些跟珈珈有關的每一樣都東西，全部都跟著神聖了起來。在我眼前，這一切的總和強大到不可思議。

以前我就說過了。珈珈整形前，我不懂美醜；珈珈整形後，我不懂善惡。

這些年珈珈以自身的存在，擊敗了人們對於對於美的認知。但蟄伏一段時間後，人們的理念又開始蠢蠢欲動，已經在想像、在構思比她更精緻的人類、更美的臉孔。企欲追趕上她的美，等待時機一次反撲。這便是戴同學這類贗品，今天會出現在她面前的原因。

在藝術這條道路上，哦不，戴醫師不喜歡我說他是藝術家。在醫學這條道路上，超越自己以往的作品，想再次整形出一個比珈珈更美的嬰兒嗎？而為了完成這項挑戰，在法律禁止嬰兒整形的情況下，只好就近拿自己的女兒開刀？這種雪萊夫人才想得出來的戲碼，就是他那壞掉的腦子裡念茲在茲的東西嗎？

我才領悟到，最後決定珈珈五官的不是那張照片，而是戴醫師本人。畫家村那個女人並不是珈珈的模子，戴醫師才是那個模子。生物學上有個說法，因為子女不是父親懷孕生下來的，為了取信於父親，外觀上都會長得比較像父親。也就是說，父親掌握了孩子外表的基因。真是胡鬧呀。這樣說來，戴醫師竟然比我有資格稱作珈珈的父親了！

即使每個人要求整形成不同的樣子，那鼻子、那眼睛、那嘴巴，各別來自不同的範本，但整形之後往往大同小異，沒什麼不一樣；理髮也是如此，每個人指定不同的髮型，剪出來結果都差不多。會這麼尷尬，就在於出自同一位整形醫師、同一位髮型師的手藝。這就跟畫家即便每次找來不同的模特兒，畫出來卻都像同一個人，是一樣的道理。藝術家因為自己的主義、自己審美的好惡、自己技術的侷限，而有專屬於自己的風格。所以我才一直說，最高段的藝術家是沒有風格的藝術家。

我敢肯定戴醫生的女兒被整形了，而且是整形成畫家村那女人的樣子。但這絕對不是戴醫師本人的手藝，怎麼看都像個仿冒的次級品。

藝術風格的判斷，我是不會錯的。可是這種事怎麼可能發生？

戴醫師說過只有他才會做這種手術，這麼自負的人，這話肯定是不會吹牛皮的。何況戴醫師又怎會放心把自己的孩子交給別人動手術，而不自己來呢？又為什麼一定要整形成那個女人的臉？最難堪的是，正因為粗糙濫製，這孩子反而長得更像郡芝。拿杯子的手勢，咀嚼的樣子，還有那無意中總會不自覺地流露出的驕傲的神情，都和我回憶裡的郡芝劃一不二。

不過至少知道戴醫師拿走那張照片的用途了，可以肯定照片還在他手裡。

就在珈珈的新朋友回去前，我拿出腳架，用那臺經點款的拍立得彩虹機，為大家照張合照。一共拍了兩張，當場送給戴醫師的女兒一張。照片中，我和敏娜坐在客廳的沙發上，兩名女孩子站在我們後面，更後面的是那幅《粉紅色長頸鹿》。

「長頸鹿的頭，真的離身體好遠喔。」珈珈看著照片說。

因為珈珈這句話的提醒，之後幾天，每當我在家看見這張照片，就會想到一四六五年明憲宗朱見深所繪的《一團和氣圖》。我曾在北京故宮親眼見過那圖軸。畫中的慧遠大和尚、陶淵明、陸修靜，三個人扭曲成一顆球體，並且只有一張臉。這種將多重角度的人臉和肢體組合起來的畫法，比畢卡索一九〇六年成立的立體畫派還早了四百四十年。究竟這幅畫，是三個人擁有相同的臉？還是三個人共用了一張臉？我怎麼看都像是當中的某個人，挾持了另外兩個人。

相較於郡芝這個「原件」，珈珈和戴醫師的女兒，也不過是她的複製品罷了。這麼說來，也許珈珈和戴醫師女兒的臉，早就被郡芝的臉給吞噬掉了。一個人臉形狀的黑洞，將周圍的發光體如蛀蟲般啃蝕殆盡。看起來好像共同擁有一張美麗的臉，但其實根本就不存在她們的臉了。

一想到這就讓我不服氣。

更令人厭煩的是，敏娜故意把這張合照放在客廳最顯眼的位置，就在電視機旁的洛可可鎏金櫥櫃上，擋在眾多照片的前面，而我一點移動它的理由也沒有。

之後珈珈就常跟戴醫師的女兒出門。我就見過她們在伊通公園聊天，遠遠望過去，珈珈根本像是對著一面鏡子自言自語。模仿的意思不就是你會我也會，你有我也有，你做得出來我也做得出來。這兩個女孩子一直在相互模仿。雖不至於影響課業或怕被帶壞，但戴醫師知道他女兒跟我女兒是好朋友嗎？敏娜又是怎麼想的？看她一副要她們兩個結拜姊妹的樣子，她心裡似乎有別的盤算。

那天黃美心來我的畫廊，同樣指著伊通公園，說看到過珈珈跟一位很長得很像她的女孩子坐在一起說話。她問我，「女兒是雙胞胎嗎？」我為了省麻煩，就說了是。

「以前怎沒聽徐先生提起過？」

她倚靠在櫃臺，雙手放後頭，陽光從她的側邊照進來。每當我看不到對方的雙手，就會提高警覺。她身上的灰色洋裝像是一塊布所剪裁，有犄角般的墊肩，裙口底下，是一雙十公分高的灰色高跟鞋。為了和我見面特地穿的？應該沒會錯意吧。和敏娜相處久了，我也對女人身上的衣物越發敏銳起來。

「一看就知道是雙胞胎，又何必特別介紹呢。」我像是不好意思說。

「原來摩珈真的是雙胞胎，她在畫室從來沒跟我提起過。可是為什麼她們穿著不同學校的制服？」

這算什麼問題，藝術家有時真他媽的有病。

「因為考上不同的學校。」我說。

「噢，也是啦。」她雙手依舊放在身後，走近我說。「近期我完成不少作品，之前跟你提到的《御守》系列，差不多夠開個展了。我把芝麻街的艾蒙、穿過的女性內褲、用過的保險套、一份生魚片，都拿到工廠鍍金。結果你知道怎樣嗎，原本那毛茸茸的，還有軟趴趴的東西，都有了一層堅硬的金屬外殼。」她看我繼續在等她說話。「當然不只是這樣。這些東西鍍金之後，我再用立體投影機，將實物投射在一個布置好的自用住宅，和其他物品混在一塊。但凡是黃金之物，全是觸摸不著的數位影像。」

「怎麼會想到要這麼做？」我倒覺得有趣了。

「就想讓東西先變硬，再讓它虛無啊。」她一直都在櫃臺前，當期的展覽看也沒看。

「聽起來很不錯，看似完全封閉，伸手去碰觸，卻又完全開放。」我不免學起她說話的腔調，稍微往上看她的頭髮，像在想像那畫面。「倒是讓我記起日本攝影師Hel，他為東京保險套專門店Condomania拍攝的性愛真空包。好幾年前住在原宿的旅館，我曾經逛過那家店。」在那買的保險套，當晚就用上了。為什麼那天幸原的白色T恤，胸前要印著數字8呢？「一對對全裸的情侶，被裝進透明的真空袋當中。擺好交合的姿勢後抽光空氣，讓透明的塑膠薄膜緊緊貼住皮膚。Hel便利用這短暫的幾秒，拍下一系列的照片。」

剎那間我領悟到，

那其實是無限8。

「概念上有點類似。我不否認塑膠對生活還有藝術的影響實在太大，太全面了。但Hel那只是照片，我做的可都是能展覽的藝術品。」或許為了抗辯，她雙手終於伸到前面說。「我不喜歡那些藝術攝影。大費周章搞了一個現場，拍了幾張照片後，也只能在平面媒體上來呈現。怎麼想都不划算。」

「沒錯，照片就該拍些自然點的東西。」我點頭說。「要我幫妳接洽展覽的場所嗎？」

「明年初的首爾藝術雙年展有主動邀請我了。到時候你也會去吧，覺得你最近比較懶得往國際上跑。怎麼了，在家過得太安逸了？所以說還是單身比較好。有家庭礙手礙腳的，做什麼都有人管，有人過問。」她又想到那件事，「那是摩珈的妹妹嗎？」

「她們平時沒有分誰是姊姊，誰是妹妹。」

是這樣吧，我想。看來我得多瞭解一下雙胞胎的心理和相處模式。

「反正她們姊妹要一起跟去也可以，機票我來訂吧。主辦單位有特別為藝術家安排住宿，都是女孩子，跟我住很方便。」她倒是很大方。

「高三了，要認真讀書。功課不是挺好。」我又補充說。「兩個都是。」

「也才去幾天，書會少唸到哪。明洞、清潭洞、東大門，摩珈都還沒去過吧，她不是很喜歡聽 **K-Pop** 嗎？像她這麼漂亮，只要在網路弄個官方帳號，放些照片、影片，再找幾個同學組應援團，就他們班吧，這樣就算素人出道了不是嗎？我很期待啊。」

「年輕人都喜歡流行音樂，沒什麼吧。」畫廊正播放解密兄弟那首〈白噪音〉，他們專輯的封面，以白線勾勒五官，相當適合電子音樂那種由合成器製造出來的雜訊。我從口袋拿出手機，敏娜又要我去幫她買東西了。「妳最近對這有興趣？」我放回手機說。

「不如找一間娛樂公司，好好栽培她囉。」她轉身繞到櫃臺後方，隨意坐在櫃臺的椅子上。「也許摩珈的天賦的是在別的方面。她在我這邊學習，我有這種感覺。那條界線其實相當明確。」

「珈珈的興趣是畫畫。」我提醒她。

「你應該站在別的角度來看摩珈，而不是都以父親的立場。我認識一名韓國娛樂公司的經紀人。上個月，對方來我的工作室參觀，他說幾年前在光州雙年展上看過我的作品。我跟他聊了些剛從舊金山藝術大學展覽回來的心得。對方蠻有品味的，連當代藝術就是種美國藝術，都知道。」

「哦？」我問。「現在連娛樂公司也想搞藝術了嗎？該不會要找妳做場布吧。」

「幹嘛說得這麼酸。怎樣，有興趣了嗎？我有他的電話喔。他叫Cooper，是很大方很有禮貌的一個人。比起你，」她仰頭看向我說，「他更討我歡心呢。才來拜訪沒多久，首爾雙年展的藝術總監，就寄邀請函給我了。我想是他的緣故吧，他還約我去看他們藝人的表演。」

「既然對方這麼快就收買妳了。妳不如找他去韓國，自由行就有地陪，也可以不用花錢買本旅遊指南。反正對方在娛樂公司工作，少不了帶妳去些內行人才知道的景點。」

「聽起來你好像很介意。」她嫣然笑說，想了想。「既然你不讓摩珈她們去，那就我跟你吧。我想順便去慶州的佛國寺走走。你想去嗎？」

「佛國寺嗎？附近石窟庵的大佛也挺不錯的，那就我們吧。」

美心在得到我的允諾後，便滿意地離開了。轉眼之間，畫廊變得空空蕩蕩。

她是位不錯的女藝術家，作品相當好賣。先前她在法國現代藝術美術館展出《割臉》系列：十幾幅油畫肖像，臉被以非常銳利的直線或曲線割開，再黏合起來，但有些偏移，不像原本的臉那樣對齊。總之就是稍微有點不一樣了。那張重新黏合的臉，各部位間就像德希達所說的延異，Différance，是這樣的關係。

說這女人有天分亦不為過。但現在大概覺得和我熟了吧。人只要相處久了，就會我看扁你，你看扁我。以後除了商業上的往來，還是慢慢減少和她接觸比較好，起碼遇到時還有個尊重。說真的我不討厭她。她身上那種像是克里斯多-耶拉瑟夫包裹萬物的頑強，我真的相當欣賞。

她的工作室和戴醫師的診所同樣位於安和路上，平時要見到戴家人的機率是蠻高的。不過她會來畫廊和我說這些，表示她住在安和路的這些年，從來就沒遇到過戴醫師的女兒，所以也不代表她們之後就一定會遇到。無須杞人憂天。就算遇到了，發現根本不是我說的這回事，那又如何。反正我一直睜眼說瞎話就對了。女兒那邊肯定也不會搭理她的吧。

沒多久，十月藝術界的重頭戲，臺北佳士得秋季拍賣會正式登場。

臺灣的收藏家，自九〇年代嶄露頭角後，一直是全球當代藝術的前六大市場。2020年佳士得首次在臺北舉辦「亞洲當代藝術晚間拍賣會」，見證臺灣收藏家的堅強實力，獲得超乎預期的收益——那時候稅制已經改革，拍賣不再被課重稅。於是佳士得便在臺北的辦事處，增設展覽空間與拍賣中心，定期舉辦拍賣會。由於我是畫廊協會的成員，每年都會收到邀請函，今年自然也不例外。

當晚我抵達位於安和遠企的佳士得拍賣廳，臺北多家畫廊的負責人早已經各就定位。他們有的肩負海外收藏家的委託，有的則是來結交朋友，有的單純來感受一下最新的藝術脈動，為明年的展覽做準備。在此多位政商名流、資深藏家齊聚一堂，迎接今晚的藝術盛宴。

「你知道趙無極的畫，看上去總是一團雲霧，像把透納的暴風雨給搬到了外太空。他幾乎不畫人，這點又是非常中國山水畫的傳統。所以自畫像大概不會有別幅了。」行前薩勒蒙先生特別在電話中叮嚀我，看今晚能否幫他取得趙無極早年在杭州藝專所畫的那幅自畫像。

等問候過幾位朋友，我坐到位子上，拿著一臺 Pad 瀏覽今晚的拍賣資料。我習慣坐在中央走道旁，方便我清楚舉牌，也方便走動。就在七點準時開始前，一位男士坐到我身旁的空位。他身穿黑色襯衫，外加一件藍色的馬甲背心，戴 Oakley 的黑框眼鏡，這都還好。但他將染成銀白色的頭髮，上油之後再往後梳，這個造型讓他與現場的來賓們極不相襯。

我轉頭看一下會場右側的高台，是電話與網路競標的工作位置，又看了後方記者席。心想，也許是工作人員或記者吧？但隨後看他翻著紙本圖錄，手中也亮出號碼牌，肯定是位買家了。

他見我在打量他，向我微笑示意。

拍賣會隨即正式舉槌。今晚計有二十件畫作拍賣，囊括了亞洲藝術市場上作品最貴的幾名當代畫家。

「嗨，我第一次來拍賣會。」當拍賣來到了第五件作品，那位男士開口向我打招呼。

「以前聽一位開古董店的同學說，拍賣會是一種由法院制度演變而來的交易方式，是一種金錢遊戲，一個藝術品的賭場，要我有時間一定要來見識一下。不過拍賣官喊價的速度也太快了吧，這樣根本沒時間讓人思考不是嗎？」

「之前已經有巡迴預展，讓買家評估過藝術品的情況。」我看著臺上越南畫家黎譜的畫作說。

「是這樣啊！」他笑說。「但還是有點快不是嗎？」

「買家早就決定要買哪些作品，也想好競標金額的上限。輪到想要的作品拍賣時，看有沒有人跟著競標，一旦金額超過上限，大部分買家就會自動放棄。整個過程，其實也無須花太多時間。今天平均五分鐘一件，並不算太快。」我看向前方的拍賣官說。

「要不要繼續跟價，不會很難抉擇嗎？」

「如果你想考驗自己的極限，確實可以不斷把金額一個一個往上加，直到分出勝負。」

「分出勝負？不是因為喜愛才收藏跟投資的嗎？」

外行就是這麼囉唆，我有點不耐煩了。「很多人以為藝術買賣都是出於收藏或者投資，但也有不少人，是在尋找錢的正確使用方式，包括如何從消費當中獲得最大的快感，而拍賣競標是比賭博更安全，也更有品味的賽局。」說到這，黎譜的作品已經成交。

「您有想買哪一幅畫嗎？」他問我。

「有。還在等。」我雙手插口袋說。「那麼你呢？看上了哪一件？」

「有的，但也還要再等一等。」他點頭說。

到了第十五件拍賣品，就是趙無極的自畫像。經過競價之後，順利被我收購入手。過程甚至有點無聊，但價格在合理的範圍內。雖然首見於市場，但畢竟不是趙無極最典型的畫風。這也是身為另類收藏家好處，對手少，自然不會被哄抬價格。不過身旁這位朋友，還是未見他出價。

終於來到今晚的最後一件作品。

當兩名戴著手套的工作人員，將一幅兩公尺高真人大小的畫像，從後場拿出來的時候，在座的每個人都屏氣凝神。是林風眠留學巴黎期間所畫的《受難》——業界一般稱為《佛陀受難圖》。這張畫自一九二五年他離開巴黎回國，就一直被封存在巴黎租屋處的閣樓屋頂。由於現存的林風眠作品，普遍尺寸較小，少有主題大作，經專家核對簽名，以及與林風眠其他基督系列比對之後，證實是林風眠的作品，隨即造成轟動。構圖類似高更的《黃色基督》，堆積色塊的畫法則運用了塞尚與馬蒂斯的技巧。乍看之下以為只是一般的基督受難圖，然而釘在十字架上骨瘦如柴的人，卻是苦行的覺悟者悉達多。應該說，那仍是耶穌的身體，只是頭戴荊冠的耶穌的臉，被換成了頭頂肉髻的佛陀。由於林風眠早期的畫作，包括《摸索》、《平靜》、《人道》、《悲哀》，這些大型鉅作都沒被保留下來，《受難》也就成為這次佳士得估價最高的作品。經過多方激烈爭奪，十分鐘之後，以估價三倍的3,2100萬新台幣，相當於1000萬美元的價格，被電話競投的上海藏家買走。

終於拍賣官收槌，結束這場長達兩個半小時的鏖戰，拍賣會圓滿落幕。共有十位亞洲當代藝術家，刷新個人的世界拍賣紀錄，總成交額也比原本預估的多了 1560 萬美元。而如此活絡的藝術拍賣市場，正是身為一位畫商所樂見的。按往年的經驗，預估明年我的伊通畫廊，營業額至少有 10% 的提升。

「結果，你一次也沒有舉牌。」我笑得自信滿滿，拍他肩膀說。「沒關係的，我第一次來拍賣會也是像你這樣，什麼都沒做就回去了。」

「現場氣氛實在是太熱烈了，完全沒辦法插手啊。尤其最後那張畫，令人震撼，只有到現場，才能感受到這股力量吧。」他又朝我微笑一次。「不過要進到這裡還真不容易。本來以為找媒體企劃部幫我拿一張記者證就可以進來了，沒想到真的有審查記者身份。幸好想到公司之前有位女藝人參加過佳士得的珠寶拍賣活動，請她幫我寫一份授權委託書，才總算以買家的身份進到會場。像這樣的跨國企業，做事果然還是比較有條理。不是嗎，徐先生？」他起身伸出手向我問候。「我叫姜東範。」我也起身和他握手。

從拍賣中心出來後，姜先生說有一家酒吧挺不錯的，氣氛好，基酒也能指定牌子。這時已經十一點，我傳訊告訴敏娜，要和拍賣會新認識的朋友去喝酒，晚點再回去。因為是要喝酒，我把車子停在原來的停車場，和他一同搭計程車前往。

車子沿著和平東路，開到了青田街一家叫「海豚貓咪」的歌劇酒吧。

姜先生禮貌地為我推開門口的木門。裡頭空間極為寬敞，不像一般酒吧裝潢採用冷硬的色調，卻又與色調更淺的咖啡店有所區隔。店內正播放著歌劇。吧臺前的酒櫃中央，有一臺高畫質的曲面電視。酒櫃兩端，各放了一座義大利 Opera Tebaldi 原木音箱，和吧臺客人的耳朵等高。擺放環繞喇叭的位置跟角度，相當高明，以吧臺為中心，五個聲道產生豐富、舒適的反射音場。音相驚人地清晰，顯然有做過實際的定位測試。是行家經營的主題酒吧。店內除了兩三名顧客外，一名年輕的女服務員和一名留著落腮鬍的男酒保，兩人站在吧臺的觸控桌面前，由那控管音響、空調和點餐，顯然還沒有要打烊的意思。

「這酒吧，感覺像在歌劇院。」我走到吧臺說，選了離酒保較遠的位子，方便我們說話。

姜先生毫不思索，點了一杯苦艾酒。酒保過來在他面前點燃酒杓上的方糖，再以專用的水壺注入冰水，原本清澈的碧綠色，產生了濃稠的懸乳效果。我點了一杯綠色的 Mojito。古巴白蘭姆酒裡，大量的薄荷、大量的檸檬片、大量的冰塊，酒精不到 10%，今晚沒有喝醉的打算。

「徐先生，拍賣會上就想跟你說了。這雙金色的孟克鞋，非常有品味。」他舉起杯子敬我說。

「我太太挑的。她對服飾比較熱衷，有時候我穿得太邋遢，她怎麼樣都不願意讓我出門。」我又看了他那銀白抹油的頭髮，笑說，「姜先生，起初我還以為你是會把『蘇富比』跟『富比士』搞混的那種人，這種人多的是喔。最後，你到底看上哪幅畫？現在總可以說了吧。」

他沒有被我激怒，反而從皮夾抽出一張粉紅色的名片遞給我。

「我在 Queen Rose 娛樂工作，叫我 Cooper 就可以了。徐先生，我直說吧。事實上，您現在應該也猜到了。我和 QR 公司想簽的是您的女兒，徐摩珈。」

我看著他的名片。姜東範／강동범，韓國人？中文竟然說得這麼標準。他就是美心新認識的那位韓國朋友吧。人果然不能有所喜好，不然就容易被人投其所好了。我繼續淡定地喝著酒。星探會看上珈珈，也不是什麼令人意外的事，雖然煩人，但也不是沒遇過。敏娜就常叮嚀她，盡量別去東區跟西門町。記得上次遇到這種事，是珈珈國二的時候吧。安靜了好一陣子。

「你以為我會答應嗎？」我把名片放進口袋。

「雙方如果都能滿意的話，也不是不可能。徐先生有什麼疑義跟條件，儘管開口，我個人會盡最大的努力，促使公司與您達成協議的。」

「不可能的。」我說。

「您先別急著拒絕。QR 娛樂是韓國的股票上市企業，擁有雄厚的資金與人脈，不僅跨國成立分公司，更擅長運用新媒體宣傳。更重要的是我們非常保護藝人，是一間值得信賴的公司。」

「哦？」我喝了一口酒。「那麼你們，打算和我女兒簽怎樣的合同？」

「QR 一方願意給最優惠的合同，先簽五年，之後再看摩珈有沒有意願留在 QR。就算中途跳槽，違約金也不會太多，因為我們相信摩珈會喜歡我們的公司。出道前的練習生課程全都是免費的。收入方面，和公司對半分，比其他藝人三七分的合約其實優惠很多。」

「條件確實開得蠻好的。我也是經紀人，藝術經紀人，也算瞭解你們的做法。」我嚼著薄荷葉說。「你應該也跟我女兒聊過了吧。那麼她是怎麼想的？她想當藝人嗎？」

「她說自己比較喜歡畫畫。」

「這是當然的。」從以前珈珈就沒搭理過這些人。

「不過，因為擔心自己無法成為藝術家，所以摩珈現在並不排斥當藝人。她的意思是，讓爸媽來決定。所以我今天才會特地來問徐先生的意思。」

「我不相信。」我笑著說。

「她似乎不滿意自己的作品，也感覺到別人不喜歡她的作品。」這是他看了珈珈作品的感覺嗎？珈珈不可能告訴他這些，美心也不會。看來他不像美心那麼好打發了。

「那你覺得珈珈的作品如何？」

「雖然還未好到可以稱作藝術家，但也沒有她想的那麼糟。」

「怎麼說？」

「徐先生，是你們讓摩珈陷入這種處境喔。你們給了她太不平凡的容貌，不管她做什麼，都會跟那張臉一塊被打分數。」他看向前方的酒櫃，那些葡萄酒正按著年份橫躺排列。

「正因為那份外表，她的能力很容易被人輕視。連帶她也無法肯定自己，對自己有更高的要求，這種焦慮，反而容易造成她出錯。」

「漂亮有什麼不好嗎？我覺得挺好的。」

「我不否認徐先生的看法，但那是因為擁有這些極佳條件的人，和我們的生活隔著一段距離。摩珈並沒有給人這樣的距離，她太容易就可以親近了。雖然擁有那份美貌，不僅未得其利，反而深受其害。徐先生有想過，幫珈珈製造出這樣的距離嗎？」

我沉默不語。深夜聽著歌劇，感覺酒吧內像有個壁爐，劈劈啪啪地燒著。剛搬到巴黎的時候，我把很多以為重要的東西，千里迢迢帶了過去，最後泰半都還是丟進巴黎家的壁爐了。

幾分鐘後他開口說。「最適合摩珈的環境，就是藝能界。那是一個無論內在如何，以外表就能讓人心服口服的圈子。只有當藝人，摩珈才能獲得最正面的肯定，獲得這社會最多的資源。成為偶像之後，日後無論想轉換哪個跑道，明星的光環，都能夠為她想做的事情加分。屆時她的外在與內在，也已經被大家畫上等號，不僅能接受她的美，也能接受她其他的才華。」

還蠻會分析的，不過，「你的意思是，人只要長得好看，就應該走你們這一行？」難道當初我帶珈珈去整形，就已經幫珈珈選擇好這條路了嗎？也就是說，眼前這個姜東範竟然是我自己招惹來的？

我握著過於冰冷的酒杯，或許今晚點錯了酒。

「每個人都應該以自己的長項，來和社會上其他人競爭。徐先生難道不想給摩珈，一個發光發熱的舞台嗎？」他話甫說完，女高音就發出過份激昂的嗓音，搭配電視的藍光，一波波衝擊我們的臉。

「舞台？」我點點頭。每個人自然需要一個舞台，只是珈珈的舞臺絕對不會是演唱會跟攝影棚。

「不過在簽約之前，還有一些疑惑，想當面向您問清楚。」他喝了一口酒。

「什麼疑惑？」他似乎誤會我點頭的意思。

「為何摩珈有位朋友，和她長得一模一樣？」他朝我說，「徐先生知道『朋友』的意思吧，既然彼此是『朋友』，就不應該長得一樣才對？」

「你在哪邊看到那個女孩子？」

「伊通公園。就在徐先生的畫廊對面。」

「她們是姊妹，只是在分別在兩個家庭長大。」冰塊咔一聲，我鎮定地說。他這是在跟蹤我女兒嗎？進行所謂的「商業調查」還是怎樣？他到底還想知道多少？

「喔，是這樣啊。」他像是早知道我會這麼回答他，「這麼說來，誰是她們的生父與生母呢？徐先生離過婚嗎？請相信我沒有要冒犯您的意思。我先說明唷，並不是我要刻意打聽您的隱私。而是，這是我工作的一部份。身為經紀事業部的一員，我有必要瞭解新人的基本狀況，才能進一步推薦給公司。不過，」他緊接著說，「如果這是徐先生不願公開的秘密，您不想說的話，我也不會繼續追究。畢竟摩珈絕對是值得我們公司投資的新人，這確實也不是什麼會影響她演藝事業的問題。」

雖然他說得客氣，但聽起來就像是要來揭我的底。今天這傢伙不過是個星探，說什麼公司規定、作業程序，就好像突然有了什麼正當理由來侵犯我家的隱私了，就可以合理化的去挖掘別人的過去。他已經知道戴醫師的女兒，會不會也查到戴醫師的整形診所，而有了什麼奇怪的聯想？萬一珈珈真的成為公眾人物，對珈珈感到好奇，並認為大眾有權益知道珈珈「真面目」的垃圾，只會更多吧。

現在我只想搞清楚，這個姜東範對珈珈瞭解到什麼程度，到底還掌握了什麼。

「那你覺得誰是她們姊妹的親生父母？直說無妨。」

「肯定是徐先生跟徐太太這邊。畢竟徐太太跟摩珈，有幾分相像。徐先生跟摩珈兩姊妹，感覺上也有種說不出來的同質性，那是除了血緣以外很難解釋的一種羈絆吧。當然像這類的問題，」他好像突然想通了一樣，搖著酒杯，開朗地說。「驗個 DNA 就知道了，徐先生還需要問我嗎？」

「也是。」瘦高造型的 Tebaldi 音箱，其典雅純淨的音色，正些微震動著酒杯。

「只不過，這是連摩珈也不知道的過去吧？她已經感覺到爸媽有什麼事情瞞著她。她曾比喻，感覺像是自己小時候生過病一樣，只不過這病每天都在好轉，所以家人就覺得沒有說的必要了。但不管是父母的做法，摩珈的想法，我都是可以理解的。」

理解？他理解個什麼。說得好像已經是珈珈的保母經紀人一樣，都還沒簽約不是嗎？這是在套我話吧。對了，他怎麼知道我今晚要來佳士得拍賣會？又怎麼知道照例我會邀朋友去喝酒？

「今天你怎麼會來拍賣會？」

「是徐太太的建議。」他不假思索地說。

敏娜說的？她知道自己在幹嘛嗎？還有這傢伙到底鎖定我家多久了？一個月、兩個月？半年、一年？

好幾年前，敏娜和同學們相邀去北投泡溫泉，月經來了卻流血不止。當我趕到榮總的急診室，只見她虛弱地躺在病床上，雙手滿是鮮血，緊握著我的名片。她慌張地說，怕自己會死掉。

「沒事的。」我說完，拿著溫熱的毛巾，幫她擦手，也把我的名片擦乾淨。

Nirvana 的首張單曲〈Love Buzz〉，限量發行一千張，每張唱片上都有編號。我的名片也每張都有編號，並紀錄發給了誰。上頭金屬刻字的號碼很新，那陣子我只發出一張名片，就是敏娜那位即將到法國擔任外交官的同學。為什麼這張名片會在敏娜手上？那晚不是姊妹淘的聚會嗎？但看她經血流這麼多，兩人就算見面也成不了什麼事吧。我也就沒有過問敏娜這些。

「我太太怎麼說？」

「徐太太說由徐先生決定。不過，」他自信地說。「徐太太是支持摩珈進演藝圈的。」

我不免搖頭笑了出來。「小時候我常去北京動物園，喜歡站在動物園美麗的大門口拍照。後來長大了，到巴黎，到臺北，就不怎麼喜歡動物園了。動物園裡的動物，聽說很容易養死。也不是動物園缺錢，或技術不夠什麼的，而是動物園為了方便讓遊客觀賞動物，於是把動物的生活空間想盡辦法集中到一塊玻璃前面，以致於環境變小也變差，還常常受到人類打擾。」我的 Mojito 早已喝完，但冰塊還疊得很紮實。「難道你也要我把女兒塞到那小小的鏡頭前嗎？儘管生活再光鮮亮麗，到世界各地拍戲、演唱、巡迴什麼的，終究還是在鏡頭前面不是嗎？跟動物園的那塊玻璃又有什麼兩樣。」

他一副覺得我誤解什麼的樣子，大概又在想著怎麼說服我吧。

「人沒有判斷力，就會浪費時間。」我直接說了。「姜先生，基本上你沒有判斷力，不然你就會知道我是不可能讓珈珈出道的。你跟你們公司，可以不用繼續花這些時間了。」

「徐先生，如果摩珈成年後想出道，父母也是不能阻攔的。倒不如趁現在，順著女兒的意思，您也可以對女兒的未來有更多的參與。」拍賣會上任何人皆可自由競標，看來他似乎把握住這個原則。

「我女兒當不當藝人，那很重要嗎？為什麼一定要找我女兒進你們公司？」

先是戴醫師的女兒，現在又來了一個星探緊咬著不放。之前因為不瞭解，所以不安，所以禮貌。可是現在我已經大至清楚他的想法。也就是說，我可以不用再尊敬他了吧。

歌劇的拍子實在太慢了，編曲也太繁複厚重，感覺整個空間，像是給塗了十幾層的油漆。我在心裡打拍子，Bass 音不斷加強，是 Ramones 那首〈Blitzkrieg Bop〉。這首歌的速度相當快，專輯上是每分鐘 177 拍，但 Ramones 正式表演時速度又更快，有時每分鐘更超過了 200 拍。

「史上最偉大的龐克樂團，你知道是哪個嗎？」

「Green Day？」他盡力，猜了幾個樂團。

「不是 Blink-182，也不是 Sex Pistols，而是 Ramones。他們的歌旋律簡單，速度快，節奏又強，在『簡化音符』這方面上，沒有一個樂團能跟他們相媲美。」

「喔，嗯。」他說。「可惜沒猜到。」

我冷不防地看準了他的臉，一拳將他從椅子打到地上。

我的吶喊快要爆炸，不斷從體內迸發出來的憤怒，驅策著我，像落石般揮動拳頭，一拳一拳，又重又黏往他臉上打。他伸手阻擋，掙扎之後將我從身上推開，更讓我覺得這個人非常危險，必須解決掉他才行。我站起來後，死命的就往他身上踢，即使踢中他的臉，我也絲毫不覺得有什麼不好。該死，他媽的真該死，多踢個幾下也好，不然他媽的還真以為自己帶種！踢了十數下後，酒保終於來把我拉開，女服務員也在這時候關掉歌劇。我才聽到對方痛苦的呻吟，那聲音其實並不大。

現在他就如同石沖的《生命之像》，沒臉沒手的，像個蒼白的人字倒臥在那。

「我警告你離我女兒遠一點。距離就是種安全，多虧你提醒了我。這麼一來，我也只要揍你一頓，就可以幫我女兒製造安全距離。」只見他像是被嘴巴的血噎到，按著喉嚨，說不出話來。我掏出自己的名片丟在他身上。「想告我是不是，我等你來告。你告我，我女兒就不用出道了吧？不管你們公司投資我女兒再多錢，我隨時都能毀掉我女兒的前途。這一點你給我牢牢記住。也許你覺得莫名其妙，更覺得自己無辜，但不要命的話就再接近我女兒試試。」我拿起他的酒杯，又往他砸去。

女服務生拿起電話，正要報案。只見姜東範搖搖晃晃地，勉強起身扶著吧臺，示意掛掉電話。

「看來你很明白我的意思。最好跟你同業宣傳一下，告訴他們我就是這種人。」

說完我便離開這家酒吧。

一點多我回到家。珈珈已經睡了，敏娜則坐在客廳，在殘存的燈光下守候。

每次見敏娜在看雜誌，就會讓我以為自己回到那個從未有過記憶的七〇年代。延續方才的浮躁，耳邊響起 Ramones 的〈I wanna be sedated〉。那首歌的 MV，鵝黃色的吊燈底下，一間開 party 的房間，團員們圍坐在一張方桌前，桌上放了一堆雜物，牛奶、餅乾、玉米片、蠟筆、拼圖、彩帶、藥丸、美式漫畫，當然敏娜的桌上有專屬她個人風格的用來堆放的東西，未必是 MV 那些，不過看上去差不多就是那個樣子。她見我回來了，就也回房間睡。我並未跟她提到那位星探的事。她自己也心理有數不是嗎？

洗澡前，我拿起單眼相機對著我自己。自拍了幾張後，我試著把單眼的鏡頭塞進嘴巴。

萬物皆可攝，我想成為鎮靜劑。

採取暴力已經是很極限的一種手段。一直以來我的情緒容易隨著身邊的事情而高低起伏，但不管發生什麼，都只是在激發我的鬥志。現在我在這邊無端地循環焦慮，其根源就來自於戴醫師那令人不恥也不解的行為，讓珈珈跟敏娜，還有那星探，都對我起疑。他女兒的存在，就像一塊到處走動的人面瘡！

我一直不覺得人跟人之間的關係才叫友誼。人跟動物之間、動物跟動物之間、人跟物品之間、物品跟物品之間、動物跟物品之間，都存在著友誼。人與無法確定的神之間，同樣也存在著友誼。

我和戴醫師的接觸也不過就那幾天，除了藝術觀點稍有歧見外，還真想不出是哪裡開罪於他了。從「沒收」我的照片開始，他就把我們之間的友誼給搞砸了。現在他更得寸進尺，明知道照片上那女人是我喜歡的女人，還故意做一個活生生的來給我看看？這就是他珍惜友誼的方式？

如果這是友誼，我也得回禮才行。

敏娜並不知道那張照片的存在，當然也就不知道戴醫師把自家女兒給整形了。自從敏娜上次見過對方之後，日常生活似乎一天比一天愉快。她更和我說：

「你的寶貝女兒一直是獨生女，能遇到戴同學真是上天賜予的福氣。」

她要我就算不能接受也要接受。但世上多了一個和女兒有著相同臉孔的人，光想到這件事我就輕鬆不起來。我想這就是藝術素養的差別吧。當初在巴黎我就注意到，敏娜是那種在路上和別人撞衫，不但不尷尬，還特別高興的女人。

結婚後，搬到臺北之前我們都是住在蒙馬特的家，一起睡在我的房間。那也是敏娜寫碩論的最後階段。每天她往返我家和高等社科院，以及法國國家圖書館之間。而我空閒時也會陪她去，除了幫忙找資料外，順便蒐集自己有興趣的筆記本。這段時間敏娜非常焦慮，晚上她睡不著，就拉我起床看電影。

有天她半夜突然跟我提議，約定好每天為對方做一件事。畢竟新婚總是比較甜蜜，我沒有想太多，笑著就答應了。沒想到就這樣養成了習慣，一直到現在，雖然我肯定也做過那種——一旦她知道就會很生氣的事，但每天告訴自己哪件事是特別為敏娜做的，這個念頭倒是從來沒斷絕過。

「妳到現在還會每天為我做一件事嗎？」我洗完澡，走進房間躺在床上問她。

「有啊。我還以為你都忘了呢。」她側臉像是睡得很甜。

「我沒忘啊。不過當初為什麼要有這個約定?」

「這麼做不好嗎?」

「沒有不好。挺好的。」

「就是啊,嗯嗯。」她瞇著眼睛,傻傻笑著說。「有次我在巴士底的麥當勞用餐,幾個小朋友主動來幫我端走餐盤到回收區分類。我問他們怎麼這麼熱心?他們說,教會希望他們每天為陌生人做一件事。我想我們是夫妻,只要每天能為彼此做一件事,這樣不也算是積善緣了?夫妻不就是雙修最好的搭檔嗎?像我們結婚前,兩人一直對話練習英語一樣。夫妻就是這一點特別有利不是嗎?」

我聽著她說這件事,但自己很快就想睡了。

「朱利安,還記得我們在凡爾賽划船嗎?」敏娜起身搖我說。她看我真的睡著了。

該相信主嗎?

我是說,我確實有這樣的迷惘。但為了家人,我可以試著理解有上帝存在。

一個人喜歡的東西,往往就是他的弱點、他的侷限。如果戴醫師也疼愛他的女兒,他的弱點、他的侷限就會和我一樣。我有預感戴醫師的女兒一定會再次出現在我的面前,因為她像珈珈,而我是珈珈的父親。

這是他自找的。戴醫師讓我,某種程度上,也成了她女兒的父親。

到了下個月，十一月的第一個禮拜日。剛佈展完，戴醫師的女兒就獨自出現在我的畫廊。也許是珈珈告訴她展覽的訊息，也許是她自己上網關注的。無論如何，這給了我一次機會。

她胸前掛著一臺 Nikon 最新款的單眼，那臺拍風景很好，但拍人像太銳利了。畫家村那女人也總是戴著十字項鍊。她沒有信仰，純粹是好看。

「戴同學，記得別用閃光燈喔。」

「徐爸爸放心，我會注意的。這期金允植的攝影展，期待很久了呢。想說一定要來朝聖一下！」

「哦？很高興妳這麼想。聽珈珈說，妳高二時就曾在師大附中辦過個人攝影展。珈珈還跟我強調說『是個展，不是平常的社團成果展』。說真的我很感興趣，妳相機裡面有之前拍的照片吧？能挑幾張給我看看嗎？當然妳可能會不好意思。不過妳所在的地方是畫廊喔，在這裡一切藝術都是公開的。這種公開就是種機會，畫廊就是提供這種機會的地方。」

她說，平時拍照有設定主題的習慣，所以常拍一系列的照片。加上那時候學校要評鑑，希望有學生能舉辦藝文展覽，整件事就這麼剛好促成了。她口條清晰，煥發著自信，我知道她會想讓我看看的。

我第一次這麼靠近這個女孩子。她低頭盯著小螢幕，仔細挑著單眼裡的照片，有一兩次把頭髮撥到耳後，讓我想起那晚郡芝別過頭的側臉。連她的味道都像她的味道。過去我一直是壓抑自己到非常想念她，才會想再見她一面。當然我並不知道她人在哪裡。

有時候某個人就是會突然進到你的心裡，而那不是你能決定和阻止的事。所謂的記憶之癌，是一種永遠不死的記憶、不正常增生的記憶。有點像前世今生，即使當事人都死了——更可能是死於這種記憶，然而記憶卻脫離個體活了下來，在談吐之中不斷轉生，成了一種癌症。沒有什麼是不死的，精神也是，除非成了癌症。

這時人只是記憶的工具了，唯有說謊能對抗這種詛咒。

不過或許因為養育珈珈的關係，我發現自己似乎沒有以前那麼喜歡這一型的女人。那種傾慕的感覺被中和了，被混淆了，也被剝奪了。戴醫師的手術，過去切除我不該有的記憶，把我治癒，但現在他女兒的出現，反而是在刺激我、電擊我，使我不為人知的戀愛成了一場唐吉訶德式的妄想。讓我感覺，我的回憶是用來否定我自己。可是這傢伙又有什麼資格去考驗別人的愛情。

「徐爸爸，我選好了。」她挑完將單眼遞給我，我接過來一張滑過一張。

「這都是今天早上的雲吧。妳似乎很喜歡拍雲。」說真的我有點出乎意料。「照片拍得不錯。仔細看這些雲，都有點像人臉呢。」

「對呀，因為喜歡雲的變化。還有我也喜歡下雨，喜歡空氣中的所有。」她又說。「目前最想拍的雲是乳狀雲，天空像有很多顆的保力龍球喔。我們社團的指導老師曾在加拿大拍到過。」

「這樣的話，妳應該喜歡印象派吧？他們致力在畫作上展現光影的變化。有特別欣賞哪位印象派畫家嗎？」我臉上帶著笑容問她。

「法國的印象派？」她搖搖頭說。「不噢，我比較喜歡法國的超現實主義。Marcel Duchamp、Max Ernst、Dorothea Tanning、René Magritte 的超現實作品，還有 André Kertész、Philippe Ramette 的超現實主義攝影。會覺得印象派不夠直接，每張畫都模模糊糊的。文藝復興還比較能感動我吧。」

就我多年賣畫的經驗，喜歡印象派的買家，心理素質還是比較健全的。我在費城藝術博物館，看過杜尚晚年花了二十年，在畫室偷偷製作的《給予：1.瀑布 2.燃燒的氣體》。那是一個房間內封閉的房間，只能從一扇無法打開的木製圓拱門上的兩個小孔，偷窺裡面的情景。一位用豬皮做成的仿真裸女躺在乾草堆上，看不到臉的她——很可能根本就沒有做出頭來，窺視不到的部分，自然也就沒有製作的必要——左手端著煤油燈，雙腿打開，露出發育不是很完全的陰部，當然也是完全乾燥的陰部。遠方的風景，有一道由馬達運轉水流的小瀑布。所以那女人是被姦殺後棄屍荒野嗎？雖然杜尚有他要反映的思想，但那時候，我懷疑他做出這樣的東西，只是在取悅自己，還有他想考驗觀眾的心理。

「不錯唷，妳還會用法語唸這些畫家的名字，不過都帶了點義大利腔。」

「徐爸爸也聽得出我的口音嗎？摩珈也這麼說過。」她高興地說。

「你們家常去義大利吧？」

「小時候我去過梵諦岡，在教皇宮的拉斐爾房間，看到拉斐爾在天空中、雲朵中，畫了許許多多天使的臉孔。我第一次知道雲原來像人臉，就是在那個時候。」

「確實拉斐爾畫的雲，隱藏著數不清的天使。看來妳對文藝復興很熟悉。記得戴醫師很喜歡文藝復興時期的作品，診所天花板的那幅《創世紀》，令人印象深刻。」

「你認識我爸爸？」她驚訝且疑惑地看著我。「你來過我家？」

「妳一直戴著耳機。是 Red Hot Chili Peppers 那首〈Dani California〉嗎？聲音開得有點大囉，對耳朵並不好。這首歌已經很舊了，妳應該聽更年輕的音樂才對。」我調整一下呼吸。「我是說，或者妳應該更專心，聽長輩說話。」

「嗯嗯，對。我在聽他們的專輯。」接著她關掉音樂，把耳機拿下來。

「妳知道為什麼蝙蝠俠、蜘蛛人、鋼鐵人、V怪客都要戴上面具嗎？當然超人是例外，不過他也穿了很奇怪的衣服。除了隱藏身份，還有一個原因，就是他們沒有自信。在公共場所奇裝異服的人，也是一樣的心理。我也年輕過，知道這些行為，並不是所謂的做自己。好像很酷，其實只是在假裝做一些很重要的事。會去整形的人也是如此。妳爸爸難道沒告訴過妳，那些病人的心理嗎？」

「他不怎麼管我。也不會說工作上的事。」她眼神有些變化，瞳孔閃過。

她的表情告訴我，我的理智回來了，但我的情感沒有。我甚至帶著強烈的仇恨，心裡只想拿回那張屬於我的照片。在那一刻我不能控制自己，就像是被別的東西給佔有。我將相機還給她說：

「年輕的時候，我在藝術拍賣會上認識了戴醫師。說不上是什麼秘密，但這件事無論是我太太還是珈珈，都不知道。當時我曾借給戴醫師一張照片，只可惜後來他說弄丟了。我想戴醫師也不是隨便亂放東西的人，反而是收藏得太好，加上工作繁忙，以致於時間一久就把照片忘了給放在哪了。」我閉上眼深深吐了一口氣，再睜開眼對她說。「雖然那只是一張薄薄的照片，但這張照片對我而言，有非常重要的意義，不知道妳能否幫忙我找到它。」

「為何不找我爸拿呢？我不太過問他的事情。」

她似乎和戴醫師不是很親暱，並沒有說「我幫你跟他要」之類的話。

「之前去找他拿過幾次，雙方都有點不愉快，我也不好意思再給他壓力了。」我說。

她雙手環握那臺單眼，似乎防備我了起來。

「如果妳能幫我這個忙，畢竟是要感謝妳的。我可以送妳到巴黎蒙馬特的畫家村住一年，在那妳只需要創作，無須擔心生活上的費用。能夠開誠布公地利用別人，這就叫合作。如果妳有想要讓自己更上層樓，完全可以不用客氣的。先前我已經送好幾位藝術家過去了，這是我可以做到的事。」房子開始西曬，她的左臉頰，出現了三角的亮光鼻影。林布蘭光，將她的五官變得更為立體。

她抿住嘴，若有所思，剛才的自信都遞減了，這也表示她在考慮我的請求。

「真的嗎？」

我不知道她指的是我言談的真實性，還是事成之後我是否會履行承諾。

無論如何，我都誠摯地說。「那真的是我的照片。而且巴黎那邊我也不能隨便推薦的，想看妳的作品，也是為了確認妳的攝影功力。一個人有怎樣的程度，就該去怎樣的地方。現在我反而可以放心推薦妳。這些照片不只拍得好，故事性也很強。知道小林紀晴嗎？妳拍的天空很有他的感覺，何況妳還這麼年輕。」

「那是什麼照片？」

「一張女性的黑白半身照。長髮披肩，沒戴眼鏡，最清楚的特徵是，脖子上掛著一條十字項鍊。我相信妳一看到照片，就能確定是那一張。」

我靜靜等待她的回應。時間給了我洞察力，只是我必須付出時間。

「我爸爸確實會為了工作，而忽略對別人來說很重要的事。既然是你的照片，我可以幫你找看看。但你為什麼那麼想拿回那張照片？」

她直視我的雙眼，口氣又再度充滿信心，似乎相信能夠在這次的交易中獲利。我對上她那雙像極郡芝的眼睛說：

「因為照片中的那個女人，是珈珈真正的母親。」

第十章 Mother

19：59 Party Animals

我第一次見到戴醫師的千金，是女兒帶她回家吃飯的那個晚上。當我從廚房的甬道走向客廳，先看見佇在電視機旁的丈夫，以及他那不知該如何是好的表情。我用圍裙抹乾雙手，心中不免納悶，再往前走，就見到她們了。兩張同樣的臉，同時也看向我這邊。

女兒坐在地毯上右手搭著沙發，戴醫師的千金則坐在沙發上。書包寫著「師大附中」四個字，不過這年頭很多女高中生都喜歡背男朋友的書包，不一定就是唸那間。她身上的制服也和女兒不同，水藍色裙子，白上衣有幾道風琴褶。左胸繡著學號，但沒繡姓名跟年級槓，不知道是否跟女兒同個年級。

口袋上的校徽確實是寫附中。

她們不只那張臉長得一樣，甚至會覺得她們有種不可言傳的默契。兩個人像對雙胞胎，在客廳有說有笑地一搭一唱，就像在表演什麼特殊技藝。我當下摸了自己的臉，徹底地摸了一遍。難不成我生了兩個女兒，而且糊塗到今天才又記起這件事？

那天晚餐，不再是一又二分之一的我和一又二分之一的丈夫，還多了二分之一的我們，以及二分之一的陌生人。我的個性不喜歡外人，所以這讓我有點惱怒。

丈夫和我說這孩子姓戴，但不確定是不是戴醫師的女兒。姓戴的人這麼多，怎麼一聽對方姓戴，就聯想到是戴醫師的女兒了？何況丈夫在廚房一直強調說，分不清楚她們誰是誰。明明戴小姐有染髮，還是特別的亞麻綠，兩人也穿著不同學校的制服，並不是那麼難分辨啊。讓我覺得丈夫更像是在故弄玄虛，對於這整件事的內幕，知道的肯定比我還多。

那時候我只想把全部的事情弄清楚。他不敢問的，我都敢問。

果然，這孩子就是戴醫師的千金，還是他唯一的獨生女，和女兒同樣讀高三，天蠍座O型，生日只比女兒晚一個月。女兒整形時，戴小姐也快臨盆了吧。

用餐時，她們一塊坐在我和丈夫對面。中間隔著普羅旺斯燉菜，帶皮火腿炒蘑菇，蛤蜊絲瓜湯，楓糖小洋蔥，裝滿生菜的木缽，以及一瓶巴黎之花。都是新鮮美味的食物。女兒一開口就說戴小姐常去義大利，所以肯定喜歡我做的南法菜。

「那妳下次應該先告訴我，有同學要過來才對啊。」我看向她們笑著說，一邊幫她們夾菜，一邊比較她們的臉。對啊，我怎麼沒想到，多虧女兒的提醒。

那位戴小姐就像是比薩斜塔，而女兒是巴黎鐵塔。

女兒的臉左右對稱，潔白乾淨，沒長斑也沒長痣。臉上各部位，有單獨的美，也有協調的美，不管她做什麼表情，或我從哪個角度看她，永遠是那麼好看。一般人的臉根本不可能像女兒這麼完美，多少會有些瑕疵。瑕不掩瑜大概就是上帝造人的基本原則吧。以前我覺得女兒的臉太文明，太像藝術品，或者更高階的，就像是女神那般超然。當然這沒什麼不好，不可能完美卻又真的完美，是女兒最大的優勢。

然而戴小姐的臉，乍看和女兒像同個模子印出來似的，但皮膚的色澤並不均勻，有幾處暗沉，左右也不是非常對稱。整體而言就是生澀，野生，不細膩。她是像我的女兒，一個稍微壞掉的女兒，卻反而更接近一般人的臉。正因為拙劣，所以自然吧。

我想這就是整形跟沒有整形的差別。

過去我一直懷疑戴醫師也會把自己的女兒整形，但在看了戴小姐之後，必須承認這項推理有誤。我收回之前的話。如果戴醫師為自己的女兒整形，為什麼要整形成其他客戶的臉，都不擔心「撞臉」嗎？這是整形醫師該有基本的素養吧。又為什麼要把女兒的臉，做得比客戶的臉還次級呢？不是應該為自己的女兒，打造一張最完美，最獨一無二的臉龐嗎？

如果戴小姐那張臉真的有整形，那麼戴醫師的技術，也只達到我做衣服的手藝而已。顯然戴小姐根本從未整形過，那就是她天生的臉。都天生了還能這麼漂亮，這就讓我有些嫉妒了。相較之下女兒才是冒牌貨，雖然比真品要精美許多。

我想戴醫生心中肯定有一份對於美的標準，這份標準也是他擇偶的標準。他太太，就是這份美的代言人，真正實踐了這份理想的美人胚子。即使不完全等同，也一定很接近了。所以當戴醫師將心中那張最美的臉，作為範本來為我女兒整形時，我女兒自然就像他太太，甚至也像他女兒了。應該是這樣沒錯。我心想如果能再見到戴太太就更好了。

「依希這麼漂亮，戴太太一定是很美麗的醫師娘。」我笑著說。

「其實我媽媽，過世很久了。」她剛好用完餐，停下手邊的動作。女兒跟丈夫也十分詫異，看來他們並未先於我知道這件事。這可是今晚的獨家。

原來戴太太過世了？也好，那我就更放心了，這樣女兒才不會看到戴太太後起了疑心。女兒才是最難纏的人，這位戴小姐的心思顯然簡單多了。

她回答完這個問題，就不太說話。應該是冒犯到她了。她也發現我一直盯著她，但我沒有要移開視線的意思。人就是在彼此的監視下，維持起秩序的不是嗎？路上到處是監視器，怕被看，就不要出門了。她一定知道我為什麼一直盯著她，她也一定不懂我女兒為什麼那麼像她，更眼紅我女兒的長相勝過她。

「這是我寶貝女兒第一次帶同學回來喔。」我說。

「真的嗎，謝謝摩珈。」接著她手掌輕貼桌子。「很感謝徐爸爸，徐媽媽的招待。我沒有兄弟姊妹，爸爸又整天忙著工作。第一次體會這種全家聚餐的感覺，氣氛真的很好。而且每道菜都很好吃。」

「剛好我們家也是獨生女，我很樂意再收個女兒喔。」我指著女兒說。

「依希妳不要理她。我媽每次都這樣，在路上還會纏住我同學一直聊一直聊，還聊到同學家門口才肯走呢。」女兒吃飯的速度一直都很慢，不知道像誰。

「哪有每次，妳不覺得妳們長得很像嗎？」

接著我離開位子，帶她們兩個到客廳的鏡子前。

「我說的沒錯吧，就算戴同學陪我出門，鄰居也會以為我是跟女兒出門的。妳們兩個呀，上輩子肯定是親姊妹，所以這輩子才會長這麼像，要好好珍惜彼此。」

突然丈夫把我拉到一旁，說我故意講這些有的沒的做什麼。他小聲和我說：

「妳不怕珈珈，懷疑自己為什麼會長得像戴醫師的女兒嗎？」

「你女兒一定早就懷疑了，才會跟她當朋友，不然你看過你女兒帶過什麼朋友回來嗎？還不如趁現在想個她能接受的理由，免得她胡思亂想。」我靠近他說。

丈夫懂我的意思後，回到鏡子前對女兒說：

「珈珈，小時候妳也常把薩晴姑姑跟媽媽搞混不是嗎？大家也說爺爺長得很像愛爾蘭詩人葉慈，妳還用手機查了照片給爺爺看。」他刻意轉過頭來對我放大音量。「不要信妳媽那套怪力亂神的說法，世界上長得像的人太多了。」

「就是說嘛。我跟依希是蠻像的，可是媽有時候也很像薩晴姑姑啊，難不成媽跟薩晴姑姑前世也是好姊妹？」女兒明知道我跟她姑姑處不好。

我看丈夫差不多擺平了，湊近他們說道：

「妳呀，就只會跟我鬥嘴。還不是看妳都一個人，幫妳找個姊妹還不好。」

雖然女兒沒那麼好說服，但幸好她在外表上佔了上風，應該會覺得只是巧合吧。這些話戴小姐也都聽進去了，相對的她會想得更多。就像之前的我。

當初在診所的電腦看到戴醫師所繪製的，那個用來為女兒整形的範本，心裡就十分納悶。為什麼醫生會知道我丈夫喜歡這一型的女人？

我的婚禮是在五月的蒙馬特聖皮埃爾教堂舉行。那天伊莎貝拉幫我化妝時說：

「在教堂我可是不敢說謊的。妳長得真像朱利安在北京喜歡過的一個女人，但妳跟我一樣，都只有一部分像她，所以我們兩個永遠不可能是朱利安最喜歡的人。」眼前她也是一襲白紗，打扮得像位新娘。「因為妳要和朱利安結婚了，以後就是我嫂嫂，才跟妳說的喔。這是特別的福利。」

所以我一直以為女兒的臉，是丈夫向醫生要求整形成某個女人的樣子。可是戴小姐的出現，不就表示丈夫喜歡的型，和醫生喜歡的型，剛好一樣嗎？會這麼巧嗎？他們該不會喜歡同一個女人吧？

這也是不可能的事。丈夫認識我之前，一直待在北京和巴黎，年輕時不太可能跟戴醫師有過交集。戴醫師看起來也不像是愛交朋友的人，不過他也喜歡藝術，這點倒是讓我很在意。

Medici，第一次到戴醫師的診所，我就直覺想到這個姓氏。

佛羅倫斯的美第奇家族，即是以醫藥起家，他們的族徽上就放了六顆藥丸。義語medico指醫生，法語是médecine，而英語的medicin意思是藥品，medicine則是醫學。美第奇家族具有醫療用藥的知識，是可以確定的。他們平安度過了黑死病的襲擊，得以填補權力中心的人力空缺，逐步壯大之後，更在自家的花園裡面，種植了許多種有毒植物，提供有效的毒劑用來處置他們的敵人。就是這個具有醫藥背景的美第奇家族，大力贊助藝術，建築和科學，才有後來的文藝復興。

當時我不以為意，覺得原來這位整形醫生也喜歡藝術品啊，跟丈夫應該很談得來，搞不好還能成為畫廊的顧客呢。顯然那時候的我思考過於膚淺了。

直到女兒的臉開始恢復，稍微比較像一張人臉之後。有天才剛兩歲的她，坐在地板上，就在客廳那面連身鏡前，端詳起自己的臉。我把她抱走，帶回房裡。過一會兒，她竟然又爬回鏡子前，久久不肯離去，仔細地撫摸鏡中那張平面且醜陋的臉，嘴角露出了笑的模樣。這是我第一次看見女兒笑。其實那到底是傷口，還是微笑，我也分不太清楚。那時候她的小腦袋裡，到底在想什麼呢？她知道自己現在很醜嗎？臉上沒有一處是平整和對稱的，怎麼還一副自信滿滿的樣子。丈夫總以為自己要為女兒整形負最大的責任，但現在感覺起來，簡直就像是女兒親自規劃了這場整形手術，開心迎接這張人造臉孔的到來。

她為什麼要去照鏡子？她知道鏡子裡面的那個人是自己嗎？她的自我已經形成了？以年紀來講確實差不多到了拉康所說的鏡像階段了。問題是，她看到的自己，並不是自己啊。

戴醫師曾特別交代，三歲前盡量別讓孩子的臉直接曬到陽光。這實在有點強人所難。不過自從見到女兒主動照鏡子之後，我想到可以幫她做一件透氣且優雅的黑面紗給她戴著。一來呢，能遮擋陽光，二來別讓她看到自己的臉。我也不用一直看到她的臉。可是丈夫見了之後，立刻就把女兒的黑面紗拆下來丟到垃圾桶。並對我的這項舉措，感到非常的不諒解。

「妳有病是不是。」他指著客廳那面鏡子。「從以前妳就是這樣。妳如果沒有用一面鏡子看看自己，根本不知道自己是怎麼傷害別人的。」

「難道你不知道女兒是怎麼傷害我們的嗎？」我說。

於是有那麼一兩天，我們幾乎沒有說話，女兒也是。這棟平房則從安靜變得瘖啞。

之後過了幾天。我想，既然女兒不能戴，那我自己戴總可以吧。於是我又有精神了，開始學著怎麼做蕾絲面紗。像是參考了電影《如何偷竊一百萬》中，赫本披著蕾絲面紗登場的造型。過去香奈兒的總監卡爾．拉格斐，他也是我最喜歡的設計師，就擅長用蕾絲面紗來增加女性神秘而高貴的魅力。反正我就這樣到處參考，陸續為自己設計了好幾件蕾絲面紗：有將整顆頭包裹住的全罩式，也有眼罩式；有的強調眼淚的紋路，有的則可用來替代眼妝，而我個人則最偏愛附有鼻套的半遮式面紗。

在這過程當中，我才領會到醫學與藝術之間千絲萬縷的關係，其實都源自於人的身體。兩者本是同根生。整形手術和一般手術，健身和養生，化妝品和保養品。追求美和健康，說穿了都是為了善用這副身體，只不過沿著歷史的軌道，走上看似背離的路程。

美第奇家族曾有兩名女性成為法國皇后。一位是亨利二世的妻子凱薩琳．德．美第奇，這位擁有建築天分，並引進義大利時尚潮流的奇女子，信奉舊教的她將女兒瑪格麗特，嫁給了信奉新教的納瓦拉國王亨利，也就是後來的法國國王亨利四世。這場政治婚姻引發了聖巴托羅繆之夜大屠殺，即是電影《瑪歌皇后》故事的主軸。另一位是瑪麗．德．美第奇，她在一六〇〇年接替了瑪格麗特，成為亨利四世的第二任皇后，是路易十三的母親，也就是路易十四的奶奶。她同樣擁有美第奇家族高超的藝術鑑賞眼光，特地從安特衛普聘請了魯本斯，參照希臘羅馬神話，為她繪製了巨型的連環畫作《瑪麗．德．美第奇的一生》。這二十四幅挑高四米的油畫，氣勢磅礴，畫出了荷馬史詩般的筆觸，現今仍掛在羅浮宮的美第奇畫廊。那邊寬敞舒服，來往的遊客亦不多，是羅浮宮當中我最喜歡的展覽大廳。

讓·薩勒蒙先生正是波旁皇室的後裔，擁有著瑪麗·德·美地奇的血脈。這是非常秘密的事。我在嫁入薩勒蒙家十多年後，他們才在波爾多那棟花園別墅的一次家族聚餐上，隱隱約約透露的。我才想到新婚之後沒多久，他們家曾帶我到巴黎北方郊區的聖丹尼斯大教堂參觀。這座莊嚴肅穆的教堂，是自克洛維一世以下到路易十八，歷屆法國國王的安息之地，也是歷屆法國皇后舉行加冕儀式的地方。

為什麼這件事，他們一家這麼晚才告訴我呢？甚至連女兒都比我還早知道。或許在他們看來，我和他們終究是徹底不同的吧。丈夫在正式場合所穿的那雙金色的孟克鞋，正代表他是薩勒蒙家的繼承人。而穿金色鞋子的傳統，很可能在未來，將由我們的女兒所繼承。

回頭想想丈夫和戴醫師，也許他們在以前真的不認識，但卻以一種超越認識的方式，聯繫彼此的命運。

診所三樓以上是戴醫師的住所，不管電梯還是樓梯，都需要用感應卡或是按密碼，才能夠進去。住在診所的那幾天，我就聽護士們聊到，戴太太好幾天沒回來了，平時都是戴醫師一個人在家。所以有次早上，我趁丈夫回畫廊，以及戴醫師在一樓看診的時候，離開女兒身旁，偷偷搭電梯到樓上戴醫師的家。

前晚丈夫和戴醫師在一樓的大廳聊天。丈夫平時就很能說話，常和一些新認識的外國朋友聊到很晚。雖然戴醫師沒喝酒，他的酒杯一直沒動過。但從他的步履看來，確實有點微醺了。丈夫收藏的酒，有些光聞味道就會讓人醉。那晚丈夫醉倒在沙發，戴醫師則站在一樓的電梯口，像是找不到身上的感應卡片似的，最後乾脆按了八位數的密碼。我剛好從二樓的露臺往下瞧，就這樣全都看清楚了。

我想知道為我女兒整形的人，是一個怎樣的人，更想知道丈夫和這位戴醫師究竟瞞著我什麼事。這樣雙方交易才公平對吧。我不能一直處在這則故事的外圍，我也想進到核心裡頭。況且存著一份單純的好奇心，應該也無害吧。我只想做些從心理上嚇唬人的事。

戴家的客廳，廚房和主臥室在四樓；三樓則是戴醫師的書房，兩間客房，和一間大浴室。屋內相當乾淨，沒有多餘的雜物，每一件東西都是用得到的，而且也都擺放在最方便的地方。與診所內不同的是，他家中看不到任何的藝術品。唯獨書房的木門有點與眾不同。這是很厚實的一扇門，酒紅色門板的中央，刻了無數個重疊且等比例縮小的黃金矩形。站在門前，就像面對兩面相對的鏡子所展開的無限世界。那時候我就覺得，這間書房一定藏有什麼秘密。

書房裡的藏書並無特別之處。不外乎和戴醫師的醫療背景，以及藝術興趣相關。還有，這家人都不照相的嗎？相簿打開都是義大利各地的風景，建築，和藝術品，不僅沒有戴醫師的照片，也看不到戴醫師家人的照片。除了義大利，戴醫師似乎也去過斯德哥爾摩，雖然只是一張靜靜拍著河面的照片，但遠處的市政廳塔樓，卻不難辨認。書櫃上有一排戴醫師的筆記，全為咖啡色的十六開精裝本，相當規格化。翻開筆記，上面的骨骼，肌肉，等人體部位，畫得格外傳神。和筆記本放在一起的，是好幾本用資料夾裝訂起來的古代解剖圖稿，這點和丈夫喜歡蒐集筆記本的習慣，簡直有異曲同工之妙了。

我四處逛戴醫師的家，這時已經確定他們沒人在家了，因此不管是腳步聲，呼吸聲，觸碰東西的聲音，都大膽了起來。我甚至哼起歌，就丈夫平時會哼的那些搖滾歌曲，旋律很熟悉，但歌名叫什麼，歌手是誰，我總是記不太清楚。總之我隨便哼著歌，在戴醫師家裡唱遊。隨心所欲拿起他們廚房的一個藍色的馬克杯喝水。滿心期待打開冰箱，裡頭卻幾乎空無一物。這戴醫師都外食嗎？只有那臺微電腦化的義大利 **Delonghi** 咖啡機，底盤上還留有一點渣滓。

我來到他們的主臥室。躺在戴醫師的床上，大概發呆躺了五分鐘有吧，想到了一部電影《**Ils se marièrent et eurent beaucoup d'enfants**》，中文片名叫「他們結婚了還有很多孩子」，這是我跟丈夫搬離巴黎前最後看的電影。我慢慢有一些感覺，已經好久沒做這那件事了，開始還有點生疏。房間的壁紙，窗簾，床單和被子，都是藍色的，只是深淺不同。我大腿夾著那條樸素的藍色被子，慢慢的越夾越緊，壓著自己脹滿的胸口，想像進入我身體的那個男人，有時是丈夫，有時是戴醫師。他們的臉重疊在一起。他們的精子交纏地，衝進了我的子宮。喘息聲幾乎無法控制，在一陣劇烈的晃動之後，我一個人在這個陌生的房間裡，出軌了。

我貼著他們的枕頭，就像是貼著他們臉。之後深深吸了口氣，起床走到梳妝臺前，順手拿起桌上的梳子整理頭髮。因為懷孕，很久沒染髮了。我不喜歡天生的黑頭髮，那會讓我臉上的雀斑突兀起來。幸好臉蛋沒有比懷孕前胖多少，還是丈夫喜歡的模樣。雖然體重增加了13公斤，體脂肪31，但都是胖在肚皮。該去報名產後瘦身班了，我想。

走出主臥室，又在客廳的深藍色沙發上坐了一會，開始覺得自家的日式平房溫暖多了。這邊的擺設真是冷冰冰，客廳中央鋪了一條游泳池般的水藍色地毯，廚房更像來到一個不銹鋼星球。天花板的燈開了也沒影子，跟個手術室一樣。和一樓大廳比起來，戴醫師的家更有醫院的氣息。

我巡視一番之後，重新走回三樓書房，這裡大概是他們家色調最暖和的地方了。角落有一座立鐘，做工非常精細，和我在布拉格看過的天文鐘很相像，不過我還是比較喜歡奧洛穆克的天文鐘。當初因為看了《玩笑》的小說和電影，就拉著朱利安到捷克蜜月旅行了。因為是一九六八年的黑白電影，我們一直不知道電影開場的天文鐘是什麼顏色，等到了現場才知道，原來整座鐘是最浪漫的粉紅色。

還在書房。覺得再待下去也無聊，用手機自拍了幾張照片，正轉身的時候，整點的鐘聲突然響了起來，雖然聲音並不大聲，卻嚇得我跌坐在書房的地板上。一排木偶隨著音樂起舞，出來轉圈圈，一副幸災樂禍的樣子，氣得我將其中一個木偶扭斷走出書房。

但在我按電梯之前，電梯卻開始升降。有人搭電梯上來了。

我趕緊躲到浴室門後。待對方走過去，是一位女性的背影。她身穿藍色的寬鬆洋裝，似乎懷孕了。長髮遮住了她的臉，手上戴著開車用的防曬手套，拿著一串車鑰匙。叮哩哐啷的聲響，宣告她是這個家的女主人。她就是戴醫師的太太吧。在診所內住了四天，從沒見過她。她剛剛有經過診所嗎？還是先在地下室停好車子，再搭電梯上來呢？

那時候我很緊張，一等她轉身進入書房，我就急忙按電梯下樓，並在出二樓電梯時，按下三樓的按鈕，讓電梯回到原本三樓的位置。直到走回病房，把門關上，手裡還緊緊握著那尊木偶。鬆開手才知道，是一個跳芭蕾舞的女孩，木偶的輪廓像打鋼印般在手掌心凹陷。我來到女兒身邊，不斷盯著女兒包滿紗布的臉，只能用這件更瘋狂的事，讓瘋狂的心跳逐漸緩和下來。

大概到了晚上，我就發現自己隨身攜帶的 Dior 唇蜜弄丟了。

到底是掉在哪了？書房？客廳？主臥室？那間大浴室？還是一樓的診所？那些護士也不像是撿到唇蜜不說的人，都知道共用唇蜜一點也不衛生吧。由於顧忌到戴太太，之後幾天我也不敢上樓去找。為了一條唇蜜冒這個險，不值得呀。每到秋冬我的嘴唇就容易乾裂，甚至滲出血來。由於我曾在戴醫師面前，就在一樓的診療室用過那條唇蜜。如果是他撿到的，以他的個性，應該會拿來還我吧，甚至可能毫不避諱就當著我丈夫的面說：「徐太太，我在房間撿到妳的唇蜜。希望家屬能夠遵守醫院的規矩，不要擅闖醫生家裡。」

大概會這麼說吧。看來戴醫師並不知道我把唇蜜掉在他家。他沒有任何表示。

女兒整形這幾天，我從未踏出診所過，顯然那條 Dior 唇蜜一定是掉在這棟房子的某個地方了。可能還沒被發現，也可能已經被撿走。就因為這樣，連續幾天我都惴惴不安。加上還要照顧女兒，自然睡得更不好了。

十一月七日我便抱著女兒離開診所。

一直以來，丈夫擔心女兒成為迷宮中牛首人身的「米諾陶洛斯」，而我則擔心女兒成為日本的人首牛身怪物「件」，這使我一度懷疑女兒說的每句話都是恐怖的預言。原本我們都覺得，隨著女兒平安長大，這類的恐懼便會慢慢平復，被幸福的我們給踩平。沒想到卻出現了戴醫師的女兒。

戴小姐回去後，會跟戴醫師提到有一位長得很像自己的女同學嗎？丈夫說他們父女感覺很陌生，不過我覺得還是會提到的。一家人合或不合，往往只是演給外人看。像「家和萬事興」這句話，隱含的另一層意思就是同流合污。一個團結的家庭往往成為一個自私的單位，現在我所處的家庭就有這樣的傾向。彼此的感情太好，好到令人不安。

女兒將我們一家過度團結起來。

當一個家庭出現所謂的核心之後，也就是家中的某個人左右了全家人的互動，這樣對家庭來說是很危險的。因為一旦這個人離開了，整個家將分崩離析，就像被抽走了再也填補不了的東西。

薩勒蒙一家或許深諳這份道理，所以他們家並沒有所謂的核心人物在。每年巴黎的家庭聚會都帶給我這樣的感覺。各自為政，卻又欣欣向榮。

然而我們家近幾年的發展，明顯就是以女兒為圓心，繞著她一圈又一圈地過生活。我屬於比較內層的部分，丈夫屬於比較外層。我擔心要是失去了女兒，我和丈夫可能也無法再繼續下去了。很難想像，會有一個沒有圓心的圓。

學生時代走在丈夫身旁，穿梭在巴黎的大街小巷，或是搭公車，搭地鐵，都感到很安心。跟著這個人走，肯定沒有錯的，只要我跟著他。從第一次見面我就有了這樣的想法。只是為什麼，他不想要自己的臉了，也不要我的臉了呢？帶女兒去整形，不就是這個意思嗎？

當我看著那晚四個人一起拍的合照，我就想到「相由心生」四個字。我相信面相看的終究還是一個人的本心，但到底是人的外在塑造了人的內心？還是人的內心塑造了人的外在？或許都有影響吧，我是這麼認為的。那麼現在女兒和別人家的女兒長得一模一樣又是怎麼一回事？為什麼是這種安排。

人可以沒有信仰，但生命中的神聖性不可以不去體會。

當初整形前，雖然丈夫一直不要我問這個，他覺得問這種沒素質的問題很丟臉，還在家和我鬧了點彆扭，但我還是義正辭嚴問了戴醫師：

「改變我女兒的臉，會不會也影響我女兒的命格。」

戴醫師看著我回答，眼鏡的餘光像反射不同世界裡的藍色。「即使沒有整形手術，人的臉也隨時在變化。從胎兒的臉開始，嬰兒的臉，兒童的臉，青春期的臉，更年期的臉，成年人的臉，老人的臉。一個人的一生，就有這麼多張不同的臉。我不知道徐太太所說的面相學，究竟是要依據人的哪一張臉來論斷一個人的命運。」我懂戴醫師的意思，上一秒才算完命，但下一秒這張臉就又稍微不同了。

「所以我不知道那個基準點何在？」

他這麼說，我反而更想反駁他了。我看丈夫沒有要阻止我的意思，於是我把在法國讀書時，看過的相關資料給搬了出來。「刑事鑑定人類學的創始人，切薩雷．龍勃羅梭，他在那本《犯罪人論》裡有兩篇文章：《對101個義大利罪犯頭骨的研究》，《對1279名義大利罪犯的人體測量和相貌分析》，都是透過詳細的統計，來證明相貌與犯罪行為之間的關連，歸納出五種生來犯罪者的特徵，提出了『生來犯罪者論』，這些觀點都是被後世犯罪學家所接受的，頂多是在他的基礎上做修正。又怎麼能說面相是不科學，沒有一個基準點的呢？」在丈夫面前，我很少表現出這一面，但在外人面前就不用客氣了。不過這話，同時我也是說給丈夫聽的。

「徐太太，我並不否定龍勃羅梭的成就，但我剛剛忘了提到還有一張臉。以我的職業來說，我見過這張臉很多次了。也就是死亡的臉。人死了以後，臉還會留存在這個世界上一陣子。透過現在的防腐技術，要將這張臉永久保存下來，也不是那麼困難。」接下來似乎才是他真正想說的重點。「可是一但生命結束，所謂的命運就已經終止了。那張死亡的臉，其背後並沒有可相對應的命運存在。我想，我們並不能說可以從臉看到一個人的命運。而那個事實恐怕是，」他突然感性了起來，那一刻讓我覺得他很像我的丈夫。

「臉是在命運之上，是超越我們命運的存在。」

「結果這一切還是回到了不可知論囉。」丈夫在一旁總結說。雖然折衷多半不是真理，但面對不可知的問題時，也只能折衷了。女兒的臉就是個折衷下的結果。

由於女兒要做的是嬰兒整形手術，戴醫師視我們為VIP，特別安排在假日時間見面，方便我們不會遇到其他來整形的客人。那天晚上看完診，我抱著女兒坐在後座，丈夫開車。一個禮拜後就要來診所動手術了。為什麼有人寧願忍受開刀的痛苦，也要變得更漂亮。到底怎麼樣的人會走上這條路？

我跟丈夫從來沒開過刀，這次生產也是自然產。畢竟剖腹會影響命盤的正確性。有的人會選擇一個理想的時間點剖腹，想為小孩訂製一張富貴的命盤，希望贏在人生的起跑點上。但這種人工的假命盤，只是一種干擾，反而使小孩真正的命盤永遠不可知了。知道它，才能掌握它，進而改變它不是嗎？當然我早已相中女兒的時辰，憑著一股意念，在那絕對幸福的時刻，自然地將女兒生產下來。

剛剛戴醫師檢查女兒的臉時，女兒也一直好奇瞧著戴醫師。「好好記住這個人的臉吧。」那時候我不免在心裡這麼想。她知道眼前的這個人，要對她做什麼嗎？美醜，真假，善惡，這年紀的她還無法區分這些對立的差異。而我們就能了嗎？

「音樂轉小聲點。女兒在睡了。」

「讓寶寶從小接觸音樂，培養音樂細胞。不挺好的嗎？」他稍微調低音量說。

「但也不用這麼大聲吧。我媽過兩天就搭車回美濃了。她還是對我們趕她回去這件事，覺得很不愉快。回美濃後，多多少少會跟我爸抱怨一些吧。如果我爸打電話來，你別跟他起衝突。就讓他說。」

「嗯，我知道。回去的時間點不錯。」丈夫是達成目標的高手，但對人少有認同感。

我問丈夫。「你為什麼那麼重視外表？」

「外表當然很重要。」他順勢把 CD 盒放在空著的助手席上。車上正播放 Rolling Stones 的〈Honky Tonk Women〉，丈夫有反覆聽同一首歌的習慣。「和我的職業有關吧。許多畫家技巧並不怎麼樣，但因為模特兒漂亮，放寬來講，也就是畫的對象漂亮，這幅畫便容易受到人們的喜愛；反而一些才華洋溢的畫家，因為選用的模特兒不好看，就被大眾忽略了。即使繪畫技巧再好，凸顯的議題也很重要，但就是讓人覺得不舒服。這是我在這行的經驗。模特兒超越一切，至少佔很重要的比例。要舉例的話，就是塞尚，梵谷，莫迪里亞尼，這些死後才出名的藝術家，他們找的模特兒實在都有夠醜的。別跟我說這些都是我個人的主觀成見。也許經過時間的洗鍊，淘汰，讓真正有才華的藝術家被人們重新發現，但人生在世短短幾年啊。人並不像藝術品，經得起時間的考驗。年輕就是年輕，老就是老，年輕過了就沒有了，老了也不會再年輕。所以無論我怎麼想，外觀都是最重要的。來了，」他跟著音樂輕快哼唱：

It's the honky tonk women
Gimme, gimme, gimme the honky tonk blues.

「生為人，就應該美麗過。這樣我說得夠清楚了吧。」
那時候我看了車上顯示的時間，是 19:59 分。

然而整形完之後，丈夫似乎不知道該如何善用女兒的美貌，反而處心積慮想將女兒給隱藏起來，還說什麼，越是偉大強大的國家越是孤立主義這種話。他就只是拍照，錄影，把女兒的樣子給紀錄下來，然後放到他的相簿，儲存在他的電腦，最多也只是洗出來擺放在家裡客廳，從沒有公開女兒的打算。打從女兒小時候開始，任何拍廣告，上節目的機會，一概都被丈夫拒絕了。我通常只是幫腔，緩和丈夫的情緒，應該說在過去，我其實也沒有特別希望女兒當藝人的想法。因為有這樣丈夫，想這些都太不切實際了。

不過最近似乎有了轉圜的餘地。

上個月初，女兒剛過完生日沒多久，就有一位娛樂公司的姜室長來訪。由於值班小姐那天請假，說什麼也要和男朋友去約會——但這個月聽說分手了。丈夫則必須跟一位生意上往來的朋友聚餐，晚點還要去安和路載女兒回家。於是我就暫為代班，一個人留守在畫廊。

那時候是 19:59 分。

姜室長一進門，就直接走到櫃臺問我說。「妳好，請問徐先生在嗎？」話剛說完，他就像被什麼給吸引，走到一張大尺寸的油畫前欣賞。剛聽到他這麼問時，我原以為他只是把我當作畫廊的職員，並不知道我是誰。事後回想起來，他更像是看準了那晚丈夫不在，才過來和我說話的。

總之我放下手邊的雜誌，起身走出櫃臺，同時打量起他的穿著。尖銳而上揚的髮型，如同銀白色的火焰，讓他站在畫廊裡非常醒目。黑色的馬甲背心上，布滿白色的圓點刺繡，底下搭配桃紅色的襯衫，以及一條黑色修身長褲，一雙黑色的馬毛德比鞋。簡單來說，紳士的打扮，剛好遇上了衣架子的體格。

「徐先生不在，大概九點多才會回來。有什麼事情嗎？」我走近他說。

「這樣啊，太不巧了。」他皺起眉頭說。「這幅畫真大膽，把嬰兒畫得這麼大。嬰兒的臉也好胖，還正對著畫廊大門。應該往裡面移一點才對，才不至於有壓迫感。」

「噢，我也這麼覺得呢。」

「是吧，」他繼續說道，「很像中學時我在圖書館的畫冊看到的，阿姆斯特丹市長兒子的肖像畫。只是那幅畫跟畫家的名字都太長了，根本記不起來。搞不懂為什麼荷蘭人的名字都要取這麼長。不過藝術家真的蠻有意思的，平凡無奇的東西，只要改變一下顏色，角度，比例，跟大小，就能給人不一樣的感受。」原本他手指抵著下巴，端詳著那幅油畫，現在已轉頭看向我。

像想到什麼，他拿出手機，用的輸入法有點特別。韓文？聽他說話，不像台灣人。「終於找到了。」他說，然後他將巴爾托洛梅烏斯·凡·德爾·赫爾斯特畫的《赫拉德·安迪茲·比克爾畫像》拿給我看。等我盯著螢幕瞧的時候，他才說：「請問，是徐太太嗎？」

「你好，我們見過嗎？」我看向他，給了個微笑。

「果然是徐太太！」他張開虎口在我眼前比劃說，「因為眼睛這一帶，和摩珈有點相像。幸會幸會！沒想到您這麼年輕，所以一時之間還不能夠確定。」然後從皮夾拿出一張粉紅色的名片遞給我。接著向我說明遇見我女兒的經過，以及希望能簽下她的原因。

「那時我從舞臺幕後看向觀眾，萬頭鑽動的場面中，唯有摩珈的外型最為亮眼，令人印象深刻，甚至掩蓋過舞臺上表演的藝人，讓人分不清楚哪一邊是臺上，哪一邊是臺下了。當然摩珈不只是外貌擔當，她還有其他適合當藝人的特點。」

「是嗎？」我想了想女兒那模樣。「她還有什麼特別的嗎？」

對方像是為了證明，按下手機的投影功能，將網站上的影片投影在畫廊白色的牆壁上。

是女兒高二上學期，學校園遊會的活動影片。只見女兒穿著他們班的黑色班服，和其他六名女同學站在預備位置。地點是他們學校的至誠穿堂，背景音樂則是之前女兒常聽的一首快歌。

「摩珈很有跳舞的天分喔，動作俐落，走位也很自然，」影片播放三十秒之後，他關閉聲音向我解說。「身體的韻律感，開靜音會更明顯，可以看到手腳是怎麼打拍子的。摩珈的動作，很穩定，很協調，也很有力量。還能同時顧及其他團員的動作。妳看，」他稍微倒帶幾秒，並重新打開聲音。「中間那名女同學，舞蹈進行到一半，動作明顯跟不上了。摩珈刻意放慢自己的動作，去配合那名同學，徐太太知道這代表什麼嗎？」他未等我答話，就以像是發掘寶藏似的神情說。「這表示，摩珈立刻在舞臺上模仿那名同學的動作，並且透過自己影響其他團員，讓隊形達到一致，使表演得以順利結束。我在當經紀人之前，是男子團體的舞蹈擔當，知道這是非常有天賦的舞者才做得到的。徐太太在家看過摩珈練舞嗎？」

「從沒看過。影片也是。」我搖頭說，心想女兒平時不是這樣吧。「她在家都唸書跟畫畫，最多戴耳機聽一些音樂。不過照你這麼說，她在家總是很好睡，很可能是在學校運動量大的緣故吧。」或許女兒從小跟著她爸聽搖滾樂，真的訓練出什麼節奏感也不一定。

「所以只用在校時間練習嗎？哇，那她比我想像中的還要有天賦。」他訝異地點頭說，「原來徐太太不知道有這些影片。或許因為標題是寫班級名稱，所以鍵入名字也搜尋不到吧。」

「還有其他影片嗎？我想看看評論。網路上怎麼說呢？」

「他們班上傳了好幾部影片。有英文合唱比賽，排球比賽，校慶進場，美術課拍的廣告，還有校規宣導影片，班上只要有活動都會找摩珈參加，看來她很受同學歡迎。」他用手機點開另一部影片，是女兒二年級時，在學校活動中心的校慶嘉年華表演。這次我就有點印象了。「影片下方的評價，都是好評。還沒看到負評。也有網友注意到摩珈，把影片分享到其他社群上。」他說。

「我女兒確實是蠻突出的。」我雙手交叉在胸前，滿意地看著影片。

「雖然公司規定都要從練習生開始淘汰，但摩珈肯定可以出道的，只是得先熟悉那個環境。我想只要好好栽培，將來她一定能表現得比其他新人好。未來會以組合形式出道，但也會讓她有 solo 形式的活動，成為全方位的藝人。」他繼續在一旁說。

「但會影響學校成績吧？」我試探性問。

「對高中成績和升學考試，不會有太大影響。訓練時間，和摩珈現在到畫室學習的時間差不多。上大學之後，徐太太大可把這些練習跟通告，當成是大學生晚上都會有的社團活動。很多藝人也都順利讀完大學。而且繼續唸書，也可以讓摩珈避開圈內一些沒必要的交際應酬，」此時他雙手做出一個撥開前方障礙物的手勢，「形象上也有加分作用，我個人認為是更有利的。」

「這樣啊。」我說。好不容易女兒有了一項長才，看來要發揮也頗不容易的。

他見我似乎是在考慮，繼續說。「讓摩珈當藝人，不全然是為我們公司賺錢。我也希望能看到摩珈在舞台上發光發熱。經紀人要照顧藝人，在幕後為藝人張羅，花時間和導演，製作人，建立好關係，像父母一樣拉拔新人。這些努力跟付出，為的就是成就一名耀眼的巨星。」

「意思是你帶過一些知名的偶像囉？」我笑著說。

「該怎麼說，確實很幸運帶到一些竄紅的新人，然而我也曾經想過要放棄走這行。」只見他關掉手機的投影模式，將手機收回口袋。

那是當經紀人的第三年，有位國中同學邀我回光州合夥經營一家古董店。我答應了，但就在打算遞辭呈的前一天晚上，我帶的藝人獲得了首爾歌謠大賞。坐在臺下看著她們領獎，心裡有說不出的感動。而我手裡正握著回光州的KTX車票。以前我也曾經是藝人，那時總覺得不管我怎麼努力，這座獎都是個遙不可及的夢想，但現在我照顧的藝人卻做到了。那一刻我才算懂了我母親的想法，她總是希望我成為一位偶像歌手。父母對孩子寄予厚望，並且希望孩子接替自己，完成自己過去的夢想。會這樣想是因為，這是父母所知道的最好的人生。這並沒有什麼不對，就看子女是否能夠認同，一起朝同個夢想前進罷了。所以我留下了來，然後努力到現在。我相信摩珈能再次帶給我這樣的感動。

我聽了他的故事，什麼也沒說，只是睜著眼睛看他。光是一位經紀人，就這麼體面了。等女兒進入他們公司，成為藝人之後，會比他更光鮮亮麗，耀眼奪目吧。如果女兒沒整形，也許我就不會希望她進演藝圈了。不知道。現在一切事情都變得很難講了。

「想請問一下徐太太。」他以無比誠懇的態度開口。

「嗯，怎麼了嗎？」我依舊笑著。

「您年輕的時候，有想當過藝人嗎？成為一名歌手，或是電影明星，有嗎？以我身為專業經紀人的角度來看，徐太太完全是有資格來試鏡的喔。您到現在外型還這麼年輕，這也是一種當藝人的天分跟資質不是嗎？只是當時您為什麼，沒有想成為藝人呢？」

「也不是沒有想過。就，沒那個機會吧。」我回答，沒說出自己在法國當過雜誌模特兒的事。

「摩珈和我說過，如果爸媽都同意的話，她願意先當練習生試試看。」

我就知道姜室長已經先跟女兒見過面了。有些事情女兒就是起步得比別人都快，比如整形。

「所以你還要找我先生談嗎？」

「是的。當然需要。」

「我敢保證，」我對他說，「你肯定會被我先生拒絕的。」

「我會竭盡所能和徐先生商量這件事。但也想請教您，什麼時候和他見面比較方便呢？」

看來姜室長習慣把最難處理的人留到最後，這種做事態度，和丈夫剛好截然相反。「我先生沒有什麼固定的行程，不過月底的佳士得拍賣會，他肯定會到的。拍賣會上，他心情總是特別好。那是他最好說話的時候吧。這時約他到一間小酒館喝酒，跟他說什麼，他都不會拒絕你的。只是，姜先生你有辦法進到拍賣會場嗎？還有，」我有點猶豫要不要再告訴他那件事。

「什麼事？」

「以前我有位當外交官的同學，得罪了我先生，才剛到巴黎三天，就被降級調到加勒比海上的聖文森了。所以姜室長，也要有被調離臺灣的心理準備喔。」這樣說很具體了吧。

「沒關係的，就當作撥給我一點見面的時間也好，我會盡全力促成這件事。」他笑說。這算是種自信，還是自我期許呢？丈夫那關，也算代我考驗他的能耐吧。

「那你就看著辦吧。」我鼓勵他說，「我女兒其實有點崇拜她父親。基本上只要我先生同意，我也就樂觀其成，我女兒也不會再搖擺。」

「太好了徐太太，今天謝謝您了。」

展示燈下，畫像中嬰兒傲慢的目光，正聚焦在姜室長身上。他的臉似乎有整形過的痕跡，就像他中文即使運用得再習慣，再自然，再得心應手，總一些略微不協調的地方。外頭的馬路更暗了。這時候丈夫跟女兒，也差不多快回來了。

「姜室長，」我送他到門口。「你是不是有整形呢？」我點了自己的鼻頭問他。

「啊，很明顯嗎？我確實整形過。」他馬上摸了自己臉頰。「整體上還可以吧。」

「為什麼不靠化妝，跟造型設計就好呢？」我說，是他當藝人的時候動刀的嗎？「姜室長，你們就這麼重視一個人的外表嗎？說真的這一點讓我有點不放心。我女兒對外表很敏感。也許你們會覺得她都這麼漂亮了，有必要這麼在意嗎？可是當她看到周遭的人都去整形時，我想她有可能也會這麼做。她一直有種很奇怪的念頭，就是不想太突出，表現得太表現，太與眾不同。我也不知道為什麼她是這種個性。」

「您是說，摩珈有可能為了讓自己融入團體當中，而去整形？」這應該是他意料之外的事吧。

「她非常在意周遭環境給她的感覺。以前我都想把她打扮得更漂亮，但她總是只挑些最平常的衣服來穿。譬如，她明明不喜歡制服，可是只要她去學校，一定是穿制服，班服，運動服，這類團體訂購的服裝。還有她的髮型，過去一直都剪小女生流行的鮑伯頭。就像漂亮的安娜·溫特。她一直到高中才改留長髮，原因是班上越來越多女同學都改留長髮了。她不想跟別人不一樣。」

「但進入這行，就是要秀出自己。要有自己的個性跟打扮。」看姜室長的表情，似乎也慎重起來。他說完，止住腳步，雙手插回口袋，倚在門邊思考這個問題。

「剛開始我不懂為什麼。後來我想她應該是怕自己被欺負，或許可以解釋為，是對自己美貌的一種警覺吧。剛看她跳舞的影片，姜室長難道不會這麼覺得嗎？合群，顧及每個人，重視團隊，也許你會覺得那是摩珈的優點，但也是讓人擔心的地方不是嗎？」

「該怎麼說。人確實都是比較出來的。好比一個女子團體，七個人好了，他們獨自solo的時候，你不會覺得誰的腿太粗，誰的比例和曲線不好看；可是當他們並排在一起時，一眼就可以看出各自的優缺點。誰穿的鞋子特別高，誰的腿長，誰的臂膀粗，誰的皮膚白。就是那麼明顯。所以上妝的時候，做造型挑衣服的時候，編舞排隊形的時候，工作人員都要花上很多工夫，讓整個團體更平均，鏡頭前才能更好看，而不是讓誰更突出。」他伸出雙手，一隻手搥著另一隻手的掌心說。「以前我母親也希望公司不要為我整形，說這樣就算紅了也沒什麼意義。沒想到摩珈的情況剛好相反……」他持續沉默了一會兒，繼續考量我所說的話。

這個人能否可以信任，會是女兒事業上的「正緣」嗎？要是女兒看別人整形，也跟著去整形，那可就糟了。還不如一開始就別出道，乖乖按他父親的安排，當一名美女畫家。

「徐太太，謝謝妳告訴我這麼重要的資訊。日後我絕對會多加注意的。」

「不用客氣，實在沒幫上什麼忙。」

「那麼，晚安了。」說完他向我示意，離開畫廊，往伊通公園，進入了公園模糊黑暗的中心之後消失。他給我一種機敏的貓的感覺。貓原本可是人類祖先的敵人，樹上那些嬌小的靈長類的天敵，就是貓。

姜室長離開後，沒幾天，女兒就帶戴醫師的女兒回家了。

年輕時總想著為什麼丈夫要讓女兒整形。這些年來我更認識丈夫，也有更多時間去觀察跟思考這件事。如果是自己決定整形，那是醫療自主的展現。可是嬰兒整形的話，要不要整形，要整形成什麼樣子，都不是操之在己。丈夫之所以如此「僭位」地去做這件事，是出於要讓子女受益？還是出於他的自卑？經過這麼多年之後，現在我覺得這兩種過去所以為的答案，都不是答案。

那或許只是一種控制。

佳士得拍賣會結束後，丈夫打給我，說要和位「新朋友」去一家在青田街的高級酒吧。丈夫到家之前，姜室長就傳訊告訴我結果了。原來他也只有這點能耐。我看到訊息後，氣得將手機摔在地上。女兒也從房間開門出來，看一看我在幹嘛。丈夫回家後，手上跟脖子都有一些傷口，說是因為喝醉的關係摔傷了。這兩個男人在搞什麼，女兒出不出道，有必要弄成這樣嗎？

丈夫追求幸福的方式，是積極，直接，專注，殘酷的，掠奪能讓他得到一種快感，凌駕在別人之上的快感。對他而言幸福是在他處，在別人那裡，所以他要把幸福搶過來。而我追求的是自在的幸福，一種捨得，一種不爭，或許事情發生的當下很糾結，但在放下那份糾結之後，幸福感隨之而來。膽子小不一定就是沒氣度。也許丈夫沒給我抓過把柄，但我不是沒察覺到什麼，這確實有一點眼不見為淨的感覺，但那不會妨礙我生活。別人覺得天崩地裂的東西，我可以覺得沒有關係。只要我懂放下，根本沒有事情可以阻礙我幸福。然而女兒的幸福，是一種與生俱來的幸福，一部份來自於我，一部份來自丈夫。事情總是在她眼前轉一轉就過去了，除了自身的存在以外，對她來說沒什麼值得在意的。她是幸福的基礎，就是幸福本身。

當然世界上還有一種像戴醫師這樣的人，習慣專注地做一件事，沈迷在他的專業，他的技術，因為這樣而安心滿足。他的幸福是技術性的幸福，操作性的幸福，所以他也不需要掠奪什麼，日益精進自己即可。

戴小姐的眉宇之間，充滿了知性以及自信，那風采像她的父親。言談中似乎也透露自己結交了不少朋友，和女兒那種模稜兩可的性格大不相同。可是當一個人明明交友廣闊，受到主流媒體的青睞，被捆綁在人情世故當中，卻又不斷表達自己是個很獨特很有想法的人，就讓我覺得相當的虛偽。

只是後來女兒向我提到，戴小姐的母親是因為產後感染過世，令我訝異地摀住嘴巴。這是一件多麼不幸的事情啊！母親因她而死的陰影，大概從小就潛藏在她心底，就像伊甸園裡永遠有那麼一條蛇。會不會是這件事，導致今天她個性上的極端？這應該也是戴醫師診所關閉好幾年的原因吧。說起來我和戴太太還是有一面之緣的，姑且背影也算的話。沒想到她就這麼過世了。

一位道德操守備受大眾肯定的人，如果遭逢不幸，還是有人會在感嘆之餘說出：「是前世造了什麼孽吧？還是私下幹過什麼壞事？」這念頭只要一出來，上一秒被同情的人，下一秒就成了理應受罰的人。更何況他們家從事整形這門行業，而且還是最具爭議的嬰兒整形，背後的指指點點就更多了。

幸好我不只信一門宗教，我相信所有的宗教。

但更過份的是戴醫師，為什麼不對孩子撒謊？身為醫生都能對病人的病情一輩子保守秘密了，就一定要把事實告訴孩子，讓孩子承擔罪惡感成長？果然醫學有拯救生命的一面，也有為了發展醫學而不得不傷害生命的一面。不過，戴太太的死除了產後感染外，可能還有別的原因，才會讓戴醫師對自己的女兒，說出這麼殘忍的真相。戴家內部肯定發生了很嚴重的事。

好險女兒是我和丈夫的孩子，不是戴醫師的孩子。一個古板到連「秘密」都處理不好的一家之主，有什麼能力為家人帶來幸福？

丈夫看似是個藏不住秘密的人，實則是用秘密去控制別人。當他告訴你他的秘密，你就被他制約了。該不該說出去呢？他說的是真的嗎？一個告訴你越多秘密的人，只是對你投下越多的煙霧彈，把你給迷困住。而女兒完全繼承了丈夫這副德行，父女倆都喜歡透露自己的小秘密給別人聽。當你以為抓到他們的把柄時，反而誤入他們的陷阱。他們大概都是這樣跟別人說：

「除了家人以外，你是知道我最多秘密的人了。」我就聽過女兒在家跟一位同學這樣講過電話。然而電話中女兒所說的內容，都不太像是事實。日後，當對方自以為公開她秘密的時候，也正是公開自己有多愚蠢的時候吧。人果然大方一點，反而能隱藏自己的其他事。

我很幸運能當他們的家人，至少在「愛」的基礎上，他們對我並沒有太大的敵意。但這些年來我還是必須承認，我對他們的了解並不多。如果今天我不是在自己的家鄉跟他們一起居住，一起生活，而是在北京，巴黎，布魯塞爾，或者國外任何一個地方，我對他們而言會更像個陌生人。

「Good Morning Baltimore!」有天早上我醒來就抱著丈夫說，那時他剛從香港回來。「等女兒長大後，我們搬去別的地方住如何？巴黎是不錯，但也不一定要回巴黎啊。巴爾的摩好嗎？」會提到巴爾的摩，是因為那陣子看了好幾部約翰．沃特斯導演的電影。

在我心中一直有一個像巴爾的摩的地方。

我的生活一直簡單地持續。這世界不是每個人都是多采多姿的，不然會亂得不好看，總是需要我這種想很多，但卻做很少的人。這樣的我應該是很能適應環境的人吧。

當然我也有我的興趣。

維傑·勒布倫夫人是我最欣賞的畫家，她也是法國藝術史上最傑出，最美麗的女畫家。一生共畫了六百六十張肖像畫，絕大部分都是女性肖像，至於男性肖像則幾乎沒有。她畫中的女性，優雅細膩，散發出一種溫柔恬靜的新古典氣息。為了表現出更自然，更真誠的微笑，她三十歲時的自畫像，一反傳統肖像畫的美學規範，畫出潔白的牙齒，而受到當時畫壇一致的譴責跟嘲笑。但那時法國的牙科技術已經大為提升，領先歐洲各國，民間也流行一股牙齒保健的風氣。開口微笑早就不是蛀牙，缺牙，口臭，等不禮貌的行為了。因此勒布倫夫人的畫作反而引領新的時尚潮流，被譽為法式微笑。

她在一幅自畫像裡，黑色的工作服，搭配白色的帽巾，蕾絲的領子和袖口，繫著鮮紅色的腰帶。左手拿畫盤，右手拿畫筆，微笑地看向正前方。一位專業卻又顯得快樂的女性。她很愛自己的女兒朱莉，羅浮宮還藏有她抱著女兒的自畫像，母女倆的微笑也都露出了牙齒。尤其他的丈夫勒布倫先生，也是位畫商。這都讓我對她有更多的心理投射。

丈夫因為女兒的關係，非常避諱法國大革命時期的藝術品，即使他知道那是我最喜歡的畫家，卻始終置若罔聞，彷彿這位畫家早在法國大革命時就遇害了一樣。雖然勒布倫夫人以畫瑪莉·安東尼的肖像聞名，但她還是順利從法國逃到了義大利。之後她輾轉到過奧國，俄國，普魯士的宮廷，繼續為那時代的女性們作畫。這些丈夫肯定都是知道的。

除了繪畫外，還要說明的是，我不是不喜歡攝影。攝影剛發明的時候由於材質粗劣，尼埃普斯拍的照片和秀拉畫的素描並沒有太大的區別，但我就喜歡那個年代的照片，有一種迷濛的美。不過丈夫並不喜歡，他喜歡和繪畫越有區別的越好。只因為我喜歡的，和他喜歡的不同，他就一直覺得我不喜歡攝影吧。

不過我也懶得讓他們父女了解我的好惡，這樣更方便我和他們相處。那位戴小姐似乎也非常熱愛攝影。有次我染完頭髮回來，就看到她跟女兒在伊通公園拍照，架勢非常專業。她就是個做什麼都蠻像一回事的人。等到相機拿在女兒手上，怎麼看都不對勁，生怕待會摔壞了要賠給人家。

女兒藏拙這一點倒是像我，當不想涉入爭論，或從內心看輕對方的時候，裝笨一點也沒關係，避掉麻煩就好了。女兒在這方面確實發揮得淋漓盡致。她明明可以考上其他學校的美術班，但總是在最後交出很糟糕的作品，弄得自己只好繼續留在市大同讀書。

我相信她真的沒有太高的繪畫天分，但考進美術班綽綽有餘了。讓人十分懷疑，她是故意放掉那些機會，甚至她連自己也騙了過去。

市大同一定有她非常掛心的某個東西，而在她這個年紀，往往就是青澀的戀情。

現在常會想起女兒跳舞的模樣，她所散發的青春活力，還有那開心的表情。我一個人的時候，偶爾也會點開影片。丈夫看過這些影片了嗎？如果不是姜室長，我真不知道女兒會跳舞這件事。她到底喜歡什麼，在學校做什麼。還有，她真的喜歡畫畫嗎？同樣的，她真的喜歡跳舞嗎？

最近走到南京松江站的四號出口，上頭的數位時鐘都剛好顯示 19：59。前幾天，我到附近的哈肯舖買麵包，結帳也是這個時間。我仔細問了女兒在那打工的一位很胖的女同學，她的臉就像一顆小溜溜球。才知道女兒二年級的時候，曾當了一年禮物包裝社的社長。又一次出乎我的意料。女兒不僅很少買類似禮物之類的消磨品，在家也從沒看她包裝過什麼東西。相對的，她在學校肯定花了不少時間在社團上吧。

我想到另一位在附近犁記糕餅店打工的林同學。他胸口的名牌上有寫出他的名字。

林青願。

這名字女兒也喜歡吧。

以前我有位高中同學，名字中有個「杏」字。後來喜歡她的那個男生，送她一本書，裡頭就夾著一片銀杏葉的壓花。愛一個人，就從愛一個人的名字開始深入。過去香港作家董橋的散文集，每本我都買來看，像他有一篇〈那些名字那些人〉，就是從名字來談人之間的感情。我看書常從後頭先開始讀，丈夫也習慣這樣，對我們來說並不存在什麼閱讀順序。而董橋每篇散文的結尾，總是收束得特別好，那種俐落，不拖泥帶水的速度感，大概只有瑞蒙·卡佛小說的結尾，有類似董橋的筆法。

後來有幾次我一個人去犁記消費，都遇到那位林同學。他的頭髮和女兒一樣直，眼瞳也和女兒的一樣黑。每次看到他，我總會聯想到我的寶貝女兒，他們在外貌上總有幾分神似。民俗一點的說法就是夫妻臉。

我注意到他包裝的技巧和速度，明顯和店內其他店員都不同。

「林同學，你在學校參加什麼社團？」我站在玻璃櫃前問他。

「籃球隊。」他轉身幫我挑了一個包裝的盒子。

「也是，你這麼高，籃球一定打得很好吧。以前國中也讀市大同嗎？」

「嗯。」他沒多說，邊低頭幫我包裝，把餅放進盒子，額前的瀏海蓋住他眼睛。我才注意到，他的身高，還有他下巴的曲線真像極了我丈夫，只是還年輕，臉上沒有藍色的鬍渣。女兒肯定對這個男生有好感。

「包裝得真漂亮。」我笑著說。

如果他不是禮物包裝社的社員，那麼又是從哪學到這些包裝技巧？是女兒另外找時間教他的嗎？還是之前在別的地方打工學來的？

不過我想他就是女兒一直留在市大同的原因沒錯。如果兩人在學校常互動的話，那簡直是像青梅竹馬一樣長大呢，這就更難割捨了。學生時代的愛情，通常無法持續到出社會後。但上次見他們兩個說話，對彼此卻又似乎很陌生，感覺女兒不會比我更親近這位林同學多少。

戴醫師的千金雖然和他們不同學校，但女兒該不會笨到把她介紹給林同學認識吧。這是我見過戴小姐之後，最讓我擔心的事。正因為她在外表上如此像我的女兒，卻又不如我的女兒，所以相較於女兒來說，她必然是更具吸引力的，對異性，對同性都是如此。

人都是愛自己，而不是愛別人。因為害怕被拒絕，害怕丟臉，害怕尊嚴受到傷害，往往在挑選對象上，會先退而求其次。就像我的丈夫選擇我，在他心中我只是比伊莎貝拉好，但不是最好。

同樣的道理，喜歡我女兒的人，反而更容易轉而喜歡戴小姐吧。又假使剛好喜歡戴小姐的人當中，也有我女兒喜歡的，這樣就要讓我女兒傷心了。

「林同學一定很受女生歡迎吧，現在有女朋友嗎？是市大同的嗎？」

「我沒有女朋友。」他幫我把綠豆椪禮盒包好，開始按收銀機結帳。

看來女兒和林同學之間，最多還在曖昧吧。幸好，那就好，既不會看到男女之間醜陋的那一面，也可以在高中這個階段，擁有珍藏一輩子的回憶。

以前會覺得回憶中的自己好像沒有自主權一樣，自己是自己的影子，自己被自己使喚，然後重演一些已經過去的往事。所以以前我總不太喜歡去回憶。

認識丈夫之後我才體會到，回憶也能如此愉快，甚至用來創造未來。

我和丈夫最大的問題不是女兒的臉，而是我們不知道怎麼一起步入老年，但相信我們可以克服的。他最近也說，好久沒回巴黎了。這句話讓我放心。丈夫顯然於對戴小姐的出現過於在意了。

他怕戴小姐早就從她父親口中，或是其他管道，知道了女兒整形的事。「戴醫師是不會公開病歷沒錯，但他家人難保不會因為一些莫名其妙的機會，就知道了不應該知道的事。」他擔心戴小姐自以為善意，告訴了女兒真相，更糟糕的是，假使之後兩人交惡了，故意說出這件事來傷害女兒。

我拉近枕頭，安撫他說。「違反醫師法，最重會被撤銷執照，甚至坐牢，那位戴小姐就算知道整形的事，也不會笨到說出去。」但我心裡也知道，這樣的法律約束得了誰？而且也有那種明知犯法卻還是要這麼做的人。丈夫也是了解到這點，才這麼不放心吧。

「我們必須保衛女兒。」他握著我的手，就像握緊拳頭。他手上的傷，也還沒完全好。「只要他們膽敢把珈珈整形的事情說出去，我就要讓戴醫師的女兒也受到同樣的痛苦。」他在我耳邊說。

我倒是好奇了，他要怎麼讓戴小姐痛苦？不過丈夫說得對，戴小姐肯定會嫉妒我們女兒。這兩個擁有同一張臉的人，到底未來會怎麼相處呢？

因為女兒的臉，已經不是原本有血緣的那張臉了，而是陌生女子的臉，這樣丈夫會對女兒有異性上的衝動嗎？我原本是如此擔心著的，但我後來發現，這擔心是多餘了。丈夫對女兒完全沒有那方面的衝動，即使換了陌生女子的臉，仍是把女兒當女兒。那麼換成戴小姐呢？沒有血緣的羈絆後，丈夫對戴小姐，會有異性的衝動嗎？我真的很想知道。那晚丈夫在房裡抱著我說，看到戴小姐的臉之後，讓他對當初的決定感到後悔莫及。他說，要是女兒沒有去整形，就會有自己的臉，就不會跟戴醫師的女兒長得一模一樣了。

「我做錯事了，珈珈肯定無法原諒我。」他甚至為女兒流下了眼淚。「我覺得自己很混帳，並沒有給女兒真正的幸福。我毀了她的臉，給她帶來這種麻煩。像這樣的生活，我一刻也受不了了。Comprenez-vous ce que j’ai dit?」（你明白我說的嗎？）

丈夫年輕時就說過，抱著我很舒服，說我身體的大小和輪廓，都正好符合他懷裡的那個空間。直到現在都還是如此。除了懷孕那陣子外，我的身體，都是跟著他一起變化。所以關於女兒的臉，或者誰的臉，說真的我也不是那麼在意。至少沒有像丈夫那麼在意。不知道為什麼，我想到了那位林同學。我告訴丈夫說，只要女兒以後生下孩子，總有一天她會看見自己原本的臉。所以我們不要再為這種事情擔心了。

第十一章 Daughter

狐狸的朋友是哈士奇

依希說，她最不喜歡的地方是海。

不過她喜歡雲，那種在天上的雲。她說雲變換的時候，有時像看到自己的臉。

那天在診所門口拉住她，我們都被彼此的容貌嚇了一跳。

「格子領，妳是市大同的？」她停了幾秒之後說，「對面有家咖啡廳，要過去嗎？」

她的聲音較低沉，我的聲音較高，但她和我一樣，聲音都很搭自己的臉。真神奇。

當下這種情況，我們都覺得應該要好好談一談。

我跟著她穿過安和路，走進一家咖啡廳，找了一個靠窗的位子坐下。

「兩杯 Espresso。」她見我一直猶豫要點什麼，「雖然得早上喝才對，不過是這家店的招牌咖啡。」

「好的。謝謝。」

咖啡很快送了過來。剛開始兩人都不知道要說什麼，也不好意思一直盯著對方看，雖然真的很好奇。小杯的義式濃縮咖啡，感覺喝了很久。大約十分鐘之後：

「妳為什麼會來整形診所呢？」她問。

「我來穿耳洞。網路上說醫院比較衛生，但是戴醫生不願意幫我弄。」

「喔，我爸爸他從不幫人穿耳洞。他覺得那連手術也稱不上，只是一個刻意做出來的傷口，跟他的整形理念正好抵觸吧。早點認識的話，妳就可以先問我了，免得白跑一趟。」

她把手機拿出來，提議交換號碼。

「啊，妳的手機。」我說，接著我拿出我的手機。

「妳也是因為強大的照相功能才挑這支的嗎！外接廣角鏡頭的話，它幾乎可以取代相機。當然廣告是誇大些了。」她高興地說。「只是，妳的手機吊飾也太多了吧，好像一串糖果喔。」

我說手機是我媽幫我挑的。吊飾則是看可愛就買了。

然後我們用手機乾杯，拿到彼此的號碼。

「應該要幫妳拍一張照當來電顯示，」她一邊輸入我的名字，一邊說，「但是，選一張我自己的照片代替，好像也可以。」她說完，突然又抬頭問我，「我是攝影社，妳也是嗎？」

「我是禮物包裝社。倒是我爸很喜歡攝影，他的畫廊有時也會舉辦攝影展。」

「禮物包裝社？好好笑，社課就是一直包裝禮物嗎？好奇怪的社團。」她別過臉想克制自己的笑意，突然又接著說。「等等等等，原來妳家開畫廊啊。」

她和我就像同一個人，雖然細部還是有點差別。這家咖啡店並沒有用鏡子裝潢，我卻彷彿是對著一面鏡子坐著，幾次甚至要閉起眼睛和她說話，才比較有真實的感覺。

「那妳，有什麼最喜歡的畫？」她往前坐，像急著想知道答案。

「應該是皮埃爾．博納爾的《Woman with Dog》吧。他是我最喜歡的畫家，畫的動物都很可愛。不過我們家不能養寵物。」

「小時候我家也不准我養。」她說，找了手機裡的照片拿給我看。「一直到國一下，外公家有一隻貓太調皮了，一歲多就被外公去掉爪子，我爸爸才勉強答應讓我抱回來養。」

去爪也太殘忍了，我想。「好可愛的貓咪。」我看著照片說。只見貓咪慵懶地躺在像是投射出蕾絲光影般的樓梯。背景就是戴醫師的家吧。

「是臉臭臭的布偶貓，但牠現在脾氣很好。而且喜歡吃漢堡喔。」

於是我們又從彼此的家庭開始聊起，那天幾乎把兩人從小到大家裡的事情都聊過一遍了。沒想到，我們竟也有著相似的成長經歷。因為依希家位在仁愛路安和路口，讀完仁愛國小後，接著讀隔壁的仁愛國中。高中則是沿著仁愛路走大概兩個公車站，從師大附中的後門走進去上學。

她一直都讀仁愛路旁的學校，而我則是在長春路的市大同一直讀到高中。

此外我們還有很多的共通點，比如都是獨生女；每年都固定出國，我去法國，她去義大利。父母也都特別保護我們的這張臉。我爸就教了我好幾種保護臉的防身動作，從小就嚴厲告誡我說，就算其他地方受傷了，臉也絕對不能夠受傷，不然就是對父母最大的不孝。

依希家裡的戒律則更為離奇了。

「以前我爸爸還規定我每口飯要咀嚼幾下，連左右兩邊咀嚼的次數也要相同，不然會影響臉部發育，以後長大了會——大小臉。我想哪有那麼誇張，所以很不喜歡和我爸爸吃飯。這算是他的職業病吧。」她點了第二杯Espresso，繼續說。「為了記錄我的成長變化，他還每天幫我拍一張照片。但是他很嚴肅，要求像拍X光一樣不準亂動，背景則一定選擇我家客廳的白色牆壁，說什麼，臉一定要拍清楚才行。就算我們到國外，每天也是盡量找一個樸素的背景，慎重幫我拍一張。」

「哇，妳爸不愧是專業的整形醫師，好有耐心喔。」

「就是說啊，不知道是不是金牛座的關係。不過後來我發現，這樣拍其實可以製作一份我從小到大的縮時攝影，就沒有一開始那麼反感了。」

記得杜勒的生日是五月二十一日，也是金牛座。十三歲他就為自己畫了一幅自畫像，之後一生陸陸續續畫了十幾幅自畫像，素描、版畫、油畫、鋼筆畫都有。除了幾何學的著作外，杜勒還寫了一本《人體比例研究》，家裡就有這本書，和杜勒的畫冊放在一塊。裡頭他畫了好幾幅示範人體比例的素描，還討論到面相學，現在想來，不也都和整形有關嗎？杜勒畫的《紐倫堡女子》，也像戴上整形之後用的塑形頭套。

印象中杜勒說過，一切的作品，要數漂亮的人體最能讓我們感到愉悅了：

世界上沒有一個人具備所有的美，即使他已經相當美了。所以，當你想創作出一具最美的人體，你就得選取某一個人的頭，某一個人的胸口、手臂、雙腿跟腳趾，從許多美的事物中去搜索出你要的部位……

戴醫師和杜勒有這麼多的共通點，難道都只是巧合？

「所以妳從小到大，從來沒有一天離開過妳爸爸嗎？」我又回到話題上。

「國中之前算是吧，畢竟他沒有一天忘記幫我拍照。不過國中之後我就自己拍了，當然我爸也會要求我。每天我都在客廳拍好照片後才去上學，就這樣子慢慢喜歡上攝影。」

「我爸倒是很喜歡突然拿出相機亂拍，每次還來不及準備就拍好了。所以我們家很多照片都很矬，我媽常喊說要把那些照片都給刪掉。」講到這我自己也笑了出來。那些照片真的很好笑。

「瞬拍比較自然啊，而且拍攝技巧，跟相機的規格都要在水準以上喔。你爸爸才是攝影的專業。相機對我爸爸來講，就是個工具而已。」她眼睛往下看著杯口。杯子雖小，拉花還是很整齊，但只剩一半的咖啡。

「那麼妳最早的一張照片是什麼時候拍的呢？」我問。

「剛滿三歲那張，應該是我爸爸幫我拍的第一張照片。」她說完也不免有些遺憾。

我聽了很吃驚，但我沒跟她說，我也一樣，在三歲之前沒有任何照片。

「我爸說美國脫口秀的主持人跟來賓，都長得像席勒畫裡的人物。」我想說聊些比較輕鬆的。

「哦，呵呵。」她笑出來。「真的，好像是。我爸也說過，達文西跟莫札特如果當醫生，絕對不會只是個專科醫生，而是什麼病都能診治的全能醫生。還有林布蘭那幅《杜爾博士的解剖學課》，我爸說杜爾博士拿的明明是手術鉗，怎麼很多藝術評論都寫剪刀呢？」

「不會吧！」我一直到依希說了才知道。

當然我們也聊了在國外的生活。但那不是去旅遊，而是實實在在的在國外待上很長的一段時間。所以和其他同學比較難分享，怕聊了會讓人覺得像在炫耀。我們都是第一次遇到能聊這個話題的朋友。

「我爸爸每年暑假都會到波隆那大學講課。除了大部分時間待在波隆那，我們還會去其他城市看看，像去過米蘭、羅馬、比薩、威尼斯、佛羅倫斯、西西里島等地，主要是看文藝復興的繪畫、雕塑和建築，把義大利整個都逛遍了。」她停頓了一下，手指頭順著木桌子的紋路，那紋路讓我想到孟克《吶喊》。「等我成年後，就可以自助旅行了，至少不用再跟著我爸爸。可以去我想去的地方，像巴黎就很想去看看。」

「好啊。在巴黎，冬天下雪，溜滑梯前面還有像棉被一樣折疊的冰塊喔。」

就這樣我們交換了許多義大利和法國的資訊。依希說明年去義大利，希望能順便去巴黎，最好我能當她的導遊，帶她到處看看。我也說了同樣想去義大利玩的話。

「我爺爺說過，只有巴黎配得上羅馬，也只有羅馬配得上巴黎。所以巴黎只有一個姊妹市，那就是羅馬。」我說完突然感覺，兩人像締結了什麼協議。

「那我們以後就是好姊妹囉。」依希看著我說。「不過即使到了這些漂亮的城市，我爸爸還是不愛照相，他就像是對拍照過敏吧，所以我只好自己到處拍囉。對了，妳別動。」

接著她從書包拿出一臺黑色的單眼相機，要幫我拍照。我也不得不嚴陣以待起來，可是鏡頭對著我好久都沒有動靜。突然依希說：

「妳長得和我還真像。不過我得承認，妳比較漂亮。」

「嗯？」

「拍囉。」

那時候我應該有微笑吧。

那週的禮拜六下午，我們約在爸的畫廊見面。因為依希上次說：

「我爸爸搞不好被妳嚇到了。這樣吧，也讓我見妳爸爸。」

「所以戴醫師知道我們認識嗎？」

「我沒告訴他欸。到時候他要是管東管西的，多麻煩啊。」

照理說依希應該是有長得像戴醫生的地方，但又說不出是哪裡像，有可能她比較像她過世的母親。她同樣是想知道我為什麼有這樣的外表，才會想看我爸的吧。

當我到畫廊，看見她和爸說話的時候，我能感覺到爸的異樣。他專注地看著依希的臉，有時再轉過頭來看我，就好像是在——校對錯字。我又開始覺得我的臉像抽屜了，但這次更繁瑣分得更細碎，像一個個可以活動的鉛字。也許我跟依希真的太像了。看診那天，戴醫師表面上從容鎮定，但他真的把我的臉檢查得太仔細。現在想來也很反常，是否和爸一樣，也是在試圖找出我和依希的差異呢？

從畫廊出來後，我和依希到對面的伊通公園坐著。下午三點，已經有家長帶小朋友出來玩溜滑梯。那邊地上鋪了一層黑色的軟墊，大人跟小孩的腳步聲聽起來都差不多，沒有太大的分別。

「妳爸爸是混血兒嗎？他好高，也很有藝術家的味道，超過我的預期呢。」

「我爺爺是法國人，而且比我爸爸還高。」

「那摩珈妳有法文名字嗎？因為妳爸爸的名片上有他的法文名字喔。」她拿著爸專屬的金屬名片，在公園下午閃耀著金色光芒。從以前我就注意到爸名片上的編號，她拿到的是1171。

「Monica。加姓氏的話，莫妮卡．薩勒蒙。」

「那我的英文名字是Alexine。告訴妳了喔。」

「愛麗柯辛？好像也是個法文名字，記得在巴黎有見過。」

「所以我也有法文名字了嗎，太好了。」

依希也問我，喜歡畫畫是因為家裡開畫廊的關係嗎？我說不是，卻也回答不上自己為什麼喜歡畫畫。想起有一次逛百貨公司，我挽著媽的手說：

「我喜歡百貨公司裡的空氣，聞起來香香的。」媽聽了則是說，「這當然。妳再怎樣也是我的女兒啊，血緣是改變不了的。」我知道媽愛逛百貨公司，她其實可以不用強調的。但難道我喜歡畫畫，也是因為爸開畫廊的緣故嗎？那天姜大哥離開漢堡王之前說：

「人的外表是真實的，眼睛看到的也是真實的。然而心裡想的，卻不是那麼容易掌握。所以古代中國人對於那無形的東西，都以流動的氣來形容。我猜看看妳心裡的煩惱。妳說自己的夢想是當一位藝術家，但很可能妳只是不知道自己以後要做什麼，所以才找了一件現在就可以著手的目標來進行。我必須說，堅持這種夢想，只是浪費一個人才華，以及上天交給他的使命。像我的夢想是成為偶像歌手，但我真正該做的，是當一位稱職的經紀人。所以說摩珈，除了夢想之外，妳有認真去搞清楚過自己的才華嗎？有想過什麼是只有妳才能做的事嗎？人的一生都有過許多夢想，但任何夢想，只有立足在這個基礎上，才能靠近和完成的喔。」

我想了想，就答應讓姜大哥和爸媽談談看了。假如照他說的，是我的天賦，以及上天要我做的事，那麼即使不是由我來決定，也都會按照我出生時那些星星所排列出的幾何圖形去運作吧。我好像知道，人為什麼一出生就是嬰兒了。必須先徹底被別人決定一番之後，才有成長的突破可言。

「有什麼我該注意的嗎？如果和摩珈的爸媽見面的話。」東範哥問我，他想盡量讓自己更禮貌。

「我媽很好說話，沒什麼脾氣。只不過我爸，」因為這件事讓我特別在意，心想還是要告訴他。「如果我爸哼著英文歌，表示他不開心了。」

「哪首英文歌？」他一副無法理解我的意思。

「ABCD 那首」我說。

「對，我知道是英文歌。但是哪一首呢？」

「就ABCD啊。」我想有這麼難懂嗎？

也許那旋律在我還沒有記憶之前可能就聽過了。是我的第一個記憶。爸拿著鑰匙，從伊通公園牽著我的手走回家。我的影子很小，陽光像玻璃珠般閃耀。但爸很陰沈，毫無生氣，想著自己的事，在我旁邊哼這首歌。爸跟我說，他剛剛弄丟了一張照片。我一直記得這畫面。

公園的不銹鋼攀爬架，在陽光下閃閃發亮。人真的越來越像螞蟻了，個人的能力越來越侷限，但螞蟻巢卻越來越大，功能越來越完善。覺得現在每個人只能透過選擇，來形塑自己的品味，而不是透過創造。打扮比較好看的人，只是比你會挑東西，而不是比你有創造力。

「或許畫畫能讓我有種，練習怎麼掌握自己的感覺吧。雖然不知道自己的夢想是什麼、能做什麼，但拿著畫筆的時候，總是能讓我覺得，確實有所謂的夢想存在在那裡。」我試著總結自己的想法。

「我也不知道自己為什麼這麼愛攝影。不過攝影的時候，我彷彿會忘掉自己的樣子、自己的身份、自己的呼吸、自己存在的所有感覺。我純粹是這樣才繼續攝影。」依希說。她像是在肯定自己，也肯定我。

「妳真的和我爸一樣喜歡攝影呢。」我說。

依希的個性很像爸，叛逆而有生命力，是我想要的那種性格。雖然她覺得我比她漂亮，但我反而羨慕她。不過如果她不像我的話，我可能就一點也不羨慕她了吧。正因為她像我，讓我知道了怎樣才能完美的我。

我突然想到。「對了，我家有一幅夏卡爾的畫喔。」

「是嗎，那我想去看！」

依希的眼睛忽然煥發出一股異樣的神采，我有點又被她得逞的感覺，總在不知不覺中告訴她許多自己的事、家裡的事，或者按她的意思不得不去做某些事。就像剛剛幫她找到了法文名字。我想了一下說：

「好，但我爸媽很反對我穿耳洞，所以我去診所的事別說喔。」

「這當然。」她說。

因為距離晚餐還有一段時間，依希要我想想這附近還有哪可以去。以伊通公園為起點，腦中轉過了中山女中、救國團青年活動中心、長榮海運、啤酒文化園區，但好像都不適合我們去逛。城邦書店她說去過了，一些咖啡店我也都不熟悉。最後決定帶她去參觀公園附近的袖珍博物館。

附近大樓的地下室，隱藏了一個以等比例縮小的世界，密集的程度，只能用琳瑯滿目來形容。雖然從小到大來過好幾次了，卻沒有一次從頭到尾看完過。東西只要太小，我就一點辦法也沒有了。所以反而是依希走在前面，帶著我看每個櫥窗。

「玩偶的臉，小得讓人看不清楚。可是這樣也好，才能顯現出人臉的另一種美。」依希說。她正仔細看著櫥窗裡，幾尊戴著金屬頭飾的陶瓷娃娃。「沒想到這裡有收藏 **Marina Bychkova** 的作品。看了真惹人憐惜，衣服又做得那麼華麗。怎麼伊通街這麼好玩啊，我以前都不知道。」

「依希妳很喜歡看人臉嗎？」

「蠻喜歡的，我拍照也喜歡拍臉。臉是人最美的部位不是嗎？」她蹲在玻璃櫥窗前說。

「這樣啊。我倒是不喜歡人臉。真正的人臉還好，但是那種像是人臉又不像人臉的，就會害怕。」我轉身背靠玻璃，望著對面一間美式風格的鄉村小屋，裡頭一個人也沒有，椅子還收到桌子上。要是能住進去有多好，安德魯．懷斯就住在像那樣的房子吧。「小時候學素描。老師教我們畫肖像，我都刻意畫手、畫腳，或是畫其他的靜物，就是不肯畫人臉。現在我最擅長的也是靜物畫。」

「那妳一定沒注意過『康是美』的商標，到底是小鳥還是小兔子囉。」依希要我轉過頭來，她正指著其中一尊戴著厚重牛角頭飾的娃娃。「吶，妳看，我最喜歡這尊娃娃。她感覺就像第三個我們。不過她看起來特別特別小喔，多可愛！」

我看了那人偶，人偶正看著依希，而依希則抬頭看我。她站起來說。「關於妳剛剛說的，人臉的困擾。可能妳個性比較害羞吧。就只是個性上的問題呀，既然只是個性上的問題，那就沒什麼大不了的。每個人都有不同的個性。」她似乎不把這件事放心上。「繼續走吧，還有好多我想看的呢。」

在巴黎龐畢度中心附近，也有一間洋娃娃博物館，姑姑曾帶我進去過。上百個娃娃按年代排列，越古老的越甜美，越是靠近現代的，雖然做得更逼真，卻沒有以前的可愛了。我把這疑問告訴姑姑。姑姑說，最早娃娃只是縫給自家的孩子玩，一年只做幾個而已，可是到後來卻要量產出好幾百萬個。「明明都長得一樣，只因為有很多個，所以大家都變醜了。妳懂嗎？莫妮卡。」

為了把袖珍博物館好好逛完，我決定什麼都不想了。依希說得對，這裡有小房子、小車子、小街道、小村落。每一戶人家都是一扇櫥窗。為什麼要特別去意那些人偶呢？不如什麼都不要想要好得多。

最後依希在禮品部，買了一個可以放在手指上的袖珍蛋糕，上頭不到一公分的蠟燭還亮著光。

逛完袖珍博物館，我們打算走去長安東路上的星巴克。依希有喝咖啡的習慣，覺得以我們的年齡來說，算是過量了。當我們沿著騎樓，經過紙博物館對面的時候。

「裡頭有什麼嗎？」依希問。

「一樓販賣紙商品。二樓是特展，主要是紙藝術品。三樓是常態展，介紹世界各地不同的紙。四樓則開放讓人體驗造紙，可以加入花瓣、樹葉、稻穀，做成一張有花紋的手工紙喔。」我數著樓層說。

「好像蠻有趣的。只是我單純不喜歡白紙喔，因為很直接就會聯想到考卷。老師只要把題目寫在黑板上，或嘴巴交代幾句，一張白紙就變成一張考卷了。」她一邊說著，繼續往星巴克走。「而我們，只能乖乖寫上姓名座號，任由老師打分數。整個過程都很自虐。」她像想到什麼，看了一下手機。「再過幾天就是教師節，我想到可以做一張精美的教師節卡片。卡片上頭，有蚊子、蜘蛛、螞蟻屍體的押花喔……」

我心想那是女巫的卡片嗎？「那今天沒辦法了，四點半就關門。」我認真想了一下時間。

「開玩笑的。」她笑著說，沒有要停下腳步的意思。
我們走在騎樓，看起來兩人身高差不多。但依希習慣穿高一點的鞋子，而我習慣穿平底的帆布鞋。我們很快走到南京長安路口的星巴克。
依希買完咖啡，我們又回到伊通公園。穿運動服的小學生跳著木樁，不時發出碰碰的聲音。人比剛才更多了。幾位媽媽帶著小朋友在溜滑梯那邊聊天，卻不時看向我們這。鄰居應該覺得很奇怪吧。一位平時常遇到的小女孩，跑來問我們說：
「大姐姐，妳們是雙胞胎嗎？」
「對啊。難道妳看不出來嗎？」依希輕捏著小女孩的臉說。
我們離開公園的時間是六點半，沿著公園旁的綠色欄杆走到我家門口。來開門的是爸，他見是我們兩個之後說：「妳們，今晚去長春路那家麥當勞如何？妳媽沒準備什麼菜。」他似乎不希望媽看到依希。
我說，媽煮什麼都好吃不是嗎？我拉著依希的手，直接帶她進門，爸也不再阻攔。當依希來到客廳，看見夏卡爾那幅《粉紅色長頸鹿》的時候，「跟我想的粉紅色完全不一樣，可是好特別，好漂亮，有種崇高而且神聖的感覺。」然後她雙腳併攏跪在沙發上，像禱告般閉上眼睛默唸了幾秒。
我聽到了媽的腳步聲，她就要看到依希了。
這是媽第一次見到依希，她的反應比爸還親切，也對依希更好奇。媽感覺好像早就對依希有了一套自己的想法，今天見面，只是一一驗證她的想法對不對而已。用餐時她問依希好多關於她家的事情，問到後來還想收依希當乾女兒。看得出媽是真心的。

我是在認識依希之後，才知道自己有多像媽。才感覺到有一種「天真」是媽才有的，而且在影響我對每個人和每件事的看法。但在依希身上，則完全沒有這種特質，和爸一樣完全沒有了。就像媽會把我們拉到客廳的鏡子前，直說我跟依希長得真像，她很高興有兩個女兒。還說我們上輩子一定是姊妹，這輩子能相遇是一種福份，要我們多加珍惜。如果是爸的話，絕對不會把依希當自己的孩子。爸尤其不喜歡媽說那些沒有科學根據的話，果然他馬上把媽拉到一旁。依希趁這時候貼著我耳朵說：

「好不好笑。我們兩個加鏡子裡那兩個，四個人看起來就像是一個人。」她的右手牽著我的左手，而她的左手，不斷做出各種俏皮的拍照動作。

我第一次見面就注意到依希是左撇子了，這或許是戴醫師的遺傳。

我冷靜看著鏡子裡的我們。嚴格說起來，我們的像，是在一些「線條」上力道相似的像，就好比是由同一位雕刻家雕刻出來的不同的少女。雖然媽說我們長得「一樣」，已經像到雙胞胎才有的那種像了。但我總覺得，依希的下巴內側，似乎有一個線頭，一拉就可以把她的臉整個拆掉。

晚餐後，我們在夏卡爾的長頸鹿前，拍了一張合照。媽說這張照片是新的全家福，以後有客人來訪的話，像爸那些藝術家朋友，肯定要拿給他們瞧瞧。爸對此不與置評，但我覺得依希對於媽所說的全家福的說法，一定很感冒。晚上媽原本要載依希回家，但被依希婉拒了，她拉著我的手說：

「真的不用那麼麻煩。摩珈陪我去捷運站就可以了，也想順便買點宵夜回家。」

那時候才七點多，要是過了九點，爸媽肯定不會讓我一個人在外面。於是我送依希出門。穿過伊通公園，路過巷子裡的信鴿法國書店。依希說好奇想逛逛。一推開玻璃門進去書店，依希就問我，會法文嗎？我說日常會話沒什麼問題，但太專業的詞彙就看不懂了。她希望我幫她找幾本書：

「雖然在誠品看過一些國外的攝影集，可是大多是日本的攝影師。變得好像攝影是一種日本式的思維方式一樣。但攝影是法國人發明的，想知道法國的攝影目前是發展到什麼樣的情況。」

「不請店員幫忙嗎？」我說。

「我希望能買下來作為紀念，所以摩珈挑的我才喜歡喔。」她笑著說。

我大概和她一起找了十幾本攝影集後，她又花了一些時間從裡面選了一本結帳。那位攝影師的名字我從沒聽過，但那是一本黑白肖像攝影集。

接著我們走進南京松江站的四號出口，牆上的 LED 時鐘，顯示時間是 19：59。

我也跟著刷卡進捷運月台，陪她等車。

「妳覺得我長得比較像我媽媽，還是像我爸爸？」依希站著說。

「比較像媽媽吧。不過我也只見過戴醫師。」剛好我之前也有想過類似的問題，很快就回答她。

「我不知道。其實我覺得都不像。」

「那妳覺得我像我媽，還是我爸？」我問。

她毫不猶豫就說：

「我覺得妳跟妳爸媽都好像。所以，我又更羨慕妳了。」

看著她抱著那本攝影集，想到她和我一樣是獨生女，還有認識她之後許許多多的事情。這是我第一次想珍惜朋友。雖然好幾次她說羨慕我，但我知道她和其他人羨慕我並不一樣。她是真的在意我的一位朋友。

然後，列車進站了。

之後那陣子我們陷入了一種流行歌詞裡才會有的重度感傷之中。

兩個人只想頹廢遊玩什麼也不想管。

像是上週末，我們特地跑到大葉高島屋去搭螺旋形的電扶梯，接著到十二樓的紀伊國屋書店，從大片的玻璃望出去欣賞天母的山。然後再從蘭雅國中搭公車到小巨蛋溜冰。小時候在巴黎，爸和姑姑都教過我溜冰。某一年聖誕節，姑姑還特地帶我到她上班的市政廳前廣場溜冰呢。但依希才第一次溜冰就溜得比我好，她學什麼好像都比我快。對了，媽跟我一樣都不怎麼會溜冰喔。

溜完冰後，我們坐在一旁看臺的座位上休息。

「剛剛溜冰時，」我們吃著現場叫賣的冰淇淋，她說，「還以為是聽到 Kurt Cobain

的歌，聲音很像，結果不是。」我問誰呢？她說，「Nirvana的主唱。妳知道的，他太早過世了。有時我真希望他能多唱幾首歌。他用槍從嘴巴轟了自己的腦袋。」她自顧自地繼續說，「看來Nirvana的音樂，很適合溜冰的節奏。可能西雅圖靠近加拿大吧，那邊曲棍球很盛行。他們的歌好聽，絕不是因為主唱太帥了，而是因為他們的歌真的好聽。」說著說著，她就用手機點播幾首歌出來聽。

「〈Lounge Act〉、〈Blew〉、〈Aneurysm〉，這幾首我都很喜歡。Bass的聲線很棒，鼓的拍擊點也很準喔。電吉他的效果器感覺都髒髒的，反而很酷。Kurt沙啞的聲音，都像在怒吼。像這首〈Milk It〉：」

Dollllllllll steakkkkkkkkkk! Testttttttttt meattttttttttt!

我專心吃著冰淇淋，就算在溜冰場，還是溶得很快。爸跟爺爺都很喜歡搖滾樂，亨利表哥也是，不過從奶奶、姑姑、我媽到我，好像我們薩勒蒙家的女生，就對搖滾樂沒那麼有興趣了。至少注意力不是在這上面。當然我也有喜歡的音樂，不過不會現在分享。畢竟今天是來溜冰的。

「妳不覺得妳爸爸很帥嗎？」

「什麼？」話題怎麼轉到這的？「會嗎？」

「下巴的鬍渣略帶點金色，很像Kurt。」她手機轉過來給我看一個MV。「這是一九九三年 Nirvana 的 Live and Loud 直播演唱會。有些角度很像吧？」

我看著螢幕說。「沒那麼帥吧。」倒是直覺想到爺爺那像白色苔蘚的鬍渣。

「明明就很像。」

「嗯，不像。」我又確認了一次。

「好吧。反正搖滾樂，早在九〇年代的某個時刻某個地方死去了，只剩下搖滾樂的幽靈。我是這麼認為的。現在連玩 Band，學歷也都越來越高。沒這必要不是嗎？」她說完，又看向我說。「摩珈是我在這世上最百看不膩的人喔，其他女生總有我不喜歡的角度。」

「我跟妳的臉，不是差不多嗎？」我吃著冰淇淋說。

「那就當作是我自戀囉。」她說。

「那我應該說，我真的好喜歡妳的自戀喔。」

「被人稱讚漂亮多好啊。」

「漂亮不是優點吧？」

「漂亮怎不是優點？」

「感覺是優勢。」

「優勢？意思有不一樣嗎？」

「優點好像偏向內在。」我說。

外表等同一個人的人生，我也早清楚意識到這點。以前我常說媽怎麼老愛拿我跟別人的外表比較。她總是說，「別說我比較，是妳根本失去一面看自己的鏡子。」現在我慢慢算是懂媽的話了。

我突然認真看起依希的臉。

我知道自己漂亮，但從沒想過有人會和我長得這麼像。誰會想過呢。她的身材比例並沒有我好，手臂粗，胸部太大，雙腿不夠修長，是屬於比較健美的體格。這陣子逛街，依希總是跟我說，穿什麼衣服可以修飾哪裡，但我一直都是看了喜歡就買，從來不會考慮怎麼讓身材看起來更勻稱。

我就像面對一面只照到臉的鏡子，只有臉這個部分相同；但其實根本就沒有什麼鏡子吧。皇后真正面對的並不是魔鏡，而是鏡子裡面自己的倒影。

「妳覺得我去當練習生好嗎？有可能，真的成為藝人嗎？QR 的星探有來找過我。」我問了魔鏡。

「韓國那間數一數二的娛樂公司？大發！」依希急忙問，「那妳家人怎麼說？」

「我媽有一點躍躍欲試，但我爸非常反對，沒有任何商量的空間。他們雖然不會吵架，但就是相持不下，各有各的堅持。」然後我跟依希大概講了整件事的來龍去脈。不過我並沒有向她介紹到姜大哥，只是以星探的稱呼來帶過。

「簡單來說，」她整理了一下。「就是妳爸爸反對，但媽媽贊成，而妳則是聽他們決定？」

「嗯，因為家裡一直沒有共識，讓我很不安。」

「大概懂了。那妳要聽我的意見嗎？」她說，像是在幫我想辦法。「我們上週末不是去士林的新兒童樂園嗎？如果被我們家人知道，一定會很生氣吧。『避免頭部晃動』、『避免劇烈運動』、『小心碰到頭』，他們就愛唸這些，連咖啡杯、海盜船，都覺得很危險的樣子。哪有那麼誇張。」

我心想，小飛龍看起來確實蠻可怕的，像是坐在旋轉陀螺上。好幾種遊樂設施我都不敢玩。

「因為從來沒去過遊樂園啊，所以一開始對每一樣遊樂設施都很期待。但是當我玩到第四項遊戲之後，就突然不感興趣了。熱度整個降了下來。」依希說，我們都吃完冰淇淋了。

「好像有，是因為排隊排太久的關係嗎？」

「排隊還好。真正讓我覺得無趣的是，」她一副無奈的表情說。「遊樂園，不過就是轉圈圈的遊戲。」

「咦？真的耶。」我也發現到了。「每樣遊戲好像真的都在轉圈圈。」

「這麼做是為了節省空間？還是製造出離心力？不知道，但遊樂園透過提供各種轉圈圈的方式，吸引了無數的人來到這裡。」她雙手支著臉頰，手肘抵著膝蓋，看向底下溜冰場的人說，「我爸爸說，每個人都脫離不了人的這副身體。身體的機能運作，就是人一生都無法逃離的迴圈。社會上大大小小的迴圈，都是由這副身體擴散出去的。像他一直都認為，根本沒有社會學、政治學，只有關於如何使用身體的醫學。不管是到荒郊野外當蒼蠅王、魯賓遜，還是住在城堡裡當國王，只要使用這副身體，就是在持續這個迴圈，和在社會上打滾沒什麼不同。所以人不管到哪，都只能不斷轉圈圈，也喜歡轉圈圈。」

原來戴醫師他是這麼想。

我想到前幾天晚上，整晚夢的背景都是同一首歌。醒來很努力去回想夢的內容，卻想也想不起來，怎麼想都是那個旋律。因為旋律太強烈了，一用力想就會想到那首歌。這似乎也是一種迴圈吧，而在夢裡用播放音樂的方式告訴我。

依希見我在想事情，像是暗示我肯定她的話，繼續說，「所以呢，不管填什麼志願，選什麼工作，基本上大同小異，都是以同樣的法則，在不同的工作崗位上繞圈圈罷了。就像遊樂園，只不過——肯定也有我們比較喜歡跟討厭的遊戲吧？不喜歡玩這個，就換下個遊戲繼續轉；喜歡的，就多轉個幾次。沒必要為選擇什麼遊戲而煩惱啊。何況比起這些，我更在意的是，」

「是什麼？」我等待著魔鏡的答案。

她抿了一下嘴，「跟誰一起玩遊戲啊，比起選擇哪個遊戲，這對我來說更重要喔。至少是這個只會轉圈圈的無聊世界裡，最特別不一樣的事了。」

「真的耶。」彷彿和鏡子中的我有了共識，「謝謝依希，我會再好好想想的。」

溜冰場中央放了幾個三角錐，有教練帶著學員在練花式溜冰。右方用保麗龍墊隔開的新手練習區，新手們雖然腳步遲疑，但也沒有真的停下來，搖搖晃晃的扶著外牆前進。老手們則不停地快速繞著圈圈滑行。除了公轉之外，還有自轉，一切似乎只有這兩種區別。

爸、媽跟我，三個人目前就像是三顆自轉的星球，就怕將來彼此遠離了。我希望長大以後能有力量，像太陽拉住行星，讓老了的爸媽繞著我公轉，換我保護他們。因為他們一如既往地珍貴。

傍晚離開溜冰場，我們又到長春國賓，看一部依希很想看的冷門電影。

「十分鐘的長鏡頭也太長了吧。我都被冷氣冷到了。」我小聲和依希說，她也小聲回應我，「長鏡頭才能顯示導演和演員的功力。如果只靠剪接，挑幾個好畫面連接起來，這樣拍電影的話我也會。用 **APP** 就可以了啊。像我們從早上一直玩到現在，總能剪接出十分鐘很精彩的畫面吧。可是我們有演技可言嗎？」她說完我們就噗哧一聲笑了出來。

看完電影，我們走去伊通公園坐著聊天，晚點才又送她去捷運站。

我們坐在鞦韆上。「我媽說以前伊通公園沒有鞦韆。可是最早是有的，但不知道什麼原因被拆除，後來我爸向里長建議，才又蓋了新的鞦韆。」我說。

「他好疼對妳媽媽。妳不是剛過生日嗎？家裡怎麼幫妳慶祝呢？」依希說。

「生日那天我媽做了一個手工蛋糕，還有十幾個小瑪德蓮。我也一起幫忙做。晚上拿到我爸的畫廊，鋪好桌巾，放上餐具，跟我爸，還有畫廊的行政人員，一起幫我慶生。另外爺爺奶奶，還有姑姑，也都從巴黎視訊，跟我說生日快樂。不過我許願的時候，把『生日快樂』說成『新年快樂』了都不知道。」我笑說。

「真好。妳跟家人，感覺有好多的回憶。」依希說。「我媽被火化了。每次我爸帶我去看她，我那時候就想，我才不要被燒成灰呢。」

「啊，抱歉。」我說。一時忘了依希媽媽的事。

「沒有，是我自己想到那邊去。我才應該道歉。」依希說。

然後我們沈默了一陣子。爸常說，為什麼無法解決問題，因為創造力不夠。可是現在依希遇到的事情，似乎是發揮創造力也解決不了的。人類的創造力原本就是很有限度的一種能力吧，然而卻是人類唯一可以相信的能力。好幾次想安慰依希，但還是沒有開口。

「妳該不會是要找我爸爸做那個手術吧？」依希問。「我那天見到妳，有這麼想過。」

「什麼手術？」

「處女膜縫合手術。」她說。「有時會有年輕女生來找我爸幫忙。」

「真的不是。就只是想打耳洞。」我有必要說明。「而且我還沒有交過男朋友，是真的。」

「我相信啦，所以才一直沒有問妳。」

「依希交過男朋友嗎？」我問。

「沒有。」她說。「雖然會想交往，但我不太知道交往要做什麼。」

我點點頭。「這樣我們又多了一項共通點了。」

「妳常提到的林青願，他是個怎樣的人？妳好像很關心他。」突然她問。

「怎麼說呢。喔，我知道了——他是個不太說話的人，好像心裡放了很多事。雖然常跟他在學校見面，但就像是，常在路上遇到的一個陌生人吧。有時候連打招呼也不會。就是這樣的關係而已。」其實不曉得怎麼回答，解釋得結結巴巴的。該怎麼說才適當呢。

「妳的眼睛裡有狐狸喔，『狐疑』的那種『狐狸』。當別人看到牠時，妳已經沒有反駁的力氣了。」她指著我的眼睛，要我坦承招來。「狐狸不是不乖，而是牠乖的心態很奇怪。」

我有點無言，隨鞦韆輕輕搖擺了幾次。「動物冬眠，都做了好幾個月的夢。」我說，「喜歡一個人，或許就像進入冬眠吧。」而我隱身的洞穴，就在這座公園，很多界限是我不能跨越的。

「聽妳這麼說，我還真想冬眠一次呢。」

「對了，妳最喜歡哪一幅畫？」我問依希，快點換一個話題。「記得那天在妳家診所對面的咖啡店，妳不是有問過我嗎？那妳呢。」

「戴珍珠耳環的少女。」

「為什麼？」有點出乎我的意料。

「因為那少女姓戴啊。說好玩的啦，不過真的是我最喜歡的一張畫喔，一張肖像畫。」

「她被稱為北方的蒙娜麗莎。」

「真的，我都不知道。」她驚訝地說，「那我笑起來，有像北方的蒙娜麗莎嗎？」

看著依希，現在我才知道，我難以理解的不只自己，還有別人。就像依希，為什麼她和我的臉這麼像。月光下，她的皮膚比白天還白，接近於我的膚色了。

「很像，超像的。」我回答說。

她和我不約而同地看向月亮。感覺任何美都只是一種光環，覆蓋在事物之上，事物本身並不存在著美。所以有些事物即使消失了，仍然讓人覺得美麗。因為光環還在。

然後到了十一月。禮拜二下午四點，剛打鐘放學，就看到依希傳的訊息。「我這邊提早放學了，到妳學校走走。警衛不會趕我走吧。操場旁。」

很快的我和涵妤交換幾本課本，要回去整理筆記。下禮拜就段考了。出門前明明沒帶什麼書，怎麼要回家的時候，書包就都塞滿了呢。連抽屜也滿了，我到底哪來那麼多東西？晌，真煩。

「小珈妳內分泌是不是有問題？」涵妤突然問。

「怎麼說？」我停下手邊的動作。

「從小跟妳同班，發現妳臉上沒長過痘痘。」

「喔，我都長在背上啊。」我指著自己的背。

「好吧，有長就好。」

「嗯。」其實我的背上也沒長痘痘。

「看妳好像很煩的樣子。」涵妤又問。

「怎麼說？」我再次停下手邊的動作。

「妳煩就會梳頭髮。」

「喔，好像是。」剛說完又不自覺梳了一次。

「那我要去打工了。」她說。記得上次我去哈肯舖找她，那天下雨，麵包店裡沒什麼人。兩人聊到開心的時候，她還拿簽字筆在我手臂寫上：小珈是俺的。

跟依希熟了之後，反而少了很多和涵妤相處的時間。而這樣一直親近依希，冷落了涵好，到底是好還是不好？可是一個人的時間就是那麼多。為什麼我要為這種事煩惱呢？我背著書包下樓，心想依希怎麼突然過來了，走得很慢，幾個男生衝下樓還拐到我的手。

當我走到操場，依希正坐在操場旁的看臺上，附中的制服和書包，顯得引人注目。幾乎走過去的同學都會轉頭看她。她一看到我就說：「摩珈，妳們學校的藍色操場真漂亮，跟我們學校的水藍色裙子很搭喔。不過真難想像，小學到高中都讀同一間學校到底是什麼感覺。」

我們坐在操場旁吹風。

天空很藍，還漂浮幾朵像奶油泡芙一樣，外黃內白的浮雲。

「我在這觀察了一陣子。你們的運動服真好看，白色上衣，中間一條紅黃藍的橫線。很像一本村上春樹小說的封面，書名好像叫《沒有色彩的多崎作》吧。真的好像呢，吶，」她用手機找了圖片，再把手機橫給我看。「同樣是白色底，中間是類似彩虹刷過的造型。」直覺讓我想到爸的那臺復古拍立得相機。

我說不知道這本書，很少看小說。「同學們是說像顛倒過來的德國國旗。因為那道藍色有點深，容易看成黑色，不過德國國旗下方的黃色，實際上是金色，然後紅色在中間，黑色在最上頭。但我們的運動服，中間那層是黃色，上層是紅色，下層是藍色，和德國國旗三種顏色的位置全都不一樣。」我仔細分析給她聽，因為班上同學也注意過這件事。「只能說乍看會覺得很像，但再認真去看，就會發現根本是不一樣的東西。」

「很多事情都是這樣。乍看很像。」她望著正前方的操場。

「所以妳喜歡讀小說嗎？」我問。

「也不怎麼喜歡。因為不夠直接，也很花時間。只是我媽媽留下來的筆記本上，有許多閱讀過的小說書目，我一本一本查，想知道媽媽都看些什麼書。筆記裡完全沒寫到她生活上的事，都只統計她喜歡什麼，不喜歡什麼而已。她似乎很愛統計東西。我也只能靠她記下的東西，多認識她一點。」

「妳媽媽跟我爸一樣，都喜歡寫筆記。以前我爸常帶我去瑪黑區的文具店，有一間Papier+，架上的筆記本都是按彩虹的顏色排列。上次妳說很漂亮的那個五斗櫃，就是上面放很多相框的那個櫃子呀，打開全是我爸精挑細選來的筆記本喔，都是別人寫的。就連我上課的筆記，他也列為收藏了。」

「妳爸爸為什麼要蒐集別人的筆記本呢？」

我想了想。「我猜是因為筆跡吧。」

「筆跡？」依希問。

「他把那視為一種藝術品吧我想，當作書法、手稿那樣欣賞。畢竟，一般的書沒有筆跡啊。」

「筆跡嗎？對了，我媽媽的筆記本，有些內容，肯定被我爸爸撕掉了。也可能是我外公。總之不是我媽媽自己撕掉的，因為內容跟筆跡，並不連貫。所以我覺得，我爸爸肯定有什麼事情瞞著我。」

「要不要請我爸幫忙呢？他之前因為在法國國家圖書館收藏的筆記本裡面，發現了利爾·亞當一部從未公開過的小說，還被法國『文化及傳播部』表揚呢。也許我爸看了妳媽的筆記本，能提供一點線索喔。」有一陣子爸常到家裡附近的檔案管理局，被請去解讀一些筆記本。回家之後他都會和我們分享，然後媽總是能給爸重要的意見。無疑的，爸很會找東西，就像個學術雷達；但論解謎的能力，媽更勝過爸。

「等我想更瞭解我媽媽的時候，再說囉。」依希說。

「好。如果妳需要，我想我爸可以幫忙的。」

「對了，剛才走進你們學校的白色大門，突然想到，」她雀躍地說，「市大同的英文縮寫是 **DT** 吔！前衛金屬樂團 **Dream Theater** 的縮寫啊。**DT** 那張《Scenes from a memory》，太經典了，是四大搖滾歌劇之一。你們學校熱音社的表演，一定都嗨到跳起來了吧！」

操場旁，體育班的學生正在練習跳高。天空、軟墊、地板，都是藍色的，這樣根本分不清楚上跟下吧。

「體育課我最害怕的就是跳高，從來沒有跳超過 100 公分。」我說。

「這有什麼難的。」依希不以為然。「我之前就完成了喔。」說完她拿出一本水藍色的英文手冊，秀出自己跳過 1.5 米的照片。「這是我買的一本筆記本，它很特別，每一頁都會交代不同的任務喔。」

「要是今天不想做那件事怎麼辦？」我說。

「幹嘛這麼乖。」她翻開給我看說。「我都是今天想寫哪頁，就寫哪頁。這樣才有寫的動力，況且也不一定要每天寫。最後整本填滿就可以了。都快被我寫完了喔。妳瞧，這是照片疊出來的厚度。」她說完闔起書比給我看。「不覺得這樣很有成就感嗎？日子也不會白白過去了。」或許每天都要安排自己去做某件事，對我來說真的很困難吧，我想。

只見她再次翻開手冊的一頁空白頁給我看。已經寫上今天的日期：

Daily Mission

SHARE A SECRET

Choose who you share with ?

You can also attach photos.

Giving a Title:____________________

Start Writing:____________________

____

Completed on:____________________

「今天的任務是：和最好的朋友玩交換秘密。」依希一副輕鬆自然地說。「剛剛我們算交換秘密了吧，就我媽媽筆記本的事呀。那我們繼續。等等輪到誰說不出秘密，誰就輸了喔。」

「啊？」

「不過，妳好像也回饋妳爸爸蒐集筆記本的事了。那現在換我囉。」我還沒反應過來，她就按下啟動遊戲的開關，「我早就把腳上小指頭外側，那片突出來的第二片指甲，給整個拔掉了。大家不是都說那是什麼遺傳記號嗎？總之，我．拔．掉．了。其實沒有流血，就只是騰出一個空間而已。」她轉過頭來，拍我肩膀說。「我的秘密說完了，換妳。」

「什麼啊。我又沒說要玩。」不過，都聽完她的秘密了。好吧，我也得想一下自己有什麼秘密才行。

「那，這個吧。」我想這跟她剛剛說的，是同等級的秘密。「盧西安．佛洛伊德畫的那幅《法蘭西斯．培根肖像》是我很喜歡的一幅畫，但他們倆剛好是我爸最不喜歡的畫家。我爸說這兩個人畫的臉都像馬鈴薯，一個是發霉的馬鈴薯、一個是剛削過的馬鈴薯。我爸還說，我不懂他們的畫喔，我只是懂馬鈴薯罷了。」

然後我用手機找了他們的畫給依希看，她笑著說我爸也太老實了。

「妳爸爸當初幫妳取名字的時候，會不會是想到蒙娜麗莎？」

「怎麼說？」

「妳不覺得 Mona Lisa 這名字，像 Monica 加 Lisa 嗎？他該不會，也認識什麼叫 Lisa

的女生吧？」

「Lisa？不知道耶，應該沒有吧，從沒聽過。不過也很難講，畢竟我爸認識太多人了。」

「喔，還以為妳知道呢。」她難掩失望，似乎覺得我好像應該要認識哪位 Lisa 才對。

接著她打起精神。「那該我囉。今天早上，我夢見爸爸在一樓大廳跟我說，媽媽其實沒有死，只是生了一場很嚴重的病，正在臺北某間大醫院治療。我趕緊跑到那家醫院，果然看見我媽媽躺在病床上。她戴著呼吸罩，看不清楚她的臉。但我能肯定那就是我媽媽。可是夢中還是很疑惑，媽媽不是早就死了？於是就在反覆辯證中醒了過來。這類其實媽媽沒有死的夢，從小到大夢過好多次了。」

所以依希今天才特別過來找我？附中真的有提早下課嗎？

我沒有問她這些，她看起來也並不特別難過。只是，夢中的她認得出從沒見過的母親嗎？或許能靠照片認人吧。但即使夢中認定這個人是誰，會不會也只是一個自欺欺人的幻影？並不是那人真正的樣子。就在那瞬間，青願穿著球衣，拿籃球從我們面前走過去。他像是沒有看到我一樣，眼神並沒有往旁邊看。

青願的母親去年也過世了，他是不是也做過和依希同樣的夢？

「摩珈？換妳囉。發呆啊？」我趕快轉移目光，但還是被依希發現了。「那是妳們班的同學嗎？妳一直看著他。」她目光看過去說。

「換我了嗎，那我要說我最重要的秘密囉。」我深深吸了口氣，將雙手放在膝蓋上壓住裙子。就說出來吧，那個秘密。「高一的升旗典禮，隔壁班有個男生，站在他們班男生的最後一排，而我站在我們班女生的第一排。一整年他就剛好站在我前面。所以升旗完，他一轉身就會看見我。有時候我會不好意思，比他先轉身，一直到我走進教室前，我都不敢回頭，那時候就會想，早知道就不要轉身了。」

「妳，喜歡那個男生吧。咦，所以呢，後來有跟他告白嗎？」她突然有精神了，手肘還推了我一下。

「沒有。我只敢每天，坐在這看他。」我低頭，伸手，指著操場另一端。

「那邊？」依希望過去。

「他剛剛走過去，就在那打球。」

「就是剛才那個男生？」

依希話一說完，就站起來拉我去籃球場。我不知道自己為何這麼坦白。人明明是廢話的動物，為什麼要說自己是理性的動物、語言的動物、象徵的動物，說得這麼正面好聽呢？怎麼辦，我一定是說了什麼不該說的廢話了！

我們拉拉扯扯到了籃球場，青願他已經開始比賽。而且是校際友誼賽，有很多人在旁邊圍觀加油。雖然不是第一次看他打球，但這麼近還是第一次。運球的聲音，和心跳動次動次拍打著。

「是現在運球那個男生嗎？球場上就他最帥。叫什麼名字？」

「他叫，」我猶豫要不要說出來，「林青願。」

「就是妳之前提到的林青願？」依希似乎不敢置信能親眼見到他一樣，我也不確定之前到底跟她說過什麼關於青願的事了。

我們似乎聊過，青願的生日、青願和我們用同一款手機、青願常去漢堡王。今年**HBL**的資格賽已經開打了，大家很看好青願能帶籃球隊晉級到預賽，這是青願最後一次打**HBL**，每天都很認真在練球。還有我計畫要怎麼搶到小巨蛋的決賽門票。我好像告訴她太多了。

「徐摩珈，妳的臉不管是微分還是積分，都那麼好看。有必要擔心對方不喜歡妳嗎？」依希說完，一個人走進正在比賽的籃球場，往青願走過去。球場上的裁判，竟然沒有注意到她。只見她對流汗的青願說了幾句話。接著，青願手中的球在下一秒被搶走。他既沒有點頭，也沒有搖頭，更來不及說任何話就轉身回到比賽。而我始終沒有勇氣跨過球場的邊線拉依希回來。

青願有看到我嗎？是看到我們兩個？還是只看到依希？他把依希誤以為是我了嗎？

「妳要在這等他比完嗎？先去公園吧。」依希打斷我的思緒。我才意識到同學們已經鼓譟起來，全部看向了我和依希這裡。

「剛剛在球場上你們說了什麼？」

我們到伊通公園，是下午四點四十分。天色瞬間暗了下來，藍綠色的夕陽在樹影之間相當模糊，蹺蹺板、溜滑梯、單槓、鞦韆，彷彿陳列在水族箱的底部。公園位於都會的中央，四周的綠色欄杆，也像水藻般靜謐地環繞。除了我們以外，剛好沒有其他人在。或許怕一開口就會冒出泡泡，好長一段時間我們都沒說話。只有當鳥兒飛向天空的那一刻，公園和水族箱的關連，才稍微動搖了起來。

「我只是說，待會球賽結束，我跟你約在伊通公園。」她見我終於開口了，也問我。「妳猜他會來嗎？雖然我穿附中的制服。不過他剛才一定把我誤認是妳了喔。等於是說，他會因為妳而過來嗎？」依希看著我說。她抓住了鴿子飛走的瞬間。

「青願他，常被記愛校，就是違反校規被罰愛校服務，下課後還要做雜務、打掃之類的。如果他又留圖書館晚自習就更晚了。所以打完球，也不一定能來公園。」我看著自己這雙白色低筒的 Converse 說，「我不知道待會該說什麼。一直以來和他說話，都非常非常困難。」她聽完沒說什麼，直接問我另一個問題：

「妳喜歡他哪裡？不會只是看上他的外表吧。」

「應該吧，我也不知道，關於他的事我知道的很少。」好像有點糟糕，我說。「從以前我就覺得他跟一般男生不一樣。他看我的眼神不同於其他男生的眼神。妳知道那種感覺嗎？感覺我們就像同類。」

「所以真的只喜歡外表？」她稍微看向我，「妳不覺得人每天都戴著一副面具生活嗎？長得好看的人，長得不好看的人，長得普通的人，都戴著一副面具。所以好看的是面具、不好看的是面具，看起來普普通通沒什麼特點的也是面具。如果妳找不到喜歡他的理由，就只是愛上一副面具囉。」

她一直戴著面具嗎？還是她一直覺得我戴著面具？這是我第一次對她感到懷疑，而且這種懷疑讓我覺得束縛，隨時想要掙脫。就像諾亞方舟，只是一座永遠在海上漂流的動物園，只要一天不靠岸，這些動物就一天得不到自由。

我想再確認一些事。「如果外表只是面具，那麼人與人之間，又剩下什麼可以相信呢？內在的想法跟個性，難道就更好掌握嗎？」明明待會青願就要來了，我為什麼現在要和依希思考這些？

「形狀吧。」依希先是輕描淡寫，接著冷靜自如地說。「雖然大家都說有形的東西終究會消失，說最後能留下的都是些無形的東西，比如思想、靈魂、鬼神之類的。可是，我覺得最後留下的只是一個形狀。一個什麼也沒有的容器。像數學公式、電腦程氏、英文文法，這些也都是容器，只有容器才是真正最後的存在吧，其他什麼，心靈啊、肉體啊都會消失的。終究只剩一個模子。」

「我們到最後都只是一個模子嗎？」

「嗯，只剩下創造我們時用的那個模子，其他什麼都是可以替換的，包括我們本身。」

我不知道她究竟思考了什麼，還有已經思考到什麼地步了。而我心裡此時浮現了那幅《我們從何處來？我們是誰？我們向何處去？》畫面的整個色調，就像現在的天色。高更創作這幅畫的時候，也正在煩惱這些嗎？思考這類問題，只是讓人傷透腦筋卻也只得到一個模糊的結論。我想起那天和依希從天母搭公車回來，在公車上所做的一個夢。夢裡我清楚知道每個人正在做什麼事，但我不知道自己是在夢的哪裡。夢裡看不到我，但我看到了整個夢。最後我終於在夢裡找到自己——是一個監視器的鏡頭。

街燈亮了起來，青願背著紅色的球袋，走進伊通公園。往我們這邊走過來。當他近到可以清楚看到我和依希模樣的時候，停下了腳步。

眼前青願和我的距離，剛好就是朝會升旗時我們之間的距離。永遠就是這段距離了，沒有辦法再靠近了嗎？現在的我該往前跨出那一步嗎？

我不想再當一個只能看著他的鏡頭。

「林青願，可以跟我交往嗎？」

就在我準備好向青願開口的時候，依希卻突然走到了青願面前，說出本來應該由我來說的話。她為什麼要對青願告白？她喜歡青願？今天不是他們第一次見面嗎？為什麼她說得出這樣的話。

而我，為什麼又會覺得這個畫面很美呢？只因為她長得像我？

青願原本看著依希，但又往我這兒看了過來，冰冷的眼神和以前一樣沒有改變。該怎麼辦？是我，我，我才是那個一直以來喜歡你的人。但現在依希已經開口了，我該怎麼做？

「妳是誰？」青願面無表情對依希說。

「剛剛在球場，我不是說我喜歡你了。約你過來，是想告訴你，和我交往好不好？」依希對著青願說。今天真的很多事情都讓人想不通。

我感覺我對每個人每件事都放入了一部份自己的靈魂，我對待每個人都像對待自己，然而也因此我越來越稀薄了。我的腳步後退了幾步，只想趕快離開這裡。

「我已經有喜歡的人。」

「那你喜歡誰？」依希問。

「三班的徐摩珈。」青願看著我回答。他是在，向我告白。

「徐摩珈？你看我像徐摩珈嗎？」

「妳不是。」青願說。

我站在依希身後，只看得到青願的臉，那張我最喜歡的臉，但我看不到依希現在是用什麼表情看著青願。

「好無聊喔。」依希攤手說。「早知道今天就不穿校服了。」

突然她回頭走到我旁邊，雙手環住我的手臂。站在我身旁的她，就好像另一個我，雖然我早就知道她長得很像我了。現在就像那天她來我家用餐，我們一起站在客廳的鏡子前一樣。

她像忘記自己剛才說的話，對青願說。「那你們就交往啊，兩個人互相喜歡有什麼不好意思的。我是在幫摩珈考驗你。既然你都向摩珈告白了，我也不想當電燈泡。先走了，Ciao！」

她說完就放開我的手，往捷運站的方向走去。

所以依希是為了我，刻意這麼做的嗎？她之前和我說過：

「當妳想要幹嘛的時候，我一定想辦法去幫妳喔。」

話如果不是誠心的，就不會說出來了吧。雖然我不太能接受這樣的方式，但也正因為有她，今天青願才會向我告白，我才能夠知道青願真正的想法。是該謝謝她。

我趕快叫住她：

「依希！」

在她回去前，向她送上了致意的微笑。

我確實也曾考慮過立即為依希再動一次整形手術。當初藍雪應該有把依希的頭顱掃瞄，讓電腦繪製依希的未來臉孔，接著按電腦的圖像動刀。可是，硬碟已經被她拆走，至今不知去向。整場手術也沒有錄影。失去當初那份原始數據，光憑現在這張臉，胡亂地動刀補救，只是再做出第三張臉、第四張臉，比現在的臉更不像最初的臉。況且，就算數年之後硬碟找回來了，先不論哪張臉比較好看，依希能否會放棄一張自己和大家都熟悉的臉，去換回一張陌生的臉？即使那是自己原本的臉。

最後我並未再對依希動刀。主要原因在於，從來沒有連續動過嬰兒整形手術的病患，能讓我評估手術的成功率。無法判斷依希的臉和身體，能否承受兩次以上如此複雜的手術。我不可能讓女兒冒著生命危險，只為了換回所謂原本的臉。萬一藍雪做的手術失敗，外觀上的醜陋從來就不是我在意的，但如果有功能上的缺損，我則會給依希最好的醫療。當時的我是這麼考慮。

依希三歲時，整張臉已經完全癒合。我才意識到，原來藍雪是很認真進行那場手術。我調過監視器，估計手術的時間，肯定超過了十五個小時。對嬰兒來說，不僅增加麻醉劑量的風險、細菌感染的風險，失血過多，水分、電解質、蛋白質的失衡，更考驗醫生動刀的耐力、專注力以及臨場應對能力。她是想用這場手術讓我見識她的程度？在這種醫療品質下，對患者生命的安危以及手術的成效，都帶來極大的不確定性。這真的太瘋狂。

雖然依希不是我開的刀，卻是第一次讓我有機會就近觀察到嬰兒整形病患術後的成長過程，瞭解那些患者出院後，他們臉上的變化，以及生活中遭遇的情況。比如我一向叮嚀他們父母，術後一年必須避免嬰兒低頭過久和劇烈運動，以預防術後血腫。另外兩歲前盡量別讓孩子的臉曬到太陽，UVB、UVA會破壞皮膚內的自由基，阻礙傷口癒合，更會在傷口留下不規則的色素沉澱。原則上是這樣，但患者實際的反應究竟是如何？我也是透過依希才有辦法親身體會。在完全癒合前，依希的臉只要直接照射到陽光，就會喊癢，更會用手去抓，甚至鼻腔內也有浮腫反應。之後我就知道，曬太陽是否感覺舒服，是嬰兒整形患者痊癒與否的一項指標，屆時我就可以不用再幫女兒洗頭和洗臉。

為了翔實記錄依希臉部的變化，從她三歲零一個月開始，我每天在家為她拍一張半身照。那時她已擁有一般小孩的容貌，且也開始有了記憶。在她小時候，我總會盯著她的臉部看她進食。這是觀察人臉最好的時刻，其中包含了咀嚼、吞嚥、説話、微笑等各種精細的動作。品嚐食物時那直接的反應，以及功能表情和情緒表情、語言表達能力，都會在餐桌前展現。

每當依希發現我正看著她，總會説。「PAPA在看什麼，臉上有東西嗎？」她的咬合力還不錯，也很少蛀牙，不喜歡吃泡軟的穀片，每次一倒進牛奶，馬上就用湯匙舀起來。咔吱咔吱地咬著。

還有她天生是左撇子，這點也和我不一樣。

上國小後，依希的外觀越來越好看，性格也越發傲慢。如果她説的話屬實，那她一直都是班上最漂亮的女生。她常覺得自己和那些來診所整形的人不同：她是天生的原創的，整形則是偽造的虛假的，認為自己是我唯一真正的創造，和診所那些手工藝品都不一樣。

直到現在她還是很反對整形，在她的觀念裡，每個人都該接受自己天生的樣子。

國小二年級，有天晚上她看診所的病患都離開了，抱著我送給她當洋娃娃的嬰兒模型，那本來是作為醫學教具用的，過來大廳認真對我說：「PAPA 當皮膚科醫生也好，當外科醫生也好，為什麼就一定要當整形醫生，幫別人去騙人呢？」

「為什麼覺得他們騙人？」我放下手邊的病歷。

「因為他們之前跟之後長得不一樣。」她看我注意起她的娃娃，把娃娃拿到身後。

「妳不是一直想快點長大，穿上那些好看的衣服跟鞋子，跟電視上的大姊姊一樣漂亮。等妳長大了以後，長相，體型，也都跟現在不同了。」我看著她的臉說。「那些病患也只是想長大而已。」

「那又不一樣。我本來就會長大。」

「那麼長不大的人，是不是更應該幫助他們。」

她的眼珠，即使是那裡，也被調淡了虹膜的顏色，以符合照片上的女人。她表情彆扭，像是生氣地嘟著嘴。一陣子之後她平復下來，待我正要繼續工作時，卻又艴然不悅地說：「PAPA 會娶新媽媽回家嗎？我不要有整形的媽媽！」

依希問的問題倒是讓我反問自己，為什麼我樂於為病患整形，卻不敢告訴自己的女兒也有整形？真要區別的話，整形病患從頭到尾都清楚自己正在進行何種醫療，但嬰兒整形的病患不是，他們皆是在毫不知情的情況下動了手術。依希可能一輩子都不會知道自己整形過。真正被欺騙的是依希，而非整形病患。依希的臉，以及她母親真正的死因，是我對她最大的虧欠，之後我再也沒欺騙過她。不過當事實無法說出口，卻又不願意說謊的時候，我選擇沉默。沉默是最理性的態度，一直以來我都是用這樣的方式和她相處。

我想是一種憐憫讓我無法告知依希真相，而不是我對整形醫學的價值感到動搖。就像所謂的神創造了人，卻又不告訴人真相，神也是這般憐憫著人。這種憐憫包含了隱瞞與自大，而這只是人的基本情感，並不是什麼更超越的概念。所以不管出現什麼神蹟，我都不相信世界上有神。那些神的外貌也只是在人類外觀的基礎上，進一步地去設想，將每個細微環節表現得更為完美罷了。

人正是那份美的標準。我始終認為，神只是人類演化的目標。也因此，神不在過去，神是在未來。是人創造了神，神才是人的複製品。神確實在人的體內，是人繁殖了神，分娩了神。

神是人的獨生子。

這幾年依希迷上了攝影。攝影拍的是表象，沒有一張照片可以拍到人的內心，這種藝術早已自動阻絕所謂內心世界這種東西，是永遠暫停於表象的藝術。在依希看來，攝影直接捕捉真實的影像，因此攝影本身就是自然；繪畫則是思考後再現的加工產物，是一種人為，是一種「偽」。她把繪畫當成是一種整形，越寫實的繪畫她就越厭惡，越覺得反胃。

最初我也以為那場手術成功了，依希的臉自傷口癒合後，一直是往好的方向成長。她母親在整形技術上一再模仿我、緊跟著我，像影子一樣複製我的動作，以致於我找不出她手術的痕跡。但手術室畢竟是個沒有影子的地方。依希十歲零四個月的時候，那天我在家按時幫她拍照，就在動手調整她臉的角度時，發現她的下巴內側，有一道0.7公分的刀疤。記得依希的下巴不曾受過傷。此外，傷口要像一條線那麼細微還平行著膚紋，也不太可能，那絕對是藍雪留下的手術痕跡。疤痕終究伴隨著身體的成長而被放大。之後我陸續在依希臉上，包括口腔和鼻腔、眼角在內，找到十幾處細微的疤痕。

這類的顱顏整形，多半是經由腔內切開，不僅外觀上看不出痕跡，更重要的是腔內的癒合速度又快過表面的皮膚。藍雪的技術畢竟還不純熟，她從未主刀過類似的手術，所做的嬰兒整形留下這麼多破綻，只能算是失敗的案例。至少過去我是這麼認為。直到BF-17回診，我重新拿出BF-17的病歷和那位女性的照片，才發現藍雪真正的意圖。原來她的目的是要讓依希「最像照片上那位女性」，而不是讓依希成為「最美的女性」，所以她連那女人五官上的一些小瑕疵也都原模原樣地照搬過來了。這既不是醫學上的整形，也不是藝術家的藝術，只是毫無意義的，對生命的糟蹋。

雖然依希和BF-17是依據同個範本動刀，但和BF-17相比，依希皮膚的光澤並不均勻，左耳也略低，兩眼上眼瞼不等寬，虹膜較淡，鼻背微隆有弧度，鼻中膈亦彎曲，雙唇閉合時左側嘴角有個小縫。這些都是照片上那位女性的特徵。相對的BF-17完全沒有這些問題，她不僅外貌上比依希、比照片上那位女性都更加出色，更擁有一張零缺點的臉。

她的內在同樣比依希來得健全。BF-17個性不強烈，反而讓人摸不著她的想法，旁人投射到她身上的念頭，都像被消融了一樣，無法起到仇恨的作用。而依希的好強，正顯示她處於弱勢。她總想表達意見，告訴別人自己有多麼與眾不同，崇拜一些大師的觀點和作品，喜好上標新立異，想法上卻又亦步亦趨。

有次她社團活動回來，見我在客廳播放莫札特的《唐．喬望尼》，自動放下書包，在我面前闡述她對攝影的見解。只見她反覆引用幾名攝影大師說過的話，誰的理論又是什麼，條列式第一條，第二條，每段話都充斥框上引號的重點。好像很有自己的想法，其實只是服從權威的解讀，自己再認真做個總結。目的就是為了讓自己接下來所要做的事，有個心安理得的公開說明。相對的，BF-17則無須用什麼理念包裝自己，只要她在場就能夠讓人信服，使周圍的一切都失去了立場。

這就是美。

臉是外在的，臉是一個擁有最多器官的部位，臉幾乎等同一個人的身份；臉也是內在的，臉在萬物的深處，是生命中最不可或缺的一塊拼圖。人終其一生都圍繞著臉，依賴著臉。以臉的複製而言，藍雪勝過我；但以臉的創造而言，我勝過藍雪。

她所追求的「像」，本身就是個盲點。「像」是一種隱藏，物種的擬態行為，不管是貝氏擬態、穆氏擬態，無非是讓自己偽裝成其他成功的物種，然後從中獲利。一直以來我都要整形的病患，去克服這一點。不要和我說你想要「像」誰，即使整形手術再進步，也不可能讓你完全「像」另一個人。所給的範本，是用來超越，而不是用來剽竊。整形醫生和病患，都應該要有這樣的覺悟。

如果當初沒有動那場手術，即使依希在外表上不如BF-17，還是可以在心智上不輸給她，但現在依希只是成了別人家女兒的仿冒品。至少在外人看來肯定是如此。

每個人顳骨的末端都長有一根尖銳的倒刺 Styloid Process，也就是「莖突」。人腦下方的這根刺，象徵一個人的反叛性格。X光片顯示，依希的這根刺，太長也太過尖銳，雖然還不至於產生病理作用，比如反射性的耳痛或咽喉痛，但哪天如果壓迫到軟組織，那個位置處理起來也是相當的棘手。

依希的個性如此，我也有責任。在她的五官還沒定型前，為了保護她的臉，對她有很多生活上的規定。像是繁瑣的用餐步驟、每天固定拍一張半身照、禁止所有球類運動，也禁止任何人觸碰她的臉。在她看來都像是不給理由的刑罰。

一切如同在實驗室所做的實驗一樣，是我把依希的天真給殺死了。

只有每年到義大利講課，將我從忙碌的工作中抽離，也將依希從家裡那些複雜的規定中抽離，我們才有辦法以比較輕鬆的方式相處。

可惜自從那次羅馬車禍之後，依希就不再願意和我出國。

「『妳的臉有沒有哪裡不舒服？』，PAPA 不覺得這句話很好笑嗎？」在羅馬的菲烏米奇諾機場，我們坐在候機室，她護著自己打上石膏的右手，對我抱怨。這是她車禍後，第一次和我說話。也是從那時候起，依希開始有她獨立的想法，脫離了我，也脫離了藍雪。倒是最近，從十月開始，她便主動提到明年暑假要我帶她去義大利，說順道還想去巴黎旅遊。

「法國不是也有很多文藝復興時期的藝術品嗎？光是羅浮宮就有好幾幅達文西的作品，應該要去看看吧。」她對繪畫，似乎也顯露了比以往更多的興趣。

「羅浮宮本身就是文藝復興風格的建築。」我說。
「那我們更應該要去巴黎啊。」她定睛在我身上，似乎暗示要我認同。
「妳也五年沒出國了。這幾年暑假妳不是都要去學校的輔導課，自願留在診所，或到妳外公那邊住。」我們走進電梯，從診所上到四樓客廳。「住在那邊如何？」
「住外公家當然方便啊，大家都對我很好。」她說。「而且永康街很熱鬧。」
「妳最近回家的時間，似乎提早了。」
「有嗎？」
「是提早了。」
「我也許明年三四月就確定上哪間大學了。大學開學都要到九月中了吧，所以明年有很多時間，才想要來好好計畫一下。我有位朋友說，明年暑假她會在法國，要帶我去一間 Carette 甜點沙龍品嚐閃電泡芙。因為跟人家說好了，就算你不帶我去，我還是要去的。」她走到餐桌前，放上一個袋子說。「今晚你不用煮。幫你買回來了，畢竟是我有求於你。」她一副不情願的說。
新認識的法國朋友？是他們學校的交換生？然後她坐下，又提到了一些法國甜點，像糖衣葡萄、翻轉蘋果塔、巴巴萊姆酒蛋糕、烤蛋白奶霜，以及蛋糕那麼大的牛軋糖。言談之中，她還記得小時候跟我去義大利的山城佩魯賈，帶她去逛 Baci 巧克力工廠的回憶。
「麻麻，來。今天有乖嗎？」她彎下腰說。一直以來我們每次談話，大多維持在五分鐘左右。時間太短，說不清楚也聽不明白；時間太長，則又沒什麼好說的。久了兩人就掌握到一個平衡，五分鐘剛好。

診所一樓是挑高的會客廳以及診療室，二樓是手術室和病房，三樓是我的書房和依希的房間，四樓是客廳和我的房間。一二樓是公領域，三四樓是私領域，而私領域裡又分為我的領域和依希的領域。多年來我們互不侵犯。能夠在我和依希之間來去自如的，只有那隻臉上有著黑色蝴蝶斑紋的白色布偶貓。

客廳的電視正播著颱風預報。臺灣的氣象局為什麼要為颱風取名字，似乎是仿效美國，為何不像日本直接稱第幾號颱風？在威脅生命財產的情況下，還親切地稱呼颱風的名字，反而凸顯一種自虐與自殘的心理。老一輩的不會為家畜取名字，害怕取了名字就會有感情，而捨不得宰殺。寵物則是一種有名字的動物。但動物當中肯定也有許多精神異常的個體，你覺得牠外表可愛，其實牠的精神正處於混亂狀態。基於對牠們的不信任，我沒有為動物取名字的癖好。

依希都暱稱叫這隻貓「麻麻」，名字來自義大利文的「Mamma Mia!」，她自己翻譯為「我的麻麻」。這隻有著藍色眼睛的貓，是她從外公家帶過來的。我第一次見到牠，應該說是見到牠的上一代，是在永康公園。由於執著於品種的緣故，藍家的貓都是近親繁衍。實際上依希並不喜歡藍家的人，或許是覺得他們長得不像自己。她尤其討厭她的表姊妹，唯獨喜歡藍家的這隻貓，從小就抱回來家裡養。

不過我從不讓這隻貓在診所出現，那並不衛生。說真的牠非常乖巧，我不想看到牠的時候，牠就不會出現。而且我也不會覺得牠在家裡監視我。

十月二十七日，星期二。午休過後，一位名叫姜東範的韓籍人士前來看診。他一進到診間，手上就拿著一杯外帶咖啡，戴著黑色口罩，右手提著黑色的公事包。一身黑色的打扮。他帶有強烈科技感的銀白色的頭髮，底下也已經長出黑色的髮根。

他坐定後開始說道。「醫生，大廳天花板的《創世紀》令人嘆為觀止。你是怎麼想到這麼裝潢的？我去過不少時髦的整形診所，但從沒見過，如此富有人文素養的設計。感覺像來到了畫廊，還是教堂。不過幸好診所的挑高夠高，不然可是會給客人帶來不少的壓力喔。」他看向一旁拉斐爾的聖母，同時將咖啡放到我的桌子上。濃烈的可可風味，是義式黑摩卡。

「臉上的傷有什麼問題？」我問他。「什麼時候受傷？怎麼受傷的？」

「上禮拜六，已經第三天了。」他訝異地問，「醫生怎麼知道的？我掛號時，只告訴護士要做檢查。」他的中文相當標準，應該在臺灣待很多年了。很可能從事不錯的工作。

「你的左眼窩浮腫有皮下出血，兩側頸部也各有淤青跟抓痕。」因為還不瞭解他的個性，我並沒有說口罩看上去，鼻頭已經歪了這件事。畢竟有些病患不喜歡醫生太直接。

接著他主動拿下黑色口罩。左臉有大面積的挫傷與多處擦傷。當時口腔跟鼻腔，應該也都破皮流血。最嚴重的是I型人工鼻骨整個脫離鼻底架構，往右邊偏移。毆打他的人應該是位右撇子。不過他倒是看得很開，口罩剛拿下，就喝了一口咖啡。這和其他來尋求協助的患者多半會找我訴苦不同。他似乎不是那麼在意自己的這張臉。整體而言，理應更狼狽，但他還是把自己打理得非常乾淨。

「明知道自己整形過，就應該保護好自己的臉。」我翻回他剛才填寫的基本資料，身高一米七八，體重七十二，體格看來也頗為健壯，卻還是被打成這樣。

「沒想到對方是這麼魯莽的人。本來好好的在酒吧喝酒，聊得還算愉快。怎知道喝完調酒之後，對方開始哼一首兒歌，」接著他哼給我聽，是〈ABC頌〉，和〈一閃一閃亮晶晶〉是同個旋律。這首歌源自於法國民謠，後來被莫札特改編為〈小星星變奏曲〉，大約寫於歌劇《後宮誘逃》的前後。

他哼完歌，繼續說。「一開始我有提高警覺，畢竟那首兒歌，用成年人低沈滄桑的嗓音來表現，還真是讓人覺得不舒服。後來他聲音停了下來，我以為沒事了。他又問我對於龐克音樂的看法。我說自己對龐克接觸不多，勉強猜了幾個樂團，都不是他要的答案。毫無預警的就被他一拳從鼻樑狠狠揍下去，我從吧臺摔到地上，來不及反應，就被他壓著猛打。」他護著手腕說，「好不容易推開他，他站起來對我又踹又踢。我想自己應該是得罪他了吧，大概知道是什麼原因，只是沒想到他的反應會這麼激烈。他個子非常高大，比我還高半顆頭。我除了臉上的傷，身上也都掛彩。只能說，差點被打死吧。」他說完聳聳肩說。

聽姜先生敘述自己被打的經過，讓我想起某個同樣不禮貌的人。

那位徐先生，後來他還曾向我索討那張女性半身照，但照片已經是我太太的遺物，我自然不願意還他。他一氣之下，雙手抓了我的領子，重重把我壓在牆上，對著我吼叫，連拉斐爾的畫也整個掉下來。只是他像是覺得打了我，我就會對他女兒不利一樣，才又將手縮了回去。最後只對我丟下這句話：「魔鬼做的事只是比神粗魯，人做的事又比魔鬼粗魯。」

不過有時候我實在受不了徐先生說話那種慢慢押韻的感覺。強迫帶你進入專屬於他的節奏感當中，那種步調是非常宗教性的，和他聊天就像是在進行某種宗教唸唱。

「除了隆鼻跟植牙外，你還動過顴骨削除，以及下顎骨角合併下巴手術，這都使你的臉部結構比較脆弱。一旦受到撞擊，就容易造成大片挫傷。」我同時看向姜先生的基本資料，AB型，一九八八年生，未婚，也沒有藥物過敏與家族病史。「是否有到大醫院照過CT了？腦部還好吧。」

「是指斷層掃描嗎？受傷當晚，我有到臺大的急診室，那時候左臉，又麻又痛又腫，嘴巴跟鼻子還一直流血。幸好檢查出來沒有腦震盪。」他說。看來已排除硬腦膜外血腫、硬腦膜下出血、腦挫傷等問題。再看他都還能夠走動、思考、說話，傷害應僅侷限於表層的皮肉傷。我給他看了剛才照的3D頭骨影像，說明之前削骨部位的情況，以及接下來怎麼處理鼻子的傷勢，做好外觀的重建。

「受傷之前，你會不會就覺得鼻頭變尖了？由於地心引力，以及原本的軟組織吸收內縮，採用人工鼻骨的隆鼻手術十年之後就容易有穿出的問題。加上此次受外力撞擊，人工鼻骨已經滑落至鼻尖上，必須慎防感染。所以我一直反對以人工填充物做的整形手術，全自體軟骨隆鼻仍是最佳選擇。不過手術既然都已經做了，趁這次受傷，順便把人工鼻骨的位置移回原位就好。」我再次看向他的鼻子說。「不過我得跟你借一小塊鼻中膈的軟骨，墊在鼻頭上，避免再次穿出的可能性。」

「那就麻煩醫生了。我想盡快回到工作崗位上。還有好多事情等著我處理。」他從皮夾拿出一張粉紅色的名片給我，原來他是某間娛樂公司的經紀人。

我示意一旁跟診的護士準備手術。我問，「你之臉上動的，都不是小手術，怎麼會有這樣的決定？」

「過程有些複雜。」他先喝了一口咖啡。「主要是，有一件事起了關鍵作用。我在當經紀人之前，曾加入某個男孩團體。那時我們團的外貌擔當，長相斯文帥氣，可以說是一位非常俊美的男生，但最後拿到單飛門票的卻也不是他。他的身高僅有一百六十八公分，是我們六個人裡面最矮的。團體解散後，他就去做了斷骨增高手術。我想他一直很在意這點吧。之前他就經常慢跑，還參加首爾的馬拉松比賽，拿到不錯的名次。而那時我跟其他團員，還以為他這麼做，是為了吸引媒體的注意。但原來，他的目的是要提升增高手術的成功率，加強雙腿的肌肉，好跟上骨頭拉長的速度。」

「嗯。」我將他的名片放到手機螢幕上，自動掃描到雲端。

「他說，手術之後，每天都戴著打在腿骨上的沉重鋼架，將兩條腿內外扭轉拉筋，做各種復健，刺激肌肉生長。不過這些痛苦他都撐過去了。三個月後要拆鋼架，卻只拉長3.3公分，僅有平均效果六公分的一半。他的醫生警告說，再勉強拉長，就會出現嚴重的後遺症，像是骨髓炎、關節損傷。詳細情形我也不太清楚。總之他要求繼續拉，最後雙腳雖然拉長到六公分，右腳的神經卻壞死了，膝蓋也無法彎曲，直到現在還不良於行。」他說到這，將咖啡拿在手上，看了我一下。「醫生覺得增高手術算整形嗎？」

「增高跟抽脂、豐臀相同，都是藉由手術改變身體外觀的行為，當然是一種整形。你說的增高手術，正式名稱為肢體延長手術，過去是用來幫助肢體畸形不等長的患者擁有正常的外觀跟機能。手術時間短，技術上並不困難，只要在斷骨處安裝延長器即可，每天拉長0.1到0.05公分。現在已有數位化的延長器，隨時監控數據，按軟組織的情況調整伸縮長度。術後的併發症已經減少很多。」

「聽起來還是蠻可怕的。但我那位朋友說，雖然有遺憾，卻並不後悔。有時候病患比醫生還樂觀對吧。」他發現咖啡喝完了，「如果不是那些前仆後繼來整形的人，每個人都努力嘗試那麼一點點的話，醫學又怎麼會進步？看似是很個人的選擇，卻也是人類集體意志的展現不是嗎？他是這麼告訴我的。」

我並未回答他的問題，他已有自己的解答。按照他的想法，任何醫療手術即便失敗了，都不能說是白費功夫，畢竟對於增進全體人類的福祉還是有貢獻，只是對於患者有沒有立即的回饋罷了。我不否定這種帶有偉大情操的想法。然而我更在意個體，手術一旦失敗，對患者本身根本就沒有任何意義。

「所以那晚在他家附近的小吃攤，他掀起褲管，讓我看了他小腿上的開刀疤痕後，我就決定去整形了。」姜先生指著自己歪掉的鼻子說。「那麼醫生什麼時候可以幫我，處理這個呢？」

我拿出手術同意書，請他先過目。「為了避免進一步感染，得盡快動手術。待會先做心電圖，以及血液、尿液常規篩檢。換上手術服後，到影像室拍術前照片，護士會幫你將鼻腔內的鼻毛清理乾淨，並在鼻子皮膚表面塗上麻藥。等我看完預約的兩位病患後，馬上幫你處理。局部麻醉即可，實際手術時間約三十五分鐘。」我說完，滑鼠隨即點開下一份病歷。

傍晚五點四十分，我就在診所為姜先生做了人工鼻骨修補手術，並重新調整他鼻尖的形狀。開刀前，姜先生很大方的和我們分享他的整形經驗，說自己做過縮小鼻翼、割雙眼皮、割眼頭、縫嘴角、豐頰、豐額、墊下巴、植眉毛、植鬢毛等手術，基本上就是全臉整形。事實上他不必說我也看得出來，不過這種事還是由病患親自分享會比較好。

我請他躺下。先前他已經用碘酒漱口，臉部也塗好了碘酒。

醫生，人是不是整形之後，一輩子都得整形了？我二十幾歲的時候，也是像現在這樣躺在手術臺上，讓整形醫生在我的臉上畫線。小時候我很怕母親帶我去看醫生。因為我一直有個疑問。當病人填完初診單上的資料，也就表示自己開誠布公了吧。但是當病人進到診療室，眼前這位戴口罩穿著醫師袍的人，真的就是醫生嗎？比如我眼前的你，真的就是那位戴醫師？沒有任何的保證不是嗎？這種遲疑，我從小到大都沒變過，最後也是帶著這種遲疑做完整形。剛整形完住在醫院的那幾天，我的頭被緊緊包紮起來，痛得無法呼吸，也無法睡覺。躺在病床上，想像自己的臉像是一顆堅果，那幾天也一直聞到堅果的味道，有杏仁、核桃、腰果、夏威夷果。後來想想，那應該是藥水味。總之抱持著想吃各種堅果的想法，成為我支撐過那段復原期間的動力。我從來沒這麼想吃某種食物過。人果然很怕死，一覺得冷，或覺得生命受威脅，就想趕快找食物。出院前，我在病房整理衣服，看到窗外隔壁的陽臺上，停著一隻禿頭的烏鴉，突然覺得，身為人何其的優美啊！

當我準備手術器材，聽他的這番話，我想到了拿波里的堅果咖啡。將堅果醬與咖啡奶泡，以一比一的比例調配，口感非常綿密，是最不像咖啡的一種咖啡，反而類似奶昔或是聖代之類的甜品。二〇一三年夏天我到過拿波里，那是雕刻家貝尼尼的出生地，以及畫家卡拉瓦喬逃亡和被毀容的地方。下午參觀考古博物館的古羅馬雕像和龐貝城壁畫後，晚上就到現存最古老的聖卡洛歌劇院欣賞歌劇表演。恰巧是威爾第兩百週年誕辰，曲目安排了威爾第著名的《茶花女》。進場前，我就在門口的咖啡店，一個人品嚐了道地的堅果咖啡。

「姜先生，我們要打麻醉針了。」一旁的護士代我說。

「我們？為什麼說是我們？」他說完，一邊想著這個問題，一邊逐漸地不能言語，「出院後。我把削掉的骨頭，和我母親的骨灰放在一塊。」這是那天他上完麻醉，說的最後一句話。

一個禮拜後，十一月三日下午同個時段，姜先生回診。他的穿著打扮和那天相符，同樣拿著一杯黑摩卡。不同的是他不再戴著黑色口罩，臉上的瘀血已經退去，復原情況良好。晚上六點整，我就近到診所對面的咖啡店用餐。一走進店內，就看到姜先生坐在吧臺前喝著外帶咖啡。

突然明白為什麼有人會揮他一拳了。

他向我打了個招呼，我稍微示意表示我有看到他。接著我走到櫃臺前，點了一碗生菜沙拉佐義大利黑醋，一份西西里燉飯，以及一杯 Ristretto。雖然是濃縮再濃縮的義式咖啡，不過由於注入的水量較少，加上水一接觸咖啡粉之後在極短的時間內就被拉壓，因而咖啡因較低，適合在晚上飲用。於是我坐到窗邊常坐的位子，等餐點送過來。從這裡可以看到我的診所，也是依希喜歡的位子。

「醫生，不介意和我聊一下吧。」

就在我快用完餐的時候，姜先生過來坐在我的對面。或許是傷勢逐漸復原的關係，他神色自若看起來輕鬆許多，開始聊一些與醫療無關的事。打從方才我就不覺得這是巧遇。只是他為什麼要這麼做？到底是為了什麼事，而鎖定了我。

「醫院前面藍色的火鶴，真的相當美麗。讓我想到韓國的木槿花，也是藍色的最美，最少見。」他看向我的診所說。「那些火鶴是在哪買的？當初怎麼會想到種在門口？」

那是張邁教授的公子做完嬰兒整形之後一個禮拜，回診那天，藍雪在診所看到 BF-1 的那張臉。是我們第一次看到嬰兒整形病患拆下繃帶的模樣。

「我們在門口種些火鶴好嗎？找看看有沒有藍色的。」晚上她在客廳盤腿做瑜珈，看著我說。

「為什麼？」我拿著咖啡走過來。

「就覺得張教授的 baby，那張臉很像火鶴。」

「是醫生太太的緣故嗎？」倏忽之間姜先生岔入我的回憶。

他是怎麼知道的？我想到在診所一直忘了問他一個問題。照例我都會問：「你為什麼選擇來我們診所？」不過現在問這個也沒什麼意思了。

「醫生有聽過其他的整形醫生，幫自己的子女整形嗎？」他把手機放在桌上，或許是在錄音。「有這樣的案例嗎？為自己的親生子女動手術合法嗎？」

我繼續把剩下的餐點吃完，不打算回應他。

「嗯，我直接說吧。有一位同齡的高中女生，和醫生的女兒長得一模一樣。我當經紀人這麼久了，從首爾到上海，再到臺北，從沒遇過這種事。選秀的時候，說自己長得像哪位明星的年輕人，實在太多了，不過再怎麼像，臉上也還是有可以明顯區別的地方。但是那位高中女生，跟醫生的女兒，卻不是這樣子喔，兩人就像同一張撲克的上下臉孔，是一模一樣的那種像了。」

他刻意停頓一會看我的反應。哪眼神給我的感覺，在這他並不把我當醫生。

「為了搞清楚這件事，花了我不少時間。一開始確實是會懷疑醫生把自己的女兒整形了。不過等看到她們國小、國中的照片之後，發現只是恰巧長得一樣，而各自在不同家庭長大的小女生罷了。但我還是不相信世界上有這麼巧的事，總算，最後讓我找到了證據。」

證據？什麼證據。

接著姜先生從黑色的公事包拿出一本，25K大小，藍色封皮的精裝書。他翻到彩色頁，指著當中一張照片說。「這一位是醫生的太太對吧。」

那是藍雪醫科大的畢業照。她身穿學士服戴學士帽，兩旁站著她的父母與兄弟姊妹。地點是在我們學校醫學院的前庭草地。事實上那張照片就是我拍的。他見我看了照片幾眼，就又說：

「這本書叫《昨日姓氏》，二〇一六年，高端文化出版。作者是一位臺灣的老作家藍天頌，他的作品以散文、遊記、短篇的札記為主。雖然一直都有在出書，但似乎不是很有名氣。詳細情況我就沒調查這麼清楚了，一下子讀太多中文，對我來說還是很吃力。因為這是十年前的書，我好不容易才在大安森林公園旁的市立圖書館找到了它。醫生，你應該有看過這本書吧？」

說完他再翻到其中一頁的家族成員表。事實上我不太能理解書中為什麼會有這種內容，就像我一直不太懂藍家的人：

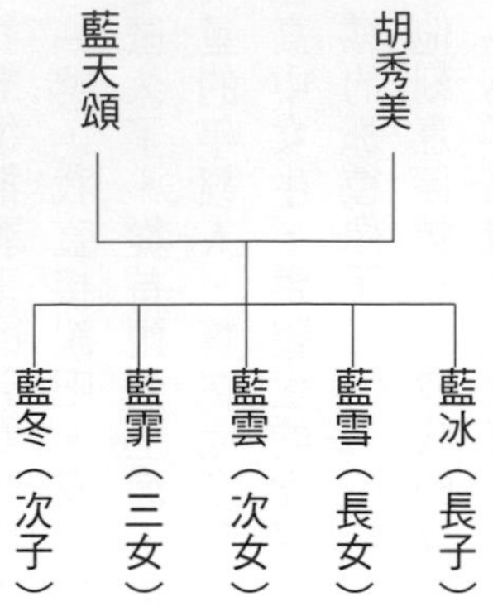

「沒看過這本書。」我說。

「好吧。」他皺了眉頭，「不過藍家的人，醫生應該不陌生吧。」他又翻回彩色頁的照片。「作者的相貌並不起眼喔，五名子女的長相，包括藍雪在內，都長得像他們的父親。甚至到了孫子那一輩，五官也都還有藍家的神韻在。每個人基本上都是圓臉細鼻子，狹長的鳳眼，寬厚的嘴唇，尤其他們的人中十分搶眼。任誰都看得出來，藍家的基因很強勢。」他指著自己割開的眼頭說。「他們眼角的蒙古摺都遮住眼睛內側了。連藍雪的姪女，也比自己的女兒，長得還像自己。」

「你直說吧。」

「醫生，恕我冒昧。能否請您以專業的角度告訴我，如何解釋你女兒的外表？」

「外表的像跟不像，不代表彼此有沒有血緣關係。」

「所以醫生的意思是，你女兒長得比較像戴家這邊的人，而不是藍家這邊？中文是這個意思吧。我先提醒你，要查證這一點並不困難。而且我也很可能早就查證過了，你就不這麼擔心嗎？」

我想了想自己幾名姪女、外甥女的模樣，不過沒有回話。接下來他進一步推敲：

「這本散文集，紀錄了藍家人過去的點點滴滴，算是蠻中規中矩的家族書寫作品。其中一篇寫於二〇一四年的文章〈記憶裡的雪景〉，是作者回憶他最驕傲的大女兒藍雪的故事。內容圍繞大女兒的求學過程，以及兒時一些值得懷念的回憶。頗感人的，至少有觸動到我。但是翻到二〇一三年的合照，你仔細看，一二三四，只有四名子女，大女兒藍雪並沒有在這張家族合照當中。拍攝地點是永康街的久明照相館。這類特別到照相館拍的照片，一定是全家都到齊了才會拍的不是嗎？合理懷疑，藍雪那時已經過世了。當然這個就是事實。另外，作者在書前面的序文也說道：一開始只是單純想寫什麼就寫什麼，沒限定什麼主題。慢慢的，被家族之間的羈絆所牽引，著迷於這類東西，無形之中主宰了我的創作。為什麼一位這麼喜歡記些家庭瑣事的人，整本書唯獨沒有交代大女兒過世的情況呢？甚至連大女兒結婚的事也都沒提到過。家族的拼圖始終缺了一塊。」我想姜先生在他們公司做的簡報肯定也都相當精彩。他將那本書拿在手中，最後不忘補上說。「對了，書中的家族照片，沒有醫生您，也沒有您的女兒。感覺上，您的岳父，並不把你們視作一家人喔。」

當年在藍雪的喪禮上，為了不讓藍家的人起疑，我把依希留在家，再以免費整形作為交換，特地向認識的女病患商借了一名嬰兒帶到現場，以矇騙過藍雪多疑的父親。依希長大後，他外公雖然還是很疼愛她，但幾次我還是能察覺他看依希的眼神非常的懷疑。他跟我一樣，應該也私下鑑定過依希的DNA。正因為如此，讓他陷入更具文學性的矛盾當中。

「你都被打成這個樣子，還對這件事鍥而不捨。」我說，輕啜一口Ristretto。

「我只是做好我分內的工作。當然醫生的女兒條件也非常好，如果有意加入我們公司，那我們可另外談。只是，總覺得如果不把新人的身世弄清楚，貿然就出道，搞不好反而傷害到彼此。」

「看來有人很清楚的拒絕你了。」我邊說，邊推了鼻梁上的眼鏡。一直以來我習慣戴著眼鏡，但並不是我近視。單純是要避免藍光傷害我的眼睛。

「確實有人警告我不要靠近他女兒，說我越要和他打好關係，他就越要破壞。不過我還在想辦法。我很看好那個女孩，不應該被埋沒。」他終於放下手邊那本書，一手拍著自己的臉頰說。「屆時這些傷口，也就像曾經化在臉上的妝，不痛不癢了。」

看來姜先生很肯定BF-17的外貌。這些嬰兒整形的孩子長大後，有多少位是像這樣被娛樂企業給網羅？沒想到病患在術後的社會化過程當中，有這樣子的趨同性在。我確實忘了考量到這點，一直以來整形及醫美的發展，受惠最多的即是演藝圈。看來大費周章為BF-17做嬰兒整形手術，最後收割這成果的，既不是患者，也不是家屬，更不會是醫療人員，而是眼前這位娛樂公司的經紀人。當然如何運用新的臉孔，這是病患的自由，成為藝人也沒什麼不妥的。總之都與我無關。

「醫生，我們或許可以合作。」他看我已經用餐完畢。「當醫生要有強大的心理素質，這跟當藝人是一樣的。關於這兩個女孩的身世，你不可能不知道吧。當年到底發生過什麼事？不妨告訴我。」

我看了一下手錶，準備起身，晚上第一位病人的預約時間是七點十分，還有將近三十分鐘。

「戴醫生？」他又提醒我一次。

「在診間之外，我們沒有私人的關係。而在診間之內，無關診療的事情，不管你問我幾次，我也無法回答你。我們應該尊重彼此，這一點麻煩姜先生務必做到。」我說。

「無論如何，感謝醫生能處理好我的傷勢。往後我也會推薦公司的藝人過來你的診所諮詢。」

「那我先走一步了。」我穿上披在椅背的外套。

「醫生，你應該很喜歡現在的工作吧。其實我的工作跟您差不多，一樣都是花時間在照顧那些漂亮的人，或是讓希望自己漂亮的人更漂亮。所以我很能體會這種感覺。」他似乎想再多留我一會兒。

我點頭示意，並扣起扣子。

「我在韓國的時候，常帶公司的藝人去贊助商那邊挑衣服。不會打扮的，可以交給造型師；身材不好的，可以先去抽脂，再回來試穿，總會有辦法讓他們閃閃亮亮地站上舞台。不過還是有那種，不管你怎麼為他打理，鏡頭就是無法捕捉到他任何魅力的藝人，當然最後就被淘汰了。可是醫生，你本身就是擁有整形技術的人啊。當一個年輕人不能為自己的外表感到快樂的時候，我們能為他做什麼？就只剩下整形嗎？」

「一個人的外表是屬於他個人，好壞都由個人承擔，這點和疾病是一樣的。整形也只是一種行使個人權益的行為，既未妨礙他人，他人也無權干涉。」

「可是連我也懷疑過，藝人為了在鏡頭前更好看而整形，真的無所謂嗎？」

「這個問題之前我也想過。」就是在為 BF-17 整形的時候，「對於人類的未來，我有悲觀的地方，也有樂觀的地方。但我相信只有醫學能為人類帶來真正的幸福。」

這時候，六點四十八分。我們的視線越過玻璃外的安全島，不約而同看向背著書包走回診所的依希。昏黃的燈光下，她的臉像一道燭光，讓整個靈魂從五官去展現。

「那女孩是你親生的女兒嗎？」

「是的。」

「你堅持嗎？」

「事實就是如此。」

「既然是無可動搖的事，公司也就可以視為事實相信了。娛樂圈從不缺臆測和謠言，公司需要的只是一個能夠貫徹的說法。」他滿意地起身，在我之前，先離開了咖啡店。

十一月七日，依希生日那天。晚上九點二十分我從健身房運動回來，走樓梯上樓。經過三樓的時候，發現書房的門沒關，只是掩著，透露出些微涼風。我推開木門，走進書房看見依希正在我的書櫃找書。她很少到我的書房，這給我一種溫馨的氣氛，卻也有一絲說不上來的詭譎。

「那邊都是解剖學的原文書。」

「喔。」她停下手邊的動作說。「今天世界文化史上到文藝復興，想起小時候常跟**PAPA**到義大利旅行，都是去看那邊的建築跟壁畫。回家就想找幾本書來看，記得**PAPA**買了很多本啊？」

我並未問她原因，怎麼馬上就找理由說明了。在書房找書、看書是再合理不過的行為，為什麼需要解釋？況且這幾天傍晚，有時我還在一樓看診，依希就已經回家在樓上用餐了。能在外頭不受拘束地和朋友一起吃飯，是她和我爭取很久才要到的權益。照理說她生日這天，慶生什麼的，應該會更晚回家才對。

「藝術類的書，我都放在這裡。」我走過去拿了幾本給她。難得她對我的藏書有興趣，我順勢向她說明各類書籍擺放的位置。「醫學的書妳應該知道在哪，這整牆英文書背的都是。心理學、精神分析學，我放在門後面。人種起源、人類學的書，則放在時鐘旁邊。中文書很少。書桌旁的木頭書櫃，放著各類的動物圖鑑，以及早些年的時裝目錄，大概是1995-2015年份。之後幾年時裝目錄就都數位化了，我存在書桌電腦的桌面。妳喜歡攝影，或許會有興趣。」她專心聽著，篩選我所提供的資訊。

「那麼相簿放在哪？我們去義大利、梵諦岡，不是拍了很多照片嗎？記得有洗出來一些。我想把這些旅遊的照片整理一下，大學甄選會有幫助。」她說話時翹著上唇，眼神並未看著我，而是環顧四周。

我指著靠窗書櫃底下最寬的那一格。她看了一眼，不以為意的說：「知道了。」

「今天，同學沒幫妳慶生？」

「有啊。」她遲疑一會說。「不過可能高三了，大家都忙吧。就教室內簡單的慶祝一下。」

「生日快樂。」我說。

「喔。謝謝。」接著她像是不想要我繼續問，說要回房休息了，就和我一起走出書房。我將木門闔上，上樓回到自己的房間。

淋浴時，我想到書房有我的保險櫃。

一開始出於醫療責任，為了防止嬰兒整形的病歷被媒體或想竊取技術的人偷走。我特地在義大利的科技重鎮杜林訂購了一個保險櫃，將嬰兒整形的病歷，和一些重要物品全放在裡面，忘記密碼的話，只能請那家公司從義大利派人來臺北打開。

我將肥皂均勻塗抹在身體上，仔細檢視身體的變化。臉的保養還算容易，但全身性的保養則相對困難。由於老化失去水分，皮膚的真皮層日益變薄，微血管越來越清楚，表皮也比以往產生更多斑點和皺紋。中年以後，肌肉如果不鍛鍊，就很容易鬆弛下垂。為求開刀的效率，讓視力、手臂的肌力和精確度，保持在一定的水平，我每星期上三次健身房，安排三次冥想。雖然不再做嬰兒整形手術之後，進開刀房無須像過去那樣耗費大量的體力和專注力。這幾年的生活，相對是比較輕鬆的。

醫學治療的是人體，對抗的也是人體。我做的任何一件事，都試圖在與身體對話。每天我固定記下來自身體的各項訊息。哪邊不舒服，有什麼症狀，可能的原因是什麼。幾點就寢，幾點起床，睡眠品質，排便情況。做什麼運動，做多久的運動。記錄自己每一次射精。一切只要有規律、有節奏、固定時間和次數，就可以不受慾望的控制。這麼做都是為了戰勝那種虛無。

活得越久，基因對人的影響越小。隨著年紀增長，人逐漸擺脫基因的控制，透過選擇與鍛鍊，一點一滴形塑了自身的生活習慣。降低了自然給人的原罪，加強了身為人的自主性。但這副肉體再怎麼珍惜，總有一天會消亡成為一堆碳酸鈣。李維史陀認為器官移植是一種食人行為，只是以非經由消化道的吸收方式接受另一個人的器官和組織。但與其說是食人，不如說是一種繁衍，這是我唯一知道的永垂不朽。

我打開蓮蓬頭沖水。不知道從什麼時候開始依希喜歡聽搖滾樂，剛看她手機的桌布是年輕時候的關．史蒂芬妮。時間像過了很久，又像沒有很久。轉眼間她已經是這麼大的孩子。

依希是在找什麼東西？反正我的東西，總有一天也都要留給她，沒什麼是不能給她的。之後那星期，依希一放學就回到診所。她一向很少搭理診所的護士和病患，一個人乘電梯上樓，吃完晚餐就到我的書房看書。

有次我在書房。她還是拿著課本和鉛筆盒，敲了門走進來直接向我開口說道：「PAPA，我要準備模擬考。今晚書房可以借我K書嗎？這邊比較有讀書的感覺。在房間看書都好想睡覺喔。」

她打了一個呵欠，伸了一下懶腰。

我把書房讓給她，拿了臺tablet到一樓大廳的沙發坐著，同時打開電視。KBS新聞臺正在介紹奧黛麗．赫本與李小龍合作的新電影。不知道是哪家片商，將他們過去的影像經由電腦特效處理，讓他們在螢幕上復活，能說、能走、能動，還能與其他演員一起對戲、宣傳，接受媒體採訪。彷彿那副肉體還在繼續維持運作，而且完全沒有老化。記得十幾年前，這項技術只做到拍廣告的程度而已，當時的影像也不夠逼真。現在看來，赫本與李小龍已經可以永遠活下去，永遠不再只是記憶。

科技才是最前衛的藝術，科技越進步就越逼近真實。比如攝影對繪畫的衝擊、電影對劇場的衝擊。跟不上科技發展的藝術，就會轉往內心世界去探索，以此聲稱藝術是科技所不能替代的。林布蘭就說過：「世上的東西除了內在精神之外，都不能算數。」然而，一頭埋進想像的沙坑，不過是一種鴕鳥心態。假使有一天，科技發展到能呈現出我們內心世界的時候，像是發明一臺可以將腦中畫面投影出來的機器。屆時藝術家以為只有自己才能傳達內心世界的那種僅剩的尊嚴，將再次被科技剝奪殆盡。

十一月十一日晚上，臺北突然下起大雨。幾位病患臨時取消掛號，診所也提早一個小時結束看診。才剛八點，護士們就先下班回去了。

我搭電梯上樓，發現書房的門被掩上。從門縫滲透出的光，和以往略有不同，有那麼一點淡藍色的氣息。是不是依希在裡頭讀書？為了確認這份直覺，當我下意識正要伸手推開門，木門卻無聲無息緩緩地自行移動，直到我看見書房的保險櫃被打開，放在裡頭的GITANES藍色菸盒則掉在地上。

依希不知道我上樓了，她站在保險櫃前，繼續翻裡頭的東西。當她突然轉身看到我的時候，我已經站到她身邊。她臉上是又驚恐又憤怒的表情：

「你告訴我！這鐵盒子裡裝的究竟是什麼！」

「盒子裡是妳母親的遺物，我以前都拿給妳看過了。」那是Baci巧克力的藍色鐵盒。保險櫃中除了這個心型的鐵盒子以外，還有那件最重要的紅色手提皮箱。

「那這張照片呢？照片上的女人是誰？為什麼會跟媽媽的遺物放在一起？」

眼前她就像當年藍雪失控一般，起因竟又是那張照片。

我在專業領域內一向謹慎，從來沒有病人死在我手上，因此我更珍惜自己的技術。人只要不小心，果然就會碰上所謂的厄運。當初因為我處理得不好，造成藍雪誤解，以致於她後來做出一連串失常的舉動。其結果就是我失去了我的妻子，還有我女兒的臉孔。

「那是妳母親的遺物。」我又複述一遍。

依希見我沒有繼續說話，又拉出保險櫃裡的紅色皮箱。「還有，這個紅色皮箱，裡面這疊資料又是什麼？應該是病歷，是什麼病歷？為什麼上面有我認識的人？」她翻開一疊病歷說，「你寫這種奇怪的字誰看得懂啊，你到底在刻意隱瞞什麼？」

RONCATO的紅色皮箱內放的確實是病歷，而且是嬰兒整形的病歷。除了那天BF-17回診，她的病歷被我拿出來看，暫時鎖在一樓診療室的抽屜外，其餘十六位嬰兒整形病患的資料，全都在那裡面。依希自然看不懂病歷的內容，即使是其他醫生也辦不到。上面除了大量拉丁文的醫學術語外，還混雜了英文、德文、義大利文，而且還是左右顛倒反過來書寫。我不否認那是我為自己預留在世上的手稿。

本來紅色皮箱也有上鎖，只是那天恰巧拿了病歷後沒有再鎖回去。究竟是我太疏忽，還是陰錯陽差？當初她母親拆走嬰兒整形電腦的硬碟，幸而我在去愛丁堡前，剛好有做備份。另外，她母親當初根本就沒有留下任何手術記錄，反而減輕了我保存依希病歷的壓力。

依希能拿到這些東西，表示她能懂我的想法，我的習慣。即使是藍雪，當年也不知道書房裡有我的保險櫃，更別說去打開它了。雖然藍雪也曾經因為某個我不知道的原因，弄壞了這座鐘的人偶。可是依希不只看出牆角這座天文鐘是一個保險櫃，還知道要把指針撥到設定的時間才能打開。網路上並沒有這類保險櫃的資訊，這一點有廠商的監督和保證，然而依希又是怎麼知道的？當初她跟我到羅馬，確實有開車經過那家廠商的經銷據點。就只是經過門口而已。我所設定的時間是一四五二年四月十五日達文西的生日，再加上依希出生的時辰，十三點零八分。這些都是我已經知道的事，而我更想知道，她到底撥了幾次指針才打開？

「妳一次就打開了，還是這幾天都在書房裡嘗試？」

她見我說話了，便又抽出其中一份病歷說：

「我知道這個林青願。你不告訴我，我就去問他本人！」

「妳認識的林青願，上面編號幾號？」

「BF-16，二〇〇九年六月十七日生，跟我同年，生日是我認識的那個人沒錯！」

BF-16？當初這名男嬰被抱來，頭顱受到重創，臉部狀況尤其糟糕，是醫科大附設醫院特別告知家屬轉送到我的診所。究竟男嬰是怎麼受傷的，家屬始終不願透露，更無禮地要求我簽保密協定。那時我只想救人，一簽完就將嬰兒送進了手術室。因偶發事件而採取意想不到的治療方式來達到醫療效果，被稱為即興醫學。當下的情況，只有用嬰兒整形手術將全臉重建才可能救活這名嬰兒，所以連他的家人都不知道自己的孩子被我整形了。那時候藍雪已經懷了依希，也主動進開刀房幫忙搶救。

「我是有執照的醫生，受醫師法約束，不能公開病人的病歷，這妳是知道的。那妳還要去問他？不該是由妳來壞了我們醫院的規矩。」我不想對依希說謊，卻也不能洩漏病患的隱私。

「所以這疊都是診所的 VIP 病人？」

「診所的病患我都一視同仁，這些只是額外再要求我保密的。」

「好，我也懶得管別人的事！」

她再次拿出鐵盒子裡的那張照片。當她的臉和那位女性的照片並列時，兩個人的長相根本是同一個人。她睜大眼睛，聲音顫抖地對我說：

「這個女人又是誰，為什麼長得跟我一模一樣？她叫 Lisa 嗎？照片後面寫『Lisa，1994』是什麼意思？她才是我真正的媽媽對不對？你一直在騙我。從以前我就覺得自己長得一點都不像媽媽。之前你告訴我的關於媽媽的事情、給我看的媽媽的照片，到底還有什麼是假的！」

說完她放聲大哭起來。她個性像藍雪，很少哭，卻容易一發不可收拾。我放輕腳步靠近，仔細盯著女兒那張崩潰痛哭的臉。雖然不是很完美的手術，但即使這樣用力拉扯肌肉跟神經，表情也沒有與常人不同之處。這麼多年後，藍雪的手術總算是成功了。我問依希：

「妳先別激動。頭是否不舒服？臉會不會麻？」

「都什麼時候了你還在意我的臉！我明白了，因為我長得很像媽媽，所以你才會這麼保護我這張臉對不對。我早就該想到這一點。」她一邊啜泣，一邊將病歷緊緊抱在胸口，「我還有一位姊妹對吧。前陣子她才來你的診所掛號過，是不是跟我長得很像？」

「她只是來診所掛號的病患。」

「不要再騙我了！」她大聲喊了出來，將病歷丟到我身上。「當我看到這張照片就都懂了！你為什麼保存這張照片，照片又為什麼會跟媽媽的遺物放在一塊，這些證據，難道還不夠清楚嗎！直到今天我才知道自己的媽媽是誰！」她跪下來在地上哭，滿地是掉落的嬰兒整形病歷。

依希不僅認識 **BF-16**，還認識 **BF-17**，這完全出乎我的意料。是上次她回診剛好被依希看到？還是 **BF-17** 之所以回診，根本就是她和依希計畫好，想從我這裡問到什麼。情況看似複雜，難以圍堵，不過還是能簡化到只要保管好保險櫃裡的病歷就可以了。如果依希的個性像我，她早就該意識到即使是親生母女，也不可能在長相上完全等同。果然她還是最像她母親。

依希仍在哭。我蹲下來，從 **BF-1** 到 **BF-16**，仔細數過一次。昨日彷彿歷歷在目，直到今天我還是很有創造力。我不後悔做過這些手術，如果可以重新動刀，我可以做得更好。確認沒有少之後，我把嬰兒整形的病歷重新放回了紅色皮箱。

「我大概知道妳的想法了，但事情不是妳想的那樣。把妳母親的遺物收好放回保險櫃吧。早點回房休息。還有，偷看別人的病歷是不對的。」

說完我提著皮箱，打開門走出書房。那隻貓也在這個時候進來，找牠的主人去了。

那晚我反覆思考。這次依希的情況，不能夠再大意。雖然父女的感情沒有特別好，但就這件事而言，我更不想再犯同樣的錯誤，不想再造成無法挽回的遺憾。當初她母親的心裡有過什麼矛盾、衝突、掙扎，都被我殘忍地漠視了。我始終沒有對她母親伸出援手。

依希的臉已經可以放心，至少沒留下任何後遺症。但她內心混亂成這個樣子，實在不適合回答她提出的這些問題。況且她的問題也太多了，甚至被推理得背離現實。我很慶幸她沒有意識到自己整形過，但她似乎誤認了自己的身世，也誤認了 **BF-17** 的身世。

那對畫商夫婦是否見過依希？關於依希是怎麼認識 **BF-17** 還有 **BF-16**，彼此又熟到什麼地步，這些都還必須深入了解。記得她們唸不同的高中，但學校之外還是有很多認識的管道。那天問她為什麼來我們診所，回答得也很奇怪，真的單純只是路過？為了不讓 **BF-17** 在外面隨意整形，我也已允諾提供她免費的醫療。更何況還有一位姜先生在這當中穿針引線。看來她們倆見面也是無可避免的事。毒物學之父，帕拉塞爾蘇斯說過：「萬物皆有毒，關鍵在劑量。」我只要用對劑量，她們就算認識也沒什麼不好。

接下來一個星期，依希幾乎不跟我說話，也不在家用餐。一早她就出門，直到晚上休診她才回來，比起前幾年的相處還要冷漠。為了不刺激她，我並未因此更換保險櫃的密碼，只是把 **BF-17** 的病歷重新放回紅色皮箱上鎖，再放回那座鐘裡面。

直到今天下午。十一月十七日，她六點多就回家了。那時我正坐在餐桌用餐，待會七點還有預約的門診。她過來坐我對面，拿出自己買回來的晚餐，左手用遙控器打開客廳的電視，開始選台。雖然這是開放式廚房的好處，但聲音實在開得太大聲。

「真的很難理解，為何能砸大錢想盡辦法去火星，卻不願意把太平洋的垃圾清乾淨？」

她看著新聞說。

「電視轉小聲一點。」我說。

她揮手把電視關掉，家裡又平靜了下來。

「我想要那張照片，之後可以給我保管嗎？」

依希應該是把那位陌生女子的照片，視為自己和母親唯一的連結，更認定那就是自己母親的照片，當作是母親留給她的最重要的東西。

「可以。不過那是妳母親的遺物，不要弄丟了。」

「好，你說的。」她說。「那我也放棄去巴黎攝影的機會好了。」

巴黎？她就這麼想去巴黎？

「明年暑假我照舊會到波隆那大學講課。屆時還要去哪，可以明年再談。」

依希沒回話，她開始用餐。或許是因為從未和母親生活過，自小依希日常生活的舉止就沒有她母親的感覺，連聲音也不像。有時我會覺得就像是和一位陌生的女子住在一塊。

「妳看到那張照片，不會懷疑我不是你 PAPA ？」我謹慎地問。

「保險櫃裡有一張 DNA 鑑定，上面寫我是你的親生女兒，而且那是我出生那年就做的鑑定。是你才懷疑我不是你女兒吧？」

原來是這樣，我也沒有答話。

「你不願意說媽媽的事情也沒關係。等你想告訴我的時候，你就會告訴我了吧。」

「妳母親的事，我已經說過很多次了。」我看著她說，「都過世這麼久了，沒什麼好再說的。」

「既然媽媽都過世那麼多年，門口還種著藍色的花做什麼？」

這件事確實很重要，她提醒了我。

她的個性像她母親，難保不會再次做出像她母親那樣偏差的事情來。

「人是過世了，可是還有一部份繼續活在妳的身體裡。」我停下湯匙，對依希說。「好好照顧自己的身體，妳母親才有辦法一直活下去。」

她聽完，先低頭。然後又抬起頭來，雙手摸著自己的臉，眼眶逐漸泛紅。

「別哭了，吃飯。」我說。

「流眼淚又沒關係，又不會長痘痘。沒想到，原來媽媽這麼漂亮，而我和她竟然長得那麼像。」她一邊用手抹去眼淚，一邊說。「其實今天我被一個男生拒絕了，我從沒想過會有男生拒絕我。啊，好不容易遇到一個正合我意的。」

她突然提起感情的事，這還是第一次。

「班上的同學？」

「不是，是別校的。但我第一眼就喜歡上了。只是我喜歡的男生，喜歡我的一位朋友，他們喜歡彼此很久了，是我自己想插隊。」她一直沒吃自己那盒義大利麵。

朋友？當她這麼說時，我想到的是，十七年前，出現在螢幕上那張 **BF-17** 原本的臉。那張臉雖然沒有現在的好看，但原來一直在我的腦海當中。或許在沒有人知道的時刻，就像現在，書房的電腦自動開啟，那張臉面無表情，長久地沈默，在一片黑暗之中散發冰冷的藍光。

這些被遺棄的臉，作為病歷的一部份，仍舊被我妥善保存。唯獨依希的沒有，她是唯一完全失去那張臉的孩子。我想女兒原本的那張臉，已經不重要。因為女兒已經長大。

「什麼樣的朋友？」我問。

依希她想了一會說：

「一個有著神秘微笑的朋友。」

我知道她說的朋友是誰，依希的嘴角第一次露出和她一樣的微笑。

◀ *Philosophie*, 1899-1907, Klimt 克林姆《哲學》

聯合文叢 598

嬰兒整形

作　　者／秀　赫
發 行 人／張寶琴
總 編 輯／李進文
主　　編／張召儀
封面設計／王金喵
資深美編／戴榮芝
業務部總經理／李文吉
行銷企畫／許家瑋
發行助理／簡聖峰
財 務 部／趙玉瑩　韋秀英
人事行政組／李懷瑩
版權管理／張召儀
法律顧問／理律法律事務所
陳長文律師、蔣大中律師
出 版 者／聯合文學出版社股份有限公司
地　　址／(110)臺北市基隆路一段178號10樓
電　　話／(02)27666759轉5107
傳　　真／(02)27567914
郵撥帳號／17623526 聯合文學出版社股份有限公司
登 記 證／行政院新聞局局版臺業字第6109號
網　　址／http://unitas.udngroup.com.tw
E-mail:unitas@udngroup.com.tw
印 刷 廠／鴻霖印刷傳媒股份有限公司
總 經 銷／聯合發行股份有限公司
地　　址／(231)新北市新店區寶橋路235巷6弄6號2樓
電　　話／(02)29178022

出版日期／2015年11月　初版
2017年12月18日　初版二刷第一次
定　　價／340元

ISBN 978-986-323-136-3（平裝）

國家圖書館出版品預行編目資料

嬰兒整形 / 秀赫作. --
初版. -- 臺北市 : 聯合文學, 2015.11
464面 ；14.8×21公分. --（聯合文叢；598）

ISBN 978-986-323-136-3（平裝）

857.7 104018677

《聯合文學》 感謝您購買本書，這一小張回函，是專為您與作者及本社所搭建的橋樑，
我們將參考您的意見，出版更多的好書，並適時提供您相關的資訊，無限的感謝！

姓名：　　　　　　　　　　生日：　　　年　　月　　日　　性別：□男 □女

地址：□□□

電話：（日）　　　　　　　　（夜）　　　　　　　　（手機）

學歷：　　　　　　在學：　　　　　　職業：　　　　　　　　職位：

E-Mail：＿＿＿＿＿＿＿＿＿＿＿＿

1.您買的這本書名是：＿＿＿＿＿＿＿＿＿＿＿＿＿＿＿＿＿＿＿＿

2.購買原因：＿＿＿＿＿＿＿＿＿＿＿＿＿＿＿＿＿＿＿＿＿＿＿＿

3.購買日期：＿＿＿＿＿年＿＿月＿＿日

4.您得知本書的方法？

□＿＿報紙／雜誌報導 □報紙廣告書評 □聯合文學雜誌

□＿＿電台／電視介紹 □親友介紹 □逛書店

□＿＿網站 □讀書會／演講 □傳單、DM □其他＿＿＿＿＿＿＿＿＿＿

5.購買本書的方式？

□＿＿＿＿＿＿市（縣）＿＿＿＿＿＿＿＿書店 □劃撥 □書展／活動

□＿＿＿＿＿＿＿＿＿＿＿網站線上購物 □其他＿＿＿＿＿＿＿＿＿＿

6.對於本書的意見？（請填代號1.滿意 2.尚可 3.再改進，請提供建議）

書名＿內容＿封面＿編排＿綜合或其他建議＿＿＿＿＿＿＿＿＿＿＿＿

＿＿＿＿＿＿＿＿＿＿＿＿＿＿＿＿＿＿＿＿＿＿＿＿＿＿＿＿＿＿＿

7.您希望我們出版？

＿＿＿＿＿＿＿＿作者或＿＿＿＿＿＿＿＿＿＿＿＿＿＿＿＿＿類的書

8.您對本社叢書

□經常購買 □視作者或主題選購 □初次購買

文 學 說 盡 人 間 事　自 己 的 一 生 就 是 文 學

客戶服務專線：（02）2766-6759 聯合文學網：http://unitas.udngroup.com.tw

（請沿虛線剪下）

廣　告　回　郵
北區郵政管理局登記 證北台字7476號
免　貼　郵　票

聯合文學 出版社股份有限公司　收

110 台北市基隆路一段178號10樓

10F,178 KEELUNG RD.,SEC.1,
TAIPEI.(110)TAIWAN R.O.C.

(請沿虛線對摺後寄回，謝謝!)